W0186878

Gerd Henrich

GIFT

DER REPUBLIK

Vorwort

Im Archiv der Stasi-Hauptverwaltung XXII wurden Akten mit einem Umfang von mehr als 4000 Seiten von der Gauck-Behörde entdeckt. Die Dokumente der AGM/S (Arbeitsgruppe Minister im Ministerium für Staatssicherheit) umfassen Jahrespläne, Ausbildungsunterlagen und Befehle der DDR, die von 1964 bis in die Zeit kurz nach der Wende reichen. Diese belegen den Verdacht, der von MfS-Generälen stets zurückgewiesen wurde, die Stasi habe eigene „Spezialkämpfer" für Mord- und Terroranschläge ausgebildet.

Aus zahlreichen Berichten in Tageszeitungen, Magazinen und Büchern, die auf diesen Belegen sowie Zeugenaussagen basieren, geht hervor, in welchen Fertigkeiten diese sogenannten Tschekisten ausgebildet wurden. So trainierte die Eliteeinheit unter anderem das Liquidieren von Personen, erhielt Unterricht zu Sprengstoff- und Giftanschlägen sowie eine Ausbildung im Schießen und tödlichen Nahkampf. Ziel des Trainings war die physische Vernichtung von Einzelpersonen und Personengruppen. Dies geht aus einem Dokument des Ministeriums für Staatssicherheit (MfS) von 1973 hervor. Die Methoden zur Tötung umfassten das Erschießen, Erstechen, Verbrennen, Sprengen, Strangulieren, Erschlagen, Ersticken oder Vergiften. Besondere Aufmerksamkeit wurde insbesondere der lautlosen Annäherung und dem lautlosen Töten gewidmet.

Ende der 1980er Jahre wurde die Ausbildung weiter „optimiert". Der Leiter des Dienstbereichs zwei der AGM/S, Heinz Stöcker, verantwortete 1984 die Bereitstellung aufgabenbezogener operativ-technischer Einsatz- und Kampfmittel. Diese waren unter Zuhilfenahme aller verfügbaren wissenschaftlich-technischen Kenntnisse zu entwickeln. Dabei wurden neue, geheimdiensttaugliche Spezialwaffen getestet. Das Training umfasste die Anwendung von Aerosolen und Gasen, Narkotika und Giften sowie auch den Einsatz radiologischer Kampfstoffe. Zur Entwicklung dieser Stoffe unterhielt die DDR Geheimlabore, die nur einem kleinen Kreis von Funktionären und Mitarbeitern bekannt waren.

Die bis heute im Zusammenspiel aller, auch westlicher, Geheimdienste übliche Strategie, einerseits mit Diensten befreundeter Nationen zusammenzuarbeiten und Informationen auszutauschen, sich andererseits aber gleichzeitig gegenseitig auszuspionieren, war auch schon vor der Wende Usus, beispielsweise zwischen KGB und Stasi. Einen Einblick in dieses schmutzige Geschäft erhielt die breite Öffentlichkeit dieser Tage nicht zuletzt durch die Enthüllungen Edward Snowdens.

Was aber, wenn geheime Erfindungen aus den Mord-Laboren der DDR in den Wirren der Wende vertuscht wurden? Und sie dann später in verbrecherische Hände gerieten? Davon handelt diese Geschichte.

Einige Personen der Zeitgeschichte, die in diesem Buch Erwähnung finden, leben heute noch. Die Geschichte selbst ist jedoch frei erfunden, vermutlich …

Überall geht ein frühes Ahnen
dem späteren Wissen voraus.

Alexander von Humboldt

1

1571

Berlin, 1571
DIE WEISSE FRAU

Nachdem er mit seiner Jagdgesellschaft über den Jahreswechsel tage- und nächtelang ausufernd gefeiert hatte, verstarb am 3. Januar 1571 Kurfürst Joachim II. Hector plötzlich und unerwartet. Unglücklicherweise war sein Leibarzt Paul Luther gerade nicht anwesend.

Sein Leben verbrachte Joachim II. Hector in Prunk und Protz. Im Stile der Renaissance-Fürsten glaubte er sich über die Gebote gesellschaftlicher Moral erhaben. Schon während seiner ersten Ehe mit Magdalena von Sachsen verbrachte er unzählige Nächte mit den unterschiedlichsten Frauen. Er führte ein ausschweifendes Leben und frönte insbesondere seiner größten Leidenschaft, der Jagd. So ließ er eigens einen Weg vom Berliner Stadtschloss bis zu seinem Lieblings-Jagdschloss „Zum Grünen Walde" bauen. Dieser Dammweg sollte später Kurfürstendamm benannt werden und zu Weltruhm gelangen.

Nach dem frühzeitigen Tod seiner Frau 1534 heiratete er wenig später erneut. Als seine zweite Frau, Hedwig von Polen, 1549 bei einem Unfall einen schweren Beckenbruch erlitt, nahm sich der Kurfürst gar eine bürgerliche Geliebte, die er in aller Öffentlichkeit präsentierte. Anna Dietrich, geborene Sydow, war die Frau eines Geschützgießers. Mit ihr zeugte der Kurfürst mehrere Kinder. Nicht einmal er selbst wusste genau, wie viele uneheliche Kinder zu seinem ehelich gezeugten Nachwuchs hinzukamen.

Das erste Mal traf Anna auf den Fürsten, als dieser in der Werkstatt ihres Mannes neue Geschütze inspizierte. Von Anfang an schien er sich deutlich mehr für die Ehefrau des Gießers als für dessen kunstvoll aus Eisen gefertigte Feuerwaffen zu interessieren. Joachim II ließ Anna vortreten und betrachtete sie unverhohlen von allen Seiten, während seine Entourage peinlich betreten zur Seite schaute. Der Eisengießer schäumte innerlich vor Wut. Noch am selben Abend ließ der Fürst die Frau zu sich ins Berliner Schloss bringen. Ihrem Mann wurde zu verstehen gegeben, dass es besser für ihn wäre, sich zu fügen.

Man führte Anna in das Zimmer Joachim Hectors, wo er sie zu sich treten ließ und sie mit seinen lüsternen Augen begutachtete.

„Wie heißt du, mein Kind?", fragte er. In Schockstarre stand sie regungslos vor ihm. „Nun, mein Kind, du willst nicht reden und mir deinen Namen nennen? Ich bin sicher, du wirst ihn später vor Freude herausschreien. Bis dahin werde ich dich eben meine schöne Gießerin nennen."

„Herr…", stammelte sie.

„Du musst jetzt nicht reden, meine Kleine", unterbrach er Anna. „Ich habe Verständnis für deine Schüchternheit. Ich finde sie geradezu erregend"

Eine Zeitlang saß er schweigend vor ihr, den Blick auf sie gerichtet.

„Du gefällst mir. Du wirst eine Zeitlang hierbleiben dürfen."

„Aber Herr…", platzte es entsetzt aus ihr heraus.

„Kein Aber", unterbrach er sie erneut. „Sieh mal, meine schöne Gießerin. Meine Frau ist schwer verletzt. Sie kann ihren ehelichen Pflichten nicht nachkommen. Ich aber bin ein Mann. Ich benötige dringend Ersatz für meine Lenden. Ich suche schon seit vielen Wochen. Aber diese aufgeplusterten Weiber um mich herum stoßen mich ab. Ich suche so etwas wie dich. Einen frischen Wind. Eine zarte, schüchter-

ne Rose. Ein scheues Reh. Eine Frau, die natürliche Schönheit ausstrahlt. Wenn dir deine Familie lieb ist, solltest du mir stets zeigen, wie sehr du dich darüber freust."

Anna ahnte zu diesem Zeitpunkt noch nicht, dass sie die nächsten 22 Jahre mit diesem Mann verbringen würde. Bis zu seinem Tod.

Es waren keine schlechten Jahre an der Seite des Fürsten. Die Bediensteten lasen ihr die Wünsche von den Augen ab. Sie erhielt alles, wonach sie verlangte. Hin und wieder konnte sie auch ihre Familie besuchen, der es, zumindest finanziell, an nichts mehr fehlen sollte. Schwierig wurde es nur, wenn sie auf den Sohn des Kurfürsten, Johann Georg, traf. Obwohl Johann Georg seine Mutter Magdalena bereits im Alter von neun Jahren verlor, vermisste er sie Zeit seines Lebens sehr und ließ alle weiteren Frauen an der Seite seines Vaters spüren, wie sehr er sie verachtete.

Je älter Johann Georg wurde, desto mehr erzürnte ihn diese „bürgerliche Schlampe". Anna begann zu ahnen, dass ihr, sollte Joachim Hector vor ihr sterben, durch seinen Sohn Schlimmes widerfahren könnte. Mehrfach sprach sie den Kurfürsten auf ihre dunkle Ahnung an. Doch dieser beruhigte sie, indem er seinem Sohn das Versprechen abnahm, Anna nach seinem Tod zu schonen.

In einer kalten Januarnacht 1571 brachten Boten Johann Georg die Nachricht vom Tode seines Vaters. Der neue Kurfürst sorgte am darauffolgenden Tag in einer seiner ersten Amtshandlungen dafür, dass man Anna unter einem Vorwand in die Zitadelle Spandau bringen und im Juliusturm einschließen ließ. Das Verlies im Keller des Wachturms war kalt und feucht. Der Sockel des Turmes bestand aus 3,6 Meter dicken Wänden. Es stank nach Ausscheidungen und unter dem Stroh, das Anna als Schlaflager diente, kroch Ungeziefer hervor. Die Wärter im Turm waren grobschlächtige Männer. Besonders einer von ihnen wurde für Anna im Laufe der kommenden Jahre zum Teu-

fel auf Erden. Der nach Bier und Schweiß stinkende behaarte Riese, der von den anderen Wächtern Frans gerufen wurde, verging sich mehrmals in der Woche an ihr. Immer, wenn die schweren Schlüssel in die eiserne Gittertür gesteckt wurden und sich die Scharniere quietschend drehten, wusste sie, was auf sie zukam.

Immer öfter dachte Anna daran, ihn umzubringen. Es wäre leicht für sie. Sie war darauf vorbereitet. Aber was dann? Mehrere Wächter hausten im Turm. Bevor sie eine Treppe geschafft hätte, hätte man sie mit ihrer zierlichen Figur schon überwältigt. So wartete sie auf den rechten Augenblick.

Unmittelbar nach der Nachricht vom Tod Joachim Hectors hatte Anna Arsenpulver in ein kleines Gefäß aus Ton gefüllt und es mit einem Wachskorken versiegelt. Sie hatte es mit dünnem Leder umwickelt und in den Saum ihres Unterkleides eingenäht. Das Arsenpulver hatte sie gleich nach der Entführung durch den alten Fürsten von ihrem Mann erhalten, „für alle Fälle". Als Kanonengießer hatte es ihrem Gatten keine Schwierigkeiten bereitet, dieses heimlich herzustellen, indem er arsenhaltiges Erz erhitzte und den Rauch zu einem Gift-Pulver verdichtete. Zwar fühlte sich Anna mit einer solchen Waffe sicherer, nur geholfen hatte sie ihr bisher nicht. Das Gefäß lag noch ungenutzt in einer Ritze des dicken Mauerwerkes.

Als ihr nach vier endlosen Jahren der Krankheit und des Hungers zunehmend die Kräfte schwanden und sie für immer längere Zeiträume in Bewusstlosigkeit versank, beschloss sie, ihrem Elend ein Ende zu machen. Aber Anna hatte nicht vor, den Weg in die Dunkelheit alleine zu beschreiten.

Der widerwärtige Frans würde für seine Sünden büßen müssen.

Sie legte das Pulver bereit und wartete auf seinen nächsten Besuch. Endlich, dieses Mal konnte es nicht schnell genug gehen, öffnete sich das eiserne Tor zu ihrer Unterwelt. In den letzten Jahren hatte sie schmerzhaft lernen müssen, dass Gegenwehr bei seinen Übergriffen nutzlos war. Dies gereichte ihr nun zum Vorteil. Nachdem er die Tür wieder von innen verschlossen hatte, legte Frans sich auf das selten gewechselte und verschmutzte Stroh, um sich bedienen zu lassen. Seine Hose hatte er schon bis auf die Knöchel heruntergelassen.

Anna hielt das Giftfläschchen verborgen in der Hand und setzte sich auf seinen schmachtenden Körper. Mit dem Daumen drückte sie den Wachsverschluss der Flasche beiseite. Frans, der mit geschlossenen Augen seinen Gelüsten freien Lauf ließ, sah nicht, wie sie sich das Pulver in den Mund schüttete. Sofort beugte sich Anna nach vorne und ihre Lippen landeten auf seinen. Freudig erregt öffnete der Riese seinen Mund, um ihre Zunge zu empfangen. Diesmal musste Anna ihre Übelkeit nicht zurückhalten und übergab sich unmittelbar, nachdem sie den fauligen und alkoholhaltigen Geruch seines Atems in die Nase bekam. Durch den bitteren Geschmack des Arsens unterstützt, schoss ein breihaltiger, tödlicher Schleim in den Rachen des Mannes. Er kam nicht umhin sofort zu schlucken, um nicht zu ersticken, weil Anna mit aller verbliebenen Kraft seinen Mund mit dem ihren verschlossen hielt.

Wutentbrannt wollte Frans sie abschütteln und seinen Zorn an ihr auslassen, als schlimme Krämpfe seinen Körper schüttelten. Ihm wurde speiübel, und er musste erbrechen. Er konnte auch nicht verhindern, dass sich sein Darm entleerte. Frans begann zu schreien, während die Koliken immer heftiger wurden. Er fing an gleichzeitig zu schwitzen und zu frieren. Was hatte diese Hexe nur mit ihm gemacht? Wieder wollte er sich auf sie stürzen, konnte aber nur noch verschwommen sehen. Endlich hatte er Anna erblickt und sah zu seinem Erstaunen, dass auch sie sich von Todeskrämpfen geschüttelt am Boden wälzte.

Verwundert stellte er fest, dass sie über ihre Schmerzen zu lachen schien. Oder über mich, dachte Frans, der mit diesem

Gedanken in ein Koma fiel, aus dem er nicht mehr erwachen sollte. Anna hatte wirklich einen Moment lang gelacht, als sie sah, wie der große Frans sich gleich einem Kind in Krämpfen wandte. Aber das war nur ein kurzer Augenblick. Zu qualvoll gestaltete sich ihr eigener, selbstgewählter Todeskampf. Mit ihren letzten Gedanken beschwor Anna alle Geister, fortan die Mächtigen der Welt für ihre Verbrechen bestrafen zu dürfen. Anna Sydow starb im Jahre 1575.

Als das Gespenst der weißen Frau erschien sie in den kommenden Jahrhunderten immer wieder im Berliner Schloss, um den Tod der Herrschenden zu verkünden.

Hausarbeit von Katja Granow, Wintersemester 1992/1993
Freie Universität Berlin, Fachbereich Geschichtswissenschaft

2

1984

Leipzig, Juli 1984

Die 13-jährige Katja drückte fest die Hand ihres Vaters und wollte sie nie mehr loslassen. Zu selten hatte er Zeit für sie. Wegen seines Berufes kam er häufig für längere Zeit nicht nach Hause. Ihr Vater hatte ihr erzählt, dass sein Beruf Biochemiker sei. Sie wusste zwar nicht so richtig, was dieses Fachgebiet alles umfasste, aber scheinbar war seine Arbeit mit vielen Reisen verbunden. Schon bald, so hatte er ihr gesagt, müsse er wieder für lange Zeit eine wichtige Dienstreise antreten. Im Dienste des Vaterlandes.

Doch wenn er einmal Zeit für sie hatte, schenkte er Katja seine volle Aufmerksamkeit und Liebe. Häufig unternahmen sie dann Ausflüge, so wie heute in den Leipziger Zoo. Katja und ihr Vater liebten Zoobesuche. Am liebsten beobachteten sie die Raubkatzen, auch wenn diese häufig nur träge herumlagen. Doch heute war es im Tigergehege alles andere als ruhig. In der Luft lag eine ungewohnte Spannung und pures Adrenalin. Ein kleines Karnickel hatte sich, auf welche Weise auch immer, ins Gehege verirrt. Katjas Vater strahlte über das ganze Gesicht. Hatte er etwa dabei seine Finger im Spiel gehabt?

„Sieh mal, Katja", rief er begeistert, „er hat es mit seinen Augen fixiert!"

Der Tiger kauerte sprungbereit auf dem sandigen Boden. Wenige Meter entfernt hockte der kleine zitternde Nager, wohl ahnend, dass seine letzte Stunde gekommen war. Ein Entkommen war unmöglich. Hinter dem Kaninchen lag ein tiefer Graben, der das Tigergehege begrenzte. Vor ihm versperrte das mächtige Raubtier jeden Fluchtweg. Wie paralysiert starrte das niedliche Langohr zum Tiger. Dieser ließ sich offensichtlich Zeit. Ob er wohl die Vorfreude genoss?

„Gleich wird er einen Satz nach vorne machen und es packen", sagte ihr Vater. „So ist das Gesetz des Dschungels, wo er herkommt. Nur der Stärkere überlebt."

Trotz dieser Ankündigung versetzte die plötzliche und tödliche Attacke des Tigers der kleinen Katja einen Schreck, während ihr Vater vor Vergnügen in die Hände klatschte. Nach einem kurzen Biss hielt die Raubkatze das Opfer zwischen ihren großen Vordertatzen und begann genüsslich das köstliche Mahl. Vom ersten Schreck erholt, beobachtete Katja fasziniert die majestätische Katze. Das Töten von Tieren bereitete ihr grundsätzlich kein Unbehagen. Als Tochter eines passionierten Jägers durfte Katja ihren Vater schon häufig bei gemeinsamen Jagdausflügen mit Onkel Erich begleiten. So hatte sie bereits viele Male Wild sterben sehen.

Da Onkel Erich nicht der beste Schütze war, hatte Katja mehrfach erleben müssen, wie die schlecht getroffenen Tiere sich in ihren Schmerzen wanden, bis sie endlich durch den Fangschuss erlöst wurden. Ihr Papa und Onkel Erich verstanden sich gut und lachten viel zusammen, deshalb konnte auch sie ihn ganz gut leiden. Ansonsten mochte sie, abgesehen von ihrer Mama, nicht allzu viele andere Menschen. Die meisten waren ihr einfach egal.

Sie beteiligte sich nicht an dem üblichen Kräftemessen ihrer Altersgenossen, dem okWer ist der Stärkste oder Erste, oder wer kennt das größte Geheimnis?". Katja fand es viel erstrebenswerter, ständig neue Dinge zu lernen. Nicht nur das, was die Lehrer an Inhalten boten, sondern gerade Dinge, von denen sie nichts wussten oder die sie verschwiegen. Deshalb genoss sie es beispielsweise, wenn ihre Eltern Besuch hatten und sie zuhören durfte, was die Erwachsenen so erzählten. Besonders wenn sie sich über die BRD unterhielten.

Wie sie wusste, war Onkel Erich als Generalsekretär der wichtigste Mann im Land. Umso schöner fand sie es, dass ihr Vater mit einem so wichtigen Menschen befreundet war. Das wussten auch die anderen Kinder in der Schule und bei den Jungpionieren. Niemand wagte es, etwas zu ihr zu sagen oder zu tun, das sie nicht mochte. Eigentlich ganz praktisch.

Nachdem der Tiger seine Festmahlzeit beendet hatte, gönnten sich Vater und Tochter zum Abschluss dieses aufregenden Zoobesuchs noch ein Eis. Heute schmeckte es besonders gut.

3

1986

Berlin, 1986

Die Gründung des geheimen Forschungslabors „Biosphäre" war beschlossene Sache. Die Initialzündung hierfür war ein bilaterales Gespräch wenige Monate zuvor. An einem regnerischen Herbsttag hatten sich Erich Honecker und Dr. Frank Granow zu einer wichtigen Besprechung getroffen. Die Verabredung kam auf Granows Wunsch hin zustande, der seinem Freund und Mentor einen Plan unterbreiten wollte. Sie trafen sich in Honeckers Haus mit der Nr. 11 in der Waldsiedlung Wandlitz, in der sich insgesamt 23 Wohnhäuser für Politbüromitglieder befanden.

Granow, der die Abteilung Entwicklung und Erprobung von biologischen und chemischen Waffen im Dienstbereich zwei der AMG/S leitete, hatte zudem als persönlicher Berater des Generalsekretärs Zugang zu Akten aller Behörden, auch der geheimdienstlichen. Er hatte sich gut auf seinen Termin vorbereitet. Sein Plan würde bahnbrechend für die künftige Entwicklung der DDR sein.

Granow wusste von seinem Vater, dass Honecker bei seinem Einzug in den 1970er Jahren die Möbel übernommen hatte. Erich wies ihm einen der durchgesessen Stühle mit gepolstertem Stoffbezug zu und wandte sich zur Bar, die ihren Platz in dem hölzernen Einbauschrank hatte. Er schenkte beiden ein gut gefülltes Glas Cognac ein und setzte sich ihm gegenüber an den hölzernen Tisch.

Nachdem sie angestoßen hatten, begann Granow seinen Vortag: „Erich, ich habe mir den letzten Bericht aus dem

Dienstbereich zwei der AGM/S angesehen, in dem von sehr beeindruckenden Entwicklungen berichtet wird. Ich weiß, du bist sehr beschäftigt, und ich will dir nur ein paar entscheidende Auszüge vortragen, bevor ich zu meinem Vorschlag komme."

„Du hast Recht, Frank", erwiderte Honecker, „meine Zeit ist knapp. Vor ein paar Tagen hat Erich (Erich Mielke, Leiter des MfS) mir noch am Rande einer Sitzung mitgeteilt, der Bereich zwei würde dringend zusätzliche Mittel benötigen. Ich habe ihn erst einmal vertröstet. Wir werden uns in Kürze dazu zusammensetzen. Er versprach mir einen umfassenden Bericht und wird mir diesen sicher dann in epischer Breite vortragen." Honecker blickte gequält.

„Der Bericht ist jetzt fertig und ich habe ihn mir schon einmal vorgenommen", sagte Granow. „Mielke war nicht erfreut, ihn vorab rausrücken zu müssen."

„Dann schieß mal los, Frank."

„Losschießen ist das richtige Stichwort. Wie du weißt, gibt es nichts Schöneres, als mit dir auf die Jagd zu gehen. Ich liebe das Schießen. Aber möglicherweise sind andere Vorgehensweisen manchmal weiser, mit Verlaub", setzte er umständlich an.

„Na du machst es ja spannend, Frank."

„Ich werde zunächst ein paar Stellen aus dem Bericht herausgreifen: Seit unsere Tschekisten vor ein paar Jahren erfolgreich einen Wartburg mittels elektrischen Impulses gesprengt haben, hat sich viel getan. Wir verfügen derzeit über ein Kräftepotential von rund 1100 Spezialkräften mit einsatzgerechtem Ausbildungsstand. Bereit für Mordanschläge sowie Brand- und Sprengstoffattentate. Natürlich wissen unsere Einheiten, dass unsere Ziele in erster Linie Verkehrs- und Versorgungseinrichtungen wie Eisenbahnstrecken, Industrieanlagen, Kraftwerke und Trinkwasserbetriebe sind. In Ballungszentren der Verwaltungsapparate, Fernseh- und Hörfunkstationen sowie örtlichen Einsatzkräfte.

Klar ist aber auch, dass gerade in Friedenszeiten, im Zuge verdeckter Operationen, Persönlichkeiten aus Politik, Wirtschaft und Medien ebenfalls zu den potentiellen Angriffsobjekten gehören. Die Ausbildung dieser Kommandos ist brillant. Sie beherrschen Sprengstoff- und Giftanschläge, das Töten aus großer Entfernung durch Scharfschützen, aber auch den tödlichen Nahkampf. Auf das Vergiften komme ich gleich noch einmal zurück.

Unsere Guerilla-Kräfte haben den Angriff mit und ohne Waffen auf die empfindlichsten Stellen des Körpers und des Kopfes geübt. An Spezialpuppen wurde zum Beispiel der Angriff mit Stichwaffen aus verschiedenen Stichrichtungen trainiert. Unsere Ausbilder empfehlen die Verletzung von Schädeldach, Augen, Geschlechtsorganen, Schläfen und Halsschlagader. Die Ausbildungsrichtlinien beinhalten Methoden der diskreten Tötung von Zielpersonen.

Mein besonderes Augenmerk gilt aber der Anwendung von Aerosolen und Gasen, Narkotika und Giften. In diesem Bereich, und jetzt kommen wir zu meinem Punkt, kann noch wesentlich mehr geleistet werden."

Honecker gähnte und blickte auf die Uhr. „Also sind wir eigentlich ganz gut aufgestellt, aber es gibt noch Steigerungspotential", unterbrach er Granow.

„Ganz genau."

Granow setzte noch einmal an, um den Generalsekretär von der Wichtigkeit seines Anliegens zu überzeugen.

„Erich, wir sind prinzipiell gut aufgestellt. Natürlich. Wir verfügen über eine schlagkräftige Truppe. Aber, mal Hand aufs Herz, wozu nützt uns das derzeit? Offen können wir in diesen Friedenszeiten nicht agieren, und bei verdeckten Operationen besteht ein immenses Risiko, erwischt zu werden. De facto treten wir in der Bekämpfung unserer Feinde auf der Stelle. Aber das kann sich ändern!" Er machte eine bedeutungsvolle Pause.

4

Nachdem Granow noch eine Weile mit Honecker gesprochen hatte, verwies ihn der Generalsekretär an einen Verbindungsoffizier des Ministeriums für Staatssicherheit weiter, um diesem seine Ideen zu erläutern. Da der Generalsekretär seine knappe Zeit für Regierungsgeschäfte benötigte, war es nicht angebracht, ihn unnötig mit Details zu behelligen, andererseits wollte Granow seinem Freund ungern zu viel versprechen, bevor nicht alle Tests abgeschlossen wären, um nicht sein Gesicht zu verlieren. Bevor Granow dazu kam, diesen Mann, ein bekanntes Mitglied des Politbüros, bei ihrem ersten Treffen zu begrüßen, wurde er gleich zurechtgewiesen. Der hohe Repräsentant der SED unterwies ihn, dass er zu diesem Projekt ausschließlich mit seinem Decknamen Horst Petrowski anzureden sei. Sollte sein richtiger Name in irgendeinem Dokument auftauchen, hätte Granow mit schwersten Konsequenzen zu rechnen. Nach dieser Einführung wurde besprochen, dass weiterhin weder Mielke noch andere Genossen eingeweiht werden sollten. Granow erhielt unter der schützenden Hand Petrowskis alle erforderlichen Vollmachten über einen von Petrowski eingesetzten Stab bei der Stasi.

So kannte nur eine Handvoll Eingeweihter den Auftrag der Abteilung „Biospähre", für die Granow im gesicherten Umkreis von Honeckers Jagdsitz am Drewitzer See in Mecklenburg-Vorpommern ein großes Forschungsgebäude errichten ließ. Zu diesem unzugänglichen „Verwaltungsgebäude", in dem sich ein hochmodernes Laboratorium verbarg, hatten nur handverlesene Wissenschaftler und Mitarbeiter Zutritt.

Einziger Auftrag von Biospähre war die Erforschung „geheimdienstlich verwendbarer Kampfstoffe". Das definierte Ziel war die Herstellung unterschiedlicher „Aktivstoffe", die mit praktikablen Methoden der „Zuführung" zu Abhängigkeit, körperlicher oder geistiger Versehrtheit oder aber zu letalen Folgen führen sollte.

Da Petrowski sich darüber im Klaren war, dass das Ministerium für Staatssicherheit, zuständig für den in- und ausländischen Geheimdienst und damit die erste Anlaufstelle für alle gegnerischen Dienste, von Maulwürfen unterwandert war, hatte er eine weitere, erhöhte Geheimstufe eingeführt.

Er stellte dieses wichtige Projekt unter seine direkte und alleinige Führung. Alle Berichte landeten, von Dritten ungefiltert, direkt auf seinem Schreibtisch. Er entschied, wann sein Stab bei der Stasi was erfuhr. Den ausgewählten Mitgliedern dieses exklusiven Kreises standen sämtliche Ressourcen der Deutschen Demokratischen Republik auf Anforderung zur Verfügung. Begründungen waren nicht erforderlich. Leiter und oberster Befehlshaber von Biospähre war der Biochemiker Dr. Frank Granow, Spezialgebiet Toxikologie.

5

1987

Dresden, November 1987

In der Bezirksverwaltung (BV) Dresden der Stasi beging man den 70. Jahrestag der Oktoberrevolution gemeinsam mit ausgewählten sowjetischen Kameraden. Die rund 150 hauptamtlichen Mitarbeiter des Ministeriums für Staatssicherheit der Kreisdienststelle Dresden Stadt waren vollständig erschienen. Allerdings wussten sie, dass ein Fernbleiben von dieser Pflichtveranstaltung nicht ungestraft bleiben würde.

Generalmajor Horst Böhm, Leiter der BV Dresden, lief aufgeregt auf und ab. Der Parteiorganisator hatte schließlich angewiesen, „Cognacschwenker, gefüllt zum Anstoßen" bereitzustellen sowie stets frisches Festbier zu reichen. Dieses Fest sollte den sowjetischen Genossen unvergesslich bleiben.

Das Stasi-Protokoll sah 13 Auszeichnungen vor. Unter den Tschekisten, allesamt KGB-Mitarbeiter, die Ehrennadeln und Geschenke erhalten sollten, befand sich auch ein gewisser Oberstleutnant Dimitrij Puschkin. Er erhielt die „Ehrennadel der Deutsch-Sowjetischen Freundschaft" in Gold. Doch in der BV kannte niemand seinen genauen Aufgabenbereich, da er autark mit einer Sondervollmacht agierte und direkt nach Moskau zu berichten hatte. Bekannt war lediglich, dass er großes Interesse für den anerkannten Wissenschaftler Manfred von Ardenne zeigte, der in einer Villa am Elbhang lebte. Ferner organisierte er Treffen mit Dresdner Studenten und russischen Soldaten.

Andererseits verschwand er oft tagelang, ohne sich abzumelden. Umso erstaunlicher war es, dass dieser Mann eine Auszeichnung erhielt. Möglicherweise in vorauseilendem Gehorsam, da niemand Zweifel hatte, dass er künftig eine wichtige Rolle spielen würde, welche auch immer. Abseits von Gerüchten beinhaltete es Puschkins Aufgabenbereich, die wissenschaftliche Szene zu eruieren und lohnende Ziele auszukundschaften. Einen Mann hatte er hierbei besonders im Fokus: Dr. Frank Granow.

Unter seinem Decknamen Aleksandr Melnikow, Diplomat an der russischen Botschaft, hatte Puschkin an unterschiedlichen offiziellen Feierlichkeiten teilgenommen. Bei einer dieser Gelegenheiten hatte er Granow das erste Mal getroffen, der nach Puschkins Beobachtungen eine enge Verbindung zu Honecker pflegte. Es war dann ein Leichtes herauszufinden, dass beide gemeinsam auf die Jagd gingen. Auch seine Arbeitsstätte blieb Puschkin nicht verborgen: ein Labor in der abgeschirmten Gegend des Jagdsitzes von Honecker.

Nur was trieb er da? Auch Befragungen in der mittleren Hierarchie des ostdeutschen Politbetriebes brachten ihn nicht weiter. Erst eine Beobachtung auf einem Jahresempfang ausländischer Diplomaten lieferte ihm eine ernsthafte Spur. Abseits der Festgemeinde sah er, wie ein hochrangiger Stasi-Verbindungsmann mit dem vietnamesischen Botschafter ungewöhnlich lange in ein vertrauliches Gespräch vertieft war. Sie steckten die Köpfe regelrecht zusammen. Mit dabei: Frank Granow.

Puschkin ging davon aus, dass sie irgendein geheimes Projekt besprachen, und nahm Kontakt mit der KGB-Außenstelle in Saigon auf. Schließlich flog er persönlich in die vietnamesische Hauptstadt, um gemeinsam mit dem dortigen KGB-Büro Nachforschungen anzustellen. Es war ein zähes Unterfangen, aber schließlich zahlte sich seine Mühe aus. Wie er herausfand, planten die Deutschen ein geheimes Urwaldlabor unter der Leitung von Dr. Frank Granow.

6

1988

Bamiyan-Tal, August 1988

Die Mudschahedin hatten sich in einer Höhle verschanzt. Hunderte dieser über 1000 Jahre alten Behausungen befanden sich in der bis zu 100 Meter hohen, nahezu senkrecht abfallenden Sandstein-Klippe, die das Tal prägte. Egal wohin man den Blick wandte, das eintönige Rotbraun der kargen Felslandschaft dominierte sowohl die Ebene des des weiten Hochtales als auch die angrenzenden kahlen Bergrücken des Hindukusch, die wie überdimensionierte steinerne Sanddünen die trockenen Weiten des Tales begrenzten.

Ihre Zuflucht lag etwa 150 Meter von der größeren der beiden gigantischen Buddhastatuen entfernt, die auf Anweisung Mullah Mohammed Omars wenige Jahre später als Götzenwerk zerstört werden sollten.

Auf Basis des Genfer Abkommens vom 14. April 1988 hatte im Mai der Abzug der rund 100.000 russischen Soldaten aus Afghanistan begonnen. Dennoch wurden die abrückenden Konvois immer wieder in Hinterhalte gelockt und angegriffen. Für die Mudschahedin hatte dieses Papier keine Bedeutung. Die Angriffe erfolgten stets in einer Guerilla-Taktik, und bevor sich die Russen ausreichend formieren konnten, waren die Angreifer meist schon wieder verschwunden. Die geschlagenen Invasoren sammelten lediglich ihre Verluste ein und zogen zügig weiter in Richtung der sicheren Grenzen Turkmenistans, Usbekistans oder Tschadschikistans.

Doch dieses Mal hatten die Gotteskrieger Pech gehabt. Ihr Ziel war ausgerechnet ein Aufklärungstrupp der Spezialeinheiten des Generalstabs (GRU). Mithilfe automatischer Maschinengranatwerfer wurde der Überfall mit nur einem Mann Verlust und zwei Verletzten abgewehrt. Schlimmer noch, die vermeintlich leichte Beute setzte den Angreifern wider Erwarten nach. Das Selbstverständnis der sogenannten Speznas ließ es nicht zu, dass der Tod eines Kameraden aus ihren Reihen ungesühnt blieb.

Ihre geringen Verluste hatten sie dem erst 23-jährigen Igor Koslow zu verdanken, der dem Team aus Tadschiken und Aserbaidschanern als KGB-Repräsentant zugeordnet war. Eine solche interne Kontrolle durch den KGB war Usus, doch im Kriegseinsatz hielten sie zusammen. Letztlich waren sie alle Russen.

Da Koslow, der dem Trupp als Späher Deckung gab, die heranrückenden Afghanen gemeldet hatte, waren sie vorbereitet. Er ärgerte sich dennoch, dass die Afghanen unbemerkt so nahe herankommen konnten. Sie mussten sich in Erdlöchern vergraben haben. Keine schlechte Leistung für geschätzte 80 Mann.

Über Funk informierte er den Befehlshaber seiner Einheit. Die Speznas feuerten aus allen Rohren und trieben die Flüchtenden auf die aufragende Klippe zu, wo sie in einer der Höhlen verschwanden. Der KGB-Mann lag nur 120 Meter vom Eingang entfernt im Schutz einer Felsformation. Nachdem der Letzte im dunklen Loch verschwunden war, kerbte er vier Striche in den hölzernen Handgriff seiner Kalaschnikow. Insgesamt waren es nun 17. Igor Koslow, dessen wahren Namen keiner seiner Kameraden kannte, strahlte vor Glück. Jeder Abschuss würde seiner Karriere förderlich sein. Und er war sich sicher, dass er eine große Karriere, bis in die Spitze des KGB, vor sich hatte.

Die heranrückenden Spezialkräfte sicherten den Ausgang der Höhle mit tödlicher Feuerkraft, während zwei Sprengstoffexperten ihre Ladungen am Felsen platzierten. Wenig später wurde der Höhlenausgang durch eine ohrenbetäubende Detonation versiegelt. Die siegreiche Truppe setzte ihren Weg in die Heimat fort.

7

Nationalpark Phong Nha-Ke Bàn, November 1988

Schwüle Hitze lastete auf dem Dschungelcamp. Dr. Frank Granow trat aus dem Laborgebäude und blickte in Richtung Himmel. Durch diese Waschküche konnte er nicht einmal die Spitzen der mittelhohen Bäume sichten. Geschweige denn die Kronen der Urwaldriesen, die 40 bis 50 Meter in die Höhe ragten. Das letzte Mal, dass er einen blauen Himmel gesehen hatte, war schon über drei Monate her, auf seinem Flug via Moskau nach Hanoi. Aber nur noch ein paar Tage, dann konnte er diesen Höllenort endlich verlassen.

Gegenüber dem Laborgebäude befanden sich die Käfige. Ihr Transport in diese abgelegene Region Vietnams war sehr aufwendig gewesen, doch aus Sicherheitsgründen hatte er darauf bestanden. Die vergitterten Stahlzellen hatten eine Grundfläche von eineinhalb mal eineinhalb Meter und waren einen Meter hoch. Gerade ausreichend für diese Kreaturen.

Alte Hubschrauber der vietnamesischen Luftwaffe hatten die Käfigzellen mitten in der unzugänglichen Urwaldregion abgesetzt. Das Tal war zu Fuß schwer zu erreichen, weil es durch massive Kalksteinfelsen umgeben war. Obwohl sie eher kleinwüchsige Gestalten waren, waren die Käfige größtenteils zu klein für diesen Abschaum, diese willfährigen Gehilfen der USA im Vietnamkrieg. Aufrichten konnten sie sich in ihren engen Behausungen nicht.

Die Insassen der Zellen waren in der Regel Angehörige der Montagnards, Bergvölkern aus dem Norden Vietnams, welche die Amerikaner offen im Krieg unterstützten. „Im Sinne der Gerechtigkeit" wurden dafür nach dem Sieg

Ho Chi Mins ihre Ländereien enteignet und ins Eigentum des sozialistischen Nationalstaats überführt. Als verarmte Schmarotzer der arbeitenden Bevölkerung besaßen sie fortan keinen Wert mehr für die Gesellschaft. Gut wenn wieder mal ein Teil von ihnen entsorgt wurde und dabei noch einem guten Zweck zugeführt werden konnte.

Seine Gedanken schweiften weiter ab. Wie unmenschlich wäre es, ein wahrhaft majestätisches Geschöpf wie den Tiger in ein solches Verlies zu stecken. Unvorstellbar. Für ihn waren dies die wahrhaften Geschöpfe Gottes auf Erden. Er hatte schon mehrmals mit seiner Tochter Katja im Tierpark Leipzig die wunderbaren Raubkatzen beobachtet, wo sie glücklicherweise ein relativ großzügiges Gehege hatten.

Leider war die Population der Tiger in Vietnam nur noch sehr gering. Andererseits war er auch froh, dass dadurch die Chance minimal war, einem solch gefährlichen Raubtier hier auf freier Wildbahn zu begegnen. Der nächste Zoobesuch musste aber noch ein wenig warten. Zunächst musste er seine Aufgabe vollenden.

Die Experimente in den letzten Wochen waren ein voller Erfolg gewesen. Jetzt mussten sie nur noch durch mehrfache Wiederholungen verifiziert werden, 20 bis 30 weitere Versuche sollten ausreichen, um seine sensationelle wissenschaftliche Entwicklung abzusichern. Rund 700 solcher Experimente hatte er nun schon durchgeführt, mit stetig steigender Ergebnispräzision. Seine Forschungen würden die Welt verändern. Er konnte es kaum erwarten. Die DDR, sein Vaterland, würde dank seines Serums künftig über Leben und Tod jedes einzelnen Menschen verfügen können. Ohne dass man die Verantwortlichen je würde entlarven können.

Seine Entwicklung würde größere Auswirkungen haben als jedes moderne Kriegsgerät. Man konnte völlig unbemerkt zielgerichtet die Wurzeln allen Übels entfernen. Granow war überzeugt, dass seine Arbeit Millionen von Menschen das Leben retten würde, auch wenn ihn das ehrlich gesagt eher wenig interessierte. Es waren immer Einzelne, die den Befehl zum Abschuss gaben. Wenn diese vorher „einem Unfall" zum Opfer fielen, würde es eben nicht zum Abschuss kommen.

Seine Forschungen verdienten den Nobelpreis. Unglücklicherweise würde die degenerierte kapitalistische Jury diese niemals kennenlernen.

Gottgleich konnte er künftig über den Zeitpunkt des Ablebens eines Menschen bestimmen. Eine kurze Berührung genügte, um den toxischen Wirkstoff zu übertragen. Dieser konnte mittels der Trägerflüssigkeit so dosiert werden, dass er ohne körperlich spürbare Vorwarnung in einer Minute, einer Stunde oder gar erst in einigen Tagen wirken würde. Dann aber ultimativ tödlich. Das zentrale Nervensystem würde, wie durch eine Zeitschaltuhr gesteuert, plötzlich kollabieren.

Auch bei einer Obduktion wäre das organische Toxikum nicht nachweisbar, da es sich – Wunder der Natur – unmittelbar verflüchtigte. Man musste nur ein paar Recherchen über die Zielperson anstellen. Granows Lieblingsvariante wäre eine Verabreichung dreißig Minuten vor einem Fallschirmsprung. Welch köstlicher Gedanke, wenn alle Welt rätselte, wieso der erfahrene Springer nicht den Schirm entfaltet hatte. War es technisches Versagen? Selbstmord? Ein Attentat, ja wie denn?

Sein Plan war genial und simpel auszuführen. Missliebigen Regierungschefs, Ministern und Mitarbeitern auf Führungsebenen des kapitalistischen Erzfeindes würden nur noch kurze Amtszeiten vergönnt sein. Die Feinde des sozialistischen Vaterlands würden nach Belieben einen „natürlichen Tod" finden. Nicht nachweisbar und einfach zu bewerkstelligen. Meist würde es wie ein tragischer Unfall erscheinen.

Natürlich würde die verhasste Meute unabhängiger und unkontrollierbarer Medienvertreter nach und nach unhaltbare Anschuldigungen und Vermutungen äußern. Aber es würden sich keine Beweise finden und der Gegner wäre der tödlichen Gefahr völlig machtlos ausgeliefert. Mit der Zeit würden die Nachfolger der Nachfolger, wenn auch vielfach eher unbewusst, sehr genau darauf achten, keine Politik mehr gegen die DDR zu betreiben. Alle, die dies taten, würden auf unerklärliche Weise vorzeitig versterben. Ähnliches galt ebenso für Personen aus der Wirtschaft, einschließlich der Chefs der Rüstungsunternehmen.

Durch die zunehmende Durchsetzung aller wichtigen Lebensbereiche der imperialistischen Feinde mit DDR-freundlichen Führungskräften würde die politische und wirtschaftliche Kraft der DDR exponentiell gesteigert. Genau aus diesem Grund hatte man ihm unbegrenzte Mittel und Ressourcen zur Verfügung gestellt.

8

Dr. Frank Granow streifte sich die durchsichtigen Chirurgenhandschuhe über. Darüber ein zweites Paar. Man konnte nicht vorsichtig genug sein. Schließlich wurde das Gift per Hautkontakt übertragen.

Der Plastiküberzug war für Dimethylsulfoxid (DNSO) undurchlässig. Dieses organische Verbindungsmittel aus der Klasse der Sulfoxide war der perfekte Träger für die Verabreichung seiner tödlichen Berührungen. Die Plastikhandschuhe verfügten über kaum sichtbare Rillen, in denen das als Trägersubstanz genutzte DNSO in ausreichender Menge verabreicht werden konnte. Eine kleine Berührung reichte aus.

Die besondere Fähigkeit der Substanz war ihr leichtes Eindringen in die Haut und andere Zellmembranen. So konnte der Organismus in DNSO gelöste Substanzen leicht aufnehmen. Einzig ein schnelles und gründliches Abwaschen würde die Wirkung vermindern. Wenn man nur in diesem Moment wüsste, dass dies lebensnotwendig war...

Den Standort im Dschungel hatte Granow ausgesucht, weil hier eine wenig bekannte Art der gewöhnlichen Brechnuss, Strychnos vomica, wuchs. Aus den getrocknetem Samen dieses Baums konnte man Strychnin und Brucin isolieren, höchst wirksame Nervengifte. Hinweise des vaterländischen Geheimdienstes, dass die Armeeführung des vietnamesischen Bruderlandes medizinische Tests an „freiwilligen" Versuchsobjekten mit Ingredienzien dieses Baumes durchführte, waren für die Standortauswahl ausschlaggebend gewesen. Auf Basis dieser Informationen entwickelte er den Plan für das Urwaldlabor. Die Vietnamesen hatten gute Vorarbeit geleistet.

Auch wenn sich herausgestellt hätte, dass es für seine Ziele doch nicht tauglich wäre. Die Berichte schienen für eine Überprüfung interessant genug. Und wenn am Ende lediglich kaum nachweisbare Substanzen entdeckt worden wären, die stark verdünnt als Doping eingesetzt werden könnten: Zumindest die Sportfunktionäre hätten es ihm auf Knien gedankt. Schließlich gab es Dank Strychnin im Jahre 1904 schon einmal einen Marathon-Olympiasieger. Damals wurde dem Amerikaner Thomas Hicks während des Laufes ein Brandy mit Eiweiß und einem Milligramm Strychnin verabreicht, ganz legal.

Die ausschließlich in dieser begrenzten Region wachsende Unterart der Brechnuss enthielt jedoch noch eine weitere Substanz. Eines der vielen Wunder der Natur, das bisher unentdeckt war. Die Vietnamesen nannten es „cái chêt rùng", den Urwaldtod. Heute würde er drei unterschiedliche Dosierungen verabreichen. Wirkungsdauer eine Stunde, zwölf Stunden und achtundvierzig Stunden. Es standen weitere Tests an, um zu überprüfen, ob sich seine Erkenntnisse wieder exakt bestätigen würden.

Dafür wurden je drei Versuchspersonen ausgewählt. Wie praktisch, dass man diese nicht einmal aus den Käfigen herausholen musste. Eine kleine Berührung reichte ja aus. Die Gefangenen mussten nur einen Arm durch das Gitter stecken. Es hatte sich bei ihnen bereits herumgesprochen was geschah, wenn ein Befehl verweigert wurde. Die Verweigerer und Querulanten erhielten einen schnellen Gnadenschuss vor den Augen der Anderen. In dieser Hinsicht waren die vietnamesischen Bewacher nicht zimperlich. In der Regel gab es demnach keinen Widerstand, zumal die Gefangenen keine Möglichkeit hatten, sich untereinander zu verständigen. Sie ahnten nicht, was ihnen bevorstand. Da die einzelnen Stahlgitterverschläge durch einen Sichtschutz aus Bambusmatten optisch voneinander getrennt waren, bekam der jeweilige Nachbar nichts mit. Auch wenn direkt neben ihm jemand durch Granows Behandlung krepierte.

Die Tinkturen befanden sich in kleinen Glasampullen, die je nach Dosierung beschriftet waren. Granow bedeutete der Wache, dass er den ersten Arm sehen wollte. Er öffnete den Verschluss mit der Aufschrift 1 Stunde, legte seinen Zeigefinger auf die Öffnung und drehte die Flasche. Die Rillen im Plastikhandschuh wurden befeuchtet. Mit diesem Finger berührte er kurz die Hand des Todeskandidaten. Er nahm sich eine Plastikhülle, mit welcher er die Chirurgenhandschuhe vorsichtig abstreifte. Anschließend wusch er sorgfältig seine Hände in einem bereitstehenden Becken. Die Plastikreste würden später im Ofen verbrannt.

Granow notierte Käfignummer, Dosierung, Verabreichungszeit und wiederholte die Prozedur drei Minuten später beim nächsten Käfig. Innerhalb einer guten halben Stunde waren so neun Personen kontaminiert.

Er hatte nun kurz Zeit für eine Erfrischung, bevor er sich die ersten Ergebnisse ansehen konnte. Eine knappe Stunde später postierte er sich so, dass er die drei ersten Käfige gut überblicken konnte, deren Insassen jetzt noch jeweils rund fünf, acht und elf Lebensminuten verblieben. Eine Stunde nachdem es von Granow berührt worden war, begann das erste Opfer hilflos zu zucken. Das zentrale Nervensystem brach zusammen. Der Tod folgte so schnell und überraschend, dass es keinem mehr gelang, sein Entsetzen herauszuschreien. Perfekt. Granow lächelte zufrieden.

9

Nationalpark Phong Nha-Ke Bàn, Dezember 1988

Drei Wochen später spürte Granow mitten in der Nacht eine Berührung an seiner Schulter. Erschrocken setzte er sich in seinem Bett auf und erblickte eine schemenhafte Gestalt vor sich.

„Hãy yên tĩhn", sei ruhig, hörte er eine Stimme flüstern, „all ok".

Vor ihm stand Nam Kam, den er bisher nur von einem Bild kannte. Er war klein und muskulös und strahlte eine kalte Brutalität aus. Unbewegt fixierte er Granow mit seinen Augen. Diese Asiaten waren ihm unheimlich. Trotz der jahrzehntelangen solidarischen Unterstützung durch die DDR blieben ihm diese fernöstlichen sozialistischen Brüder, die inzwischen zu Abertausenden in seiner Heimat lebten, wohl immer fremd. Es war ihm nicht möglich, irgendeine Gefühlsregung in ihren Gesichtern zu entdecken.

Trotz der Wärme begann Granow zu frösteln. Eigentlich sollte Kam erst am nächsten Morgen erscheinen, nachdem Granow den Abschluss seiner Versuchsreihen gemeldet hatte. Er war der Chef der mächtigen Cholon-Triade. Diese vietnamesische Mafia, Ableger der chinesischen Triaden, war nach dem chinesischen Viertel von Ho-Chi-Minh-Stadt benannt, die mit 1,7 Millionen Einwohnern die größte Stadt Vietnams war.

Der Boss dieser Bande, Nam Kam, sollte ihn aus dieser grünen Hölle bringen. Hierfür wurde er fürstlich entlohnt, schließlich war es Teil seines Auftrags, auch die ihm unterstellten Wachleute und Mitglieder der regulären vietnamesischen

Armee zu eliminieren. Anschließend sollte das Lager „vom Erdboden verschwinden". Mitwisser waren nicht erwünscht.

Wie auch immer die Stasi dies eingefädelt hatte, Granow war natürlich in den Plan eingeweiht. Ursprünglich hatten ranghohe Vertreter der Stasi die Einrichtung des geheimen Urwaldlabors mit ihren vietnamesischen Kollegen ausführlich abgesprochen. Teil der Abmachung war, die Forschungsergebnisse brüderlich zu teilen. Die Vietnamesen mussten hierfür die „Labortiere" herbeischaffen. Weil diese auf Grund der gewünschten Ergebnisse nicht überleben würden, musste man offen über das Ziel der Forschungsarbeiten, die Herstellung eines biologischen Kampfstoffes, reden. Um sich die Unterstützung der Vietnamesen zu sichern, versprach man, den Stoff für beide Bruderländer zur Verfügung zu stellen.

Die Vietnamesen begrüßten es, auf diese Weise ihre militärischen Optionen preiswert erweitern zu können. Ihnen war allerdings nicht bewusst, dass von Beginn an eine alleinige Nutznießung durch die DDR beabsichtigt war.

Die Operation „Tusche", die eine völlige Zerstörung des Labors inklusive Personal vorsah, war von Anfang an Teil des Plans gewesen. Für diese Operation konnte man, ohne viel Überzeugungskraft aufzuwenden, Nam Kam gewinnen, dem die grünen Dollarzeichen in den Augen standen.

Geplant war, kurz vor der offiziellen Auflösung des Labors und dem Rücktransport der Mitarbeiter einen Überfall zu inszenieren. Für die Mitarbeiter, Wachleute und sonstigen Insassen des Lagers würde dies keine Inszenierung, sondern eine Exekution bedeuten, ausgenommen den Leiter der Einrichtung. Granow selbst sollte dann über geheime Dschungelpfade via Laos nach Thailand gebracht werden, von wo er erstens die Heimreise antreten und zweitens den Großteil von Nam Kams Honorar freigeben würde. Auszuhändigen in bar von einem Stasi-Mitarbeiter der DDR-Botschaft in Saigon.

Dass Nam Kam sein Handwerk verstand, erfasste Granow sofort, als er aus seiner Hütte trat. In der Mitte des

Lagers stapelte sich ein Leichenberg aus vietnamesischen Wachleuten und den verbliebenen Montagnards. Diese Säuberungsaktion, von der er in seinem Schlaf nichts mitbekommen hatte, nötigte Granow großen Respekt ab. Diesen Mann machte man sich besser nicht zum Feind.

Nam Kam bedeutete ihm, sich zu beeilen. Seine letzte Ausreise aus Vietnam würde beschwerlich werden. Während Kams Bandenmitglieder großzügig Brandbeschleuniger im Lager verteilten, suchte Granow hektisch seine Sachen zusammen. Neben seinen Aufzeichnungen waren dies vier große Kisten mit Ampullen, die in ausgeschäumten Einzelfächern bruchsicher verstaut waren.

Bevor er die Kisten zum Transport sicherte und verschloss, entnahm Granow mit einer Spritze etwas Flüssigkeit aus der Ampulle mit der Aufschrift T02 und füllte diese in ein kleines Plastikdöschen. Er steckte es sich, mit Folie umwickelt, in die Jackentasche. Die Kisten wurden von Trägern übernommen und in sichere Entfernung vom Lager gebracht. Plötzlich hielt der Trupp, man bedeutete ihm zu warten.

Kurze Zeit später drang Rauch aus Richtung des Lagers bis zu ihnen vor. Fast gleichzeitig erschien Nam Kam mit dem Rest seiner Truppe und sie begannen den langen Marsch durch den Dschungel Richtung Laos. Von einer verborgenen Dschungelpiste für Drogenschmuggel sollte Granow zu einem Provinzflughafen nach Thailand geflogen werden. Von dort mit Fahrzeugen nach Bangkok. In Bangkok würde er sicheren, geheimdienstlichen Begleitschutz der dortigen DDR-Botschaft erhalten und schließlich mit einem Diplomatenvisum ausreisen.

Bis zur Übergabe an die Stasi hatte Nam Kam für die Gesundheit Frank Granows zu sorgen. Nur so konnte er seine Entlohnung sicherstellen. Während Granow seinem Führer orientierungslos durch das Dickicht des Dschungels folgte, wurde ihm bewusst, wie abhängig er von diesem war. Er hoffte, dass er sich nicht in Kam getäuscht hatte. Einem

Mann, der für ein paar Scheine die Seiten wechselte, sollte man immer mit Misstrauen begegnen.

10

Aufgeschreckt durch beißenden Rauch, entfernte sich die Krait in überraschend schnellem Tempo vom Gefahrenherd. 40 Meter vom Lager entfernt wähnte sie sich auf Grund ihrer Instinkte sicher. Dennoch kroch sie durch das dichte Unterholz weiter in die eingeschlagene Fluchtrichtung. Ihr ausgeprägter Geruchsinn meldete ihr eine neue Bedrohung. Etwas, das ihr in ihrem kurzen Leben bisher noch nicht begegnet war.

Huynh Bian konnte seine vor Angst weit aufgerissenen Augen nicht von der geringelten Natter wenden, die nur noch wenige Zentimeter von seinem Gesicht entfernt weiter auf ihn zu kroch. Schon als kleines Kind hatte er gelernt, einen weiten Bogen um das gefährliche Reptil zu machen. Fast jeder in der Kleinstadt Chau-Doc, in der er aufgewachsen war, kannte jemanden, der einen Freund oder Angehörigen durch den Biss der giftigsten Schlangenart Südostasiens verloren hatte.

Der Angstschweiß lief ihm in Strömen herunter. Seine Lage war verzweifelt. Vermutlich hätte ihn nur noch eine blitzschnelle Flucht vor einer plötzlichen Bissattacke gerettet. Dann aber wären die Banditen auf ihn aufmerksam geworden, die nur wenige Meter entfernt an ihm vorbeigingen, nachdem sie zuvor seine Kameraden und die übrigen Camp-Insassen brutal getötet hatten. In diesem Fall wäre sein Tod erst recht unausweichlich.

Als er um 4 Uhr morgens seinem Drang nachkommen musste, sich zu erleichtern, ging er zu der primitiven Latrine, die sie etwas vom Lager entfernt ausgehoben hatten, eine Grube in einem Bretterverschlag. Er hatte die Mörder leise reden hören, als sie auf das Laborgelände zuschlichen. Da er unbewaffnet war, hatte er seine Kameraden nicht sofort alarmiert, um die Angreifer nicht auf sich aufmerksam zu machen. Dann ging alles sehr schnell.

Die Fremden drangen in die Behausung seiner Armeekameraden ein und schleppten kurz darauf ihre leblosen, blutigen Körper in die Mitte des gerodeten Areals. Huynh suchte sich schnell das bestmögliche Versteck und legte sich flach in ein dichtes Gestrüpp. Einige Zeit später sah er aus den Augenwinkeln einen hellen Schein durch das Blätterwerk. Sie hatten Feuer gelegt. Wieder hörte er Stimmen, die auf ihn zukamen.

Die Ausdünstungen des menschlichen Körpers vor ihr waren in den Genen der Schlange mit keinem Signal für Gefahr verbunden. Die Krait erklomm das seitlich auf den Boden gepresste Gesicht des Liegenden und suchte ihren Weg entlang der Wirbelsäule. Etwa in der Mitte verharrte sie, aufgeschreckt durch das Geraschel der vorbeieilenden Männer, die nun keinen Grund mehr sahen, sich lautlos zu bewegen.

Huynh Bian versuchte sein Zittern unter Kontrolle zu halten. Als die Giftnatter ihren Weg über sein Gesicht nahm, schien sein Herz auszusetzen. Nun lag sie auf seinem Rücken. Huynh begann zu beten: „Allahu Akbar..."

Der erst neunzehnjährige Soldat der vietnamesischen Armee gehörte zur Volksgruppe der Chiêm Thành, einem Volk von Reisbauern. Diese religiöse Minderheit pflegte den Glauben, den bereits ihre Vorfahren im 13. Jahrhundert angenommenen hatten, den Islam. Er schwor sich, falls er den heutigen Tag dank Allah überleben würde, eine Koranschule zu besuchen und sein Leben fortan der Lehre des Islam zu widmen.

Die Meuchelmörder waren nun nicht mehr zu hören. Glücklicherweise schien auch die Schlange aus ihrer Starre zu erwachen und kroch von seinem Rücken zurück ins Unterholz. Der junge Mann wartete noch ein wenig, bis er sich erhob, und entfernte sich schnell von diesem Platz. Er blickte Richtung Lager und nahm den einprägsamen süßlichen Geruch wahr, der beim Verbrennen von Menschenfleisch entstand.

11

Die Reise durch die tropische Schwüle zehrte an ihren Kräften. Erst nach fünf Tagen überquerten Granow und seine Begleiter die unsichtbare Grenze nach Laos. Nach weiteren zwei Tagen erreichten sie die kleine Landepiste im Busch, so dass Granow am Ende des siebten Tages endlich seine Landesgenossen begrüßen konnte.

Während der Reise hatte er sich immer wieder Plastikhandschuhe übergestreift und über einen längeren Zeitraum getragen. Auch wenn seine Hände hierdurch schweißnass wurden. Die Prozedur erfüllte zwei Zwecke zugleich: Erstens war es ein guter Schutz vor Moskitos, und zweitens würden sich seine Weggenossen so an seinen „Spleen" gewöhnen.

Bei der Verabschiedung Nam Kams legte Granow, der erneut die Plastikhandschuhe trug, größten Wert darauf, jedes einzelne Bandenmitglied per Handschlag zu verabschieden. Für sich interpretierte er es als goldenen Handschlag. Seinem Vaterland wurde so viel Geld gespart, weil Verblichene schlechterdings ausstehende Forderungen eintreiben konnten.

Der Inhalt von Ampulle T02, den er sich vor der Verabschiedung heimlich auf die Hand geträufelt hatte, sollte sich bei Nam Kam und seinen Bandenmitgliedern zum ersten Mal im Ernstfall bewähren, exakt zwei Tage bzw. 48 Stunden nach Verabreichung.

12

Berlin, Dezember 1988

Nach seiner Rückkehr aus Vietnam gönnte sich Granow erst einmal ein paar Tage Auszeit. Natürlich war Petrowski neugierig und erwartete schnellstens seinen Bericht. Granow vertröstete ihn jedoch auf später, es sei noch eine Menge Nacharbeit zu leisten. Er beabsichtigte, in den nächsten Monaten vorab die Ergebnisse seiner Forschungsreiche sauber zu dokumentieren und einen sinnvollen Einsatzplan auszuarbeiten. Insgeheim befürchtete er, dass der Verbindungsoffizier, zu früh über die einzigartige Waffe in Kenntnis gesetzt, nicht abwarten würde, bis eine gut durchdachte Einsatzstrategie vorläge.

Momentan war Granow der einzige Mann auf der Welt, der wusste, welche Sprengkraft die Waffe hatte, die sich in seinen Händen befand. Er musste dafür Sorge tragen, dass die Planungen strategisch durchdacht und klar definierte Ziele vorgegeben wurden. Erst mit Fertigstellung dieses Masterplanes würde er das Politbüro über die unglaublichen Einsatzmöglichkeiten seiner wissenschaftlichen Forschung unterrichten. Solange musste dieses sich in Geduld üben.

Seine Planungen sollten einen Zeitraum von mindestens 25 Jahren umfassen und die jeweiligen wahrscheinlichen Auswirkungen unterschiedlicher Einsatzszenarien beleuchten. Der Arbeitstitel lautete „Anschluss der BRD an die DDR". Für diese Mammutaufgabe würde Granow, so hatte er kalkuliert, einige Monate Zeit benötigen. Wie er aus leidvoller Erfahrung wusste, kamen auch immer wieder ungeplante Dinge dazwischen, die einen von der Arbeit abhalten würden. So musste er gleich Anfang Februar wieder einmal nach Moskau reisen.

Allerdings freute er sich diesmal besonders auf den Besuch, weil er dort seinen alten Freund Jurij treffen würde.

13

1989

Moskau, Februar 1989

Die Iljuschin Il-62 der Interflug landete am 6. Februar pünktlich auf dem Flughafen Moskau-Domodedowo. Nachdem er drei Stunden später die Einreiseformalitäten erledigt und sein Gepäck erhalten hatte, wurde Frank Granow freundlich begrüßt. Er war einer Einladung des umstrittenen Wissenschaftlers Jurij Jandlewski gefolgt, der ihn persönlich im Ankunftsbereich erwartete.

„Mein lieber Frank!", rief sein Gastgeber in einer Lautstärke, dass sich die Umstehenden reihenweise zu ihm umdrehten, „ein herzliches Willkommen!"

Granow trat aus der letzten Kontrollschleuse und steuerte auf seinen Gastgeber zu, der zehn Meter weiter mit ausgebreiteten Armen auf ihn wartete. „Lieber Jurij, ich freue mich so, dich zu sehen."

Jandlewski war so etwas wie ein Popstar in der sowjetischen Wissenschaftsszene. Seine langen blonden Haare trug er meist als Zopf gebunden. Seine große Hakennase und die tief zurückliegenden Augen gaben ihm etwas vom Aussehen eines Adlers.Seit Granow den Biologen und Biochemiker vor einigen Jahren bei einem Kongress in Moskau kennengelernt hatte, pflegten sie eine Art Freundschaft, indem sie sich mindestens einmal im Jahr, abwechselnd in Russland und Deutschland, trafen.

Obwohl Granow auf Grund seiner Stellung Zugang zu geheimdienstlichen Quellen der Stasi hatte, war ihm nicht bekannt, dass der charismatische Wissenschaftler für den KGB arbeitete. Die Stasi war in diesem Falle ahnungslos. Erst im Jahre 2001 sollten ausländische Geheimdienste auf Jandlewski aufmerksam werden, als er in der Spionageaffäre um einen amerikanischen Studenten öffentlich als Zeuge für den FSB, den Nachfolgedienst des KGB, auftrat.

Wie bei seinen letzten Besuchen übernachtete Granow in einem Gästehaus der Akademie der Wissenschaften. Bevor sie am nächsten Tag ein obligatorisches Arbeitsgespräch angesetzt hatten, war zunächst ein gemeinsamer Abend geplant. Wie immer, wenn sie sich trafen, würde dieser feucht-fröhlich werden.

Jandlewski hatte diesmal den Besuch einer Party „nur für geladene Gäste" im Tsentralny Dom Literatow geplant. Das Dom Literatow war in Moskau bekannt als Treff für „Kunst, Kultur, Wissenschaft und Intelligenz", womit man in Moskau gewöhnlich hochrangige Mitglieder aus Politik, Armee und Verwaltung bezeichnete. Holzvertäfelte Wände, schwere Teppiche und ein prasselndes Feuer im Kamin schufen eine angenehme Atmosphäre. Das alte Herrenhaus, von dem man sagte, Leo Tolstoi wäre hier ein- und ausgegangen, lag in der Powarskaja-Straße, die von einer Reihe herrlicher Jugendstilhäuser gesäumt wurde.

Jandlewski ließ die Limousine direkt vor dem Eingang halten. Der nachfolgende Verkehr würde eben warten müssen. Granow hielt dies für eine gute Idee, denn auch ein kurzer Weg bei knapp -20 Grad konnte im wahrsten Sinne des Wortes wehtun. Drinnen empfing sie eine wohlige Wärme. Ihre Mäntel wurden ihnen abgenommen und man führte sie zu einem Tisch in einer gemütlichen Nische.

„Zum Wohle, mein alter Freund", begann Jandlewski das Gespräch, nachdem man ihnen unaufgefordert eine Flasche Wodka auf den Tisch gestellt hatte. „Ich freue mich, dass wir wieder einmal zusammengekommen sind und auf die alten Zeiten anstoßen können."

„Es bereitet auch mir immer wieder große Freude, dich zu treffen, Jurij", erwiderte Granow. „Was gibt es Neues im geliebten Bruderland?"

„Ach, lieber Frank, alles ist neu. Das Leben ist voller Wunder. Und damit meine ich nicht Gorbatschow."

„Ich bin neugierig, was gibt es zu berichten?"

„Wir stehen vor radikal neuen Erkenntnissen", dozierte Jandlewski, „ich habe In-Vitro-Studien an Wühlmäusen vorgenommen und werde zum Umdenken in der Evolutionstheorie beitragen. Noch in diesem Jahr wird ein anerkanntes Fachmagazin darüber berichten. Meine wissenschaftlichen Studien werden belegen, dass alles, das Universum, das Leben und die Lebewesen auf dieser Welt nur durch den Eingriff Gottes in natürliche Vorgänge möglich geworden sind."

Granow runzelte die Stirn und wollte gerade zu einer Erwiderung ansetzen.

„Aber, mein lieber Frank, das ist eine lange Geschichte, mit der wir uns heute nicht beschäftigen wollen. Bevor wir anfangen zu diskutieren, was mit dir stets ein großes Vergnügen ist: Wir haben etwas zu feiern!"

„Das freut mich, Jurij!", sagte Granow interessiert. „Du machst mich neugierig, erzähl schon. Was gibt es Interessantes?"

„Zunächst einmal die Frauen!", rief Jandlewski laut.

Wie aus dem Nichts erschienen zwei gut gekleidete Damen. Die Größere der beiden hatte einen schwarzen Hosenanzug an und trug ihr langes dunkles Haar zu einem Zopf gebunden. Die zweite trug ein beigefarbenes Kleid, das bis zu den Knien reichte, und hatte ebenfalls dunkles, aber gelocktes Haar, das sie offen trug. Beide waren schlank und trugen ein dezentes Makeup. Ganz im Gegensatz zu den anderen weiblichen Gästen, denen mehr oder minder anzusehen war, dass sie einen kleinen Obolus für gewisse Dienste erwarteten.

„Darf ich vorstellen?" fragte er und fuhr fort, ohne auf eine Antwort zu warten: „Elena und Nastasja. Beide ausgezeichnete Mitarbeiterinnen. Setzt euch zu uns, ihr Lieben!"

Die beiden Frauen reichten Granow die Hand und nahmen Platz.

„Guten Tag, mein Name ist Elena Ponomarjow", sagte die Größere der beiden.

„Mein Name ist Nastasja Schtscherbakow, es ist nett, Sie kennenzulernen", ergänzte die Frau mit den lockigen Haaren.

„Es ist mir eine Ehre", begrüßte Granow die beiden Damen.

„Mein lieber Frank, welche Neuigkeiten es gibt, werde ich dir erst morgen verraten. Heute wollen wir einfach den Abend genießen."

Fast zeitgleich mit dem Erscheinen der mehr als ansehnlichen Frauen hatte ein Ober unaufgefordert eine Flasche Champagner serviert. Nachdem er die Gläser gefüllt hatte, prostete die Runde sich zu.

„Erzählen Sie ein wenig von sich", forderte die Frau, die Elena hieß, Frank auf. Ihre dunklen Augen sahen ihn neugierig und aufmerksam an. Granow lächelte. Es sah so aus, als könnte sich dies zu einem gelungenen Abend entwickeln. Mit zunehmendem Alkoholpegel entspannte er sich mehr und mehr und genoss das seicht dahinplätschernde Gespräch in dieser berauschenden und geschichtsträchtigen Atmosphäre.

14

Am nächsten Abend erwachte Frank Granow im Bett seines Zimmers im Gästehaus der Akademie. Sein Kopf drohte vor lauter Kopfschmerzen zu platzen. Das Zimmer war schwach beleuchtet, dennoch fiel es ihm schwer die Augen zu öffnen. Alles sah verschwommen aus. Jeder Lichtschein schmerzte. Quälend langsam klärte sich sein Blick. Am Bettrand vor ihm saß eine große, dunkelhaarige Frau, die ihn beobachtete.

„Du bist wieder da", stellte sie fest.

Einen Moment lang träumte Granow, er wäre noch ein Kind und seine Mutter, die bei einem Bombenangriff auf Berlin im zweiten Weltkrieg vor seinen Augen von Trümmern erschlagen worden war, säße vor ihm und alles sei gut.

„Was, wie, wo bin ich?", stammelte er, nach und nach ins richtige Leben zurückkehrend.

„Alles ist gut", beruhigte die Frau ihn, „es war eine sehr lebhafte Nacht."

Langsam erinnerte er sich. Jandlewski, Dom Literatow, Champagner, Wodka, weibliche Begleitung,... Er sah sich die Frau nun genauer an. Sie war wunderschön. Sie hatte ein schön geschnittenes, slawisch geformtes Gesicht mit vollen Lippen und eine wohlproportionierte Figur. Da sie nur Unterwäsche trug, war dies nicht zu übersehen. Ihre dunklen Augen ruhten auf ihm. So sehr er sich das Hirn marterte, ihm fiel nicht der Name dieser jungen und hübschen Frau ein.

„Ich bin Elena", sagte sie, als ob sie seine Gedanken lesen könnte.

„Was, was ist passiert?" Etwas Besseres fiel ihm gerade nicht ein.

„Ich habe einen Fehler gemacht", stellte sie lapidar fest.

Ohne dass Granow verstand, was sie meinte, klang es wie ein unumstößliches Faktum. Sie wandte sich von ihm ab, stand auf und zog sich ihre Kleidung an, die neben dem Bett lag. Granow versuchte sich an die letzte Nacht zu erinnern. Er wollte gerne irgendetwas sagen, nur um wieder ins Gespräch zu kommen. Aber da war nur Leere in seinem Kopf. Wenn sie gesagt hätte: „Wir haben einen Fehler gemacht", wäre eine mögliche Erklärung einfach gewesen. Schließlich lag er unbekleidet unter der Decke, und sie trug lediglich, allerdings sehr reizende, Dessous. Doch alles Nachdenken blieb vergeblich. Er konnte sich an nichts erinnern.

„Du wirst gleich abgeholt und wir werden uns nie wiedersehen."

Wieder konnte er nicht nachvollziehen, was sie damit meinte. Fertig angekleidet kam Elena auf ihn zu und drückte ihm einen Kuss auf die Stirn.

„Wir haben alle eine Aufgabe", sagte sie und verließ das Zimmer, ohne auf eine Erwiderung zu warten.

Granow wollte sie zurückhalten, aber sein Kopf war völlig vernebelt und er konnte keinen vernünftigen Gedanken fassen. Mit schweren Gliedern stieg er aus dem Bett und ging unter die Dusche. Erneut versuchte er sich krampfhaft daran zu erinnern, was in der letzten Nacht geschehen war. Letzte Nacht? Es war schon wieder Abend. Ihm fehlte nicht nur die Nacht. Was war in den letzten 24 Stunden geschehen? Dunkel erinnerte er sich zumindest an den Beginn. Jandlewski hatte ihn abgeholt...

Granow kam gerade aus der Dusche heraus und hatte sich angezogen, als es an der Zimmertür klopfte. Er öffnete die Tür und ein fröhlicher Dmitri Anatoljewitsch Jandlewski spazierte ins Zimmer.

„Frank, wie schön, dass du schon munter bist", wurde er begrüßt, „du hast ja mächtig die Puppen tanzen lassen", fügte Jandlewski mit einem Augenzwinkern hinzu.

Granow versuchte seine Gedächtnislücke zu verbergen:

„Ein wirklich toller Abend. Ich hoffe, wir können das bald wiederholen."

„Tut mir Leid, mein Lieber. Die Pflicht ruft. Wie man mir mitgeteilt hat, wirst du morgen schon wieder in Berlin erwartet. Ich habe dir schon einen Fahrer besorgt."

Natürlich hatte Granow seine Reise ordnungsgemäß angemeldet, und es überraschte ihn wenig, wenn er zu irgendwelchen dringenden Angelegenheiten zurückbeordert wurde. Dies kam hin und wieder vor. Allenfalls überraschend war, dass Dritte eher darüber informiert waren als er.

„Das ist schade, Jurij, wir haben uns noch gar nicht richtig unterhalten", sagte Granow bedauernd.

„Aber, aber, Frank, wir haben einen wirklich schönen Abend gemeinsam erlebt. Was will man mehr? Ich hatte zwar gehofft, dass wir heute noch etwas fachsimpeln könnten, aber leider warst du nicht erreichbar. Von der Leitung des Gästehauses habe ich dann eben erst erfahren, dass ein Ticket für den Abendflug für dich hinterlegt wurde."

Granow wollte nicht zugeben, dass er offensichtlich den ganzen Tag verschlafen hatte: „Du hast Recht, Jurij. Ich hoffe, dass wir uns schon bald wiedersehen."

„Das werden wir ganz bestimmt. Gestern wollte ich es noch nicht verraten, aber heute muss ich es dir zumindest noch mit auf den Weg geben: Seit Anfang dieses Jahres bin ich Mitarbeiter des Labors für Toxikologie an der Moskauer Städtischen Anstalt für Hygiene und Epidemiologie."

Granow fühlte sich erwischt und durchschaut. Wussten die Russen etwas?

„Das ist eine tolle Neuigkeit!", reagierte er gezwungen ruhig, unter Zuhilfenahme seiner ganzen Routine. „Möglicherweise gibt es in diesem Zusammenhang künftig Gelegenheiten, sich auszutauschen." War das im Hinblick auf seine eigenen Forschungen nur ein seltsamer Zufall?

„Diese Gelegenheiten werden sich ergeben, da bin ich absolut sicher", orakelte Jandlewski.

15

Die Befragung im KGB-Hauptquartier einige Stunden zuvor war für die Agenten schlichte Routine gewesen, wurde so etwas doch mehrfach in der Woche durchgeführt. Sie hatten von den Ergebnissen der Operation MKULTRA profitiert. Bei dieser CIA-Operation wurden unter anderem Tausende ahnungslose Krankenhauspatienten und Gefängnisinsassen ausgewählt. Die Testreihen umfassten insbesondere Versuche mit halluzinogenen Drogen, darunter auch LSD. Das Ziel der geheimen Operation war klar: ein perfekt funktionierendes Wahrheitsserum zu entwickeln.

Die Amerikaner hatten bei diesen geheimen und illegalen Versuchsreihen durchaus akzeptable Ergebnisse erzielt, die schließlich durch einen finanziell in Not geratenen CIA-Mitarbeiter nach Moskau gelangten. Die Russen hatten dann weitere Tests vorgenommen, um Sicherheit in der Anwendung zu erhalten. Probanden aus unterschiedlichen Straflagern standen hierfür in ausreichender Anzahl zur Verfügung.

Am frühen Morgen, gegen 2 Uhr, wurde ein bewusstloser Mann in die Lubyanka angeliefert. Offensichtlich hatte er eine Menge Alkohol konsumiert. Genossin Elena Ponomarjow hatte ihm darüber hinaus zusätzlich – im Anschluss an ein anregendes Liebesspiel – einen Schlaftrunk verabreicht. Nun galt es, ihm psychoaktive Substanzen zu verabreichen, ihn aufzuwecken und in einem für die Befragung geeigneten Zustand zu halten.

Die Befragung übernahm federführend der Wissenschaftler Jandlewski. Die anwesenden Agenten verstanden wohl, dass es um Versuche mit giftigen Substanzen ging, getestet an menschlichen Probanden. Da ihnen jedoch die Einzelheiten biologischer und chemischer Ingredienzien nicht ausreichend vertraut waren, war es nur folgerichtig, dass ein ziviler Fachmann die richtigen Fragen stellte.

Am späten Vormittag brachte die KGB-Einsatztruppe Frank Granow wieder in seine Unterkunft, wo er seinen Drogenrausch ausschlafen konnte. Genossin Elena Ponomarjow erhielt den Auftrag, bei ihm zu warten, bis er aufwachte. Er würde sich nicht an die vergangenen Stunden erinnern können. Es würde schrecklich für ihn sein, sich nicht an das aufregende Erlebnis mit der schönen Agentin erinnern zu können.

Elena Ponomarjow hingegen würde die Nacht mit ihm niemals vergessen. Aber es war schließlich ihre Pflicht, Befehle auszuführen, ob sie ihr gefielen oder nicht.

Die staatlichen Kidnapper vom KGB hätten sich vermutlich über Elenas Einstellung gewundert, wenn sie sie besser gekannt hätten. Für Elena gehörten Liquidationen und angeordnete Sexabenteuer zum Berufsalltag. Sie handelte nach dem Motto: umsetzen und abhaken. Belasten ließ sie sich hierdurch nicht. Allerdings war ihr bei diesem speziellen Auftrag eine Panne unterlaufen. Sie hoffte, diese würde ohne Folgen bleiben.

16

Berlin, Oktober 1989

In den letzten Monaten arbeitete Granow fast ununterbrochen. Sein Einsatzplan war weit fortgeschritten und er rechnete damit, ihn Petrowski noch vor Weihnachten präsentieren zu können. Anfangs hatte das Mitglied des Politbüros noch häufiger nachgefragt, doch in den letzten Wochen hatten Petrowski die unerfreulichen Entwicklungen im Lande doch sehr beansprucht. Proteste und Unruhen waren ausgebrochen, wenn auch bislang in friedlicher Form.

Granow selbst wurde nun zunehmend ungeduldig und wegen der Lage insgesamt beunruhigt. Man sollte möglichst schnell an die Umsetzung gehen. Vielleicht musste er doch noch von den Ursprungsplanungen abweichen und auf die aktuellen Ereignisse reagieren.

Wegen des aktuellen Staatsbesuchs war an diesem Tag aber nicht an Arbeit zu denken. Entlang der freigeräumten Straßen Ostberlins, durch welche die Wagenkolonne mit dem Generalsekretär der KPDSU rollte, waren vereinzelt „Gorbi, Gorbi"-Rufe zu hören. Die Menschen am Straßenrand konnten nicht verhindern, dass die breiten Boulevards, über die die gepanzerten Fahrzeuge fuhren, einen Eindruck der Leere hinterließen. So wie das System als solches.

Nicht weit entfernt am Alexanderplatz sammelten sich hingegen große Menschenmengen zu einer Demonstration. Die Worte des Kreml-Chefs, die im westdeutschen ARD-Fernsehen ausgestrahlt wurden, gingen durch die Reihen: „Wer zu spät kommt, den bestraft das Leben." Das Staatsbankett zu Ehren Michail Gorbatschows war ein großes gesellschaftliches Ereignis. Unter den Gästen befanden sich Frank Granow und Aleksandr Melnikow alias Dimitrij Puschkin, der inzwischen im Range eines Oberstleutnants zu einem stellvertretenden Abteilungsleiter aufgestiegen war. Offensichtlich hatte er einige Erfolge erzielt.

Er war es auch, der Granows heimliche Vernehmung Anfang des Jahres in Moskau befohlen hatte. Durch interne Umorganisationen, unerfreuliche Entwicklungen im Warschauer Pakt und dringende Aufträge anderer Art hatte er erst vor ein paar Tagen einen vollständigen Bericht erhalten, der als „top secret" deklariert worden war. Nachdem er den Bericht gelesen hatte, stand für ihn außer Zweifel, dass er die Ergebnisse an sich bringen musste. Möglichst ohne viele Menschen einzuweihen.

Puschkin suchte und fand einen geeigneten Augenblick, um Granow anzusprechen: „Guten Abend, Herr Granow. Mein Name ist Aleksandr Melnikow, ich bin Diplomat an der Botschaft der UDSSR. Ich würde gerne kurz mit Ihnen sprechen."

„Guten Abend, sehr erfreut. Kennen wir uns?", fragte Granow.

„Es reicht, wenn wir Sie kennen, Herr Granow", erwiderte Puschkin. „Wir interessieren uns sehr für Ihre Arbeiten. Aber ich bitte Sie, dies sollte vertraulich gehandhabt werden, sonst würde es sehr ärgerlich für Sie werden."

Puschkin sprach sehr leise, aber eindringlich. Seine Augen blieben kalt. Granow wollte sich nicht annähernd ausmalen, was passieren würde, wenn dieser Mann „ärgerlich" werden würde. Er versuchte, Zeit zu gewinnen.

„Sicher, wenn Ihr Interesse so groß ist, können wir uns irgendwann einmal treffen. Allerdings sind meine Arbeiten nicht spektakulär. Sie würden sich langweilen."

„Lieber Herr Granow", antwortete Puschkin, „wir beide wissen, dass Ihre Forschungen sehr interessant sind. Wir würden deshalb gerne die Ergebnisse brüderlich teilen." Er ergänzte nach einer kurzen Gesprächspause: „Ich vermute, Ihre Tochter würde dies auch sehr schätzen."

Granow erstarrte vor Schreck. „Selbstverständlich arbeite ich gerne mit Ihnen zusammen, Herr Melnikow", beeilte er sich zu sagen.

„Das habe ich erwartet", antwortete Puschkin. „Sie werden von uns hören."

Puschkin entschwand in der Menge. Granow lief der Angstschweiß den Rücken hinunter. Woher wussten die Russen etwas von seiner Forschung? Und was genau wussten sie? Was sollte er nur machen? Das Vaterland verraten? Seine Tochter in Gefahr zu bringen, kam keinesfalls für ihn in Frage. Lieber würde er sterben, als dass Katja etwas passieren würde. Vielleicht sollte er erst einmal abwarten, was von ihm verlangt wurde.

17

Offensichtlich war dieser Melnikow kein Mann, der etwas auf die lange Bank schob. Schon zehn Tage nach dem Empfang für Gorbatschow erreichte Granow eine Nachricht.

Treffpunkt 22. Oktober 11 Uhr an der Weltuhr,
mit Dokumenten.
Herzliche Grüße Aleksandr Melnikow

Mehr hatte auf dem Zettel nicht gestanden, der ihm, von wem und wo auch immer – er hatte es schlichtweg nicht bemerkt –, in die Jackentasche gesteckt wurde. Nun wurde es ernst. Aber er würde vorbereitet sein. Zeit zu gewinnen war das oberste Gebot.

Nach seinem Treffen mit dem unangenehmen Melnikow auf der Festveranstaltung kam Granow immer wieder zum selben Schluss. Entweder er musste seine wertvollen Forschungen preisgeben und sein Vaterland verraten, oder er würde seine Tochter einer großen Gefahr aussetzen. Seine Situation war heikel. Ein Verrat am Vaterland kam für ihn nicht in Frage. Eine Gefährdung seiner geliebten kleinen Katja erst recht nicht.

In den letzten Tagen hatte er sich einen Plan zurechtgelegt. Nur sein Timing stand noch nicht fest. Dies würde auch davon abhängen, wie schnell die Gegenseite agieren, bzw. reagieren, würde. Um seine Tochter zu schützen, würde er sich im schlimmsten Fall selbst opfern müssen, wenn er gleichzeitig das Geheimnis des Serums vor dem Zugriff Dritter bewahren wollte.

Zu seiner eigenen Überraschung hatte er sehr schnell einen weitgehenden Entschluss gefasst. Er würde aus dem

Leben scheiden, wenn die Situation eskalieren sollte. Und hiervon war leider auszugehen. Es gab zwei Menschen, die er liebte: Seine Frau, die ihn stets umsorgt hatte, und natürlich seine größte Liebe, Katja.

Sollte er sterben müssen, um Schlimmeres abzuwenden, würde er seine Frau mitnehmen. Nur zu ihrem Besten. Was hätte sie denn noch vom Leben, wenn er nicht mehr da wäre? Sie würden gemeinsam einem, augenscheinlich durch Dritte vorsätzlich herbeigeführten, „Unglück" zum Opfer fallen. Einem Attentat. Und da es sie beide treffen würde, wäre es noch glaubhafter. Nur so konnte er seine Tochter schützen.

Er wusste, dass die Russen, wenn es aus ihrer Sicht notwendig schien, keine Skrupel haben würden, sie zu entführen oder ihr noch Schlimmeres anzutun. Nur um ihn zu erpressen. Zuvor würde er den Russen gefälschte Akten und Labormaterial übergeben. Am Ende würde sich herausstellen, dass die von ihm gelieferte Substanz zwar ein tödlicher Stoff war, aber wenn man wusste, wonach man suchen musste, bei einer Autopsie leicht nachzuweisen.

Also im Gegensatz zu seinem wirklichen Schatz für einen dauerhaften Einsatz nicht zu gebrauchen. Die Russen würden eine Weile benötigen, um das herauszufinden, er rechnete mit zwei bis drei Monaten. Zu diesem Zeitpunkt wäre er, Granow, bereits verstorben und nicht mehr zu befragen. Man würde annehmen, dass seine große Entdeckung, auf die man spekulierte, eben keine gewesen war. Und Katja wäre dann aus dem Schneider.

18

Granow erreichte den Alexanderplatz und stellte sich an die Weltzeituhr, eine zehn Meter hohe Säule, um die sich ein mit Aluminiumplatten verkleideter farbiger Zylinder drehte. Dieser stellte verschiedene Länder der Erde, in 24 Segmente unterteilt, dar. Der Zylinder war schematisch in geographische Regionen unterteilt und zeigte die Uhrzeiten verschiedener wichtiger Städte der Welt. Seit langer Zeit war dieser Ort ein beliebter Treffpunkt.

Granow trug schwarze Handschuhe aus imprägniertem glattem Leder über den schützenden Plastikhandschuhen. Da es an diesem Tag schon relativ kühl war, würden die Handschuhe keine große Aufmerksamkeit erregen. In seiner Manteltasche befand sich ein Plastikbehälter, auf dem ein Verschluss mit einem Schwamm aufgebracht war. Wenn er die Flasche zusammendrückte, würde sich der Schwamm vollsaugen. Mit einem Finger würde er genügend Flüssigkeit abstreifen können, um die gewünschte Wirkung zu erzielen.

Er ging davon aus, dass das Treffen sehr schnell verlaufen würde. Deshalb wählte er Flüssigkeit aus der Ampulle mit der Aufschrift M15, Eintritt der Wirkung nach fünfzehn Minuten. Die Übergabe selbst würde höchstens fünf Minuten in Anspruch nehmen. Danach würde der KGB-Spion mindestens weitere fünf Gehminuten vom Fußgängerbereich zu seinem Fahrzeug benötigen. Weitere sieben bis zehn Minuten Fahrzeit, um zur russischen Botschaft zu gelangen, die sich an der Straße Unter den Linden befand.

Dort würde er nie ankommen. Wahrscheinlich würde es vorher einen Verkehrsunfall geben, weil der Fahrer eines Wagens plötzlich einem unbekannten Leiden erlegen war und das Fahrzeug führerlos wurde. Dann würde die Vopo kommen und Wagen, Leiche und Aktenkoffer mitnehmen. Schnell würde man feststellen, dass es ein Botschaftsfahrzeug der Russen war. Man würde den Schrott und die Leiche den russischen Brüdern übergeben, der Aktenkoffer aber würde bei der Stasi landen. Diese würde feststellen, dass sich wertlose Schriftsätze in dem Koffer befanden, die niemandem zuzuordnen waren.

Der KGB würde wissen, dass die Stasi den Koffer einbehalten hatte, und annehmen, dass er dem ursprünglichen Eigentümer, Granow, ausgehändigt würde. So könnte eine neue Runde beginnen. Er hätte Zeit geschunden.

Granow hatte den Mann, obwohl er aufmerksam die Umgebung beobachtet hatte, nicht kommen sehen.

„Herzliche Grüße von Aleksandr Melnikow", sprach dieser ihn an. „Wir gehen gemeinsam in den Bahnhof, dann übernehme ich den Koffer."

Granow folgte dem Mann wortlos und die Übergabe lief wie geplant. Dann trennten sie sich wieder und jeder nahm einen anderen Ausgang. Granow schlenderte zur Marienkirche und weiter in Richtung Palast der Republik. Gerade als er an dem mit braunem Glas verkleideten hässlichen Klotz vorbeilief, hörte er Sirenen. Offensichtlich hatte es weiter vorne einen Unfall gegeben. Die erste Runde hatte er gewonnen.

19

Treffpunkt 8. November 15 Uhr Raststätte Michendorf
Dringliche Grüße Aleksandr Melnikow

Am 4. November hatte man den Zettel in Granows Briefkasten geworfen. Die sind schneller als erwartet, dachte er. Er wunderte sich zunächst über den avisierten Treffpunkt. Die Raststätte Michendorf lag auf einer Transitstrecke zwischen der BRD und Westberlin. Dort gab es mehrere Intershops und in der Regel wimmelte es von Stasi-Agenten. Vermutlich wollte man ihn unter Druck setzen. Die Russen wussten, dass er sich bei einer konspirativen Aktion nicht erwischen lassen durfte. Also doch ein kluger Schachzug.

Auch dieses Treffen würde er nach bewährtem Schema bewältigen, allerdings wurde die Luft dünner. Granow blieb keine Wahl, als ein Mittel mit sekundenschneller Wirkung zu nutzen, wenn er nicht riskieren wollte, dass sein Aktenkoffer mit wertlosem Inhalt von den KGB-Agenten gesichert werden konnte und er sich und seine Familie damit großer Gefahr aussetzen würde. Sie würden diesmal mit Verstärkung auftauchen, da war er sicher. Er wählte eine Ampulle mit der Aufschrift S5.

Um nicht aufzufallen, fuhr er am 8. November mit dem Trabant seiner Frau zur Raststätte. Dort angekommen, stieg er aus und ging mit seiner Aktentasche zu den WC-Anlagen. Wie erhofft und erwartet, erschien kurz darauf ein athletisch aussehender Mann.

„Den Koffer", sagte er nur.

Schnell befeuchtete Granow seinen Finger und wiederholte die Übergabeprozedur vom Alexanderplatz. Der Mann verließ zügig, aber nicht hektisch die Waschräume, um in einen wartenden Wagen zu steigen. Drei Sekunden später öffnete Granow die Tür. Der Mann hatte schon den Wagen erreicht. Granow zählte in Gedanken weiter: vier Sekunden, fünf Sekunden...

Zu seiner Erleichterung brach der Mann zusammen, bevor er die Wagentür öffnen konnte. Sofort liefen in zivil gekleidete Personen zum Ort des Geschehens. Wenn Granow richtig lag, waren es Stasi-Mitarbeiter. Da der KGB es sich nicht erlauben konnte, bei einer Operation erwischt zu werden, war eine hektische Flucht, eine Verfolgungsjagd nicht zu erwarten.

Einer der „Zivilisten" kümmerte sich um das Opfer, der andere ging um den Wagen herum, um den Fahrer zu befragen. Schnell kamen weitere Kräfte hinzu. Der Koffer wurde gesichert. Alles nach Plan, dachte Granow. Andererseits wusste er, dass er dieses Spiel nicht noch einmal wiederholen konnte. Auch wenn die Russen keine Erklärung für die Fehlschläge finden würden. Ein drittes Mal ließen sie sich sicher nicht vorführen.

Schon als er das erste Mal den Gedanken hatte, dass er – um seine Tochter herauszuhalten – bereit wäre zu sterben, war abzusehen, dass dies früher oder später auch erforderlich sein würde. Es war Zeit, sich an den Gedanken zu gewöhnen, dass es eher früher sein würde.

20

Berlin, 9. November 1989

Kurz vor 19 Uhr erlebte Frank Granow fassungslos die Übertragung der internationalen Pressekonferenz von Günther Schabowski in Begleitung der ZK-Mitglieder Beil und Banaschak.

Günter Schabowski: „Äh,... (Pause) ständige Ausreisen können über alle Grenzübergangsstellen der DDR zur BRD erfolgen. Damit entfällt die vorübergehend ermöglichte Erteilung von entsprechenden Genehmigungen in Auslandsvertretungen der DDR bzw. die ständige Ausreise mit dem Personalausweis der DDR über Drittstaaten. (Pause) Äh, die Passfrage kann ich jetzt nicht beantworten. (Pause) Das ist auch eine technische Frage. Ich weiß ja nicht, die Pässe müssen ja, ... also damit jeder im Besitz eines Passes ist, überhaupt erstmal ausgegeben werden. Wir wollten aber..."

Manfred Banaschak: „Entscheidend ist ja die inhaltliche Aussage ..."

Günter Schabowski: „... ist die ..."

Frage: „Wann tritt das in Kraft?"

Günter Schabowski: „(Pause) Das tritt nach meiner Kenntnis sofort (leiser Zuruf: unverzüglich), unverzüglich ..."

Granow stellte das Radio ab. „Das war's dann wohl", murmelte er. Auch wenn die Entwicklungen der letzten Wochen und Monate erschreckend dynamisch waren, kam die Grenzöffnung für ihn, wie für die meisten anderen, völlig überraschend. Obwohl sein langjähriger Freund Erich rund drei Wochen zuvor zurücktreten musste, hatte niemand mit einer solch dramatischen Entwicklung der Ereignisse gerechnet.

Granow vermutete, dass dieser Zusammenbruch auch das Ende seines Forschungslabors, das Ende für sein Lebenswerk bedeuten würde. Das Aus für seinen Plan. Alles vergebens. Ein Grund mehr, den Tod nicht zu fürchten. Wäre Erichs Gesundheit nicht so angegriffen gewesen, hätte man vielleicht noch mehr Zeit gehabt, unliebsame Entwicklungen zu verhindern.

Granows Pläne wurden nun vom aufmüpfigen Mob torpediert. Wenn es nach ihm gegangen wäre, hätte er schon viel früher die Volksarmee eingesetzt, um knallhart durchzugreifen. Aber die neue Führung aus rückgratlosen Weichlingen taugte nichts. Seit Erichs erzwungenem Rücktritt wurden zudem immer drängendere Fragen nach dem Zweck seiner Einrichtung gestellt. Und jetzt noch die unverhohlene Drohung der Sowjets, seiner Tochter etwas anzutun.

Wie immer in seinem Leben würde Granow kompromisslos vorgehen. Auch sich selbst gegenüber. Er musste sich schnellstmöglich um die Auflösung der verfügbaren Finanzmittel für sein Projekt kümmern. Sie mussten verschwinden. Spurlos. Nicht für sich. Er konnte sich kein neues Leben vorstellen. Alles, was er unternahm, diente dazu, Katja ein glückliches und unbeschwertes Leben zu ermöglichen. Seiner wahren, einzigen und großen Liebe.

Eine Träne rollte ihm über die Wange. Er konnte sich nicht daran erinnern, dass ihm das schon einmal passiert war. Schnell wischte er sie weg und besann sich auf seine letzten wichtigen Aufgaben.

21

Berlin, November 1989

Granow hatte von Beginn seiner Forschungstätigkeit an detaillierte Berichte geführt. Obwohl sie nie darüber gesprochen hatten – er hielt sie bisher für zu jung –, hatte er immer die große Hoffnung gehegt, dass er Katja eines Tages in seine Pläne einweihen konnte, um gemeinsam mit ihr an der Umsetzung zu arbeiten. Seine umfangreichen Notizen sollten hierbei als Unterstützung dienen.

Granow hatte sehr darauf geachtet, dass seine Tochter die bestmögliche Allgemeinbildung und eine gute ideologische Schulung erhielt. Dank seiner engen Verbindung zum Generalsekretär konnte Katja sämtliche Eliteeinrichtungen besuchen. Zu seiner Freude war sie stets unter den Besten gewesen. Kein Wunder, die Natur hatte ihn schon mit einem überdurchschnittlichen IQ ausgestattet. Wie sich herausstellte, übertraf die Tochter ihren Vater noch.

Durch die politischen Erdbeben, die den Ostblock in die Katastrophe führten, waren seine Zukunftspläne gescheitert. Durch den Sturz Honeckers, durch Gorbatschow, durch die abtrünnigen Eliten musste er diesbezüglich alle Hoffnungen begraben. Seiner bahnbrechenden Methode der anonymen Beseitigung missliebiger Personen fehlte die Einsatzperspektive. Eine Verwendung ohne erkennbaren Nutzen, ohne Ziel und somit die Ausübung willkürlicher Morde kamen für ihn nicht in Frage.

Man hätte besser früher zugeschlagen und Michail Gorbatschow und Helmut Kohl beseitigt. Wer weiß, vielleicht kamen doch noch einmal die Falken der SED an die Macht. Es war noch nicht zu spät, offensichtliche Umsturzversuche zu beenden. Granow setzte alle Hoffnung in seine Tochter. Er sah seine letzte Aufgabe darin, Katja in die Lage zu versetzen, seine Pläne eines Tages zu vollenden.

Warum sollte nicht die BRD in einigen Jahren endlich den Vorteil eines Arbeiter- und Bauernstaates auf breiter Basis erkennen? Und sich dann an die DDR angliedern? Vielleicht würde die Grenzöffnung sogar helfen, den verblendeten Menschen im Westen den richtigen Weg zu weisen. Es würde zunehmend schwierig für die BRD werden, ihre propagandistischen Lügen über die DDR zu verbreiten.

Möglicherweise würde er posthum noch als der Mann in die Geschichte eingehen, der ursprünglich die Weichen gelegt hatte, weil durch seine „unsichtbare Methode" unliebsame Staatsfeinde eliminiert werden konnten und die DDR wieder zu alter Stärke geführt wurde.

Mit dieser Zuversicht wandte sich Granow seinen letzten Aufgaben zu. Seine Beweggründe, nachvollziehbar für seine Tochter niedergeschrieben, und seine Forschungsergebnisse hatte er schon sorgsam sortiert und in einem Dokumentenkoffer verschlossen. In den kommenden Tagen würde er Kontakt mit unterschiedlichen Offshore-Banken und Finanzinstituten in unterschiedlichen Ländern aufnehmen.

Petrowski und er waren sich immer einig darüber gewesen, dass für ihren perfiden, aber genialen Plan, einflussreiche Feinde des Sozialismus im Allgemeinen und der DDR im Besonderen elegant ins Jenseits zu befördern, ausreichend liquide Mittel zur Verfügung stehen mussten. Natürlich in Devisen. Man musste weltweit über ausreichende Mittel verfügen können, die nicht rückverfolgbar waren. Zu diesem Zweck wurden zahlreiche „volkseigene" Unternehmen gegründet, die vordergründig auf den Gebieten Wissenschaft, Forschung und Kultur der Bruderländer tätig waren. Die jeweilige Verfügungsgewalt oblag alleine Granow und Petrowski. Bei den eingerichteten Devisenkonten handelte es sich ausschließlich um Nummernkonten. Nach Granows Schätzungen belief sich die Summe der im Laufe der letzten drei Jahre aus unterschiedlichen Töpfen abgezweigten Gelder auf etwa 75 Millionen US-Dollar.

Er wusste, dass das Politbüromitglied auf Grund der politischen Umwälzungen genügend andere Sorgen hatte, als sich ausgerechnet um dieses Vermögen zu kümmern, das nur zu schnell mit seinem richtigen Namen in Verbindung gebracht werden könnte. So ein Mann hatte sicher ganz andere Möglichkeiten. Jetzt bestand die Chance, die Konten für eine künftige zweckdienliche Verwendung zu Gunsten seiner Tochter umzuschichten, was allein noch einige Wochen in Anspruch nehmen würde. Ein jeweiliger Besuch vor Ort würde unerlässlich sein. Nur wenn er bar abhob und bar auf neue, eigene Konten wieder einzahlte, konnte er alle Spuren verwischen.

Glücklicherweise hatten sie Bankinstitute ausgewählt, die erfahrungsgemäß keine großen Fragen stellten. Dreiundzwanzig Konten in neun Ländern, stellte er fest, rund um den Globus verteilt. Er hatte einiges zu tun. Und Zeit blieb ihm kaum noch. Die Russen saßen ihm im Nacken und erwarteten Ergebnisse. Er musste bald liefern, wenn er seine Tochter nicht gefährden wollte.

22

Treffpunkt 15. Dezember Panorama Bar,
Warsaw Marriott Hotel, Warschau
Ein letzter Gruß, Aleksandr Melnikow

Erneut fand Granow eine Nachricht in seinem Postkasten. Er war gerade erst aus Grenada zurück und wollte am nächsten Tag zu einer Bank in Luxemburg reisen. Eigentlich hatte er schon viel früher mit einer Aufforderung gerechnet. Vermutlich waren aber auch die Russen von den Ereignissen am 9. November überrascht worden und hatten ein paar andere Dinge zu regeln gehabt.

Diesmal wird es ernst, sagte er sich.

Wenn es noch einen unvorhergesehenen „Unfall" geben würde, wäre Katja in größter Gefahr. Diesmal musste er liefern. Deshalb verzichtete er darauf, den Einsatz des Serums zu planen. Tatsächlich legte er umfangreiche Dokumente in einen Aktenkoffer. Beigefügt waren darüber hinaus drei Ampullen mit einem Serum. Seine Dokumente beschrieben Testreihen an vietnamesischen „Freiwilligen". Ziel der Testreihen sei ein wirksam starkes Dopingmittel und ein toxisches Mittel gewesen, welche nicht nachzuweisen seien.

Die Experimente beschrieben Anwendungsmöglichkeiten der gewöhnlichen Brechnuss, einem Baum, aus dessen Rinde, Blättern und Samen seit Urzeiten das hochgiftige Alkaloid Strychnin gewonnen wurde. Eine Erkenntnis, die – nach späterer Auswertung durch die wissenschaftliche Abteilung im KGB – sozusagen als „Allgemeinwissen" gewertet werden musste. Da es aus Erfahrungen in anderen Bereichen nicht ganz abwegig war, dass die DDR trotz eines recht gut funktionierendem Geheimdienstes in vielen

Bereichen Defizite in Bezug auf geheimes „Allgemeingut" hatte, würde man hoffentlich später schnell das Interesse an dem Fall verlieren.

Die Übergabe im Marriott verlief unspektakulär. Die Russen hatten einen Tisch reserviert, zu dem Granow geleitet wurde. Seine Kontaktperson wies ihn an, ihm die Tasche unter dem Tisch zuzuschieben. Das Rendezvous zog sich über eine Dreiviertelstunde hin, weil man ein geschäftliches Abendessen inszenierte. Es wurde über sehenswerte Attraktionen in Warschau, Berlin und Moskau geplaudert.

Nachher begleitete man ihn zu dritt, bis er nach der Aufzugfahrt aus dem 40. Stockwerk die Lobby betreten hatte und durch den Ausgang das Hotel verließ.

Zwischenzeitlich hatte man den Koffer wahrscheinlich in einem der über 500 Zimmer zwischengelagert. Es durfte schließlich nicht wieder etwas dazwischenkommen. Granow rechnete mit zwei oder drei Monaten. Solange würden die Russen benötigen, um mit Hilfe ihrer Wissenschaftler eine Bewertung der Unterlagen vorzunehmen. Solange würde er für seine letzten Aufgaben nicht mehr benötigen.

23

Berlin, Ende Dezember 1989

Zusammengerechnet neunzehn Reisetage und zweiundzwanzig Flüge später war es vollbracht. Abweichend von seinen ersten Schätzungen hatte Granow weltweit rund 86 Millionen US-Dollar auf Nummernkonten verteilt vorgefunden. Seine Tochter würde sich jedenfalls keine finanziellen Sorgen mehr machen müssen.

Nun gab es noch eine letzte Aufgabe zu erledigen. Der Koffer, in den er sein gesammeltes Gedankengut und seine wissenschaftlichen Ausführungen gelegt hatte, sowie die Kisten, in denen die gekennzeichneten Ampullen aus dem Urwaldlabor lagen, mussten vor dem Zugriff Dritter gesichert werden.

So gerne hätte er Katja alles erzählt. Er war sich sicher, dass sie seine Beweggründe für seine außerordentlichen Forschungen begrüßt hätte. Schließlich hatte er alles Erdenkliche unternommen, um ihr die richtige ideologische Ausrichtung zu vermitteln. Die Volksdemokratie war – auch wenn die aktuellen Ereignisse momentan dagegen sprachen – die einzig wahre Gesellschaftsform. Zugegeben, von Vorteil war natürlich, wenn man eine herausragende Stellung innerhalb des Systems innehatte. Aber das hatten sie ja auch.

Allerdings traute er sich nicht, mit seiner Tochter über sein wahres Ich zu reden. Was wäre, wenn sie Bedenken hätte? Wenn sie ihn in Frage stellen würde? Wenn sie ihn gar überhaupt nicht verstehen würde? Wenn es erstmalig offene Meinungsverschiedenheiten geben würde? Eigentlich unvorstellbar. Aber in der heutigen Zeit? Angenommen, sie würde ihn verurteilen und ihre Liebe in Hass umschlagen? Genug der Zweifel!

Er entschied, dass es besser wäre, Katja würde später seine Aufzeichnungen lesen, ohne die Möglichkeit ihn persönlich mit konträren Ansichten zu konfrontieren. Stoff für viele Tage. Genügend Zeit, sich Gedanken zu machen. Zu verstehen. Nachzuvollziehen. Und für richtig zu befinden. Er würde, gemeinsam mit seiner Frau, einem Attentat der Kapitalisten aus der BRD zum Opfer fallen. Dies würde Katja den finalen Ansporn geben und belegen, dass er Recht mit seinen Ansichten hatte.

24

Berlin, 31. Dezember 1989

So einen Silvesterabend hatte es in Berlin noch nicht gegeben. Schon am Nachmittag strömten Hunderttausende von Menschen aus Ost und West Richtung Brandenburger Tor. Sämtliche Flüge, Züge und Hotels waren ausverkauft. Der Verkehr auf den Straßen kam völlig zum Erliegen. Die Stadt befand sich in einem Ausnahmezustand.

Die Mauer rechts und links vom Brandenburger Tor zerbröselte langsam unter den Schlägen von Abertausenden von „Mauerspechten". Jeder wollte ein Souvenir mit nach Hause nehmen. Die Grenzbeamten der DDR schauten dem Treiben tatenlos zu. Seit dem 22. Dezember war hier am Brandenburger Tor ein Grenzkontrollpunkt. Allerdings durften in dieser Nacht auch diejenigen passieren, die statt einem Pass eine Flasche Sekt in der Hand hielten. Menschen aus allen Teilen Deutschlands fielen sich in die Arme. Es begann die größte Freiheitsparty, die die Welt je gesehen hatte.

25

Rostock, 31. Dezember 1989

Um 20 Uhr nahmen Frank Granow mit seiner Frau und Tochter an einem Tisch in der Broiler Bar Platz. Im Hotel Neptun in Rostock, welches seit seiner Eröffnung 1971 der DDR-Elite und Staatsgästen vorbehalten war, hatte er sich einen Tisch für seine Familie und drei weitere befreundete Ehepaare reservieren lassen. Eigentlich hätte er an diesem Abend, seiner letzten Silvesterfeier, gerne mit seiner Familie alleine gefeiert. Allerdings hatte er die Befürchtung, dass er es nicht ohne Zusammenbruch durchgestanden hätte. In einer etwas größeren Runde konnte man allzu große Sentimentalität eher vermeiden.

Vor ihm lag die Karte für das Silvestermenü:

Warmer Teil
Soljanka
Frikassee mit Fleischklößchen und Reis
Hühnerkeulchen
Kassler- oder Schweinebraten mit Sauerkraut
oder Rotkohl, Kartoffeln oder Kroketten

Kalter Teil
Hausgemachte Bouletten mit Senf
Eberswalder Würstchen mit Kartoffelsalat
Spreewälder Gewürzgürkchen
Selbstgemachte Salate
(Tomate, Karotte, Weißkraut und Gurke)
Aufschnittplatte (Wurst und Braten)

Käseplatte
Obst der Saison
Eingeweckte Früchte
Schokopudding und Rote Grütze (von Comet)
mit Vanillesoße

So sieht also meine Henkersmahlzeit aus, dachte er. Als Aperitif gab es einen Sekt mit Ananas.

Der Abend gestaltete sich schwerfällig. Die anderen Ehepaare, deren Männer alte Kadermitglieder waren, wirkten verstört, da sie noch nicht genau wussten, wo die Reise hinging. War das Ende der DDR schon besiegelt oder würde es im letzten Moment noch eine Konterrevolution geben? Sollte man jetzt schon mit den neuen Hähnen schreien oder lieber Vorsicht walten lassen? Jeder war darauf bedacht, sein Fähnlein zur rechten Zeit richtig zum Winde auszurichten und keine Fehler zu machen. Niemand wusste von seinem Gegenüber, ob und welche Rolle er als IM (inoffizieller Mitarbeiter) bei der Stasi spielte oder gespielt hatte.

Gegen seine sonstige Gewohnheit, eher stiller Beobachter als Stimmungsmacher zu sein, bemühte sich Granow, seinen letzten Silvesterabend mit seiner Frau und Tochter wenigstens einigermaßen passabel zu gestalten. So erzählte er auch einige Anekdoten von Honecker, was er sonst nie getan hätte, beispielsweise von seiner Vorliebe für westliches Büchsenbier. Mit der Fortdauer des Abends stieg der Alkoholspiegel und es wurde etwas erträglicher.

Zumindest das Mitternachts-Spektakel würde einzigartig sein, wusste Granow. Er hatte es schließlich selbst mit beträchtlichem Aufwand organisiert. Als Biochemiker und Sonderbeauftragter des Ministeriums für Staatssicherheit hatte er Zugriff auf alle Ressourcen auch des VEB Pyrotechnik Silberhütte. Das Kombinat war bekannt als größter Lieferant für Feuerwerkskörper in der DDR. Dass es darüber hinaus noch militärische Aufgabenbereiche übernahm, wussten hingegen eher wenige. So fußte die Herstellung des weltweit bekannten Plastiksprengstoffes Semtex, der in der CSSR hergestellt wurde, auf dem technischen Knowhow der Silberhütte. Semtex, das man wie Knetgummi in jede beliebige Form bringen konnte, hatte insbesondere bei Anschlägen krimineller Art für Schlagzeilen gesorgt.

Auch wenn der Stern der Stasi zwischenzeitlich gesunken war, Granows Wünsche wurden im VEB Silberhütte nach wie vor ohne Wenn und Aber erfüllt. Er hatte ein Fischerboot gechartert, das derzeit verborgen in der Dunkelheit auf dem Meer etwa 200 Meter vor der Strandpromenade dümpelte. Auf diesem hatten Experten des Kombinates ein Feuerwerksspektakel der Extraklasse vorbereitet.

Kurz vor 0 Uhr verließ die Festtagsrunde die Broiler Bar und trat hinaus ins Freie. Kellner reichten Sekt. Außen angebrachte Lautsprecher übertrugen die letzten Sekunden vor Mitternacht. Viele Einwohner des Ostseebades Warnemünde waren wie jedes Jahr zum Strand gekommen, um das Neue Jahr mit einem Feuerwerk zu begrüßen.

Doch ein Spektakel wie am 01.01.1990 hatten sie noch nicht erlebt. Vor der Küste schien ein Schiff förmlich zu explodieren. Ein ohrenbetäubender Lärm von Geschossen, deren Detonationsschall ungehindert über das Wasser zum Strand drang. Hinter den Rauchschwaden der mit grellem Feuerschweif aufsteigenden Raketen erschien der Kutter wie ein Geisterschiff. Das Meerwasser wechselte seine Farbe von den bunten Feuerwerkskörpern, die einer farblich abgestimmten Regie folgten, in Rot, Gelb und Orange. Mal in Stafetten, mal nacheinander aufsteigend, zusätzlich orchestriert von Knalleffekten, wurden alle Beobachter in einen entzückten Bann gezogen.

Das gigantische Spektakel schien nicht enden zu wollen, bis eine Viertelstunde später die tiefe Schiffssirene einen Schlussakkord setzte. Die Umstehenden begannen, laut zu applaudieren, und kehrten wieder zu ihren eigenen Partys zurück, während sie sich geschwätzig über das gerade erlebte unterhielten.

Granow nahm seine inzwischen achtzehnjährige Tochter in den Arm. Aus seiner kleinen Katja war inzwischen eine hübsche, selbstbewusste Frau geworden. Bald wäre der Zeitpunkt reif gewesen, sie in seine Pläne einzuweihen.

„Ich hoffe, es hat dir gefallen", flüsterte er ihr ins Ohr.

„Danke, Papa", erwiderte sie, „so etwas Phantastisches habe ich noch nie erlebt."

„Katja", sagte er, „eins musst du noch wissen: Ich..., ich liebe dich mehr als alles andere auf der Welt. Wenn..., falls irgendwann einmal etwas passieren sollte..., es gibt da ein paar seltsame Dinge."

„Was meinst du, Papa?"

„Du musst keine Angst haben, aber ich weiß, dass der BND mich beobachtet. Ich bin mit wichtigen Forschungen beschäftigt. Möglicherweise will der Feind etwas wissen. Aber du musst nicht besorgt sein. Es ist nur möglich, dass sie mich einmal abholen und befragen wollen. Mehr werden sie nicht wagen."

„Aber Papa?"

„Psst, mein Herz. Alles halb so wild. Ich glaube, ich habe zu viel getrunken. Lass uns wieder reingehen."

Granow war zufrieden. Nach seinem gemeinsamen Selbstmord mit seiner Frau Wieke würde Katjas Verdacht in die von ihm gewollte Richtung zielen. Dies würde ihr helfen, den richtigen Weg einzuschlagen, nämlich für den Erhalt, oder im schlimmsten Fall für die Rückkehr, der DDR zu kämpfen. Er war nun für seinen letzten Gang bereit.

26

1990

Berlin, Anfang Januar 1990

Dr. Frank Granow hatte, Zuversicht ausstrahlend, den Neujahrstag mit Frau und Tochter verbracht. Ihm verblieben nur noch wenige Tage, an denen er sich vor dem Zugriff der Russen sicher fühlen konnte.

Zunächst galt es sein Testament aufzusetzen. Er setzte sich an seine neue Schreibmaschine, die erst kurz vor Weihnachten geliefert worden war. *Nur sieben Monate Lieferzeit, nicht schlecht*, dachte er, *dennoch ist die sündhaft teure Robotron wohl eine Fehlinvestition gewesen. Sie wird definitiv keine lange Lebenszeit mehr haben, so wie ich.* Er nahm an, dass dies das schwerste Schreiben seines Lebens würde, und war froh, dass das ultramoderne Gerät über ein Korrekturband verfügte.

Testament

Ich, Frank Granow, geb. am 18.5.1947, verkünde im Vollbesitz meiner geistigen Kräfte hiermit mein Testament. Ich werde dies bei einem Notar meines Vertrauens hinterlegen. Ich bestimme hiermit meine Frau Wieke und meine Tochter Katja zu gleichberechtigten Alleinerben. Sämtliche in meinem Besitz befindlichen Gegenstände und Wertsachen sowie mein Guthaben auf meinem Konto beim Brandenburgischen Sparkassen- und Giroverband und bei der Ungarischen Staatsbank sollen ihnen zur freien Verfügung stehen.

Ferner beinhaltet mein Erbe ein versiegeltes, persönlich an meine Tochter gerichtetes Schreiben und einen verschlossenen Dokumentenkoffer, der ihr von meinem Notar zwei Wochen nach meinem Tode ausgehändigt werden soll.

Berlin, 02. Januar 1990
Gezeichnet Frank Granow

Nun, so schwer war es dann doch nicht gewesen. Dass er vorher wusste, dass seine Frau gleichzeitig mit ihm versterben würde, durfte Katja natürlich nicht erfahren. Umso größer würde ihr Zorn auf die staatlich legitimierten Verbrecher der BRD werden, wenn bei dem inszenierten Attentat seine Frau gemeinsam mit ihm zum offensichtlich politisch motivierten Mordopfer werden würde. Zusammen mit seinem an Silvester lancierten Hinweis, dass er vom BND observiert wurde, waren das genügend Beweise, um Katja in die richtige Richtung zu lenken.

Auch wenn es in Wirklichkeit der KGB war, der ihn erpresste. Aber seine russischen Brüder litten wie er unter der Führung von Verrätern an den Idealen des Sozialismus. Mit geeigneten Männern an der Spitze würden die DDR und die UDSSR wieder eng zusammenrücken. Der eigentliche Feind lag nach wie vor im Westen.

Es würde jetzt nicht mehr lange dauern. Granow hatte seine Finanzen geregelt, er hatte handschriftlich seine persönliche und politische Motivation (die untrennbar waren) niedergelegt und in einem Umschlag versiegelt. Der Dokumentenkoffer war gepackt. Nur noch sein wertvollstes Gut, sein Lebenswerk, oder, wie er es gerne bezeichnete, sein Lebenselixier, war noch besonders sorgsam für eine langfristige Verwendungsmöglichkeit zu verpacken und sicher zu deponieren. Eine Waffe, wie die Welt sie noch nicht gesehen hatte. Nicht zu erkennen, nicht nachzuvollziehen, mit hundert Prozent letaler Wirkung. Ein Alptraum für Betroffene. Ein Segen für seine Hüter. Eine potentielle Massenvernichtungswaffe, eine wahrhaft biblische Plage mit unsichtbarer Ursache. Wenn sie nur noch etwas Zeit gehabt hätten...

Insgesamt handelte es sich um dreiundzwanzig unterschiedliche Glasampullen mit je 200 cl Inhalt. Von jeder Sorte vier Stück, das ergab 92 Behälter. Diese verpackte er in vier ausgeschäumten Aluminium-Kisten. Aus jeder Glasampulle würde man mühelos 200 tödliche Rationen entnehmen können. Er hatte Phantastisches geleistet.

Granow konnte nur hoffen, dass es neue alte Zeiten geben würde und seine Tochter sein Vermächtnis umsetzen konnte. Auch wusste er bereits, wo die Waffe gut verborgen hinterlegt werden konnte. Ein Ort, fast sicherer als die Bank von England. Und zwar weil ihn niemand kannte. Und das, obwohl Abertausende tagsüber direkt davor standen und darauf starrten. Das Brandenburger Tor.

Kaum jemand wusste, dass sich im Brandenburger Tor, oberhalb der tragenden Säulen, ein Raum befand: die sogenannte Soldatenkammer. 250 Quadratmeter groß und mit einer fünf Meter hohen Gewölbedecke ausgestattet, direkt unter der Quadriga. Anfang des 19. Jahrhunderts sperrten dort Napoleons Truppen Gefangene ein, um sie zu foltern. Die deutsche Wehrmacht verschanzte sich hier mit ihren letzten Einheiten, und bis vor wenigen Jahren diente der Raum als vorgezogener Horchposten der Stasi.

Alles Nutzungen, die der Öffentlichkeit verborgen geblieben waren. Granow hatte den Raum erstmalig betreten, als der Generalsekretär dort seinen Geburtstag im Kreis von Politbüromitgliedern und Freunden gefeiert hatte. Damals war das Gelände weiträumig abgesperrt worden. Auf Grund der massiven Wände musste man auch nicht befürchten, dass irgendjemand im Westsektor die Feierlichkeiten mitbekam. Obwohl, und das war auch Erichs Absicht, eine gewisse Hochspannung auf Grund der illustren Gäste, fast im unmittelbaren Zugriffsbereichs des Klassenfeindes, aber dennoch unerreichbar, eine euphorische Stimmung mit sich brachte.

Da es sich sozusagen um eine Familienfeier handelte, durfte Granow zu diesem Anlass auch seine Frau Wieke und Katja mitbringen. Damals war seine Tochter gerade einmal 15 Jahre alt. Dennoch, auch für sie war es ein großartiges Erlebnis. Nicht zuletzt weil es einer der seltenen Anlässe war, an denen sie miterlebte, dass auch Onkel Erich aus sich herausgehen konnte. Sie hatte später immer wieder amüsiert davon erzählt, wie er zu einem alten Hit der Electra Combo in ekstatischer Verzückung herumgehampelt war. Er hatte Katja dann immer den Mund zugehalten: „Wenn das einer mithört!"

Vorher war auch Granow nicht bekannt gewesen, welcher Gewölberaum sich im Tor befand. Auf Grund seiner besonderen Vollmachten hatte er Zugang zu jedem Ort. So hatte er sich den Raum nach der Feier noch einmal gründlich angesehen. Eine faszinierende Örtlichkeit von historischer Bedeutung. Der hintere Bereich war nicht mehr zugänglich, weil dort große Steine aufgehäuft lagen. Möglicherweise Stücke aus dem im zweiten Weltkrieg beschädigten Tor, die man dort liegengelassen hatte.

27

Die Soldatenkammer war nur über ein Dach des seitlichen Anbaus erreichbar, Sicherheitsgeländer gab es dort nicht. In der Nacht hatte es leichten Frost gegeben und eine hauchdünne Eisschicht lag auf den kupfernen Platten. Granow setzte vorsichtig einen Fuß vor den anderen. Der Weg über die Kupferabdeckung führte zu einer steilen Außentreppe, die versteckt an der nördlichen Seite des Tores lag, bis man zu einer Tür in der Außenwand des eigentlichen Tores gelangte. Hinter dieser Tür befand sich der Speicherraum, durch den man schließlich die Soldatenkammer erreichte.

Der Wachschutz war über Granows Besuch informiert und hatte ihm keine Fragen gestellt, obwohl er den Weg vier Mal beschreiten musste. Jeweils mit einer rund acht Kilogramm schweren Aluminiumkiste. Vorsorglich hatte er dem Wächter etwas von wissenschaftlichen Messinstrumenten zum Schutz des Tores erzählt. Die Kisten stellte er in die hinterste Ecke und bedeckte sie mit Steinen. Da in der Regel niemand den Raum betrat, und wenn, dann sicher nicht, um Steine umzuschichten, würde dieses Versteck auf Jahre sicher sein. Einzig eine Sanierung des Tores könnte gefährlich werden. Hierfür gab es weder Planungen noch Geld. Also würde dies in absehbarer Zukunft wohl kaum geschehen.

Außerdem ging er davon aus, dass Katja seinen „Schatz" ohnehin bald bergen würde. Er hatte keine Bedenken, dass sie einen Weg und eine Erklärung finden würde, sich Zutritt zu verschaffen. Eine gute Stunde später verschwand ein tödliches Waffenarsenal in der Obhut eines verborgenen Raumes, der als Bestandteil des bedeutendsten Wahrzeichens Deutschlands und Berlins unter der Beobachtung von Abermillionen Menschen im Jahr stand.

28

Drewitzer See, Januar 1990

Am 4. Januar 1990 hatte Granow seine Vorbereitungen abgeschlossen. Noch am selben Abend würde er sich mit seiner Frau, die nichts ahnte, aber auch nur kurz zu leiden hätte, von der Welt verabschieden. Er ging davon aus, dass der KGB ihn bald zu einer Befragung einladen würde, die sowohl für ihn als auch für seine Tochter furchtbare Konsequenzen haben könnte.

Durch seinen Tod würde Katja gefahrlos ihr Leben bestreiten können und mit großem Reichtum gesegnet sein. Und, so hoffte er, möglicherweise einmal zu einer Leitfigur der Renaissance der sozialistischen Ideale werden.

Als es Zeit wurde, rief Granow seine Frau an und bat sie, ins Labor zu kommen, damit er ihr etwas zeigen könne. Wieke war sichtlich überrascht. Selten genug hatte sie die Arbeitsräume ihres Mannes sehen dürfen. Außerdem war es schon spät am Tag. Ihre Fragen am Telefon hatte er abgewürgt. Er wusste, dass sie es nicht verstehen würde, wenn er versucht hätte, ihr alles zu erklären. Als er ihren Wagen hörte, ging Granow zur Eingangstür und führte sie herein.

„Einen Moment Geduld noch", bat er sie, „wir müssen erst in einen Laborraum gehen." In einem gläsernen verschlossenen Reagenzglas hatte er einen winzigen Rest Flüssigkeit aus der Ampulle mit der Aufschrift S5 aufbewahrt. Dieses befand sich in einem Raum, in den er seine Frau führte.

Dort angekommen, sagte er: „Wieke, komm doch mal her und schau dir das an."

„Was machst du denn da?", fragte sie ihn.

„Ich wollte helfen, unser Vaterland zu Macht und Größe zu führen", antwortete er ganz ruhig.

„Sieh dir mal mein kleines Experiment an. Dann wirst du es besser verstehen, wenn ich es dir anschließend im Detail erkläre."

Wieke trat zu ihm. Er öffnete das Reagenzgefäß, drehte es und hielt einen Finger darunter. Ein Tropfen landete auf dem Handschuh. Damit berührte er ihre Hand.

„Was machst du da?", fragte sie, kurz erschrocken, aber ohne Furcht.

Statt einer Antwort nahm er sie in die Arme.

„Was ist, Frank?"

Jetzt war sie doch etwas beunruhigt. So etwas tat ihr Mann nur selten. Bevor sie weitere Fragen stellen konnte, spürte Wieke Granow ein seltsames Gefühl. Sie konnte sich auf einmal nicht mehr bewegen. Sie wollte es Frank sagen, brachte aber keinen Laut über die Lippen. Ihr Körper funktionierte nicht mehr. Sie fühlte Todesangst. Wieke wollte schreien, schaffte es aber nicht. Ihr Körper verfiel in Zuckungen.

Frank Granow hielt sie fest umarmt. Dann war es auch schon vorbei. Wieke erschlaffte in seinen Armen. Behutsam legte er sie auf dem Boden ab und schloss ihre weit aufgerissenen Augen.

„Schlaf ruhig, Wieke", flüsterte er ihr zu, „ich bin gleich bei dir."

Gefasst ging Granow zum Werkzeugraum und entnahm diesem ein Bündel von in Streifen geschnittenem Mineraldämmstoff. Dazu eine große Rolle Klebeband. Der Laborraum, in den er seine Frau geführt hatte, lag im Erdgeschoß. Dort befanden sich vier Fenster zum Hof des Gebäudes. Er ging nach draußen und begann die Fensterfugen abzudichten. Durch den Abluftschacht, vor dem ein kleiner Ventilator hing, führte er einen Schlauch. Dann dichtete er mit Dämmstoff und Klebeband, so gut es ging, auch diese Öffnung ab.

Den Schlauch schloss er an den Gastank im Hof an, öffnete das Ventil und hörte, wie das Gas mit einem Zischen durch den Schlauch schoss. Nachdem er auf seine Uhr geschaut hatte, ging er zurück in das Labor und schloss die Tür.

Als er mit seinen Vorbereitungen fertig war, blieben ihm noch ein paar Minuten des Wartens. Er fürchtete sich nicht, denn er wusste, es würde schnell gehen. Granow dachte an seine geliebte Tochter. Er hoffte, dass sie ihr Erbe sinnvoll für den Erhalt der Republik einsetzen würde. Man konnte Genossen und Kapitalisten bestechen. Sie musste dafür sorgen, dass die richtigen Männer wieder an die Macht kamen. Mit all seinen Verbindungen! Er hatte immer darauf geachtet, dass sie die wichtigen Leute kennenlernte.

Er war Forscher. Politische Grabenkämpfe waren nichts für ihn. Doch Katja hatte Talent. Was aber, wenn sie selbst durch das Geld verdorben würde? Statt der Pflicht das Vergnügen suchte? Ein Leben in Luxus im Westen führen wollte? Energisch verbannte er seine letzten Gedanken und betätigte das Feuerzeug.

29

Eine gewaltige Detonation erschütterte die Nossentiner Heide. Die wenigen Bewohner aus dem einige Kilometer entfernten Alt Schwerin schreckten von ihren Fernsehgeräten auf. Sie liefen auf die Straßen und sahen in der Ferne ein großes Feuer in der Dunkelheit flackern.

„Honecker brennt!", rief entsetzt ein alter Mann, der ihn Zeit seines Lebens bewundert hatte. Die Frau des Försters behielt als einzige einen klaren Kopf und lief zum Telefon, um die Vopo zu rufen. Es dauerte jedoch fast 20 Minuten, bis aus Neu Strelitz ein Wartburg mit Blaulicht vor Honeckers Jagdsitz eintraf, nur um festzustellen, dass dieser unversehrt war.

Die Beamten fuhren weiter zu den benachbarten Gebäuden, die im Sperrgebiet lagen und über deren Existenz lediglich die Leiter der umliegenden Einsatzkräfte informiert waren. Erst die Besatzung des Streifenwagens rief die Feuerwehr, was in diesem Falle zeitlich ohnehin nicht mehr von Belang war, da nur noch Trümmerreste übrig waren.

Wie bei Explosionen vorgeschrieben, wurde ebenfalls das Ministerium für Staatssicherheit informiert. Das Laborgebäude war bis auf die Grundmauern zerstört. Lediglich Teile des Daches waren noch zu erkennen, das offensichtlich durch die Explosion abgehoben und ins umliegende Gelände geschleudert worden war.

Eine Stunde später liefen Dutzende von Einsatzkräften über das Gelände. Die Unglücksstelle wurde weiträumig für die Spurensicherung abgesperrt. Inmitten der Absperrung befand sich auch ein verkohlter Metallstuhl, auf dem noch Überreste eines menschlichen Körpers zu erkennen waren. Wie die Spurensicherer entdeckten, war dieser offensichtlich mit Draht an dem Stuhl befestigt worden. Es handelte sich eindeutig um den Ort eines Verbrechens.

In der Nähe des Laborgebäudes standen zwei Fahrzeuge. Ein Trabant und ein Volvo 760. Der Volvo diente meist als Staatskarosse für die Elite der Republik. Nur wenige Exemplare waren zugelassen. In der Regel wurden sie ausschließlich von Mitgliedern des Politbüros verwandt. Also musste ein „hohes Tier" vor Ort gewesen sein, was alle Ebenen in Alarmbereitschaft versetzte. Die Überprüfung der Kennzeichen ergab schnell, dass sowohl der Trabant als auch der Volvo einer Familie Granow zur Verfügung standen. Man versuchte diese telefonisch zu erreichen. Vergeblich.

Erst im Licht des nächsten Tages wurde das ganze Ausmaß der Zerstörung ersichtlich. Jemand hatte hier ganze Arbeit geleistet. Es wurden weitere menschliche Überreste gefunden. Mindestens zwei Personen mussten diesem möglichen Attentat zum Opfer gefallen sein. Für den leitenden Ermittler des MfS, Thorsten Stubow, kamen zwei Theorien in Betracht: Entweder das Laborgebäude sollte zerstört werden. Dann hatte man zufällig anwesende Zeugen kurzerhand eben mit beseitigt. Oder man hatte es auf die Granows abgesehen.

Jedenfalls würde seine nächste, undankbare Aufgabe darin bestehen, die Hinterbliebenen zu informieren. Diese würden auch darüber aufgeklärt, dass bis zur Klärung der Ereignisse absolutes Stillschweigen zu bewahren sei. Wie in solchen Fällen üblich, war zunächst eine Nachrichtensperre verhängt worden. Erstens um die Ermittlungen nicht zu behindern, und zweitens um die Möglichkeit zu haben, wenn überhaupt, die Öffentlichkeit über Ablauf und Umfang eines Vorgangs so zu informieren, wie es nach politischer Beurteilung zum Wohle der sozialistischen Republik am besten war.

30

Dresden, Januar 1990

Am folgenden Abend erhielt Katja Granow Besuch von Thorsten Stubow. Katja hielt sich gerade in Dresden auf, wo sie die einzige Spezialschule für Elektrotechnik in der DDR besuchte, an der eine kleine, erlesene Anzahl hochbegabter Schüler aus allen Bevölkerungsschichten unterrichtet wurde. Hinzu kamen zumindest normal begabte Schüler, deren Eltern sich auf Grund eines besonderen Einsatzes für das sozialistische Vaterland verdient gemacht hatten oder aber über entsprechende Beziehungen verfügten.

Für Katjas Vater war es nicht schwer gewesen, ihr ein Zimmer in einem Haus in der Dresdner Neustadt zu besorgen, obwohl Wohnraum für Alleinstehende normalerweise nicht zur Verfügung gestellt wurde. Es stellte sich heraus, dass Katja die einzige nahe Verwandte des Ehepaars Granow gewesen war. Stubow entschloss sich, die knapp drei Stunden Fahrzeit nach Dresden auf sich zu nehmen, auch wenn es kein Vergnügen war, die Autobahn mit ihren vielen Schlaglöchern zu befahren.

Am frühen Abend erreichte Stubow die Stadt. Er fragte sich in der dunklen Neustadt durch, bis er das Haus in der Alaunstraße erreicht hatte. Da er Katja nicht in ihrem Zimmer vorfand, fragte er bei den Nachbarn nach. Das Haus war – wie viele in diesem Stadtteil, in dem es eine rege Kneipenszene gab – überwiegend von jungen Menschen bewohnt. Zunächst hatten seine Befragungen keinen Erfolg, was, wie Stubow vermutete, am Misstrauen seiner Person gegenüber lag. Obwohl er keinen Dienstausweis vorzeigte – er wollte keinen Anlass zu überflüssigen Spekulationen geben –, sondern eine private Angelegenheit vorgab, sah man ihm seine offizielle Funktion scheinbar an.

Erst ein junger Mann gab ihm endlich einen Tipp. Stubow hatte an einer Tür im zweiten Obergeschoß geklopft, hinter der laute Musik zu hören war. Ein offensichtlich angetrunkener Jugendlicher öffnete ihm die Tür und ging, ohne sich weiter um ihn zu kümmern, wieder zurück in die Wohnung. Dort herrschte ein ziemliches Chaos, vermutlich eine Wohngemeinschaft. In einem großen Raum standen drei Klappbetten und eine Sitzecke herum. Offensichtlich hatte sich schon länger niemand die Mühe gemacht aufzuräumen. Der junge Mann fläzte sich auf ein Sofa und wiegte seinen Kopf im Takt der Musik. Seinen Besucher beachtete er nicht.

Stubows Geduld war nach diesem langen Tag am Ende. Er drehte den Ton des Kassettenrekorders runter und setzte sich neben den verdutzten Mann.

„Ich bin der Onkel von Katja Granow", raunte er ihm ins Ohr. „Ich suche meine Nichte schon den ganzen Tag. Ich war lange unterwegs. Ich bin müde. Du sagst mir jetzt, wo ich sie finden kann. Wenn nicht, wirst du für längere Zeit keine Musik mehr hören können, weil ich in diesem Fall dein Abspielgerät konfisziere. Haben wir uns verstanden?"

„Raskolnikoff", sagte er prompt.

„Wie bitte?", Stubow war nicht sicher, ob dieser Nichtsnutz zurechnungsfähig war.

„Raskolnikoff", wiederholte der Mann und ergänzende lallend: „Um die... diese Zeit ist sie meistens dort."

„Was ist das?", fragte Stubow.

Es stellte sich heraus, dass das Raskolnikoff eine beliebte Kneipe für Schüler und Studenten war. Nur 200 Meter vom Haus entfernt in der Böhmischen Straße. Der MfS-Mann ging die kurze dunkle Straße entlang, in der sich die Kneipe befinden sollte, entdeckte aber keinen Hinweis darauf. Erst als er das zweite Mal vorbeilief, hörte er hinter einer angelehnten Haustür Musik.

Stubow ging herein und sah hinter einer weiteren offenstehenden Tür einen schummrigen und verqualmten Raum. Als er hereinging, spürte er Sand unter den Füßen. Er schaute auf den Boden und staunte nicht schlecht, dass der gesamte Boden mit feinstem Strandsand bedeckt war. Das besondere Markenzeichen des Raskolnikoff. Im spärlich beleuchteten Raum befanden sich 20 bis 30 Gäste. Er ging zur Theke und fragte nach Katja. Der bärtige Barkeeper zeigte auf eine junge Frau mit langen dunklen Haaren. Sie trug eine Jeans und ein weißes T-Shirt und hielt eine Wasserflasche in der Hand. Sie stand zusammen mit zwei jungen Männern, die sich lautstark und lachend unterhielten, an einem Stehtisch. Sie selbst machte einen eher ernsten Eindruck und schien dem Gespräch gar nicht zu folgen.

Stubow ging zu ihr. Er tippte ihr an den Arm und sagte, leise genug, dass ihre Gesprächspartner nichts hören konnten: „Wir müssen uns unterhalten. Es geht um Ihre Eltern. Es ist nichts Schlimmes", fügte er schnell hinzu, damit sie sich ruhig verhielt.

Abgeschirmt vor neugierigen Blicken, zeigte er ihr seinen Dienstausweis. Die in großen Lettern geschriebenen Worte „Ministerium Für Innere Angelegenheiten" waren auch im Zwielicht deutlich zu erkennen. Katja, im Umgang mit mächtigen Persönlichkeiten vertraut, nickte nur kurz und bedeutete ihm, dass sie gleich herauskäme.

„Ich muss mit Ihnen reden", sagte Stubow, als Katja auf die Straße trat

„Hat mein Vater Sie geschickt?", fragte Katja.

„Nein, … ja, es geht um Ihre Eltern."

„Ist etwas geschehen?"

„Wir wissen es noch nicht genau", erwiderte der Ermittler. „Können wir uns irgendwo unterhalten?"

„Kommen Sie mit in meine Wohnung, sie liegt gleich um die Ecke."

„Ich weiß", sagte Stubow. „Es wird nicht lange dauern."

Schweigend, aber schnellen Schrittes gingen sie zurück zu dem Haus, in dem sie ihr Zimmer hatte.

Katja wollte endlich erfahren, was geschehen war. Sie machte sich Sorgen. Gerade nach dem letzten Gespräch mit ihrem Vater am Silvesterabend. Er hatte so seltsame Andeutungen gemacht. Und nun der Besuch dieses Stubow. Was wollte dieser Mann?

In Katjas Wohnung kam der Mann vom Ministerium sofort zur Sache: „Fräulein Granow, gestern hat es eine schwere Explosion in einem Gebäude am Drewitzer See gegeben. Dabei hat es Opfer gegeben. Wir können noch nicht sagen, um wen es sich handelt."

Katja ahnte sofort das Schlimmste. „Welches Gebäude?"

„Wie wir erfahren haben, handelt es sich um ein geheimes Laborgebäude."

„Mein Vater!", rief sie entsetzt.

„Bitte, wir wissen noch nicht, wer und wie viele Personen sich dort aufgehalten haben", versuchte er sie zu beruhigen.

Katja begann zu zittern und krallte ihre Hände an einem Kissen fest.

„Allerdings", fuhr er fort, „standen Fahrzeuge vor dem Gebäude. Die Fahrzeuge..., Beide standen Ihren Eltern zur Verfügung."

„Papa, Mama!", nun konnte Katja sich nicht mehr zurückhalten. Sie vergrub ihr Gesicht heftig schluchzend im Kissen. Stubow versuchte, ihr einen Arm über die Schulter zu legen, den sie jedoch sofort abschüttelte. Sehr schnell schien sie sich wieder zu sammeln. Stubow gewann den Eindruck, dass sie trotz ihres jugendlichen Alters – wie er wusste, war sie in diesem Jahr gerade volljährig geworden – schon eine sehr gefestigte Person war.

„Wer hat das getan?", fragte sie mit rot angelaufenen Augen, aber ohne jedes Zittern in der Stimme.

„Wir wissen es nicht", antwortete Stubow wahrheitsgemäß.

„Ich möchte jetzt genau wissen, was geschehen ist", sagte sie fordernd.

31

1991

Chagford, Herbst 1991

Fast zwei Jahre später saß Katja Granow bei einem Devonshire Cream Tea in einem kleinen, aber feinen Landhotel namens The Globe Inn. Das alte Gebäude lag in der kleinen Ortschaft Chagford im Südwesten Englands. Der Ort wurde auch als Juwel von Dartmoor bezeichnet, jener von unheimlichen und blutrünstigen Geschichten umwobenen Hügellandschaft, die überwiegend aus Moor- und Heidelandschaften bestand.

Schon als Kind hatten sie sämtliche Geschichten von Zauberern, Geistern, sagenumwobenen Gestalten und vergangenen, mystischen Kulturen fasziniert. In diesem Gebiet lagen zahlreiche Fundamente prähistorischer Wohnstätten, Ansiedlungen und Steinkreise. Das war der Grund gewesen, warum Katja diese Region unbedingt hatte kennenlernen wollen.

Gerade dachte sie wieder an ihren Vater, wie so oft. Die Ermittlungen um die damalige Explosion des Labors am Drewitzer See hatten ergeben, dass zwei Opfer zu beklagen waren. Ihre Eltern. Im vorläufigen Abschlussbericht ging man davon aus, dass unbekannte vorsätzlich eine Gasexplosion verursacht hatten. An den verkohlten Fensterrahmen fand man Materialspuren, die darauf hindeuteten, dass die Fenster zusätzlich von außen abgedichtet worden waren. Ferner wurde Reste eines Schlauchs am zerfetzten Gastank gefunden, der vermutlich ins Gebäude geführt worden war. Die Opfer waren offensichtlich mit Drähten an Stühle gefesselt worden. Von dem oder den Mördern hatte man indes keine Spur gefunden.

Katja kannte jedoch die wahren Schuldigen. Wer auch immer die Helfershelfer waren. Nur wegen dieser Männer konnten die Voraussetzungen geschaffen werden, ihren geliebten Vater und ihre Mutter zu ermorden.

Ohne die Unterstützung der Regierungsopposition durch die BRD hätte es niemals zum Zusammenbruch kommen können, was wiederum Gorbatschows Duldung zur Voraussetzung hatte. Und ohne die beginnende Auflösung der Strukturen nach Honeckers erzwungener Abdankung hätten die Feinde des Landes nie die Möglichkeit gehabt, das Attentat durchzuführen.

Nur im Vakuum sich auflösender Befehlsketten konnten es die Mörder in den ansonsten streng abgesicherten Bereich des Labors schaffen. Für Katja waren die Schuldigen Helmut Kohl, der deutsche Bundeskanzler, und Michael Gorbatschow, der Generalsekretär der KPdSU. Das waren die eigentlichen Mörder.

Zugegeben, inzwischen musste sie einsehen, dass die westlichen Demokratien in der Tat das bessere System hatten. Dies berechtigte die Regierenden ihrer Ansicht jedoch nicht, Unschuldige hinzurichten. Es spielte keine Rolle, ob sie über Mordaufträge im Einzelnen informiert waren oder nur ihre geheimen Dienste ermächtigt hatten. Das Blut ihres Vaters klebte an den Händen der letztlich Verantwortlichen.

Doch warum nur? Das Motiv musste in seiner Arbeit liegen. Hatte er noch andere Aufgaben gehabt als seine wissenschaftlichen Forschungen? Noch hatte Katja sich nicht mit den umfangreichen Unterlagen ihres Vaters beschäftigt. Sie wollte erst ausreichend Abstand gewinnen. Sie hätte ja ohnehin nicht einfach nach Bonn gehen können, um ihren Vater zu rächen.

„Guten Tag Herr Kohl, hiermit verurteile ich Sie wegen der Ermordung meines Vaters zum Tode. Der Tod wird durch sofortige Erschießung vollstreckt." Auch hatte sie Angst davor, die hinterlassenen Unterlagen zu sichten. Was würde sie über ihren Vater erfahren? Es gab keinen Menschen auf der Welt, den sie je so geliebt hatte oder je so lieben würde. Was, wenn sie etwas fände, das sie gar nicht wissen wollte? Irgendwann, wenn die Zeit reif war, würde sie es sich anschauen. Irgendwann.

Katja verbannte die Gedanken aus ihrem Kopf, nippte an dem Tee und ließ die Clotted Cream, diesen wunderbar dicken Rahm, mit einem Klecks Erdbeermarmelade auf ihrer Zunge zergehen. In den letzten Tagen hatte sie ausgedehnte Spaziergänge durch den Nationalpark unternommen. Für sie war das Schönste an dieser rustikalen Umgebung die Einsamkeit. Zeit, sich ungestört Gedanken über die Zukunft zu machen. Gleich würde sie noch einen letzten Ausflug unternehmen. Und ab Morgen würde sie sich um ihre Finanzen kümmern.

32

Berlin, Herbst 1991

Inzwischen lebte Katja Granow zur Miete in einer recht großräumigen unsanierten Wohnung im Berliner Stadtteil Prenzlauer Berg. Eigentlich hätte sie gerne weiter in der Villa am Wannsee gelebt. Allerdings wurde sie ihrem Vater zu seinen Lebzeiten nur kostenfrei als Dienstwohnung überlassen und gehörte ihm nicht. Nach dem Anschluss der DDR an die BRD übernahm die Treuhandanstalt die Immobilie.

Katja musste damals zeitnah ausziehen, weil sich schon Kaufinteressenten gemeldet hatten. Finanzielle Sorgen hatte sie jedoch nicht. Ihr Vater hatte genug Bargeld hinterlassen, welches immer noch für ein paar Jahre reichen würde. Hierzu trug insbesondere ein Devisenkonto bei der Ungarischen Staatsbank bei, einer beliebten Geldanlage in Kreisen der DDR-Elite, da Privatleute kein Devisenkonto einrichten konnten.

Allerdings reichte das Geld nicht aus, um ein entsprechendes Kaufangebot für die Villa ihrer Eltern zu unterbreiten. Es war Zeit, sich um die übrigen Vermögenswerte zu kümmern. Der Notar ihres Vaters hatte Katja mehrere Unterlagen und einen großen Dokumentenkoffer übergeben, welchen sie ungeöffnet in einem Schrank ihrer Wohnung deponiert hatte. Weitere Unterlagen bestanden aus einer Reihe versiegelter Briefumschläge. In einem davon fand Katja eine lange Liste ausländischer Bankinstitute, hinter denen eine Nummer stand. Teilweise befanden sich die Banken in Ländern, von deren Existenz Katja noch nicht einmal gewusst hatte, wie beispielsweise Myanmar.

Zudem hatte Frank Granow detailliert beschrieben, was seine Tochter zu tun hatte, um Zugang zu den Konten zu erhalten. Fakt war, sie musste in jedem Institut mindestens einmal persönlich erscheinen und sich ausweisen. Wie ihr Vater zu diesen Konten kam und wie viel Geld sich darauf befand, wusste Katja nicht. Das war mit ein Grund, warum sie den Dokumentenkoffer noch nicht geöffnet hatte. Sie hatte eine dunkle Vorahnung, dass sie vielleicht nicht nur rein wissenschaftliche Unterlagen zu gewöhnlichen Forschungsprojekten vorfinden würde.

Katja Granow war ein Typ Mensch, der immer gut vorbereitet sein wollte. Das letzte Jahr hatte sie genutzt, um sich mit dem Bankwesen vertraut zu machen. Wie viel Geld sie auch immer vorfinden würde: Sie wollte wissen, wie und wo sie es künftig weiter verwalten konnte. Vielleicht waren dort Prämien für besondere Leistungen im Dienste der DDR hinterlegt worden. Vielleicht andere Gelder, deren Herkunft sich aus dem Inhalt des Dokumentenkoffers ergeben würde. Möglicherweise würde sie auch auf unangenehme Hintergründe stoßen. Wie dem auch sei. Man hatte ihre Eltern vorsätzlich getötet und sie würde dieses Geld niemandem geben.

Neben der Beschäftigung mit Finanzinstituten hatte Katja begonnen, Englisch zu lernen. Sie sprach bereits fließend Russisch, das sie als erste Fremdsprache von Kind auf gelernt hatte, und eher rudimentär Ungarisch. Es stand für sie außer Zweifel, dass, wenn sie etwas werden wollte, auch wenn sie noch nicht wusste, was es war, englische Sprachkenntnisse hilfreich wären. Denn die Weltmacht UDSSR, so zeichnete es sich gerade ab, würde es bald nicht mehr geben.

Nach dem Tod ihres Vaters hatte sie die Spezialschule in Dresden abgebrochen. Ausreichend mit liquiden Mitteln versorgt, wollte sie sich erst einmal neu orientieren. Mit dem Lernstoff, den sie sich selbst vorgenommen hatte, blieb zunächst keine Zeit für einen „ordentlichen Beruf".

Falls sie jemals einen wollen und erhalten würde.

33

George Town, Herbst 1991

Nach dem Frühstück wanderte Katja Granow ziellos durch die Hauptstadt der Cayman Islands. Sie hatte noch etwas Zeit bis zu ihrem Termin in der First Caribbean International Bank. Bei ihrem Rundgang stellte fest, dass es in dieser winzigen Stadt mit rund 15.000 Einwohnern nicht viel zu entdecken gab. Eigentlich erstaunlich, wenn man bedachte, dass rund 80.000 Unternehmenssitze auf der Insel registriert waren. Einzig eine Reihe von Geschäften, die Luxusartikel anboten, fiel ihr auf.

Vier Stunden später lag Katja auf einer gepolsterten Liege im Schatten, die auf einem Holzpodest stand. Einige weitere dieser „hölzernen Inseln" des Fünf-Sterne-Hotels waren weit genug entfernt, dass man sich nicht gestört fühlte. Versonnen betrachtete sie den Ring aus Platin, auf dem rundum kleine Diamanten funkelten, beidseitig eingerahmt jeweils von einem geschliffenen Stück schwarzer Koralle, so dass der Ring aus der Entfernung wie dreigestreift wirkte. Insgesamt machte er einen eher unauffälligen Eindruck. Nur Kenner würden wissen, dass es ein sündhaft teures Stück war.

Nach dem Besuch der Bank hatte Katja sich in das preiswerte Treasure Island Resort fahren lassen, das sie von Deutschland aus als Unterkunft gebucht hatte. Wie sich herausgestellt hatte, war es dem Preis entsprechend auch ein wenig schmuddelig. Sie hatte ihre Rechnung bezahlt und sich auf direktem Wege in das exorbitant teure Ritz Carlton begeben, wo sie sich eine Suite mit Aussicht auf das karibische Meer geben ließ.

Im hoteleigenen Juweliershop hatte Katja dann diesen Ring gesehen. Er war ihr förmlich ins Auge gesprungen. Ohne lange nachzudenken hatte sie ihre neue goldene Kreditkarte auf die Verkaufstheke gelegt.

Während sie einen Cocktail aus frischem Obst trank, drehte Katja ihre neue Errungenschaft am Finger hin und her – für sie das Symbol für ein neues Leben. Es hatte sich herausgestellt, dass sich 13,8 Millionen US-Dollar auf dem Konto ihres Vaters – d.h. nunmehr auf ihrem – befanden. Und dies war erst Konto Nummer eins. Sie würde ihre Zukunft nun noch besser planen müssen. Reichtum war schließlich auch eine Aufgabe, denn er galt, von schönen Ausnahmen abgesehen, sinnvoll verwaltet zu werden. Für welchen späteren Zweck auch immer.

So wie es aussah, wäre bald eine ausgedehnte Weltreise zu diversen diskreten Bankplätzen lohnenswert. Doch nun musste sie erst einmal ins Wasser.

34

In den folgenden Wochen und Monaten reiste Katja Granow in viele Länder rund um den Globus. Sie besuchte die Bahamas, die Cookinseln, Panama, Guatemala, die Philippinen, die Grenadinen, Myanmar, die Schweiz und abschließend den kleinen Staat, der so gesehen nur einen Katzensprung von ihrer Heimat entfernt lag, Liechtenstein. Inklusive der Zinsen der letzten Jahre wuchs ihr Vermögen auf rund 95 Millionen US-Dollar an. Umgerechnet rund 160 Millionen DM. Ihr Reichtum war schier unermesslich.

Katja ging davon aus, eine andere Erklärung kam nicht infrage, dass die Devisen illegal beiseite geschafft worden waren. Man würde sicher keinen entsprechenden Haushaltsposten finden können. Ihr Vater selbst hätte schon gar nicht ein solches Vermögen anhäufen können. Es musste sich um abgezweigte Gelder aus der DDR-Staatskasse handeln. Aber selbst wenn diese ursprünglich für geheime Auslands-Missionen zum Wohle des Vaterlandes vorgesehen wären: Es war müßig, Theorien dazu zu entwickeln, dass dieses aberwitzige Vermögen für Wohltätigkeitszwecke vorgesehen war. Sie wusste, dass es sich um schmutziges Geld handeln musste. Ehemals vorgesehen für Aktionen, die nicht im Lichte der Öffentlichkeit stattfinden sollten. Keinen Moment kam es ihr in den Sinn, ihr Vater, den sie als waschechten Patrioten kannte, könnte das Geld für persönliche Zwecke entwendet haben.

Wie dem auch sei – Katja sah es nicht als ihre Aufgabe an, Aufklärung zu betreiben. Das Geld war anonym zu ihrer Verwendung hinterlegt worden. Deshalb sah sie auch keinen Grund, anders zu verfahren.

Mit jeder Million mehr nutzte sie auch die Annehmlichkeiten der Reichen. Sie begann, sich teuer zu kleiden, buchte für Flugreisen Erste-Klasse-Tickets und übernachtete nur noch in Fünf-Sterne-Hotels. Katja stellte fest, dass dies ein angenehmer Luxus war.

Ihr offiziell vererbtes Kapital, insbesondere die rund 130.000 DM auf dem Devisenkonto bei der Ungarischen Staatsbank, würde sie nach Deutschland transferieren und legal versteuern. Hiervon würde sie ihr Leben, zumindest für ein paar Jahre, offiziell bestreiten. Schließlich würde es sonst irgendwann auffallen, wenn sie völlig ohne Einkünfte leben konnte.

35

1992

Berlin, September 1992

Ab Herbst 1992 war Katja Granow als Studentin der Geschichtswissenschaft an der Freien Universität Berlin eingeschrieben. So angenehm es war, sich dem süßen Nichtstun hinzugeben, ihr war langweilig geworden. Sie musste sich mit irgendetwas Sinnvollem beschäftigen.

In den kommenden Jahren würde sie sich mit der Erforschung, Beschreibung und Bewertung der Vergangenheit und ihres Wandels beschäftigen. Sie würde in Zeiten beschleunigter Globalisierung ein breites Spektrum an Orientierungswissen über verschiedene Epochen und geographische Regionen erlernen. So hatte sie es in einer Kurzbeschreibung des Studienfachs gelesen. Und da sie auf ihren Reisen durch die Metropolen der Welt insbesondere die alten Bauwerke und historischen Stätten bewundert hatte, schien ihr dieses Fach eine gute Wahl zu sein. Sie müsste ja kein Geld damit verdienen.

Von seiner ersten Vorlesung an wurde Professor Hörbiger ihr Lieblingsdozent. Sie vermutete, dass er einer der Ältesten im Kollegium war. Doch seine Energie, seine Lebensfreude, sein Humor und sein Enthusiasmus suchten ihresgleichen. Die Studenten dankten es ihm, indem sie seine Vorlesungen überdurchschnittlich gut besuchten.

Schon zur zweiten Stunde bestellte er seine Studenten zu einer Exkursion ein. Treffpunkt: Palast der Republik. Nachdem sich alle Studenten um den Professor geschart hatten, instruierte er sie über den Ablauf: „Liebe Studenten, heute führen wir ein Experiment durch. Mir ist es viel zu anstrengend, gegen den Verkehrslärm anzuschreien, deshalb fasse ich mich kurz. Wir werden jetzt einen Spaziergang unternehmen. Ich werde unterwegs keine weiteren Erläuterungen geben. Ihre Aufgabe ist es, alles, was Sie sehen, in sich aufzunehmen. Vergessen Sie dabei nicht, dass Sie Studenten der Geschichte sind. Verschmelzen Sie mit der Umgebung. Machen Sie sich Gedanken. In der nächsten Vorlesung werden wir darüber sprechen."

So machte sich Professor Hörbinger mit seinen Studenten auf den Weg. Wie ein Fremdenführer hielt er bei Richtungswechseln einen Stock in die Höhe. Sie gingen Richtung Westen bis zum Brandenburger Tor. Auf der anderen Seite des Boulevards Unter den Linden führte er sie bis zur Neustädtischen Kirchstraße, wo sich die amerikanische Botschaft befand. Weiter an der Bibliothek vorbei, der Neuen Wache und dem Zeughaus. Am Lustgarten wandte er sich Richtung Museumsinsel. Dann ging es zurück am Berliner Dom vorbei zur Marienkirche und über die Karl-Liebknecht-Straße zum Ausgangspunkt am Palast der Republik.

Dort angekommen, verabschiedete er die Studenten: „Nun, meine Damen und Herren Studenten. Ich hoffe, Sie haben nicht nur Augen und Ohren offen gehalten. Bei unserer nächsten Vorlesung werde ich dem auf den Grund gehen."

Nicht nur Katja erwartete die kommende Vorlesung mit Spannung. Was hatte der Professor gemeint? Nicht nur Augen und Ohren offen halten? Sie ging die Strecke noch einmal in Gedanken durch. Alte und neuere Gebäude. Viele in keinem guten Zustand. Historische Gebäude. Möglicherweise hatte er Denkmalschutz-Aspekte im Sinn?

36

Der Vorlesungssaal war wieder gut gefüllt. Bei Hörbinger dauerte es im Gegensatz zu anderen, die sich gegenüber den schwätzenden Studenten lautstark Gehör verschaffen mussten, nicht lange, bis es ruhig war. Es reichte, wenn er hinter das Pult trat und schwieg.

„Nun, meine künftigen Geschichtsexperten", begann er, „was haben Ihre Sinne erfasst?"

„Bitte!" Er zeigte auf einen langen, schlaksigen Studenten, der seine Haare im Afrolook trug.

„Ich habe die historische Mitte in Berlin gesehen, in deren Zentrum der Palast der Republik steht."

„Und?", fragte der Professor. „Soweit haben Sie eine korrekte Auffassungsgabe. Aber ist das alles?"

„Viele Gebäude erzählen eine Geschichte, sie sind historisch", beeilte sich der Lange zu ergänzen.

„Wir kommen der Sache näher", stellte der Professor fest. „Weitere Erkenntnisse?"

Eine zierliche Blonde mit Brille meldete sich: „Ich glaube, wir bewegen uns auf das Feld der geschichtlichen Stadtentwicklung zu. So ein Rundgang verschafft einen Überblick über die historisch gewachsene Bebauung."

„Auch richtig", lobte der Professor, „weitere Meldungen?"

„Ich glaube auch, dass wir darauf aufmerksam gemacht werden sollten, uns Gedanken über die geschichtliche Entwicklung Berlins zu machen", meinte eine etwas pummelige und stark geschminkte Dunkelhaarige, „Wir haben Häuser aus unterschiedlichen Jahrhunderten gesehen."

Der Professor schwieg eine gefühlte Ewigkeit lang. „Liebe Zeitgenossen. Ich muss feststellen, dass Sie meine Intention nicht verstanden haben, wundere mich aber nicht darüber. Allen meinen bisherigen Studenten musste ich diesbezüglich auf die Sprünge helfen. Glauben Sie mir, sie haben es mir später gedankt. Sie werden mit einer anderen Einstellung Geschichte studieren."

Die Studenten fragten sich, worauf er hinauswollte.

„Ich hatte Sie gebeten, nicht nur Augen und Ohren offen zu halten. Wenn wir in die Geschichte gehen, befinden wir uns in der Vergangenheit. Was nützt es da, sich lediglich die Gegenwart anzuschauen? Wir werden in der kommenden Woche einen weiteren Ausflug machen. Er dient der Vorbereitung Ihrer ersten Hausaufgabe. Den meisten von Ihnen wird es nicht leichtfallen. Aber Sie werden viel hinzulernen. Ich will Ihnen nun verraten, was ich auf unserem Spaziergang erlebt habe. Vielleicht verstehen Sie dann, was ich meine."

Gespannt warteten die Studenten. Vereinzelt wurde getuschelt, um Vermutungen zu äußern.

„Unser Startpunkt war der Palast der Republik. Ich hörte, wie durch die Empfangshalle der Wind wehte und die Beleuchtungskörper aus Erichs Lampenladen leicht gegeneinanderschlugen. Die angenehmen Klingeltöne kündigten Kaiser Wilhelm an. Der Palast der Republik verschwand aus meinen Augen, es wuchs das Berliner Schloss heran. Ich befand mich im Jahre 1914.

Ich stand in einer Menschenmenge und wartete, dass der Kaiser auf den Balkon trat. Er sollte heute, am 6. August 1914, eine seiner berühmten Balkonreden halten. Die Menschen warteten in gespannter Erregung. Die Frauen trugen Festkleidung und viele Männer erschienen mit Zylindern. Im Hintergrund hörte man die Hufe der Pferde auf dem Asphalt, die Kutschen zogen. Vereinzelt war ein Motorengeräusch zu hören. Als der Kaiser auf den Balkon trat, wurde er begeistert von der Menge empfangen, obwohl sie ahnte, dass er Unheil verkünden würde.

Auf unserem weiteren Weg zum Brandenburger Tor begegnete ich eilig zum Schloss gehenden Nachzüglern. Ein

Krieg stand bevor und sie wollten die Worte des Herrschers nicht verpassen. Am Brandenburger Tor angekommen, konnte ich beobachten, dass französische Soldaten patrouillierten. Es war der 2. Dezember 1806. Vor drei Wochen hatte Napoleon Berlin eingenommen. Die Menschen starrten auf die Quadriga.

Die Franzosen hatten den Kupferschmied Jury aus Potsdam zwangsverpflichtet, die Quadriga abzubauen. Sie sollte nach Paris verfrachtet werden. Ich spürte den unterdrückten Zorn der Umstehenden.

Weiter hinten schrie jemand: ‚Pferdedieb!' Sofort eilten französische Soldaten zu ihm und nahmen ihn unter großer Gegenwehr fest. Auf unserem Weg zur Museumsinsel waren nur wenige Einheimische zu sehen. Die meisten hielten sich in ihren Wohnungen auf. Man sah verstohlene Blicke hinter den Fenstern.

In kleinen Trupps marschierten immer wieder Soldaten mit aufgepflanzten Bajonetten an uns vorbei. Es waren junge Männer. Die Angst vor einem Hinterhalt war ihnen ins Gesicht geschrieben. Sie sahen nicht wie Eroberer aus. Ihre gezeichneten Gesichter ließen darauf schließen, dass viele von ihnen schon Schreckliches erlebt haben mussten. Viele hatten wahrscheinlich schon Freunde und Kameraden verloren. Ihre Augen verrieten, dass sie nicht wussten, was sie in dieser fremden Stadt sollten. Sie wären lieber bei ihren Familien in der Heimat gewesen."

Im Hörsaal lauschten die Studenten gebannt den Ausführungen des Professors. Frei redend, ohne Manuskript, schien er vor ihnen durch andere Welten, in anderen Zeiten zu wandeln. Und es war, als ob er sie auf diese Reisen mitnehmen würde.

„Für den heutigen Tag, den 22. Dezember 1308, war in der Marienkirche ein Gedenkgottesdienst für Markgraf Otto IV. von Brandenburg angesetzt worden. Vor der jungen, wenige Jahre alte Marienkirche hatten sich überdurchschnittlich viele Menschen in vornehmer Kleidung eingefunden. Otto IV. war ein beliebter Mann gewesen, der nach ritterlichen Idealen gelebt hatte. Spontan begannen die Menschen ein Lied zu singen, das der leidenschaftliche Minnesänger immer auch gerne selbst vorgetragen hatte. Eine melancholische Stimmung machte sich breit.

Das änderte sich abrupt, als sich endlich die Kirchtore öffneten. Ich hörte, wie zwei Frauen tratschten. Die eine erzählte von ihrem nichtsnutzigen sechsjährigen Kind, das sich andauernd vor der täglichen Arbeit drückte. Sie würde es heute vom Festessen ausschließen. Es gab Eichhörnchen und Rüben, dazu frische Milch.

Bevor ich weitere Neuigkeiten erfahren konnte, sind wir schon an der Zwingburg, dem Vorläuferbau des Berliner Schlosses, angekommen. Hier erblickte ich Kurfürst Friedrich II. Soeben, am 15. Juli 1541, bezog er die fertiggestellte Residenz. Bevor ich die weiteren Geschehnisse verfolgen konnte, habe ich dann gemerkt, dass es Zeit war, Sie zu verabschieden.

Unsere kleine Stadtbesichtigung begann am Palast der Republik und endete auch dort. Ich muss gestehen, dass sich die Zwingburg zu meinem großen Leidwesen wieder in den Palast der Republik zurückverwandelt hat. Ich hätte gerne noch mehr erlebt."

Der Professor blickte schweigend in den Saal. Es schien, als müsse er erst wieder in diese Welt zurückkehren. Den Zuhörern erging es nicht anders. Ein Student begann auf den Tisch zu klopfen, wenig später machten es ihm die anderen nach.

Nach einer kurzen Weile hob Hörbinger die Hände und bat um Ruhe: „Ich danke Ihnen für Ihren Applaus, ich bin aber noch nicht am Ende. Was haben Sie heute gelernt? Ich möchte es für Sie formulieren und hoffe, dass Sie zustimmen werden: Geschichte ist nicht eine Aneinanderreihung von Fakten. Es sind nicht die Daten, die Funde, alte Schriften oder Zeichnungen, die die Geschichte ausmachen. Wenn Sie sich auf das akademische Studieren und Auswendiglernen von Stoff beschränken, werden Sie scheitern.

Wir Menschen können die Geschichte nur verstehen und aus ihr lernen, wenn wir historische Ereignisse auch richtig bewerten. Wenn ich etwas nicht nachvollziehen kann, nicht fühlen, nicht erleben kann, werde ich es auch nicht richtig einschätzen können. Allerdings beschäftigen wir uns mit der Vergangenheit. Deshalb werden wir nie genau erfahren, wie die Menschen in vergangenen Zeiten und Epochen gedacht und gefühlt haben. Aber wir können uns annähern. Nur wenn Sie versuchen, sich in die jeweilige Zeit mit ihren Lebensumständen hineinzudenken, sie zu spüren, werden Sie gute Geschichtswissenschaftler. Auch das muss gelernt werden.

Und deshalb, und nun kommen wir zum bitteren Schluss, werden Sie eine Hausaufgabe erhalten, die Ihnen hierbei helfen wird. Ich erwarte von Ihnen eine zeitgeschichtliche Alltagsbeschreibung anhand einer kurzen Erlebnisgeschichte. Das Zeitalter und den Ort der Handlung können Sie selbst wählen. In Ihren Ausführungen müssen, zumindest als Rahmenhandlung, bekannte zeitgenössische Figuren behandelt werden. Abgabezeitpunkt ist das Semesterende.

Für heute darf ich mich verabschieden und wünsche Ihnen eine gute Phantasie."

„Puh", seufzte Katja, „das ist ja eine ganz schön anspruchsvolle Aufgabe."

Andererseits, wenn man den Professor erlebt hatte, konnte man ihm nur Recht geben. Oft stand man vor einem Denkmal und dachte: *Ok, erbaut achtzehnhundert irgendwas. Ein schönes Gebäude.* Das war es dann auch. Hörbinger hatte es auf den Punkt gebracht. Das war es eben nicht nur. Wer hatte es gebaut und warum? Was waren es für Menschen, die in diesem Haus gelebt oder es genutzt hatten? Wie hatten sie gefühlt?

Katja nahm sich vor, alle Anstrengungen zu unternehmen, um eine gute Arbeit abzugeben.

Ihre erste Aufgabe würde es sein, ein gutes Thema zu finden.

37

Berlin, Oktober 1992

In den letzten Tagen hatte Katja sich umfassend über das Berliner Schloss informiert. Es war faszinierend mitzuerleben, wie sich durch die Worte des Professors der scheußliche Palast der Republik in ein wunderbares barockes Schloss verwandelt hatte. Bei ihren Nachforschungen entdeckte sie, dass es auch Geschichten über ein Schlossgespenst gab, „die weiße Frau".

Schon als Kind hatte sie phantastische Geschichten geliebt. Warum sollte sie dies nicht einmal im geschichtlichen Kontext versuchen, wenn die alten Legenden auf historisch belegten Personen basierten? Schließlich hatte der Professor sie ermuntert, ihre Phantasie zu schulen. Man musste sich nur bewusst machen, dass, was heute als Unfug bezeichnet würde, früher geglaubt wurde.

Am Abend setzte sie sich an den Schreibtisch, vor sich ein leeres Blatt:

Nachdem er im Jahre 1571 mit seiner Jagdgesellschaft über den Jahreswechsel tage- und nächtelang ausufernd gefeiert hatte, verstarb am 3. Januar 1571 Kurfürst Joachim II. Hector plötzlich und unerwartet. Unglücklicherweise war sein Leibarzt Paul Luther gerade nicht anwesend…

Just als sie das Wort „unerwartet" schrieb, musste Katja an ihre Eltern denken. Wie hatte es in der Grabrede geheißen? „Wieke und Frank Granow verstarben plötzlich und unerwartet." Bis heute hatte sie sich noch nicht aufgerafft, in Vaters Dokumentenkoffer zu schauen, der sie schon fast zwei Jahre lang ungeöffnet, wie ein Unheil verkündendes Mahnmal, begleitete.

Möglicherweise durch die Geschichte über die weiße Frau, der man viel Unrecht angetan hatte, verleitet, beschloss sie spontan, den Koffer noch am gleichen Tag zu öffnen. Sie holte das Schreiben des Nachlassverwalters aus einem Ordner. Neben den Informationen über diverse Nummernkonten enthielt dieses Schreiben auch eine Information über den Koffer:

Meine liebe Katja!

Wenn Du die Dokumente in diesem Koffer liest, wirst Du alles über mich erfahren. Du wirst über meine beruflichen Aufgaben ebenso ins Bild gesetzt wie über meine Motivation, so zu handeln. Er enthält eine umfangreiche Dokumentation über mein Leben. Schwerpunkt sind wissenschaftlich verwertbare und reproduzierbare Ergebnisse meiner Forschungsarbeiten. Ferner habe ich erläutert, warum diese Arbeiten zum Wohle der Deutschen Demokratischen Republik notwendig waren.
Liebe Katja, bitte vertraue mir und lies diese Unterlagen erst dann, wenn Du sicher bist, dass Deine Wahrnehmungskraft nicht durch äußere Umstände getrübt ist. Der Tod von Nahestehenden wirft viele zunächst aus dem Gleichgewicht. Es benötigt Zeit, um ein möglichst neutrales Urteilsvermögen wiederzuerlangen.
Deshalb bitte ich Dich ganz herzlich mit all meiner Liebe: Warte, bis die Zeit gekommen ist. Ich kenne und liebe Dich. Du wirst wissen, wann die Zeit reif ist.

Dein Dich bis in alle Ewigkeit liebender Vater

Katja schenkte sich entgegen ihren Gewohnheiten ein Glas Wein ein und öffnete den Koffer. In diesem befanden sich eine Reihe dicker nummerierter Umschläge Außerdem enthielt er einen Plastikkasten, auf dem groß die Zahl 3 stand. Auf dem Umschlag mit der Nummer 1 stand in riesigen Lettern:

Lebensgefahr!!! Bitte unbedingt als Erstes öffnen.

Reflexartig schaute sich Katja in ihrem Zimmer um. Natürlich sah alles so aus wie immer.

Lebensgefahr?

Sie hatte sich die Wohnung gemütlich und in warmen Tönen eingerichtet. Etwas Bedrohliches konnte sie nicht entdecken. Vielleicht hat mich das Schlossgespenst schon verunsichert, dachte sie, über sich selbst schmunzelnd.

Lebensgefahr!!!

Sie konnte sich beim besten Willen nicht vorstellen, was damit gemeint sein konnte. Katja nippte noch einmal an ihrem Glas und öffnete dann, mit doch etwas zittrigen Händen, den Umschlag mit der Nummer 1. In diesem fand sie ein Schreiben in der Handschrift ihres Vaters.

Meine allerliebste Katja,
mein Ein und Alles! Ich hoffe, dass Du meinem Rat gefolgt bist und diese Zeilen mit mindestens ein paar Wochen, wenn nicht Monaten Abstand nach meinem Tod liest. Wenn nicht, erweise mir den Gefallen und lege dieses Schreiben noch einmal beiseite. Ich weiß, dass Du stark bist. Aber ich appelliere mit aller Liebe an Dich, dass Du nicht im Angesicht des Schmerzes über den Verlust Deines Vaters (und ich wünsche mir, dass dieser Schmerz nur von kurzer Dauer ist) meine Zeilen liest. Ohne einen notwendigen Abstand wirst Du möglicherweise verleitet, falsche Reaktionen an den Tag zu legen. Ich vertraue Dir. Leg dieses Schreiben weg!"

Katja blickte auf. Es war, als würde ihr Vater vor ihr stehen und sie mahnend ansehen. War sie bereit? Sie vermisste ihn noch sehr, aber das Leben ging weiter. Sie würde ihren Vater weiter lieben, ohne Vorbehalte, egal was sie nun lesen würde. Zudem hatte er dafür gesorgt, dass sie ein unbeschwertes Leben in unvorstellbarem Luxus führen konnte.

Danke Papa, dachte sie, *ich bin bereit.* Sie nahm sich die zweite Seite des Briefes vor.

„Wenn Du jetzt weiterliest, gehe ich davon aus, dass Du auf meinen Rat gehört hast und die Zeit gekommen ist, dass Du die Wahrheit erfahren möchtest.
Also beginnen wir: Ich wurde ermordet! Ermordet von Agenten des BND. Ermordet, weil ich im Dienste des Vaterlandes außergewöhnliche Forschungen betrieben habe. Ich habe mir niemals etwas zu Schulden kommen lassen. Auch wenn meine Arbeiten, falls sie jemals bekannt werden, was ich Dank Deiner Hilfe nicht hoffe, zu einem furchtbaren Waffensystem geführt haben: Es wäre ausschließlich für gute Zwecke eingesetzt worden. Ich habe nur Forschungen betrieben. Forschungen, die unter dem notwendigen und selbstlosen Einsatz von freiwilligen Testkandidaten dazu beitragen sollten, Millionen von Menschenleben zu retten. Wie Du den Unterlagen zu meinen Forschungsreihen entnehmen kannst, haben sich hunderte Freiwillige im Dienste der Menschheit zur Verfügung gestellt, einen frühzeitigen Tod im Auftrag der Wissenschaft in Kauf zu nehmen. Diese Menschen wurden von den Vietnamesen verfolgt und gefoltert. Ich habe ihnen Unterschlupf und Nahrung für eine möglichst lange Zeit geboten. Sie haben mir gedankt, dass ich sie vor Schmerz und Demütigung der staatsgelenkten vietnamesischen Folterknechte bewahrt und ihnen ihre letzten Tage so angenehm wie möglich gestaltet habe.
Vor allem tat ich das im Sinne der Menschlichkeit! Die Opfer, die diese armen Geschöpfe gebracht haben, sollten Millionen anderen zum Leben verhelfen.
Kriege begleiten den Menschen seit Urzeiten. Aber es sind stets Einzelne gewesen, die hierfür verantwortlich waren.

Denke nur an die jüngste Geschichte des imperialistischen und faschistischen Deutschlands:
Kaiser Wilhelm war persönlich verantwortlich für den ersten Weltkrieg.
Hitler war persönlich verantwortlich für den zweiten Weltkrieg.
Die USA sind vom selben Schlag: Den Vietnamkrieg hatte US-Präsident Johnson persönlich zu verantworten.
All diese Kriege verursachten Abermillionen von Toten! Was wäre, wenn man diese Führer hätte zuvor eliminieren können?
Es hat in der Geschichte unzählige Attentate auf Herrscher gegeben. Meist erfolglos.
Meine Forschungen können künftig den Lauf der Geschichte verändern und zum Guten wenden. Durch meine Entwicklung kann jeder zu einem fast beliebigen Zeitpunkt eliminiert werden. So können grausame Verbrechen verhindert werden.
Auf Grund dieser epochal wertvollen Entdeckung kann es Dich nicht erstaunen, wenn geheimdienstliche Kräfte des Feindes alle Anstrengungen unternommen haben, mich zu verfolgen. Leider gibt es offensichtlich immer undichte Quellen.
Falls Du dieses Schreiben lesen wirst: Mein Mörder ist Helmut Kohl. Nicht persönlich, aber in politischer Verantwortung. Erich und mir war immer schon bewusst, dass die BRD alle Anstrengungen unternimmt, um eine feindliche Übernahme unserer sozialistischen Freiheit zu erreichen. Im Schulterschluss mit Ronald Reagan, der die Weltherrschaft anstrebt, konnte Kohl weite Teile der DDR mit Sympathisanten unterwandern. Du weißt, zu welchem Ergebnis dies geführt hat.
Meine geliebte Tochter, ich ahne, dass die Häscher nahe sind. Sei nicht traurig, wenn sie mich erwischt haben sollten. Ich habe stets mit reinem Gewissen gehandelt.
Inzwischen wirst Du hoffentlich wissen, dass Du Dir über materielle Dinge keine Sorgen machen musst.

Mein Allerliebstes, was ich mir sehnlichst wünsche, ist, dass Du Deinen Dich in alle Ewigkeit liebenden Vater verstehst. Meine Beweggründe, meine Arbeit, meine Liebe zu Dir.
Ich wünsche mir, dass Du meine Arbeit fortsetzt. Entferne die Teufel dieser Welt vom Antlitz der Erde. Hilf, dass unser Sozialismus den Kapitalismus zur Hölle schickt. Du bist jung und klug und hast Charisma. Nutze dies, um mit Hilfe meiner Hinterlassenschaft den Imperialismus für alle Zeiten auszurotten. Ich wünsche mir, dass mein Erbe in keine falschen Hände gerät. Bei Dir, ich weiß es, ist es gut aufgehoben.
Meine Errungenschaft, so sehr ich mir gewünscht hätte, sie gemeinsam mit Dir zum Wohle der DDR nutzen zu können, ist ein wertvoller Schatz.
Damit meine ich nicht die Devisenkonten, sondern den Inhalt im Behälter mit der Aufschrift 3, den Du auch in diesem Koffer findest. Er beinhaltet nur einen kleinen Teil des in einem aufwendigen Verfahren hergestellten Serums. Den Rest habe ich an einem sicheren Ort deponiert. Er lagert an dem Ort, wo Du Dich einst über Onkel Erichs Tanzkünste lustig gemacht hast. Am Ende der Kammer, verdeckt von Trümmerstücken.

Katja blickte auf und hatte den Ort genau vor Augen. Ein gutes Versteck. Die Soldatenkammer im Brandenburger Tor war für niemanden zugänglich. Und dort lagerte jetzt eine gefährliche Waffe? Gespannt las sie weiter, wie ihr Vater seine neu entwickelte Waffe beschrieb, bis sie die Lektüre erneut unterbrach. Sie war geschockt, entsetzt, aber auch beeindruckt. Was hatte ihr Vater vollbracht?

Eine Waffe, die wirksamer als eine Atombombe war? Aber mit wie vielen Menschenleben wurde dies bezahlt? Was musste er gelitten haben, als ihm diese schwere Aufgabe befohlen wurde. Gut, die Testpersonen hatten ohnehin sterben müssen. Und ihnen wurde ein Folter-Martyrium erspart. Und, … es war doch schließlich für einen guten Zweck..., für das Vaterland.

Das Vaterland? Seit dem 3. Oktober gab es kein Vaterland mehr, jedenfalls nicht das, was ihr Vater darunter verstanden hatte. Nicht mehr die DDR und die BRD, sondern ein Deutschland. Wenn sie ehrlich darüber nachdachte: So schlecht fand sie das eigentlich nicht. Sicher, die DDR hatte ihre Vorteile gehabt..., aber worin bestanden sie eigentlich? Vielleicht war sie schon durch das viele Geld verdorben?

Ein wenig, aber nur ganz wenig, gestand sie sich beschämt ein. Ihr letztes Jahr ließ keine Zweifel daran: Der Westen hatte durchaus mehr zu bieten als der Arbeiter- und Bauernstaat – zumindest wenn man Geld hatte.

Ihr Vater war kein Mörder, sondern ein Entwickler, oder? Im Auftrag der legitimen Regierung. Richtig? Aber was war das nun eigentlich für eine Waffe? Sie nahm sich den Brief und fuhr fort zu lesen.

Liebe Katja,
Du bist nun ein Mensch mit unglaublicher Macht. Du kannst über Tod oder Leben gebieten. Ich hoffe, Du setzt Deine Möglichkeiten im Geiste Deines Vaters ein. Im Umschlag mit der Nummer 2 werde ich Dir die Waffe erläutern.
Vorher möchte Dich bitten: Du sollst nicht über meinen Tod trauern. Ich hatte ein ausgefülltes Leben, stets mit einer Mission, die mich erfüllt hat. Jedes Leben ist endlich und ich bereue nichts. Mein größtes Glück auf Erden warst Du, meine geliebte Tochter.
In ewiger Liebe, Dein Papa

Katja war von ihren Gefühlen hin- und hergerissen. Wer war ihr Vater? Ein engelsgleicher Heiliger? Eine teuflische Kreatur, die todbringende Versuche an Unschuldigen vorgenommen hatte? Ein Josef Mengele, der Hunderte KZ-Häftlinge bestialisch umgebracht hatte? Wer war sie selbst? Tochter eines Mörders oder eines Heilsbringers?

Stopp, aufhören mit diesen wirren Gedanken, befahl sie sich. Eines war immer ihre Stärke gewesen: Sie war pragmatisch. Deshalb, so, wie es nun einmal gekommen war, sollte es auch sein.

Sie war reich, gutaussehend und... tödlich..., zumindest potentiell. Eigentlich keine schlechten Voraussetzungen für ein gutes Leben. Offensichtlich befand sie sich also in einer wesentlich besseren Lage als die weiße Frau, deren Geschichte sie ursprünglich niederschreiben wollte.

Aber diese Geschichte musste erst einmal warten. Zunächst wollte Katja auch den Rest erfahren und öffnete den zweiten Umschlag.

Das Granow-Serum

Sie konnte nicht umhin, sich gleich ein wenig geschmeichelt zu fühlen. Ein Serum mit ihrem Namen. In etwa wie ein Parfum das Chanel hieß, und ihr Name wäre Katja Chanel.

Liebe Katja,
mit diesem Serum, von dem Du fünf Ampullen im Behälter mit der Nummer 3 findest, wirst Du mächtiger sein, als jemals ein Mensch zuvor es gewesen ist. Nach Deinem Belieben eingesetzt, kannst Du damit über Leben und Tod Deiner Feinde bestimmen.

Es folgte eine detaillierte Beschreibung der Wirkungs- und Einsatzweise des Serums. Als sie fertig gelesen hatte, wischte sich Katja über das Gesicht. Das war alles ein wenig zu viel für einen einzigen Tag. Sie schloss für einen Moment die Augen, lehnte sich zurück und schaltete schließlich den Fernseher ein, um sich abzulenken.

38

Die folgenden Wochen verbrachte Katja wie in Trance. Sie besuchte weiter die Universität, traf sich ab und an auch mit Kommilitonen. Aber eigentlich dachte sie immer nur an Vaters Forschungen und die neue Situation, in der sie sich befand. Sie rang mit sich, die Ampullen und die Dokumente zu vernichten und diesen großen Ballast abzuwerfen.

Einerseits war diese Erfindung unglaublich. Sie war das Lebenswerk ihres Vaters. Konnte sie dies einfach auf den Müll werfen? Andererseits, konnte sie mit dieser Verantwortung umgehen? Und sollte irgendjemand, wie auch immer er davon erfahren hatte, etwas wissen, war sie ihres Lebens noch sicher? Ganze Staaten, die Mafia, Extremisten, alle würden, wenn notwendig, über Leichen gehen, um an diesen Stoff heranzukommen.

Vorsichtshalber hatte Katja den Brief ihres Vaters verbrannt. Die Dokumente mit den wissenschaftlichen Ausarbeitungen hatte sie zunächst in einem Bankschließfach deponiert. Nur, hierfür gab es auch Schlüssel. Für Dritte ein verlockendes Ziel.

Abgesehen davon führte Katjas Situation dazu, dass sie sich noch mehr von Bekannten distanzierte. Sie war schon immer verschlossen und eher eine Einzelgängerin gewesen. Aber nun achtete sie auf noch eine größere Distanz zu Dritten. Sie hatte in der Vergangenheit auch den einen oder anderen Freund gehabt, aber die große Liebe war ihr noch nicht begegnet. War dies in ihrer Situation überhaupt noch möglich? Jede Person, die drohte, ihr näherzukommen, würde sie fortan auf Distanz halten müssen.

Sie argwöhnte, dass sie „versehentlich" einmal die Lust verspüren würde, einen kleinen Tropfen zu verabreichen, wenn sie sich über jemanden ärgern würde. Das Töten von Tieren hatte sie nie berührt. Schließlich war sie mit Jägern groß geworden. Würde es tatsächlich so ein großer Unterschied sein, einen Menschen zu töten? Zum Beispiel einen widerlichen, abstoßenden Menschen, der einem Kind etwas angetan hatte? War so ein menschliches Wesen nicht eher eine Art tierische Bestie?

Wäre es nicht gut, wenn man eine solche zum Schutze der Gesellschaft ausmerzen würde? Ohne dass die Moral der Gesellschaft leiden musste, weil es niemand mitbekam? Aber dann müsste sie als Richter und Henker unisono fungieren. Wieso sollte sie eine solche Verantwortung auf sich nehmen? Obwohl, da war sie sich sicher, sie würde schon keine falsche Wahl treffen. Und wenn doch? Kollateralschäden waren nichts Ungewöhnliches in dieser Welt. So hatte es ihr zumindest ihr Vater vermittelt. Wenn man etwas Gutes und Großes erreichen wollte, durfte auf den Einzelnen keine Rücksicht genommen werden.

39

St. Anton am Arlberg, Weihnachten 1992

Katja beschloss, sich in den Weihnachtsferien einen Tapetenwechsel zu gönnen. Sie hatte, um sich abzulenken, viel Arbeit in ihr Studium investiert. In den Semesterferien musste sie einmal raus aus der Stadt. Sie beschloss, etwas Neues zu versuchen. Etwas, das helfen würde, ihren Kopf freizubekommen.

Einige ihrer Kommilitonen hatten ihr vom Skifahren vorgeschwärmt. Es sei tausend Mal schöner als jeder Sommerurlaub. Eines der berühmtesten Skigebiete sollte St. Anton am Arlberg in Österreich sein. Andreas Müller, ein Kommilitone, hatte es ihr wärmstens empfohlen.

Also suchte Katja nach dem besten Hotel vor Ort, das dann auch versprach, was es hielt. Gediegener Luxus mit diskreter Bedienung. Vor Ort buchte sie einen Skilehrer und musste in den nächsten Tagen feststellen, dass Skifahren nicht ganz einfach zu erlernen war. Tatsächlich trug es aber dazu bei, sie endlich auf andere Gedanken zu bringen. Erschöpft von den Anstrengungen des Tages und der Höhenluft, konnte Katja seit langem wieder einmal ausschlafen.

Neben dem anstrengenden Sportprogramm zeigte ihr Pepe, der braun gebrannte und gut aussehende Skilehrer, auch die Tradition des Après-Ski. Zweimal überredete er sie, mit zum MooserWirt zu kommen, einer Hütte am Hang, kurz oberhalb von St. Anton, wo ab 16 Uhr zu lauter Partymusik getanzt wurde. Beim zweiten Mal ließ sie sich auch noch überreden, das Ski-Nationalgetränk, einen Obstler, zu probieren. In ausgelassener Stimmung, wie sie Katja noch nie erlebt hatte, ließ sie sich treiben und landete tatsächlich später in Pepes winzigem Zimmer.

Als sie mit pochenden Kopfschmerzen am frühen Morgen erwachte und ein lautes Schnarchen neben sich ertragen musste, wünschte sie sich spontan, einen ihrer „K.O.-Tropfen" zur Hand zu haben. Na gut, ein finales K.O. hätte Pepe vielleicht nicht verdient.

Am letzten Tag ihres Aufenthaltes fuhr sie ohne ihren charmanten Lehrer. Sie wählte die für ihre Verhältnisse schwere Piste zur Ulmer Hütte, an der sie Pepe am Tag zuvor bereits vorbeigeführt hatte. Schon da wäre sie gerne in diese Hütte eingekehrt. Heute wollte Katja die einmalige Lage des hölzernen „Berghorstes" genießen und dort ausgiebig Pause machen.

Sie hatte feststellen müssen, dass es noch viel schwieriger war, eine Skipiste ohne vorausfahrenden Lehrer zu bewältigen. Einige blaue Flecken aus zahlreichen Stürzen lieferten hierfür den Beweis. Vor der Hütte, direkt neben der Piste hatte man Dutzende Tische mit langen Bänken direkt im gewalzten Schnee aufgestellt. Hier konnte man sich bei einer Bratwurst stärken. Auf der Rückseite, in einem ruhigeren Bereich, befanden sich einige wenige Sitzgelegenheiten direkt am Haus, von denen man einen noch besseren Blick auf die imposanten Alpenspitzen hatte.

Glücklicherweise fand Katja einen freien Platz. Jetzt und hier vor dieser Hütte sitzend, die wärmende Sonne im Gesicht, den unglaublichen Ausblick auf die Bergwelt vor Augen, verstand sie erstmals richtig die Begeisterung leidenschaftlicher Winterurlauber. Sie war sich sicher, dass dies nicht ihr letzter Winterurlaub sein würde.

Das Wetter bot an diesem Tag ein spektakuläres Schauspiel. Katja war noch im Nebel aus dem Tal heraufgefahren. Oben erschien mehr und mehr die Sonne. Nun saß sie über den Nebelschwaden, welche die Niederungen unter ihr wie eine große Daunendecke verbargen. Es war fast wie im Himmel, so über den Wolken schwebend. Und sie fühlte sich ein wenig wie ein Engel.

Ein Todesengel?

Vielleicht aufgrund der bevorstehenden Abreise hatte sie unvermittelt wieder die Realität eingeholt. Ihre real existierende Allmacht. Inzwischen tendierte sie dazu, diese nicht aufgeben zu wollen. Warum sollte sich selbst diese Macht nehmen? Sie musste ja nicht Gebrauch davon machen. Aber die Gewissheit, darüber verfügen zu können... So schlecht war der Gedanke nun auch nicht.

40

1993

Moskau, Februar 1993

Hauptmann Andrej Karloff beobachtete das Schneetreiben im Innenhof der Lubyanka. Er hasste das kleine Zimmer im dritten Stock, in dem er seine Tage fristen musste. Er sehnte sich nach den Zeiten zurück, als er im aktiven Außendienst noch etwas von der Welt sehen konnte.

Seine Karriere hatte er sich anders vorgestellt. Anfangs war alles nach Plan verlaufen. Als KGB-Repräsentant hatte er unter seinem Decknamen Igor Koslow zwei Jahre in Afghanistan gedient und war sogar mit dem Orden „Held der Sowjetunion" ausgezeichnet worden. Als einer von nur 65 Ausgezeichneten insgesamt in diesem Krieg. Die Ehrung wurde ihm für seinen heldenhaften Einsatz im Bamiyan-Tal verliehen, bei dem er 38 Kameraden vor dem sicheren Tod bewahrt hatte. Ohne seinen Einsatz wären sie von der zehnfachen Übermacht des Feindes überrannt worden, so hatte es sein KGB-Kollege, dem er einen Gefallen erwiesen hatte, dargestellt. Dank weiterer herausragender Operationen war er innerhalb des KGB kometenhaft aufgestiegen. Bis er in der ersten Hauptverwaltung stellvertretender Leiter der Residentur an der russischen Botschaft in Bonn wurde.

Immer wieder fragte er sich, warum sich dieser Trottel an den BND gewandt hatte. Sein Kontaktmann hatte sehr viel Geld für seine Unterlagen aus der Waffenfabrik Krauss Maffei erhalten. Es hätte durchaus so weitergehen können. Dann hatte er offenbar die Nerven verloren und sich ohne Not dem BND gestellt.

Um einer Strafe zu entgehen, musste der von ihm geführte Spion sich bereit erklärt haben, Karloff eine Falle zu stellen, was ihm bei einer inszenierten Übergabe auch gelungen war. Nach seiner erkennungsdienstlichen Behandlung war es Karloff immerhin durch eine grobe Unaufmerksamkeit seines Bewachers geglückt zu fliehen.

Aber er war identifiziert worden und aufgeflogen. Nachdem ein Ermittlungsrichter auch noch einen Haftbefehl beim Kammergericht Berlin erwirkt hatte, war er endgültig „verbrannt" und in den Innendienst versetzt worden. Hier saß er nun schon zwei Jahre.

Hinzu kam, dass er keine aktuellen Fälle behandeln konnte, sondern die Aufgabe erhielt, abgeschlossene Akten der DDR von 1985 bis 1989 durchzuarbeiten. Ziel war es zu prüfen, ob es sich lohnte, die eine oder andere Operation wieder aufzunehmen. Offensichtlich hatte man festgestellt, dass es bei einem oder mehreren Offizieren der KGB-Dienststelle Dresden damals zu Unregelmäßigkeiten gekommen war. So fristete Karloff seine Tage, indem er dicke Akten Seite für Seite durchblätterte. Eine Aufgabe für Buchhalter, aber nicht für einen bestens ausgebildeten Agenten. Diesen Job würde er jedenfalls nicht mehr lange machen.

Über einen ehemaligen Kollegen hatte man Karloff einen Job in der Tschikalto Gruppa angeboten. Diese Gruppe war auf illegalen Tätigkeitsfeldern in Deutschland aktiv, vorwiegend in Köln und Berlin. Da er früher schon im Auftrag des KGB illegale Operationen in Deutschland durchgeführt hatte, war es insofern kein großer Unterschied. Außer dass diese Organisation privatwirtschaftlich tätig war und gewinnorientiert arbeitete. Sie handelte mit Menschen und Rauschgift. Hehlerei, Objekt- und Personenschutz, Urkundenfälschung. Schleusertätigkeiten und Prostitution zählten ebenfalls zu ihren Aufgabengebieten.

Seine Vergütung würde fürstlich sein. In Deutschland organisierte man gerade einen neuen Pass und eine Legende für ihn. Bis er in etwa sechs Wochen endlich seinen neuen Dienst in Berlin antreten konnte, würde er unauffällig weiterarbeiten.

Lustlos schaute Andrej Karloff auf die Akte, die man ihm auf den Tisch gelegt hatte. Verantwortlich für den Bericht zeichnete ein gewisser Dimitrij Puschkin, der es zwischenzeitlich als Vizebürgermeister in St. Petersburg zu lokaler Prominenz gebracht hatte. Es ging um die Observation eines ostdeutschen Wissenschaftlers, Dr. Frank Granow, der damals wohl direkt einem hohen Stasioffizier unterstellt war. Karloff blätterte ziellos durch die Akte, als ein Bericht über ein Verhör unter Drogen, hier in Moskau, seine Aufmerksamkeit weckte.

Tja, solche Verhöre waren auch eine meiner Spezialitäten, dachte er, *möglicherweise bringt der neue Job auch diesbezüglich einmal wieder eine Abwechslung.* Zunächst weniger auf die Aussagen des Opfers fixiert als auf die technische Umsetzung des Verhörs, las er sich den Bericht durch.

Die Aussagen dieses Granow ließen ihn dann doch aufmerken. Was der Wissenschaftler von sich gab, klang ziemlich unglaublich. Er gab an, ein Serum entwickelt zu haben, das eine Art Wunderwaffe war. Wenn Karloff je so etwas in die Finger bekäme, wäre er ein gemachter Mann. Er nahm sich den Bericht noch einmal ganz von vorne vor und studierte jede Einzelheit.

Viele Stunden später, inzwischen war es dunkel geworden, legte er die Akte mit einem Lächeln beiseite. In dem Bericht waren akkurat alle Beobachtungstermine verzeichnet. Das Treffen des Diplomaten Melnikow alias Puschkin mit Granow auf der Galaveranstaltung am 7. Oktober 1989 zu Ehren Gorbatschows, zwei gescheiterte Übergabeversuche in Ostdeutschland und die gelungene Übergabe in Warschau. Die Überprüfung des Materials hatte allerdings ergeben, dass es nicht die Eigenschaften enthielt, mit denen sich Granow während seiner Befragung in Moskau gebrüstet hatte.

Dann der rätselhafte Mord durch eine herbeigeführte Gasexplosion. Durch das Chaos der Umwälzungen in Europa mit Tausenden anderen Aufgaben beschäftigt, hatte man die Akte abgeschlossen, weil der Urheber nicht mehr greifbar war. Aber Karloffs Instinkt sagte ihm, dass irgendetwas hier nicht stimmte.

Die unter Drogen getätigten Aussagen Granows korrespondierten nicht mit dem, was er bei der letzten Übergabe geliefert hatte. Das passte einfach nicht zusammen. Zwei Dinge würde er überprüfen: Erstens war da die Agentin Elena Ponomarjow, die damals Granow gefügig gemacht hatte und sechs Monate später schwanger aus dem Dienst ausgeschieden war. Zweitens hatte Granow eine Tochter namens Katja. Falls dieses Serum, oder eine Anleitung zur Herstellung, irgendwo noch existierte, würde er es herausfinden und sich dieses aneignen. Für dieses Serum lohnte es sich, über Leichen zu gehen.

Bevor er nach Hause ging, steckte er sich die Akte ein. Viele Behörden hatten schon mit umfangreicher digitaler Datenspeicherung begonnen. Sensible Berichte, von denen es in der Lubyanka Zigtausende gab, waren aber aus Sicherheitsgründen bis heute noch nicht digital erfasst worden. Wenn die Akte fehlte, war jede Spur für Dritte vernichtet.

41

Moskau, März 1993

Während das Parlament vergeblich versuchte, Boris Jelzin seines Amtes zu entheben, stand Elena Ponomarjow in einer langen Schlange, um Zahnpasta und Seife zu ergattern. Der Mangel an Dingen des alltäglichen Gebrauchs machte das Leben beschwerlicher, als es eigentlich hätte sein müssen. Es war keine Frage des Geldes. Ihr Einkommen bei einem Autohaus, das ausschließlich deutsche Marken anbot, war auskömmlich. Es war einfach eine Frage der Verfügbarkeit.

Elena hatte in ihrem Leben einen großen Fehler begangen. Immer wieder spulte sich der Film vor ihren Augen ab. Frank Granow hatte der Mann geheißen. Als Agentin, die von Berufs wegen den gesamten Körper in den Dienst des Vaterlandes gestellt hatte, war es für sie selbstverständlich gewesen, dass sie für diesen Auftrag auch „die Beine breit machen musste". Natürlich wurde dies anders und umständlich förmlich in ihren schriftlichen Anweisungen formuliert. Die obszöne alternative Ausdrucksweise war bei ihren Kollegen auf Flurgesprächen jedoch weitaus geläufiger.

Ihr Versäumnis bei dieser Operation hatte weitreichende Folgen für sie gehabt. Ihre Verfehlung bestand darin, dass sie kein Kondom zur Hand hatte, als es zum beauftragten Geschlechtsverkehr kam. Sie hatte in einem Anfall von Naivität angenommen, dass es schon gutgehen würde. Sie würde aufpassen und rechtzeitig abbrechen. Elena konnte immer noch nicht begreifen, warum sie diesen Augenblick verpasst hatte.

Der kurze Augenblick zu spät hatte fatale Folgen: Sie war schwanger geworden. Man stellte sie vor die Wahl, entweder abzutreiben oder den Dienst zu quittieren. Sie, die als kühle und unnahbare Agentin bekannt war. Sie, eine erfahrene Auftragskillerin für den KGB. Sie, für die ihre Opfer nur Zielpersonen waren. Sie, die als aussichtsreiche Kandidatin für den höheren Dienst galt.

Elena hatte sich für ihr Kind entschieden. Keiner ihrer Vorgesetzten hatte mit dieser Wahl gerechnet. Aber sie hatte es keine Sekunde bereut. Ihr Sohn Alexej, heute gerade einmal drei Jahre alt, zeigte ihr in jeder Sekunde, wie richtig die Entscheidung gewesen war. Ein Leben ohne ihn konnte und wollte sie sich gar nicht mehr vorstellen.

Als ihr Sohn ein halbes Jahr alt war, hatte sie eine Stelle gesucht und auch schnell gefunden. Hierbei waren ihre fast perfekten Deutschkenntnisse, die sie in ihrer KGB-Laufbahn ständig verbessern konnte und musste, sehr hilfreich gewesen. Das Autohaus war ein russisch-deutsches Joint Venture. Im Prinzip bestand ihre Aufgabe in der Koordinierung der zweisprachigen internen Unternehmenskommunikation.

Für Elena stand fest, dass sie Alexej zweisprachig aufziehen wollte, was ihm später auch berufliche Vorteile bringen konnte. Nun lebte sie in einer Plattenwohnung unweit des Zentrums, wo sich das Autohaus befand. Wenn nur nicht immer dieses lange Anstehen wäre. Grundsätzlich machte es ihr nichts aus, aber es kostete Zeit, die ihr fehlte, um ihren Sohn früher aus der Betreuung abholen zu können.

Derart in Gedanken versunken, bemerkte sie nicht den großen, gut gebauten und schlanken Mann, der sie aus einiger Entfernung beobachtete. Auch fiel ihr nicht auf, dass ihr dieser Mann eine halbe Stunde später in die Metrostation folgte.

Glücklicherweise hatte Elena ganz in der Nähe ihrer Wohnung eine Frau gefunden, die sich tagsüber um Alexej kümmerte.

42

Andrej Karloff sah Elena Ponomarjow mit dem Kind aus dem Wohnblock kommen und war zufrieden. Frau und Kind waren gesund und munter. Das bedeutete schlicht und ergreifend, dass Katja Granow einen Halbbruder hatte. Blutsverwandtschaft war immer gut.

Mit einem Teleobjektiv schoss Karloff ein paar Aufnahmen von dem glücklichen Paar, auf dem die Gesichter gut zu erkennen waren. Abschließend notierte er sich noch die Adresse des Wohnblocks.

43

Moskau, April 1993

Anfang April reichte Andrej Karloff seine Kündigung ein. Da er als Geheimnisträger ein potentielles Risiko darstellte, musste er sich einer umfangreichen Befragung unterziehen. Hilfreich waren Unterlagen, die in Deutschland vorbereitet worden waren. Aus diesen ging hervor, dass er einen gut dotierten Job bei einer Wohnungsbaugesellschaft in Moskau antreten konnte. Dieses junge Unternehmen gehörte einem russischen Unternehmer, der staatliche Wohngebäude zum Zwecke der Privatisierung kaufte, sanierte und teuer vermietete. Ein ganz legales Unternehmen.

Niemand wusste, wie dieser Unternehmer an sein Startkapital gekommen war. Aber das war nichts Ungewöhnliches in diesen Tagen. Nicht bekannt war außerdem, dass der Eigentümer treuhänderisch als Marionette der Tschikalto Gruppa fungierte, dem eigentlichen Besitzer. Das Immobilienunternehmen sollte zu einem legalen, prosperierenden Ableger der Gruppe an der Heimatbasis ausgebaut werden. Sollte der FSB den Wunsch verspüren, Karloffs Angaben zu überprüfen, würden Nachfragen bei dem Unternehmen die Richtigkeit seiner Angaben bestätigen. Niemand würde erfahren, dass sein eigentliches Operationsgebiet in Deutschland liegen würde.

Nach umfangreichen Belehrungen im Falle eines Geheimnisverratse, die zweifellos in ein Arbeitslager führen würden, unterzeichnete Karloff die entsprechenden schriftlichen Ausführungen. Zwei Wochen später erhielt er seine Freigabe. Sein Weg nach Deutschland war geebnet. Der Name auf seinem neuen Pass lautete Fedotow, Anatoli.

Bevor er sich auf die Reise machen konnte, hatte er noch etwas zu erledigen. Er steckte seinen FSB-Ausweis ein, den er „vergessen" hatte abzugeben. Karloff nahm an, dass die Verwaltung eine Weile benötigen würde, bis dieser angefordert wurde, wenn überhaupt.

Auf dem Weg zu dem Wohnblock der Tagesmutter freute er sich schon auf die verängstigten Gesichter, wenn er auftauchte. Es war immer das gleiche Spiel. Die Leute schlotterten vor Angst, wenn jemand von der Lubyanka vor der Tür stand. Nicht ganz zu Unrecht, wenn er an vergangene Verhaftungen dachte. Er klingelte an der Wohnung des Blockwartes.

„FSB in einer Ermittlungsangelegenheit", kündigte er sich an. Dabei hielt er seinen Dienstausweis so, dass FSB und sein Rang zu erkennen waren, sein Name aber verdeckt blieb. Der Blockwart war ein kleiner alter Mann mit speckiger und zerknautschter Kleidung. Ein Typ, der wahrscheinlich wie viele seiner Kollegen Spaß daran hatte, als „Verantwortlicher" die Bewohner mit kleinen Gemeinheiten zu quälen. Der Mann beeilte sich unterwürfig, zu Diensten zu sein: „Was kann ich für Sie tun, Genosse Hauptmann?"

„Führen Sie mich zu der Wohnung der Frau, die die fremden Kinder hütet."

„Sie meinen bestimmt die Pomorenka, natürlich, sofort", erwiderte der Alte eingeschüchtert.

„Und nehmen Sie den Generalschlüssel mit. Wir wollen ja nicht, dass schnell etwas versteckt wird, richtig?"

„Selbstverständlich, Genosse Hauptmann, das wäre natürlich nicht gut. Sie haben Recht."

Gemeinsam stiegen sie das düstere Treppenhaus empor, bis sie im dritten Stockwerk angelangt waren. Dort wandte sich der Blockwart in den linken Gang, bis er vor einer Wohnungstür stehen blieb.

„Hier ist es, Genosse Hauptmann", flüsterte er. Hinter der Tür hörte man vergnügte Kinderstimmen.

„Geben Sie mir den Schlüssel", wies Karloff ihn leise an. Karloff steckte, um Geräusche zu vermeiden, vorsichtig den Schlüssel in den Zylinder und drehte ihn, bis die Tür entriegelt war. Mit einer kräftigen Bewegung drückte er sie auf und ging schnellen Schrittes durch den winzigen Flur in den kleinen Wohnraum.

Dort saß eine korpulente Frau um die fünfzig mit drei Kindern am Tisch. Auf dem Tisch befanden sich Mal- und Bastelsachen. Erschreckt über den unerwarteten Besuch, starrten Frau und Kinder Karloff sowie den hinter ihm kauernden Blockwart an.

„FSB in einer Ermittlungsangelegenheit", wiederholte er seinen Spruch.

Die Kinder drängten sich an die Frau, um Schutz zu suchen. Eines fing an zu weinen.

Wohlwissend, dass sie nicht die geringste Chance hatte, irgendetwas gegen den Eindringling zu unternehmen, fragte die Kinderfrau vorsichtig: „Was wollen Sie?"

Sie war vor Schreck ganz blass geworden und zitterte merklich. Dabei nahm sie die Arme um die Kinder und hielt sie fest. Sicher auch, um sich selbst zu beruhigen.

„Welches ist der Balg von Elena Ponomarjow?", fragte er sie mit kalter Stimme.

„Alexej meinen Sie?"

Ein kleiner blonder Junge, der sich an ihr Bein geklammert hatte, versuchte auf ihren Schoss zu klettern.

„Herkommen!", befahl Karloff in Richtung des Jungen.

Der kleine Mann begann zu schluchzen und klammerte sich noch fester an die Frau.

„Herkommen!", wiederholte Karloff in strengem Ton. „Herkommen, dann passiert dir auch nichts.".

„Was wollen Sie von ihm?", fragte die Frau hilflos.

„Für Kinderspielchen habe ich keine Zeit", stellte er klar, ging gleichzeitig zu der Frau und packte Alexej. Er hob ihn auf den Arm. Der Junge begann laut zu schreien und

Karloff verpasste ihm eine heftige Ohrfeige. Vor Schmerz und Schreck gelähmt wurde er sofort still, um kurz darauf in ein leises Jammern zu verfallen.

Karloff entnahm seiner Manteltasche einen Fotoapparat und wandte sich an den Blockwart.

„Sie machen jetzt ein paar gute Fotos von mir mit dem Kind, ist das klar?"

„Natürlich, Genosse Hauptmann", erwiderte dieser, ebenfalls geschockt von dem brutalen Auftritt des Agenten.

Karloff drückte sein Gesicht an die Wange des Jungen. Dieser versuchte sich wegzudrehen, was vom starken Arm des Mannes verhindert wurde. Den Zeigefinger der freien Hand drückte er fest gegen die Schläfe des Jungen. Den Daumen hielt er nach oben gerichtet, so dass es wie eine Pistole wirkte.

„Nun machen Sie schon", blaffte er den schlotternden Fotografen an.

Nachdem der Blockwart einige Fotos geschossen hatte, setzte Karloff den Jungen ab und fuhr ihm mit der Hand über das Haar.

„Brav gemacht, mein kleiner Alexej", sagte er zu ihm, „Wenn du deiner Mutter nichts erzählst, komme ich auch nicht mehr wieder."

Alexej rannte schnell in die vermeintlich schützenden Arme der Frau und verbarg seinen Kopf in ihrem Schoß.

„Das gleiche gilt für euch alle", er zeigte der Reihe nach mit der Hand, wieder zu einer Pistole geformt, auf jeden Einzelnen im Raum, sowohl auf die Erwachsenen als auch auf die Kinder.

„Heute war niemand hier, habt ihr das verstanden?", ergänzte er.

Karloff, zufrieden mit dem Ablauf, wandte sich zur Tür und verließ die Wohnung. Ein nettes Foto vom Halbbruder der Granow würde möglicherweise eine freundschaftliche Hilfsbereitschaft unterstützen.

44

Berlin, Oktober 1993

Anatoli Fedotow alias Andrej Karloff hatte bisher seine Aufgaben im Dienste der Tschikalto Gruppa zu beidseitiger Zufriedenheit gelöst. Er hatte klargestellt, dass er als Auftragnehmer unterschiedliche Jobs erledigen würde, aber als Freiberufler auch Aufträge Dritter annehmen würde. Seine außerordentlichen Qualitäten, insbesondere im Bereich unauffälliger Liquidationen, erlaubten ihm, diesen Sonderstatus innerhalb der Gruppe durchzusetzen.

Seit er im Mai in Berlin angekommen war, hatte er bereits drei Aufträge für seinen neuen Arbeitgeber erledigt. In allen Fällen ging es um Landsmänner, die sich wiederholt höflichen Aufforderungen der Gruppe widersetzt hatten, die eine oder andere Leistung, beziehungsweise einen Obolus, zu erbringen.

Für den Chef der Gruppe, Nikolai Tschikalto, der mit seinen Expansionsplänen den Erfolg und Einflussbereich der Gruppe massiv vergrößern wollte, war es wichtig, sich den nötigen Respekt zu verschaffen. Um nicht ins Blickfeld der Ermittlungsbehörden zu geraten, befahl er die diskrete Beseitigung seiner Opfer. Öffentliche Hinrichtungen kamen keinesfalls in Frage. Wenn es sich dann noch um Personen mit begrenzter Aufenthaltserlaubnis handelte, suchte kein Mensch nach Verschollenen, jedenfalls keiner in einem öffentlichen Amt. Falls es überhaupt jemanden interessierte, dass wieder mal ein Migrant verschwunden war, musste er annehmen, dieser sei halt in seine Heimat zurückgekehrt. Das Verschwinden der einen oder anderen Person sprach sich in seinen Kreisen jedoch sehr wohl herum, womit der Zweck erfüllt wurde.

Niemand wusste, wie Karloff es anstellte, dass die unglücklichen Auserwählten meist schon wenige Tage nach Auftragserteilung verschwanden und wie vom Erdboden verschluckt waren. Eine weitere Spezialität von ihm waren Verhöre. Auch hierbei half ihm seine langjährige Ausbildung in den unterschiedlichsten Methoden physischer und psychischer Natur.

Karloffs Erfolgsquote betrug exakt hundert Prozent. Besonders stolz war er darauf, dass meist keine bleibenden Schäden zu erkennen waren. Jedenfalls keine körperlichen. Angesichts der Qualen, die seine Opfer zu erleiden hatten, ein Bravourstück, befand er.

Momentan stand kein Auftrag an. Er beschloss, die Zeit zu nutzen und sich um die Akte Granow zu kümmern. Zunächst würde er die Granow observieren. Mal sehen, was sie für ein Leben führte. Hatte sie vielleicht unbekannte dunkle Seiten? Bisher hatte er noch keine Adresse, keine persönlichen Daten und kein Foto von ihr. Aber wozu hatte man Kontakte?

Zunächst suchte Karloff seinen alten Kollegen Fritz Steiner auf, der 15 Jahre im Ministerium für Staatssicherheit als Ermittler für Grenzverletzungen gearbeitet hatte. In seiner Karriere hatte er Dutzende Fluchtversuche vereitelt. Einer davon endete tödlich, als die Grenzbeamten auf seinen Hinweis einen Verdächtigen bei der Republikflucht ertappten. Sie hatten den miesen Verräter erschossen, als er auf die Mauer zulief.

Gemeinsam mit Andrej Karloff hatte er 1988 einen Schleuserring ausgehoben, der zahlungswillige Russen mit abtrünniger Gesinnung ohne Visum über Polen und die DDR, und von dort mit einem Boot an die westdeutsche Küste, brachten. Schon damals hatte Steiner Karloff als eiskalten und kompromisslosen Agenten kennengelernt, den man nicht zum Feind haben wollte.

Auf Grund guter Beziehungen zu einflussreichen Menschen erhielt Steiner schon 1989, ohne dass man seine Akte näher untersuchte, einen Job bei der Gauck-

Behörde. Wie er feststellte, teilten Dutzende seiner alten Kollegen aus dem Ministerium diese Ehre. Bald schon hatte sich ein Kreis innovativer Ehemaliger gefunden, die auf Wunsch bestimmter Personen unliebsame Akten gegen Bargeld vernichteten.

Als Mitarbeiter der Gauck-Behörde, im Amtsdeutsch „Bundesbeauftragter für die Unterlagen des Staatssicherheitsdienstes der ehemaligen Deutschen Demokratischen Republik (BStU)" genannt, war es ohnehin eine seiner ersten Aufgaben, schwierig zu vermittelnde Passagen aus der eigenen Akte zu entsorgen.

Karloff suchte an einem späten Nachmittag den Sitz der Behörde in der Berliner Karl-Liebknecht-Straße auf. Er lehnte sich in der Nähe des Personaleingangs an eine Laterne und wartete. Im Menschengetümmel rund um den bevölkerten Alexanderplatz nicht besonders auffällig.

Nach einer guten halben Stunde sah er endlich Steiner aus dem Verwaltungsgebäude kommen. Er näherte sich ihm von hinten und schlug ihm auf die Schulter. Erschrocken drehte sich Steiner um und erblickte Karloff:

„Mensch Andrej, du? Was machst du denn hier?"

„Hallo Fritz", antwortete Karloff, „ich wollte mal schauen, ob du fleißig weiter Verrat am Sozialismus betreibst."

„Wie bitte?", fragte Steiner, sichtlich getroffen.

„War nur ein Spaß, Fritz. Keine Sorge, jeder muss heutzutage sehen, wo er bleibt."

„Und was machst du so?", fragte Steiner.

„Ich habe privatisiert und bin nun so eine Art Privatdetektiv. Aber komm, lass uns ein Stück gehen."

Steiner und Karloff gingen die Karl-Liebknecht-Straße in Richtung Westen und bogen in den Lustgarten ein. Wie fast jeden Tag wimmelte es auf dem riesigen Platz vor der Museumsinsel nur so von Menschen.

„Du musst mir einen Gefallen tun, Fritz", begann Steiner. „Ist mir auch 300 Mark wert."

Karloff war bewusst, dass Steiner mit seinem Behördengehalt keine riesigen Sprünge machen konnte.

„Na klar doch, was kann ich für dich tun?"

„Du musst mir die Akte von einem Frank Granow raussuchen. Und von seiner Tochter, falls da etwas ist."

„Dr. Frank Granow? Ja, der sagt mir etwas. Irgendein Wissenschaftler im engen Umfeld von Honecker."

„Richtig, der ist es", bestätigte Karloff.

„Im Ministerium hat man ab und an über ihn gesprochen", fuhr Steiner fort. „Hat wohl eine wichtige Rolle gespielt, aber keiner hatte eine Ahnung, welche. Allerdings hatte er von höchster Stelle Sondervollmachten erhalten, und jeder musste ihm seine Wünsche von den Augen ablesen, wenn du weißt, was ich meine."

„Klar, solche Typen gibt es bei uns in Moskau zuhauf. Ich bin froh, dass ich damit nichts mehr zu tun habe."

„Wie dem auch sei, ich beschaffe dir eine Kopie der Akte. Fotos dürften hoffentlich genügen? Rausschmuggeln ist nämlich nicht ganz ungefährlich und kann nur in ganz besonderen Fällen erledigt werden, wenn du weißt, was ich meine."

„Mir wäre daran gelegen, wenn ich das Original bekäme", unterstrich Karloff. „Wie hoch ist der Risikozuschlag?"

„1000 Mark insgesamt".

Steiner schien gar nicht über Aufwand, Risikoabwägung und daraus resultierendes Honorar nachdenken zu müssen. Wahrscheinlich war es nicht die erste Akte, die auf diese Art die Behörde verließ.

„Das ist viel Geld, aber in Ordnung. Ich erhalte das Original, Kopien werden vernichtet, einverstanden?"

„Einverstanden, es wird vielleicht ein paar Tage dauern. Es ist manchmal nicht ganz einfach, an alles heranzukommen oder überhaupt etwas zu finden."

„Ich baue auf dich, lieber Fritz. Ich bin mir sicher, dass du das schaffst."

Den letzten Satz hatte Karloff mit einem leicht drohenden Unterton formuliert. Er war sicher, dass Steiner sehr gut verstand, dass er einen Misserfolg nicht dulden würde.

„Leider bin ich bin in Eile und muss gehen, Fritz. Ich hätte gerne noch ein wenig mit dir über alte Zeiten geplaudert. Aber das können wir irgendwann nachholen. Ich werde dich in sieben Tagen um die gleiche Zeit wieder hier im Lustgarten vor dem Alten Museum treffen. Bis dahin."

„Ich werde da sein, tschüssi Andrej", beeilte sich Steiner zu erwidern. Er war froh, dass die Unterhaltung nicht länger dauerte.

Schon am nächsten Tag hatte Steiner die Akte Granow auf seinem Schreibtisch liegen.

Dr. Frank Granow, erlernter Beruf Biochemiker,
Wohnsitz Am Großen Wannsee 28, Berlin,
geboren am 09.07.1943, gestorben am 04.01.1990;

Wieke Granow, geborene Rudig, Beruf Hausfrau,
Wohnsitz Am Großen Wannsee 28,
geboren am 16.11.1952; gestorben am 04.01.1990;

Katja Granow, geboren am 16.05.1971;
Wohnsitz Alaunstr. 12, Dresden, Schülerin.

Hinter den Personaldaten war jeweils ein Portraitfoto als Schwarz-Weiß-Aufnahme hinterlegt. Zu Frank Granow gab es darüber hinaus noch weitergehende Informationen. Einen Moment lang überlegte Fritz Steiner, sich die ganze Akte durchzulesen. Als er sich im Geiste Karloffs Gesicht vorstellte, verzichtete er lieber darauf. Er hatte das Gefühl, dass es in diesem Falle besser war, sich herauszuhalten. Andrej war ein gemeingefährlicher Typ.

Stattdessen begab sich Steiner, wie verabredet, nach sieben Tagen zum vereinbarten Treffpunkt, die Akte in seiner Tasche. Obwohl er sich mehr als eine Stunde herumtrieb, war von Karloff allerdings nichts zu sehen. Steiner nahm sich vor, es am nächsten Abend erneut zu versuchen. Er hatte kein gutes Gefühl. Karloff war ihm unheimlich.

Wie fast jeden Abend im Sommer und Herbst, wenn das Wetter passabel war, fuhr er schließlich zu seiner Datscha, die in Berlin-Pankow lag. Seine Frau würde schon auf ihn warten. Dort angekommen parkte er seinen Wagen und ging den Weg durch die Kleingartenanlage bis zu seiner Laube. Meist war seine Frau im Garten, saß auf der Terrasse oder kümmerte sich um das Gemüsebeet. Heute schien sie aber schon drinnen zu sein. Er öffnete die Tür und erblickte Andrej Karloff. Dieser saß, augenscheinlich völlig entspannt, in seinem Sessel.

„Guten Abend Fritz, schön, dass du endlich kommst. Du bist wohl im Lustgarten aufgehalten worden... Komm setz dich zu mir und fühl dich wie zu Hause."

Entsetzt wagte Steiner nicht, sich von der Stelle zu rühren.

„Nicht so schüchtern, Fritz. Ich hätte gerne, dass du dich zu mir setzt", forderte ihn Karloff nun deutlicher auf.

„Wo ist meine Frau? Wo ist Inge?", brachte Steiner nur über die Lippen.

„Ach, Inge heißt deine Liebste. Keine Sorge, sie hat es sich auf der Toilette bequem gemacht."

Steiner stürzte in Richtung Badezimmertür.

„Setzen!" Karloff erhob sich und verstellte ihm den Weg.

Die bedrohliche Gestalt vor sich, hielt Steiner in seiner Bewegung inne.

„Keine Sorge, deiner Frau ist nichts geschehen. Und nun setz dich endlich und zeig mir die Unterlagen", bedeutete ihm sein Gegenüber.

Den Blick immer wieder in Richtung der Tür drehend, hinter der sich seine Frau befand, setzte sich Steiner und holte die Akte aus seiner Tasche.

„So ist es brav, mein Lieber. Wenn alles in Ordnung ist, werdet ihr beide nie mehr von mir hören."

Karloff begann, die Akte zu studieren, und versuchte offensichtlich herauszufinden, ob diese vollständig war. Nach einer gefühlten Ewigkeit blickte er auf und sah Steiner in die Augen.

„Ich sehe, du hast Durst, Fritz."

„Wie, äh, nein", stotterte dieser.

„Doch, ich weiß, dass du Durst hast", erwiderte Karloff. „Hör mir gut zu. Ich möchte nicht, dass ihr Hilfe ruft oder etwas anderes Dummes versucht. Deshalb habe ich vorhin deine Frau gezwungen, ein Schlafmittel zu nehmen. Ich werde dir jetzt erlauben, einen Blick auf sie zu werfen, damit du siehst, dass alles in Ordnung ist. Danach wirst auch du folgsam ein Glas Wasser zu dir nehmen, in dem sich ebenfalls ein Schlafmittel befindet. Ihr werdet gemeinsam friedlich schlafen, und in ein paar Stunden ist alles so, als ob nichts gewesen wäre. Hast du mich verstanden?"

Steiner nickte nur und ging vorsichtig zur Toilettentür. Er öffnete diese und sah seine Frau Inge auf der geschlossenen Toilette sitzen, den Körper schräg an die Wand gelehnt. Es war deutlich zu erkennen, dass sich ihr Brustkorb in regelmäßigen Abständen hob und senkte. Ihr Gesicht machte einen entspannten Eindruck. Steiner seufzte erleichtert auf.

„Siehst du, Fritz, ich halte mein Wort. Gib mir jetzt bitte ein Glas Wasser."

Steiner fügte sich und nahm ein Glas, füllte es mit Leitungswasser und stellte es auf den Tisch. Er beobachtete, wie Karloff anschließend aus einem Plastikbeutel eine ordentliche Portion Pulver in das Glas schüttete.

„Umrühren und in einem Zug austrinken", befahl er.

Einen Moment lang überlegte Steiner, sich auf Karloff zu stürzen. Eine Waffe hatte er bei ihm bisher nicht entdecken können. Andererseits war er sicher, dass er ihm körperlich unterlegen war, und die Angst vor schlimmeren

Konsequenzen überwog deutlich. Resignierend kippte er das Wasser in einem Zug herunter. Es schmeckte bitter.

„Setzt dich in deinen Sessel, Fritz. Und schlaf schön. Ich verspreche dir, es wird ein schöner und langer Schlaf werden. Unendlich lange."

Unendlich lange? Bei diesen Worten wurde Fritz Steiner von Panik ergriffen. Gleichzeitig spürte er eine unglaubliche Müdigkeit. Relativ schnell erschlafften sein Körper und Geist. Mit einem angenehm wohligen Gefühl dämmerte er noch kurz vor sich hin und schlief dann ein. Für immer.

Einen Brandbeschleuniger benötigte Karloff nicht. Die Hütte bestand aus Holz und war vollgestopft mit höchst brennbaren Materialen. Holz, Tischdecken, Vorhänge, Kleidungsstücke, Handtücher und Zeitschriften würden ausreichend Zündstoff bieten.

Den Steiners hatte er eine Dosis Schlafmittel verpasst, die einen Elefanten niedergestreckt hätte. Er würde nun noch etwas fernsehen und auf die tiefe Nacht warten, wenn alle schliefen. Um zwei Uhr nachts begann er mit seinen letzten Vorbereitungen. Er stellte sechs Kerzen auf den Tisch. Kerzen brennen, je nach Qualität und Umfang, unterschiedlich schnell ab. Es waren schlanke Kerzen, die eine Verbrennungsdauer von etwa vier Minuten pro Zentimeter hatten. Die Kerzen hatte er paarweise an strategisch wichtigen Punkten des Tisches aufgestellt.

Aus seiner Sporttasche, in der er seine Utensilien verstaut hatte, entnahm er schließlich noch zwei halbleere Flaschen Hochprozentiges. Betrunken eingeschlafen, vergessen, die Kerzen zu löschen, ein tragischer Fehler. Zu einem anderen Ergebnis würden Polizei und Feuerwehr nicht kommen.

Gelassen entzündete Karloff die Kerzen und machte sich auf den Weg durch die friedlich schlafende Siedlung zu seinem Wagen. Fünf Minuten später saß er startbereit im Auto und wartete. Weitere zwölf Minuten später sah er einen lodernden Feuerschein inmitten der Anlage. Ohne Hektik startete er den Wagen und fuhr los. Auf der Hauptstraße, die zur nächstgelegenen Feuerwache führte, machte er nach vier weiteren Minuten und in etwa drei Kilometer Entfernung einen Zwischenstopp. Es dauerte nicht mehr lange, bis er die Sirenen hörte. Er rechnete damit, dass die Feuerwehr frühestens fünfzehn Minuten nach Aufflammen des Feuers am Brandherd eintreffen würde. Für diese primitive Holzhütte zehn Minuten zu spät.

Pech gehabt. Man sollte halt vor dem Schlafengehen die Kerzen auspusten...

45

Berlin, November 1993

Die Stasi-Akte der Granows war wenig aufschlussreich, stellte Karloff fest. Es war dort nichts über die wirklich interessanten Arbeitsgebiete des Biochemikers vermerkt. Er musste wohl seine Tätigkeiten in einem exzellent abgeschotteten Arbeitsumfeld durchgeführt haben. Also konnte es auch nur Wenige geben, die hiervon wussten. Seine ganze Aufmerksamkeit wollte er in den nächsten Wochen, wenn notwendig auch Monaten, auf Katja Granow richten. Es hatte einige Mühe bereitet herauszufinden, wo sie sich gerade herumtrieb. Er hatte etliche alte Kontakte in Bewegung gesetzt. Über einen weiteren Ex-Stasi-Mitarbeiter, der gute Kontakte zum Einwohnermeldeamt in Berlin hatte, war Karloff endlich fündig geworden. Die Granow wohnte in einer Altbauwohnung in der Berliner Schliemannstraße.

Zunächst wollte Karloff alles über ihre derzeitige Lebenssituation herausfinden. Was war ihr Beruf? Was waren ihre Hobbys? Wer waren ihre Freunde? Hatte sie Geld? Er wollte sich einen kompletten Überblick verschaffen. Es war nicht ausgeschlossen, dass ihr Vater ihr Dokumente oder Hinweise gegeben hatte. Der Wissenschaftler musste doch erkannt haben, dass seine Arbeiten Millionen wert, ach was, unbezahlbar waren. Wenn jemand über dieses Wissen verfügte, konnte er kein normales Leben führen, da war er sich sicher.

Personenüberwachung hatte noch nie zu Karloffs Lieblingsbeschäftigungen gehört. Es gab nichts Langweiligeres. Hauptsächlich bestand die Aufgabe darin zu warten. Wenn die Zielperson dann endlich auftauchte, musste man allerdings hellwach sein. Nicht aus den Augen verlieren, aber gleichzeitig auch nicht auffallen, was dann wiederum eine anspruchsvolle Übung war.

Am 4. November nahm er seine Überwachungstätigkeit auf. Es würde eine lange Operation werden. Er würde jeden Schritt sorgfältig abwägen. Geduld zu üben war für die erste Bestandsaufnahme eine Pflicht. Ab 7 Uhr morgens wartete er in seinem Wagen auf der gegenüberliegenden Straßenseite. Glücklicherweise war es ein trüber und regnerischer Tag, so dass alle nur schnell ihr nächstes trockenes Ziel erreichen wollten und nicht dumm herumstanden, um sich über Leute zu wundern, die endlos lange in einem Fahrzeug herumsaßen.

Katja Granows Aussehen kannte er von dem Foto in der Stasi-Akte. Es war zwar schon ein paar Jahre alt, musste aber ausreichen. Es dauerte fast zwei Stunden, bis er eine Frau erblickte, deren Aussehen große Ähnlichkeit mit dem Foto hatte. In Natura sah sie besser aus, als er es anhand des Bildes erwartet hatte. Nun ja, das würde die Observierung wenigstens etwas erfreulicher gestalten. Sie hatte ein hübsches Gesicht und war groß, er schätzte so um die 1,75 Meter. Ihre langen dunklen Haare lugten unter der Kapuze einer Regenjacke hervor. Sie trug eine Jeans und wetterfeste Schuhe.

Karloff stieg aus und folgte ihr zu Fuß. In der Nähe des Hauses standen ausreichend Parkplätze zur Verfügung. Es war demnach unwahrscheinlich, dass sie weit weg geparkt hatte und einen Wagen nutzen würde. Er folgte ihr, versetzt gehend, auf der gegenüber liegenden Straßenseite, in gebührendem Abstand.

Nach knapp zehn Minuten kam die S-Bahn-Station Schönhauser Allee in Sicht. Karloff schloss etwas auf, um nicht den Anschluss im Bahnhof zu verpassen, der auf Grund des Berufsverkehrs dicht bevölkert war.

46

Wie immer, wenn sie zur Universität fuhr, nutzte Katja öffentliche Verkehrsmittel. Die Fahrt bis nach Dahlem dauerte, mit einem Mal umsteigen, eine knappe halbe Stunde. Mit dem Wagen hätte es, da der Weg mitten durch das Stadtzentrum führte, deutlich länger gedauert. Zudem hatte sie während der Fahrt noch Gelegenheit, in ihre Unterlagen zu schauen.

Sie freute sich auf die kommende Vorlesung zur Geschichte Preußens. Das Studium machte ihr richtig Spaß. Sie konnte nicht verstehen, dass einige Kommilitonen über eine große Arbeitsbelastung stöhnten. Fairerweise musste sie zugeben, dass es für sie nur ein Hobby war, und nicht wie für andere eine notwendige Vorbereitung auf den Beruf. Sie las sich ihre Notizen der letzten Vorlesung noch einmal durch und schenkte ihrer Umgebung keine Aufmerksamkeit.

Karloff saß rund zehn Meter entfernt. Er war gespannt, wohin die Reise gehen würde. Die Tochter Granows saß, in irgendwelche Aufzeichnungen vertieft, in ausreichender Entfernung zu ihm. Eine gute Gelegenheit, sie etwas ausführlicher zu mustern. Vielleicht war sie keine Schönheit, die es auf Titelseite eines Modemagazins gebracht hätte, aber sie sah ohne Zweifel sehr gut aus. Vor allem beeindruckte ihn ihre unglaublich selbstbewusste Ausstrahlung, trotz ihrer Jugend.

Plötzlich blickte sie auf und sah genau in seine Richtung. Karloff wandte den Kopf ab und beobachtete sie aus den Augenwinkeln weiter. Erleichtert stellte er fest, dass sie offensichtlich niemanden speziell anschaute, sondern nur in Gedanken vor sich hin starrte. Er nahm sich vor, wieder vorsichtiger zu werden. Am Heidelberger Platz wechselte sie in die U-Bahn. An der Station Dahlem-Dorf verließ sie die Bahn. Erneut dauerte es einige Gehminuten, bis sie das Gelände der Freien Universität Berlin erreichten.

Die Granow betrat eines der Gebäude. Karloff war sich unschlüssig, ob er ihr folgen sollte. Wie ein Student sah er eben nicht mehr aus. Er beschloss, darauf zu verzichten. Bei nächster Gelegenheit würde er ohnehin erfahren, was sie studierte. Er hatte vor, ihrer Wohnung einen Besuch abzustatten. Da er diese sehr gründlich durchsuchen wollte, benötigte er hierfür ausreichend Zeit. Um nicht überraschend entdeckt zu werden, musste er eine Weile ihre Tagesabläufe studieren und einen geeigneten Zeitpunkt festlegen.

Karloff ging davon aus, dass sie mindestens eine Vorlesung besuchen würde. Es war anzunehmen, dass sie auf dem gleichen Weg zurückkehren würde. Da sich nicht einmal ein Café in der Nähe befand, würde er den Weg zwischen Universitätseingang und U-Bahn-Zugang auf und ab gehen müssen, so lange es eben dauern würde. Endlich, gegen 14 Uhr, sah er Fräulein Granow Richtung U-Bahn-Eingang schlendern. Offensichtlich hatte sie es nicht eilig. Karloff notierte sich die Uhrzeit. Drei Wochen später hatte er einen ersten Überblick. Die Wochentage verliefen dankenswerterweise in einem ähnlichen Rhythmus. Das war wichtig für die grundlegende Planungssicherheit für sein künftiges Vorhaben.

An den Wochenenden traf sie sich unregelmäßig mit unterschiedlichen Personen, augenscheinlich alles Studenten. Allerdings war sie nie bis spät nachts unterwegs. Wenn andere ins quirlige, abwechslungsreiche Nachtleben von Berlin eintauchten, lag sie schon im Bett. Eine beste Freundin schien sie nicht zu haben, jedenfalls keine, mit der sie tagtäglich Kontakt hatte. Und auch keinen Freund oder Liebhaber.

Karloff konnte nicht verhehlen, dass er sich darüber freute. Er verwarf sogleich seinen plötzlich aufkommenden Gedanken, dass er sie für sich alleine haben wollte. Er entschied, sie noch eine weitere Woche zu beobachten, um dann am übernächsten Dienstag, ihrem längsten Tag an der Hochschule, in Ruhe ihre Wohnung zu durchforsten.

Auch die vierte Woche verlief bisher planmäßig. Bis zum Donnerstag. Donnerstags verließ sie normalerweise schon kurz nach 7 Uhr die Wohnung. Mittlerweile war es 7:30 Uhr. Hatte sie verschlafen? Er wartete.

Gegen 8 Uhr hielt ein Taxi vor dem Haus. Der Fahrer stieg aus und klingelte. Wenig später kam die Granow aus der Tür und stieg in den wartenden Wagen. Was war passiert? Er folgte dem Taxi, das auf die Danziger Straße abbog und kurz darauf in die Schönhauser Allee fuhr. Durch den dichten Berufsverkehr am Morgen war es nicht leicht, dem Wagen zu folgen. Als es nach einer Dreiviertelstunde auf den Kurt-Schumacher-Damm ging, kam eigentlich nur noch der Flughafen Tegel als Ziel in Frage.

Der weiße Mercedes hielt schließlich im inneren Achteck des Flughafengebäudes, das Kurzzeitparkplätzen und Taxiständen Platz bot. Als Katja bezahlt hatte, folgte er ihr in den Terminal. Sie ging zum Lufthansa-Counter und kaufte offensichtlich ein Flugticket.

Karloff wartete, bis der Vorgang abgeschlossen war und sie sich ein wenig entfernt hatte. Anschließend trat er an den Schalter und zeigte der uniformierten Angestellten hinter dem Tresen seinen Schlüsselbund.

„Entschuldigen Sie bitte. Ich habe zufällig gesehen, wie der Dame, die eben hier stand, diese Schlüssel aus der Tasche gefallen sind. Wegen einer Reisegruppe, die mir in den Weg kam, konnte ich sie nicht rechtzeitig darauf aufmerksam machen. Und nun kann ich sie nicht mehr entdecken."

Ohne lange darüber nachzudenken, teilte ihm die freundliche Dame hinter dem Schalter mit, dass sie einen Flug nach Zürich gebucht hatte. Vermutlich war sie gerade auf dem Weg zu Gate elf. Von dort startete der Flug.

„Das ist ja ein Zufall", sagte Karloff. „Da muss ich auch hin. Dann kann ich ihr den Schlüssel im Wartebereich zurückgeben. Stellen Sie mir bitte ein Ticket aus, Rückflug heute Abend. Mein Name ist Fedotow. Anatoli Fedotow."

Weil die Granow kein Gepäck mitgenommen hatte, schien es ihm wahrscheinlich, dass sie nicht über Nacht bleiben würde. Zwar bestand die Gefahr, dass sie ihn wiedererkennen würde, wenn sie zweimal im selben Flugzeug sitzen würden, andererseits boten 100 bis 150 andere Passagiere auch ein wenig Deckung.

Er musste unbedingt wissen, was sie in Zürich vorhatte, und würde dafür dieses Risiko eingehen.

47

Zürich, Dezember 1993 Gegen 12:30 Uhr betrat Katja Granow das alte Gebäude in der Rämistaße 23. Karloff war ihr bis hierhin in einem Taxi gefolgt. „Lienhardt & Partner Privatbank Zürich AG" stand auf einem dezenten Schild neben der Tür. Andrej Karloff konnte seine Erregung kaum noch verbergen. Es schien, als hätte ihn seine Ahnung nicht getrogen. Diese Frau hatte Dreck am Stecken.

Nicht einmal eine Viertelstunde später trat sie wieder auf die Straße. Sie trug immer noch dieselbe große Handtasche, die sie seit Berlin dabei hatte. Allerdings schien diese nun um einiges ausgebeulter, als er es in Erinnerung hatte. Geld, dachte Karloff, sie musste Geld abgeholt haben.

48

Katja Granows diskretes Depot für ihre Schweizer Barreserven war diese kleine Privatbank. Ihr Vater, oder wer auch immer dies damals arrangiert hatte, hatte eine gute Wahl getroffen. Sie war nun erst das zweite Mal hier, wurde aber wie eine langjährige Kundin hofiert. Nun ja, als größtes Guthaben aller vererbten Konten lagerten hier immerhin umgerechnet rund 31 Millionen DM.

Katja pflegte ihre Bankbesuche mit einer Shoppingtour zu verbinden. So war es auch nicht tragisch, wenn man eben mal zu seiner Bank fliegen musste. Sie hatte gelernt, dass elektronische Überweisungen Spuren hinterließen. Deshalb waren Barentnahmen bei Bedarf erforderlich. Eigentlich wusste sie nicht so recht etwas mit dem vielen Geld anzufangen. Ihr fehlte es an nichts, und immer nur mit teuren Klamotten herumzulaufen, kam für sie als Studentin auch nicht in Betracht. Das würde nur unnötige Aufmerksamkeit erregen.

Heute hatte sie 50.000 DM abgehoben. Alleine aus dem Grund, weil sie bald wieder einen Ski-Urlaub machen wollte. Diesen würde sie wieder sehr luxuriös verbringen. Im Urlaub konnte sie sich schon mal etwas Komfort gönnen. Zu Fuß machte sie sich auf in Richtung Bahnhofstraße, wo es die besten Geschäfte geben sollte. Auf dem Weg machte sie noch in einem Feinschmecker-Restaurant am Zürichsee Halt.

Am späten Nachmittag war es Zeit, zum Flughafen zu fahren. Inzwischen trug Katja diverse Einkaufstüten mit den Namen bekannter Luxusmarken. Einen letzten Einkauf tätigte sie in einem großen Kaufhaus. Sie erstand einen billigen giftgrünen Koffer aus Kunstleder. Der Koffer hatte zwar zwei Zahlenschlösser, würde aber sicher wenige animieren, nach interessanten Inhalten zu suchen. Auf der Kaufhaustoilette packte sie den Inhalt ihrer Tüten in den Koffer. Dazwischen steckte sie einen neutralen Umschlag mit dem Geld. Der Umschlag verschwand zwischen den Blättern einer Tageszeitung, die sie so herrichtete, als sei sie schon gelesen und gedankenverloren mit in den Koffer geworfen worden. Mit dem Koffer in der Hand verließ sie das Kaufhaus und nahm sich ein Taxi zum Flughafen.

49

Andrej Karloff beobachtete Katja, wie sie mit dem frisch erworbenen Koffer ein Taxi heranwinkte. Für heute hatte er genug gesehen. Er beschloss, nicht wieder in denselben Flieger nach Berlin zu steigen, um kein unnötiges Risiko einzugehen. Auf Nachfrage hatte er erfahren, dass es an diesem Abend nur noch eine Verbindung gab, daher würde er erst am nächsten Tag fliegen. Er musste nach den Erkenntnissen aus seinen heutigen Beobachtungen ohnehin seine nächsten Schritte sorgfältig planen. Es war offensichtlich, dass seine Katja mehr war als nur eine einfache Studentin. Hatte er „seine Katja" gedacht?

50

Zurück in Berlin erreichte Karloff die dringende Bitte, einen Auftrag zu erledigen. Auch wenn er freiberuflich tätig war, wäre es nicht klug, eine „Bitte" von Tschikalto abzulehnen. Es sei denn, man wäre lebensmüde.

Gerade jetzt passte es Karloff allerdings gar nicht. Er hatte Dringenderes zu tun. Schließlich musste er sich um die Granow, um Katja, kümmern. Er war sicher, wenn sie Bankgeschäfte in Zürich tätigte, hatte sie auch noch andere Geheimnisse zu verbergen. Er würde es herausfinden. Hoffentlich würde er den anderen Auftrag schnell erledigen können.

51

Berlin, 31. Dezember 1993

Über Weihnachten verbrachte Katja zehn Tage in den Bergen zum Skifahren. Es hatte ihr auch dieses Mal wieder außerordentlich gut gefallen und sie nahm sich vor, in diesem Winter mindestens noch einmal in die Berge zu fahren. Kurz vor Silvester kehrte sie nach in Berlin zurück. Sie hatte sich von einigen Kommilitonen überreden lassen, das neue Jahr am Brandenburger Tor zu begrüßen und anschließend auf eine Party zu gehen. Sie wollte vermeiden, als unnahbare Außenseiterin wahrgenommen zu werden.

Wie in den letzten Jahren kamen Hunderttausende auf die abgesperrte Straße des 17. Juni vor dem Brandenburger Tor. Auch wenn sie kein Freund von Massenveranstaltungen war, wurde Katja von der ausgelassenen Stimmung mitgerissen. Kurz vor Mitternacht dachte sie an ihre letzte Silvesterfeier mit ihren Eltern. Sie wurde aber wieder schnell durch ihre Kommilitonen und die fröhlich feiernde Masse abgelenkt.

Punkt Mitternacht stieg ein spektakuläres Feuerwerk auf. Man stieß mit Sekt aus Plastikbechern auf das neue Jahr an und die Stimmung erreichte ihren Höhepunkt. Gegen 0:30 Uhr machte sich die Gruppe auf zu einer Party in einer Studenten-WG, wo schon ausgelassenes Treiben zu lauter Musik herrschte.

Im Laufe des Abends fand sich Katja häufiger mit Andreas auf der improvisierten Tanzfläche im Wohnzimmer wieder. Andreas Müller studierte wie sie Geschichte. Er war ihr schon häufiger aufgefallen, weil er immer wieder ihre Nähe suchte und sie in Gespräche verwickelte. Allerdings schien Andreas ein schüchterner Typ zu sein. Er war immer angenehm zurückhaltend. Obwohl sie ihn sehr sympathisch fand, hatte Kaja bisher nichts unternommen, um ihn in seinen offensichtlichen Avancen zu bestärken.

Andreas war ein gut aussehender und sportlicher Typ mit kurzen Haaren, der immer gut angezogen war. Er hatte blonde Haare und – zugegeben – bestechend schöne blaue Augen. Wie er ihr erzählt hatte, war er ein leidenschaftlicher Ruderer, der mit seinem Verein auch Wettkämpfe bestritt. Dies konnte man seinem durchtrainierten Körper durchaus ansehen.

Bei einem langsamen Musikstück, sie wollte gerade die Tanzfläche verlassen, nahm er sie unvermittelt in die Arme. Durch die Überraschung, und vielleicht auch den Alkohol, ließ sie es geschehen. Es fühlte sich wunderbar an. Sie hatte so lange nicht die Wärme eines anderen Menschen gespürt.

Immer war Katja darauf bedacht gewesen, keine zu engen persönlichen Bindungen einzugehen. Ihr Leben war zu kompliziert. Sie selbst konnte ihre Zukunft noch nicht einordnen. Das letzte, was sie im Moment gebrauchen konnte, war ein Freund. Es durfte nicht so weit kommen.

Nach dem Ende des Musikstückes schob sie ihn sanft beiseite und sagte ihm, dass es Zeit für sie sei, zu gehen. Andreas war sichtlich enttäuscht. Ermutigt durch ihren Tanz, rang er ihr noch ein Treffen zu einem Kinobesuch am nächsten Abend ab.

52

1994

Berlin, Januar 1994

Katja ging selten ins Kino. Sie vergrub sich lieber in ihre Bücher, ging shoppen oder spazieren. Der Titel „Schlaflos in Seattle" sagte ihr nichts. Es stelle sich heraus, dass sich die Hauptdarsteller des Films, Meg Ryan und Tom Hanks, schon heftig liebten, bevor sie es selbst ahnten. Im Gegensatz zu den Zuschauern.

Je länger die romantische Komödie dauerte, desto dringlicher wurde ihr Verlangen nach Nähe und Geborgenheit. Die sentimentale Geschichte des Films ließ ihren Vorsatz, Distanz zu halten, wanken. Katja fühlte sich zu Andreas hingezogen.

Wohl auf Grund seiner guten Erziehung unternahm Andreas, im Gegensatz zur letzten Nacht, während des Films keine Annäherungsversuche. Schade. Gegen Ende des Films war es schließlich Katja, die Andreas' Hand ergriff. Es geschah einfach. Sie wollte ihn. Vielleicht sogar für länger?

In den nächsten Wochen trafen sie sich immer häufiger. Vier Wochen nach Silvester, sie hatten zusammen in Andreas' Wohnung gekocht und dabei eine Flasche Wein getrunken, trat sie vor ihn und begann sein Hemd aufzuknöpfen. Sie wurden ein Liebespaar.

Es schien, als wolle Katja all das nachholen, was sie all die Jahre nicht hatte. An den kommenden Wochenenden kamen sie kaum aus dem Bett, an den Wochentagen fuhren sie gemeinsam zur Hochschule.

Katja übernachtete meist bei Andreas in der Wohnung. Auch wenn ihre größer war. Sie sagte ihm, dass sie sich bei ihm wohler fühle. Andreas war es im Grunde egal wo, solange sie nur zusammen waren. In ihrer eigenen Wohnung musste sie immer an den Dokumentenkoffer denken, der bei ihr in einem Schrank verschlossen war. Sie hatte ein schlechtes Gefühl, wenn Andreas neben ihr lag, während sie ihn eigentlich betrog, indem sie ihm ihre Geheimnisse vorenthielt. Andererseits war es nur zu seinem eigenen Schutz. Vermutlich würde er verlangen, alles zu vernichten. Sicher hatte er auch Recht.

Aber Katja war noch nicht soweit, das, was ihr Vater als sein Lebenswerk bezeichnet hatte, so mir nichts dir nichts zu zerstören. Sie nahm sich vor, die Unterlagen zumindest in einem Schließfach zu deponieren. Ohnehin war es töricht, diese Papiere, die Tod und Verderben verursachen konnten, in ihrer Wohnung aufzubewahren. Auch wenn niemand wusste, dass sie existierten.

Dennoch, in einem Schließfach konnten sie notfalls Jahre und Jahrzehnte vor sich hingammeln. Am 20. April 1994 mietete Katja ein Schließfach bei der Berliner Bank.

53

Pollenca, Mai 1994

Katja und Andreas freuten sich schon seit Wochen auf diesen gemeinsamen Urlaub. Ihr Ziel war Mallorca. Katja hatte ihren Freund eingeladen. Entschieden wollte er zunächst ablehnen, aber inzwischen kannte sie zärtliche Wege, ihn zum Einlenken zu bringen.

Andreas staunte nicht schlecht, als sie an ihrem Urlaubsdomizil ankamen. Es war eine wunderschöne Finca mit einem großen Schwimmbad und einem herrlichen Blick auf die Bucht von Pollença. Katja hatte vor, ihrem Freund in diesem Urlaub die Wahrheit über sich zu erzählen. Zumindest ein wenig. Im ersten Schritt, dass sie über viel Geld verfügte.

Das Granow-Serum wollte sie erst einmal nicht erwähnen. Dieses teuflische Vermächtnis konnte sie vorher noch vernichten. Um wie viel Geld es sich genau handelte, musste sie auch nicht gleich berichten, um Andreas nicht zu schockieren. Ein wenig Schwarzgeld musste er aber verkraften können. Auch wenn sie glaubte, dass er eher der Typ gesetzestreuer Bürger war. Vielleicht würde er versuchen, sie zu überreden, eine Selbstanzeige beim Finanzamt zu machen. Aber wie sollte sie der Behörde die Herkunft des Geldes erklären?

Katja musste seine Reaktion abwarten. Dann konnten sie gemeinsam überlegen. Sie wollte unbedingt mit ihm zusammenbleiben, wenn möglich für immer. Das konnte auf Dauer nicht funktionieren, wenn sie ihre schrecklichen Geheimnisse für sich behielt.

Andreas' Vater gehörte ein Verlag. Keiner der ganz großen, aber offensichtlich verdiente er gutes Geld. Auch ein Grund, warum Andreas Geschichte studierte. Er konnte sich gut vorstellen, eines Tages in das Geschäft seines Vaters einzusteigen. Seine Mutter war Gymnasiallehrerin für Englisch und Sport. Andreas war mit der Nähe zu Büchern aufgewachsen und interessierte sich für die Welt. Sie hoffte, seine Eltern bald kennenlernen zu dürfen.

Katja und Andreas verbrachten herrliche Tage auf Mallorca. Den gemieteten Wagen nutzten sie kaum. Stattdessen erkundeten sie die Insel auf einer Vespa. Michael fuhr und Katja saß hinter ihm. Sie mochte das Gefühl, wenn der Fahrtwind die Haare fliegen ließ. Oder sie verbrachten den ganzen Tag am hauseigenen Pool, lasen und liebten sich. Abends fuhren sie meist nach Pollença, um in einem der vielen Restaurants die wunderbaren lokalen Fleisch- und Fischspeisen zu genießen. Die Tage vergingen wie im Flug.

Noch immer hatte Katja keine Gelegenheit gefunden, ihr Thema anzusprechen. Jedes Mal wenn sie es sich vornahm, war es zu schön und zu schade, den Augenblick zu zerstören. Allerdings bedrückte es sie zunehmend, dass ihre Geheimnisse wie ein unsichtbarer Feind drohten, ihre Liebe zu zerstören.

Am letzten Tag vor ihrer Abreise besuchten sie noch einmal ihr Lieblingsrestaurant. Heute Abend wollte Katja Nägel mit Köpfen machen. Sie bestellten sich einen trockenen mallorquinischen Wein und wählten eine Pasta mit frischen Hummerstücken. Als Vorspeise nahmen sie gemischtes eingelegtes Gemüse, das mit köstlichem Olivenöl und Knoblauch angerichtet wurde.

„Andreas", begann sie, nachdem die Vorspeise serviert war, „ich muss dir etwas sagen."

„Wenn du mir gestehst, dass du mich liebst, habe ich nichts dagegen", unterbrach er sie mit einem schelmischen Grinsen.

„Nein, das heißt ja. Ich mag dich so wahnsinnig, dass ich fürchte, dich zu lieben, aber..."

„Ich liebe dich, Katja."

Er kam um den Tisch herum und küsste sie. Ihm war egal, was die anderen Gäste dachten. Katja wurde vor Verlegenheit ganz rot im Gesicht. Aber sie genoss es. Sie war verliebt, ein berauschendes Gefühl.

Andreas setzte sich wieder und fragte, nun mit Ernst in der Stimme: „Was bedeutet das, du fürchtest, mich zu lieben? Bist du am Ende schon verheiratet?"

„Nein, um Himmels Willen, natürlich nicht. Das ist es nicht. Aber ich muss dir etwas beichten, und ich habe Angst davor."

„Was es auch ist, Katja, sag es mir. Egal wie schlimm es ist, wir werden es gemeinsam durchstehen."

„Danke, Andreas, jetzt fällt es mir ein wenig leichter." Katja nahm einen Schluck Wein. „Hör mir bitte zu. Es ist Folgendes. Es gibt da ein Konto. Ein Konto mit viel Geld. Eines, das ich geerbt habe."

„Das ist doch toll. Was ist denn Schlimmes daran? Ich liebe dich mit oder ohne Geld. Mach dir doch wegen so etwas keine Gedanken!"

Erleichtert lehnte Andreas sich zurück.

„So einfach ist es nicht, Andreas. Es ist kein offizielles Konto. Aber eigentlich auch kein illegales", beeilte Katja sich hinzuzufügen.

„Also unversteuertes Geld", stellte Andreas fest.

„Ja, so kann man es sagen", bestätigte Katja. „Sieh mal, mein Vater war ein hohes Tier in der DDR. Er hat im Auftrag höchster Stellen Forschungen betrieben. Auch im Ausland. Geheime Forschungen. Vermutlich wurden zur Unterstützung dieser Arbeiten Konten angelegt. Es muss sich um ehemaliges Staatsgeld handeln, das heute niemand mehr vermisst."

„Wie viel ist es?", fragte Andreas, nun doch etwas beunruhigt.

„Na ja, es ist keine Kleinigkeit. Es ist..., es ist tatsächlich ein Millionenbetrag."

„Wow!", entfuhr es Andreas.

„Andreas, ich..."

„Katja", unterbrach er sie, du musst dir keine Gedanken machen. Es ist doch nur Geld. Wir beide finden da eine Lösung."

Katja atmete erleichtert auf. Über den Tisch hinweg nahm sie seine Hand und legte sich diese an die Wange.

„Danke. Ich liebe dich." Katja fing an zu weinen.

„Weißt du was. Jetzt feiern wir erst mal den wunderschönen Abend!", versuchte Andreas sie zu beruhigen.

Unmittelbar nach dem Essen fuhren sie so schnell wie möglich zurück zu ihrer Ferien-Finca. Ihnen war beiden danach, sich zu lieben, endlos. Anschließend saßen sie auf der Terrasse und genossen den weiten Blick über die Bucht.

„Katja, darf ich dich jetzt etwas fragen? Ich hätte es auch gerne schon früher gemacht, aber ich habe mich nicht getraut."

„Alles, was du möchtest."

„Ich würde dir gerne meine Eltern vorstellen. Würdest du..., willst du..., ähh, wäre dir das recht?"

„Ja, ich will", sagte Katja, und es hörte und fühlte sich so an, als wenn es auch die Antwort auf eine Frage war, die Andreas – noch – nicht gestellt hatte.

54

New York, Mai 1994

Seit fast vier Monaten wohnte Andrej Karloff in einem Hotel im Herzen von Manhattan. Ursprünglich, so lautete sein Auftrag, sollte er Boris, den lasterhaften Sohn Nikolai Tschikaltos, für zwei bis drei Wochen als Leibwächter begleiten. Dieser musste eine Zeitlang von der Bildfläche verschwinden.

Boris Tschikalto hatte mit seinen Kumpanen in einer dunklen Spelunke in Berlin eine Auseinandersetzung mit Jungs des „großen Serben" gehabt. Der Chef einer Bettler-Bande in Berlin verdiente sein Geld damit, Mitglieder aus Roma-Familien zu rekrutieren und als Bettler an den touristischen Brennpunkten der Stadt zu positionieren.

Während die Oberhäupter der Familien als Druckmittel in den Heimatländern blieben, wurden die Mütter und Kinder gezwungen, Passanten anzubetteln oder anderweitig Geld zu beschaffen. Die Einnahmen mussten sie abends beim großen Serben abliefern, der sein profitables Geschäft zusammen mit drei Söhnen und ein paar Neffen betrieb.

Boris Tschikalto hatte sich nun ausgerechnet mit einem dieser Söhne angelegt. Im Grunde genommen war nicht viel passiert. Ein paar Prellungen, ein paar Schnittwunden. Nichts, was die Zeit nicht heilen würde. Allerdings wurde die Ehre des Bandenchefs aus dem Balkan verletzt und musste wieder hergestellt werden. Hierfür sollte Boris seinen kleinen Finger, als Mahnung, verlieren, bei einer öffentlichen Amputation mit einem Beil. Der Serbe beabsichtigte, dies vor den Augen seiner Söhne und Neffen höchstpersönlich umsetzen.

Dass seinem Sohn ein Finger abgehackt werden sollte, kam für Nikolai Tschikalto nicht in Frage. Auch wenn dieser die Streitereien angezettelt hatte und es als Denkzettel für sein künftiges Leben gar nicht so übel gewesen wäre. Aber Tschikaltos eigene Ehre und Reputation hätten gelitten. Daher ließ er seinen Sohn vorsorglich für eine Zeit außer Landes schaffen.

So kam es, dass Andrej Karloff wieder einmal hinter Boris durch die Häuserschluchten New Yorks lief. Weil die Straßen durch die langen Schatten der Hochhäuser fast immer verdunkelt waren, hatte er seit gefühlten Ewigkeiten keine Sonne mehr gesehen. Nicht einmal als sie einmal die Aussichtsplattform im 102. Stockwerk des Empire State Buildings besucht hatten. Obwohl 448 Meter hoch, sah man wegen der dichten Bewölkung ausgerechnet an diesem Tag alles nur grau in grau.

Die Tage und Wochen verliefen zäh. Selten hatte Karloff einen so faulen, nichtsnutzigen Menschen erlebt. Boris hielt sich am liebsten im Hotelzimmer auf, wo er sich von morgens bis abends amerikanische Serien im Fernsehen ansah. Auch das Frühstück und Mittagessen ließ er sich in der Regel auf das Zimmer kommen. Abends besuchte er Restaurants und Bars und trank mehr, als gut für ihn war. Kein Wunder, dass er immer mehr aufquoll.

Karloff versuchte, sich unter den gegebenen Umständen durch Kraftsportübungen fit zu halten. Die Bewegungslosigkeit setzte ihm zu. Oft dachte er daran, wie schön es wäre, schon jetzt das Granow-Serum einsetzen zu können. Für einen „natürlichen Tod" von Boris hätte ihn Tschikalto nicht verantwortlich machen können.

Konnte die Granow darüber verfügen? Wenn sie wirklich über geheime Geldquellen verfügte, war es nicht unwahrscheinlich, dass ihr Vater ihr noch mehr hinterlassen hatte. Wenn dem so war, war es allerdings auch mit einem enormen Risiko verbunden, sich ihr unvorsichtig zu nähern. Was, wenn sie ihn vergiften würde?

Wie sollte er also weiter vorgehen? Gut, die Wohnungsdurchsuchung stand noch an. Und wenn er nichts finden würde? Selbst dann wäre noch nichts bewiesen. Wann und wie sollte er seine größtes Pfand einsetzen? Noch wusste Katja nichts von ihrem Halbbruder. Langsam reifte ein Plan in Karloff.

55

Berlin, Mai 1994

Mitte Mai landete eine Maschine der United Airlines aus New York auf dem Frankfurter Flughafen. Tschikalto hatte die beiden zurückbeordert. Die Auszeit für Andrej Karloff war beendet.

Warum es für Boris Tschikalto wieder gefahrlos war, deutschen Boden zu betreten, wusste Karloff nicht, aber es war ihm auch egal. Möglicherweise war Geld geflossen oder eine Kooperation vereinbart worden. Wie auch immer, er hatte Tschikalto aus seiner Sicht einen großen Dienst erwiesen, selbst wenn er dafür gut bezahlt worden war. Jedenfalls hielt er den Zeitpunkt für günstig ihm mitzuteilen, dass er für die nächsten ein bis zwei Jahre andere Aufgaben übernommen hatte und für weitere Jobs derzeit nicht zur Verfügung stand.

Glücklich, seinen Sohn wieder in den Armen zu halten, erteilte Tschikalto Karloff seine Freigabe. Karloff behielt es für sich, dass Tschikalto mit seinem Leben gespielt hätte, wenn er von ihm verlangt hätte, weiter zu seinen Diensten stehen zu müssen.

Zunächst begann Karloff erneut mit der Observierung von Katjas Wohnung, doch zu seinem großen Ärger stellte er fest, dass sie offensichtlich auf Reisen war. Tagelang ging sie weder ein noch aus. War sie wieder nach Zürich gefahren? Diesmal für länger?

Er wagte auch nicht, die Zeit zu nutzen, um in ihre Wohnung einzudringen. Sie konnte jederzeit plötzlich auftauchen. Ein überraschendes Zusammentreffen, eine Entdeckung auf frischer Tat konnte er sich nicht erlauben. Er hatte andere Pläne.

Um nicht in der Umgebung aufzufallen, hielt er sich nur zu Zeiten, an denen sie normalerweise aufbrach oder wiederkam, in der Nähe auf.

Endlich, zu Beginn der zweiten Woche, kam sie zur üblichen Universitätszeit aus dem Haus. Karloff fuhr ein Schreck in die Glieder: Katja war nicht alleine.

„Diese Schlampe!", entfuhr es ihm.

Er wurde rot vor Zorn und wäre beinahe aus dem Auto gesprungen, um sich auf den Typen zu stürzen, mit dem Katja Hand in Hand das Haus verließ.

„Das ist meine Katja, du mieses Schwein!"

Langsam versuchte er sich zu beruhigen. Das, was schon länger unterschwellig in ihm schwelte, wurde ihm erst jetzt auch in aller Konsequenz bewusst. Er war scharf auf Katja. Er wollte sie für sich. Ganz alleine, und solange er wollte. Dieses dämliche Arschloch würde ihn jedenfalls nicht daran hindern.

Karloff konzentrierte sich auf seine Selbstbeherrschung, die er in vielen Jahren für Extremsituationen trainiert hatte. Allerdings handelte es sich hier um keine kritische Situation innerhalb einer Operation, sondern seine Eitelkeit war verletzt worden. Es war schwer, sich zu beherrschen. Irgendein dahergelaufener Typ hatte seiner Katja den Kopf verdreht, obwohl er, ein richtiger und gut aussehender Mann, bereitstand.

Nicht, dass er der Typ für Gefühle war, aber es gab nun einmal Besitzansprüche. Und die würde er durchsetzen, das war klar. Für einen dummen Jüngling wie diesen war da kein Platz.

Karloffs Plan, den er in New York ausgetüftelt hatte, war vorerst zur Makulatur geworden. Er hatte geplant, Katjas Liebhaber zu werden, um ihr so auf die Schliche zu kommen. Notfalls später mit ein wenig Druck durch eine potentielle Gefährdung ihres Halbbruders, von dem sie bisher noch nichts wusste.

Nun musste er erst aufräumen. Den Weg wieder freimachen. Das würde unnötig Zeit kosten. Dieses kleine Milchgesicht würde sich bald wünschen, Katja nie kennengelernt zu haben.

56

Berlin, Juni 1994

Wiederwillig nahm Karloff die Observierung von Andreas Müller auf. Das Schlimmste daran war, dass er die meiste Zeit mit Katja zusammen war. Eigentlich gingen sie nur getrennte Wege, wenn Andreas Müller wegen unterschiedlicher Vorlesungszeiten alleine zur Universität hin- oder zurückfuhr, oder wenn er zum Training in seinen Ruderclub ging. Ansonsten schienen die beiden unzertrennlich.

Die beste Gelegenheit, sich ihn zu schnappen, war wohl der Samstagmorgen. In der Regel fuhr Müller dann zum Ruderclub Tegel. Das Training begann um 9 Uhr und dauerte ungefähr zwei Stunden. Wie auch am 18. Juni.

Müller parkte seinen alten Golf in der Gabrielenstraße in der Nähe des Clubhauses. Weil die Straße auf den Tegeler See zuführte und eine Sackgasse war, herrschte dort kaum Verkehr.

Während sich Andreas auf dem See in die Riemen legte, verschaffte sich Karloff Zugang zu seinem Auto. Er setzte sich auf die Rückbank und wartete. Fast pünktlich, kurz nach 11 Uhr, sah er Müller kommen. Karloff machte sich ganz klein und duckte sich hinter die Vordersitze.

Gut gelaunt schloss Andreas seinen Wagen auf, schmiss seine Sporttasche auf den Beifahrersitz und startete. Er freute sich darauf, gleich mit Katja erst eine gemeinsame Kuschelrunde, dann eine Dusche und anschließend ein spätes Frühstück zu genießen.

Nachdem er gewendet hatte, erblickte er auf dem Rücksitz einen fremden Mann. Erschrocken drehte er sich um und verzog dabei fast das Lenkrad.

„Schön nach vorne schauen", sagte der Fremde.

„Wie kommen Sie in mein Auto?", fragte Andreas erschrocken, während er gleichzeitig auf die Bremse trat.

„Weiterfahren!", fuhr der Mann ihn an und hielt ihm ein langes spitzes Messer an den Hals.

Andreas beschleunigte wieder. Immer wieder blickte er mit vor Angst aufgerissenen Augen in den Rückspiegel.

„Wenn du nicht auf den Verkehr achtest, werde ich dir schon zum Auftakt ein Ohr abschneiden, verstanden?"

Der Tonfall ließ keinen Zweifel über.

„Wohin soll ich denn fahren?", fragte Andreas mit zittriger Stimme.

„Auf die Autobahn, Kleiner. Ich werde dir rechtzeitig mitteilen, wann und wo du abzubiegen hast."

Karloff dirigierte Andreas zur Autobahn. Sie fuhren aus der Stadt heraus Richtung Norden.

„Was wollen Sie von mir?", traute sich Andreas nach einer Weile zu fragen.

„Mund halten und weiterfahren!"

Karloff hatte nicht vor, sich zu unterhalten, bis sie am Ziel waren. Auch dann würde es nicht zu einer Unterhaltung kommen, sondern Müller hatte schlicht alle seine Fragen zu beantworten. Um sicher zu sein, dass seine Fragen wahrheitsgemäß beantwortet wurden, benötigte er ein ruhiges Plätzchen.

Nach ungefähr einer Stunde Fahrzeit begann Andreas unruhig auf dem Sitz herumzurutschen. Die Angst schlug auf seine Blase.

„Ich muss dringend auf die Toilette", bat er schließlich.

„Dazu haben wir keine Zeit", stellte der Kidnapper klar, „weil wir noch eine Weile unterwegs sein werden, wird der Kleine wohl in die Hose machen müssen."

Was war das für ein widerwärtiger Kerl? Seine Angst und der Blasendruck trieben Andreas den Schweiß aus den Poren. Ergebnislos hatte er bisher überlegt, was der unheimliche Fremde wohl von ihm wollte. Der Dialekt ließ auf einen Ausländer aus dem Osten schließen. Pole, Tscheche, Russe, er konnte es nicht ausmachen.

Hatte es etwas mit Katja zu tun? War er auch schon bei ihr gewesen? Hatte er ihr etwas angetan? Nach einer weiteren halben Stunde konnte Andreas nicht mehr an sich halten und nässte sich ein. Er registrierte, dass sein Entführer die Mundwinkel zu einem Lächeln verzog. Schamesröte stieg ihm ins Gesicht.

Karloff kam die Situation durchaus gelegen. Das würde den bevorstehenden kurzen Transfer aus dem Auto zum Zielort erleichtern. Es ließ sich nicht vermeiden, ein Stück über öffentliche Wege zu gehen. Mit eingenässter Hose und von einer Waffe bedroht, sank die Wahrscheinlichkeit eines unüberlegten Hilferufes auf ein Minimum.

Wenig später erreichten sie Rostock. Andreas musste in ein Parkhaus in der Nähe des Hafens fahren. Nachdem er geparkt hatte, wechselte Karloff seine Waffe und hielt Andreas eine Pistole mit Schalldämpfer an den Kopf.

„Hör zu, Kleiner, ich sage das nur einmal. Wir werden jetzt aussteigen und zum Hafen gehen. Dort werde ich dir etwas zeigen. Dann hast du es bald überstanden. Du wirst schräg versetzt vor mir gehen. Ich sage dir, wo es lang geht. Solltest du Mucken machen, werde ich dir eine Kugel in den Rücken jagen und wie ein Unbeteiligter weitergehen. Den Schuss würde wegen des Schalldämpfers niemand richtig wahrnehmen. Hast du alles verstanden?"

„Ja."

„Dann steig jetzt langsam aus."

Andreas stieg aus dem Wagen. Seine Hose klebte an den Beinen. Ihm war zum Heulen zumute. Was sollte er tun? Er hatte keine Ahnung, was der Typ von ihm wollte. Ihm etwas zeigen? Was denn? Er sah keine andere Möglichkeit, als zu tun, was von ihm verlangt wurde. Sie verließen das Parkhaus und gingen schweigend Richtung Stadthafen.

Dort wurde er auf den Steg einer Marina gelenkt. Vor einem Kajüt-Motorboot machten sie Halt.

„Auf diesem Boot ist es", sagte Karloff. „Geh an Bord."

Andreas kletterte auf das Boot, Karloff hinterher. Karloff reichte Andreas einen Schlüssel: „Die Kabine öffnen und reingehen, wir sind am Ziel."

In der Hoffnung, bald erlöst zu sein, öffnete Andreas die Tür zur Kajüte. Unsanft wurde er von Karloff hereingestoßen.

„Schau nach vorne aus dem Bugfenster."

Andreas drehte den Kopf zur Spitze des Bootes. Karloff schlug ihm von hinten die Pistole auf den Kopf, so dass er bewusstlos zusammenbrach. Anschließend verschloss der Russe die Kabinentür. Danach richtete er den Bewusstlosen auf und hievte ihn auf einen der drei Stühle, die, im Boden fest verankert, um einen kleinen Tisch herum standen. Seinen schlaffen Oberkörper lehnte er über den Tisch. So wie er da lag, verschnürte er ihn mit Seilen an Händen und Füßen und fixierte sie am Tisch.

Karloff zündete den Motor, löste die Befestigungstaue und manövrierte das Schiff vom Steg. Über die breite Warnow-Mündung steuerte er am Fährhafen vorbei in den Seekanal. Vorbei am wunderschönen, fast 100 Jahre alten Leuchtturm, dem Wahrzeichen von Warnemünde, nahm er Kurs auf das offene Meer. Er wählte den Kurs so, dass er möglichst großen Abstand zu den viel befahrenen Fährrouten nach Schweden, Dänemark, Finnland, Lettland oder Polen hielt. Als das Land fast außer Sicht war, stoppte er den Motor. Das Schiff dümpelte nun auf der an diesem Tag wellenarmen Ostsee.

57

Nachdem Andreas die Wohnung verlassen hatte, zog sich Katja Jeans, T-Shirt und Jacke an. Sie kaufte für ihr ausgedehntes spätes Samstagsfrühstück mit Andreas, das ihnen inzwischen zur angenehmen Gewohnheit geworden war, Lebensmittel ein. Katja liebte diese Samstage. Keine Uni, keine fremden Menschen. Nur pures Glück mit Andreas. Sie kaufte frisches Obst, Brötchen und Eier. Die ersten Male, nachdem sie mehr oder weniger bei Andreas lebte, hatte er nach seinem Rudertraining erst im Club geduscht, dann noch mit wer weiß wem herum gequatscht und war erst um 13 oder 14 Uhr wieder zurückgekommen.

Es war ihr nicht schwergefallen, ihn davon zu überzeugen, dass sie sein männlicher schweißdurchtränkter Geruch erregte und er doch bitte künftig schnellstens wiederkommen sollte. Anschließend, eben nach einer Runde Kuscheln und einer gemeinsamen Dusche, konnten sie dann ein gemeinsames Frühstück genießen. Ein perfekter Start in das Wochenende. Auch heute konnte sie es kaum erwarten.

Nachdem sie die Einkäufe verstaut und den Tisch soweit gedeckt hatte, zog sie sich wieder ihr Nachthemd an. Ohne etwas darunter. Sie wusste, dass ihn das verrückt machte.

Meist beeilte er sich und kam gut gelaunt oft schon um 11:30 Uhr, spätestens aber gegen 12 Uhr zur Tür herein. Sie nahm sich die Tageszeitung und blätterte sie, ohne wirklich etwas zu lesen, von vorne bis hinten durch. Als Andreas um viertel nach zwölf immer noch nicht gekommen war, machte sie sich die ersten Gedanken. Sollte etwas passiert sein? Vielleicht war er mit seinem Ruderboot gekentert? Naja, dann wäre er halt nass geworden, nicht besonders tragisch.

Um halb eins wurde sie wütend. Sie hatte extra das Frühstück vorbereitet und jetzt erschien er nicht? War da vielleicht eine andere, mit der er sich nach dem Rudern noch unterhielt oder gar beschäftigte?

Unfug, sagte sie sich. Aber wo blieb er? Unruhig lief sie in der Wohnung hin und her. Um 13 Uhr, solange hatte sie sich vorgenommen sich zurückzuhalten, um sich nicht als lächerlich neurotische Frau zu outen, rief sie im Ruderclub an. Sie erfuhr, dass sich Andreas wie üblich kurz nach dem Trainingsende verabschiedet und das Clubgelände verlassen hatte.

Für den Weg benötigte er doch nicht fast zwei Stunden!

Vielleicht wollte er noch etwas besorgen? Ein Geschenk, vielleicht für sie? Sie beschloss, sich nicht verrückt machen zu lassen. Um sich abzulenken duschte sie und kleidete sich an.

58

Karloff leerte die Taschen des Bewusstlosen. Geldbörse, Autoschlüssel, Parkschein und ein Schlüsselbund. Mit einem Eimer, an dem ein Seil befestigt war, schöpfte er Wasser. Den kompletten Inhalt schüttete er über Müllers Kopf. Anscheinend genug, um ihn wieder aufzuwecken.

Andreas bewegte langsam den Kopf und öffnete die Augen. Das Salzwasser brannte in seinen Augen. Instinktiv versuchte er, sich mit den Händen das Wasser aus dem Gesicht zu wischen, und stellte entsetzt fest, dass er gefesselt war. Sein Kopf brummte. Vorsichtig richtete er seinen Oberkörper auf. Wie in einem bösen Traum erkannte er, dass er sich auf dem offenen Meer befand.

Er versuchte, seine Gedanken zu ordnen. Katja kam ihm, wie automatisch, als erstes in den Sinn. Aber wo war er? Was sollte das alles? Als ihm, wieder etwas klarer denkend, bewusst wurde, dass er von einem Wahnsinnigen auf einem Schiff mitten im Meer festgehalten wurde, stieg entsetzliche Panik in ihm hoch.

Karloff beobachtete, wie Müller langsam zu sich kam. Es hätte ihm Freude und Genugtuung bereitet, sich unsäglich lange mit dem Betrüger, dem Dieb seiner Frau, seinem Eigentum, zu beschäftigen, aber er wollte vor Einbruch der Dunkelheit wieder zurück sein.

Deshalb kam er direkt zur Sache: „Du hast zwei Möglichkeiten: Entweder du beantwortest mir wahrheitsgemäß alle Fragen oder ich werde dir dieses Gewicht an die Beine hängen und dich über Bord werfen." Hierbei zeigte er auf einen großen Betonbrocken, in dem eine Öse verankert war.

Panisch schrie Andreas: „Bitte, was wollen Sie von mir? Ich habe nichts getan!"

Mit voller Wucht schlug Karloff ihm ins Gesicht.

„Noch ein letztes Mal. Ich stelle die Fragen, und nicht umgekehrt. Und du wirst nicht noch einmal schreien."

Andreas nickte mit dem Kopf. Die am Hals fixierten Hände machten die Bewegung mit. Wieder erhielt er einen Schlag.

„Ein einfaches Ja wäre an dieser Stelle richtig gewesen", wurde er belehrt. Andreas schossen die Tränen aus den Augen. „Ja", stammelte er.

„Also, beginnen wir: Du bist mit Katja Granow zusammen. Ihr seid ein Liebespaar. Ihr schlaft miteinander, richtig?"

„Ja."

Wieder erhielt er einen Schlag.

„Warum? Ich habe doch geantwortet!" rief er.

„Ich weiß, dass du geantwortet hast, aber du hast mit dem dreckigen Weibsstück die falsche Wahl getroffen!"

Karloff ärgerte sich über sich selbst. Sein Jähzorn war durchgebrochen. Er hasste sein Opfer, weil es ihm vorübergehend etwas genommen hatte, das ihm gehörte. Er rief sich selbst zur Ordnung.

Andreas verstand die Welt nicht mehr. Er kannte diesen Mann nicht. Er wusste nicht, was er von ihm wollte. Aber es hing offenbar mit Katja zusammen. Das Geld auf dem angeblich geheimen Konto, war es das? Ein wenig Hoffnung keimte in ihm auf. Wenn es um Geld ging, konnte er doch alles haben. Katja und er brauchten es nicht.

„Hat die Granow Geld?", fragte der Mann jetzt.

Offensichtlich waren seine Vermutungen richtig und alles würde gut ausgehen.

„Ja."

Karloff wandte sich, scheinbar enttäuscht, ab. Er griff sich aus einer Schublade ein kleines Küchenmesser. Mit einer plötzlichen Bewegung packte er sich ein Ohr von Andreas und trennte es in einer Bewegung vom Kopf ab. Das abgeschnittene Ohr legte er vor ihn auf den Tisch. Zunächst spürte Andreas keinen Schmerz, sondern nur, wie ihm schwarz vor Augen wurde und Übelkeit aufstieg.

Karloff, offensichtlich vertraut mit solchen Situationen, meinte trocken: „Erstens, wenn du jetzt kotzt, ist das andere Ohr dran. Zweitens: Du hast meine Frage nicht befriedigend beantwortet."

Andreas versuchte, sich in diesem Grauen zurechtzufinden. Inzwischen verspürte er einen stechenden Schmerz. Wieso spritzte sein Blut nicht herum? Aber er musste sich auf die Frage konzentrieren. Sein Leben hing davon ab.

„Ja, Geld, ja, sie hat ein Konto. Ich glaube, es ist Schwarzgeld. Es handelt sich um einen Millionenbetrag."

Das Monster riss an seinen Haaren und drehte den Kopf auf die andere Seite, das Messer in der Hand.

„Ich schwöre, das ist alles, was ich weiß!"

„Diese Lüge kostet dich das andere Ohr", flüsterte Karloff.

Das Flüstern war fast schlimmer als der erste Schnitt. Andreas wurde von Weinkrämpfen geschüttelt. Es war unmöglich, noch einen klaren Gedanken zu fassen. Er wollte nur noch nach Hause.

So ein Schwächling, dachte Karloff angewidert, *so ein Milchgesicht hat Katja wirklich nicht verdient. Zusammenbrechen, wenn man noch gar nicht richtig angefangen hat.*

Er verzichtete auf den nächsten Schnitt.

„Also gut, sie hat ein Konto mit einem Millionenbetrag", konstatierte er. „Was hat sie denn noch? Einen Giftcoktail? Dokumente?"

Was stellte der Mann für absurde Fragen? Wenn er auf Grund von Geldgier noch Hoffnungen gehabt hatte, hatten sich diese gerade in Luft aufgelöst. War dieser Sadist ein Geisteskranker, ein Verrückter? Dann wäre alles vorbei.

Fast resignierend antwortete er: „Ich habe keine Ahnung, wovon Sie reden. Auf Mallorca hat mir Katja von einem Konto erzählt, mehr weiß ich nicht."

Keine Sekunde später verlor Andreas ein großes Stück seines anderen Ohres. Wieder begann er hemmungslos zu schluchzen. Sein ganzer Körper bebte.

„Ich glaube dir nicht", sagte Karloff, „deshalb fürchte ich, dass du gleich dein erstes Auge verlieren wirst."

„Nein!!!", schrie Andreas, „bitte alles, nur das nicht!" Karloff hielt das Messer dicht vor Andreas' Auge.

„Letzte Chance." „Bitte, bitte, ich habe keine Ahnung. Ich würde alles sagen, bitte glauben Sie mir."

Karloff war sicher, dass er die Wahrheit sagte. Müller war nur ein schlapper Student, der sich schon nach der ersten Ohrfeige nicht mehr getraut hatte zu lügen. Er scheute sich davor, die Kabine des Charterbootes mit zu viel Blut und sonstigen Ausflüssen zu verschmutzen. Das musste er selbst reinigen, bevor es zurückgab.

Müller würde noch eine letzte Chance erhalten, bevor er ihn im Wasser versenkte.

„Wir gehen jetzt ein wenig frische Luft schnappen, vielleicht fällt dir noch etwas ein, sonst war's das."

Andreas spürte, wie seine Füße vom Tischbein losgebunden wurden. Er hoffte, dass der Irre nun alles erfahren hatte und ihn laufen lassen würde. Aber wohin? Rundum gab es nur Wasser. Der Mann konnte doch kein Mörder sein, oder?

Karloff riss ihn hoch und stieß ihn aus der Kabine auf das Deck. Da seine Beine noch zusammengebunden waren, verlor Andreas das Gleichgewicht und fiel hin.

„Ich gebe dir noch eine letzte Chance", hörte er die Bestie sagen. „Ich erfahre jetzt alles, was du weißt, oder du wirst zu Fischfutter."

In Seelenruhe nahm sich Karloff ein Seil, führte es durch die Öse des Betonklotzes, zog und verknotete es so straff oberhalb eines Fußknöchels, dass es Andreas die Blutzufuhr abschnitt.

„Bitte", mit inzwischen leiser und resignierter Stimme appellierte Andreas an seinen Peiniger, „ich weiß nichts.

Ich weiß nur, dass Katjas Vater ein Wissenschaftler war. Er hat an irgendetwas Geheimen gearbeitet. Ich habe keine Ahnung, an was. Aber ich verschaffe Ihnen das Geld auf dem Konto. Versprochen!"

„Kleiner armer Wicht."

Karloff hievte den schweren Beton-Ballast über die Reling und warf ihn über Bord. Durch das Gewicht wurde Andreas über das Deck bis an den Schiffsrand gezogen.

„Bitte, ich flehe Sie an!"

Karloff schob seine Hände unter Müllers Oberkörper und wuchtete ihn in einer kraftvollen Bewegung übcr das Geländer. Das Gewicht zog Andreas in rasender Geschwindigkeit in die Tiefe. Während er vermied, nach Luft zu schnappen, dachte er an seine Mutter, an seinen Vater und, als er letztmalig den Mund öffnete, an Katja. Sein allerletzter Gedanke galt der Erkenntnis, wie qualvoll es war zu ertrinken.

Bevor Karloff den Motor anwarf, nahm er das Portemonaie, das er seinem Opfer anfangs aus der Tasche geholt hatte, und umwickelte es mit einem Seil, an dem er eine schwere Eisenkette befestigte. Dann warf er es zusammen mit dessen Schlüsselbund über Bord.

Etwa eine Stunde später legte Karloff im Hafen an. Er gab den Schlüssel des Bootes im Clubgebäude der Marina ab und ging zum Parkhaus. Mit dem Golf von Andreas Müller fuhr er zurück nach Berlin. Dort stellte er den Wagen in der Gabrielenstraße, unweit des Weges zum Clubhaus, ab. Den Wagenschlüssel nahm er mit und versenkte ihn später ebenfalls in der Spree.

59

Inzwischen war es schon 14 Uhr. Hatte sie etwas vergessen? Hatte er ihr von einer Verabredung, einer wichtigen Besorgung erzählt? Er hatte doch „Bis gleich!" gerufen, als er zum Training fuhr. Hatte Andreas einen Autounfall gehabt? Es konnte viel Zeit vergehen, bis die Polizei endlich kam und den Unfall aufgenommen hatte. Oder war er verletzt worden? Oder schlimmer?

Katja hielt es nicht mehr aus. Sie schrieb einen Zettel: „Es ist gleich 15 Uhr. Wo bist du? Ich gehe dich jetzt suchen und bin in zwei oder drei Stunden zurück." Sie legte den Zettel auf den Boden an der Eingangstür, bestellte sich ein Taxi und verließ das Haus.

Erst würde sie nochmal beim Ruderclub vorbeifahren. Vielleicht hatte der Trainer, mit dem sie mittags telefoniert hatte, ihn nur nicht mehr gesehen, obwohl er noch dort war. Vielleicht war er im Clubheim aufgehalten worden.

Am Ruderclub Tegel angekommen, bat Katja den Taxifahrer zu warten. Sie fragte alle möglichen Leute, ob jemand Andreas gesehen hatte. Andreas war definitiv nicht mehr auf dem Gelände. Auch seinen Golf konnte sie nirgends entdecken. Also musste er weggefahren sein. Aber wohin?

Nach kurzer Überlegung ließ sie sich zu Rainer Lindmann bringen. Rainer war Andreas' bester Freund und hatte sich vor kurzem von seiner Freundin getrennt. Vielleicht hatte er Kummer und Andreas gebeten, zu ihm zu kommen? Rainer wohnte in Kreuzberg. Dort angekommen wies sie den Fahrer an, erneut zu warten. Unglücklicherweise war Rainer nicht zu Hause.

Es hat keinen Zweck, auf gut Glück hier herumzufahren, dachte sie. Sie ließ sich wieder nach Hause fahren, zu ihrer gemeinsamen Wohnung, so empfand sie es inzwischen. Vielleicht war Andreas schon wieder daheim und wartete auf sie.

Voller Erwartung öffnete sie die Wohnungstür. Niemand da. Sie wählte die Nummer der Polizei und fragte, ob ein Unfall mit Andreas' Fahrzeug geschehen sei. Ohne Ergebnis. Auch alle Anrufe bei Andreas' Kommilitonen und Bekannten waren vergeblich.

Inzwischen war es später Nachmittag. Am nächsten Wochenende hatten sie geplant, nach München zu seinen Eltern zu fahren. Wie sehr hatte sie sich schon darauf gefreut. Nun musste sie entscheiden, ob sie seine Eltern jetzt schon anrufen sollte. Nachher klärte sich alles auf. Vielleicht war es eine unglückliche Verkettung von Umständen. Und sie würde seine Eltern unnötig beunruhigen.

Es war zum Verzweifeln. Sie wusste nicht mehr, was sie tun sollte. Sie setzte sich in Andreas' Lieblingssessel, zog die Knie fest an ihren Körper und wartete. Er musste doch jetzt kommen.

Die nächsten Tage waren die Hölle. Spät abends, am Tag von Andreas' Verschwinden, hatte Katja doch noch seine Eltern angerufen. Sie wollten gleich am nächsten Tag kommen. Katja gab eine Vermisstenanzeige bei der Polizei auf. Zuerst hatte man ihr erzählt, dass junge Männer manchmal Flausen im Kopf hatten. Man müsse sich in Geduld üben. Scheinbar widerwillig nahm man die Vermisstenanzeige endlich zu den Akten. Die gleichgültige Behandlung bei den Behörden – da hatte Katja auf Grund ihrer privilegierten Kindheit andere Erfahrungen machen dürfen – war deprimierend. Sie konnte sich nicht vorstellen, dass ernsthaft eine Suche vorgenommen wurde.

Zu ihrer Überraschung hatte man, auf Hinweis eines Sportskameraden, Andreas' Wagen vor dem Ruderclub gefunden. Sie hätte schwören können, dass er dort nicht stand, als sie Andreas gesucht hatte. Der Wagen war verschlossen.

Aus diesem Grund gab es für die Polizei auch keinen Anlass, nach den winzigen Spuren zu suchen, die Karloff bei seinem gewaltsamen, aber sehr vorsichtigen Aufbruch des Wagens nicht hatte vermeiden können.

Es blieb ein großes Rätsel, wo Andreas geblieben war. Er war wie vom Erdboden verschluckt. Tagelang zerbrach sich Katja den Kopf, was geschehen sein konnte. Hatte er eine heimliche Geliebte und war mit ihr vielleicht sogar ins Ausland geflüchtet? Nein, das konnte sie sich nicht vorstellen. Die meiste Zeit waren sie zusammen gewesen. Er hätte schon aus praktischen Gründen keine Zeit für so etwas gehabt. Außerdem liebte er sie. Das konnte nicht gespielt sein. Hatte er Selbstmord begangen? Irgendwo, wo man seine Leiche nicht finden konnte? Aber das machte doch auch keinen Sinn. Warum? Er war in letzter Zeit so glücklich gewesen.

Außerdem, er lebte bestimmt noch! Oder hatte ihr Geständnis, dass es ein geheimes Konto gab, etwas damit zu tun? Aber was? Vielleicht gab es doch einen Dritten, der davon wusste? Und der sich Andreas geschnappt hatte? Als Geisel? Aber warum meldete sich der Entführer dann nicht?

Zunächst klammerte sie sich an diesen Gedanken. Weil es die wahrscheinlichste Variante war, dass Andreas noch lebte.

60

Er fand, er hatte Müller sehr elegant entsorgt. Gleich am nächsten Tag nahm sich Karloff Katjas Wohnung für eine gründliche Durchsuchung vor. Er ging davon aus, dass sie noch ein paar Tage – überwiegend in Müllers Wohnung – auf seine Rückkehr hoffen würde, mit tödlicher Sicherheit vergeblich.

Gegen 9 Uhr, einer Zeit, zu der die meisten schon bei der Arbeit waren, drang er in das Haus ein. Schlösser in Sekundenschnelle zu öffnen, war eine leichte Übung. Auch die Wohnungstür von Katja bot keinen großen Widerstand. Nun trat Karloff in die Räume ein, die ihm ohnehin zustanden. Schließlich würde er sie bald in Besitz nehmen. Auch wenn seine Katja noch nichts davon wusste. Schade eigentlich, dann könnte sie schon etwas Vorfreude genießen.

Er riss sich wieder aus seinen Gedanken und konzentrierte sich auf seine Aufgabe. Die Wohnung bestand aus drei Zimmern. Ein Wohnzimmer, ein Schlafzimmer und ein Zimmer, das offensichtlich als Büro und Ankleidezimmer diente. Hinzu kamen eine große Küche, ein Bad, die Diele und eine Abstellkammer. Die Wohnung war sehr ordentlich sowie geschmackvoll und teuer eingerichtet, wie er feststellte. Das machte die Arbeit umso beschwerlicher. Erst musste er alles herausnehmen und dann wieder Ordnung schaffen. In einer unordentlichen Wohnung fiel es weniger auf, wenn etwas nicht genau am gleichen Platz stand.

Karloff begann mit seiner Durchsuchung im Arbeitszimmer. Dieses Zimmer bot aus seiner Sicht die größten Chancen, etwas von Interesse zu finden. Anschließend würde er sich das Wohnzimmer vornehmen. Schon im Arbeitszimmer stieß er auf eine stählerne Kassette. Auch diese öffnete er in Sekundenschnelle mit einem Dietrich. In der Kassette befanden sich, mit Banderolen umwickelt, Geldscheinbündel im Gesamtwert von 27.000 DM.

„Sehr leichtsinnig, kleine Katja", murmelte er.

Außer dem Geld lagen Schlüssel auf dem Boden des Behälters, wie sie für Schließfächer genutzt wurden.

„Was hast du darin versteckt, meine kleine Süße?"

Beides legte er wieder hinein und verschloss die Kassette. Er überlegte kurz und entschloss sich, sie erneut zu öffnen, um das Geld zu entnehmen.

„Wer weiß, vielleicht fällt der Verdacht auf den Richtigen. Auf den, der dich gerade für immer verlassen hat", sinnierte er. Zudem war die Summe auch nicht zu verachten.

Nun nahm er sich die Akten vor, die, neben vielen Büchern, in mehreren Regalen im Raum verteilt waren. Er fand alte Unterlagen eines Devisenkontos bei der Ungarischen Staatsbank, das 1992 aufgelöst wurde. Die letzte Überweisung in Höhe von 132.621,23 DM erfolgte an die Berliner Sparkasse. Die Sichtung des Ordners mit Unterlagen der Sparkasse ergab, dass auf dem letzten, drei Wochen alten Auszug ein Guthaben in Höhe von 107.431,18 DM ausgewiesen wurde.

Also ein wirklich reiches Flittchen, sagte er zu sich selbst. Die übrigen Unterlagen waren weniger interessant. Studiensachen. Dennoch durchforstete er sorgfältig jeden Ordner und jeden Stapel Papier. Er bewunderte, wie sorgfältig und übersichtlich alles abgelegt war.

Beim Durchblättern der Akten fiel seine Aufmerksamkeit auf eine Hausarbeit mit dem Titel „Die weiße Frau". Vielleicht weil gleich in der ersten Zeile etwas von „Jagdgesellschaft" stand und auch er sich gewissermaßen auf der Jagd befand, begann Karloff zu lesen. Anschließend legte er die Seiten wieder sorgfältig ab.

„Eine spannende Geschichte mit einem Giftmord am Ende, nicht schlecht, Katja. Gifte scheinen dein ganzer Lebensinhalt zu sein…"

Er nahm sich jede Akte vor und blätterte sie sorgfältig durch. Anschließend widmete sich Karloff dem Wohnzimmer, wo ihm nichts von Bedeutung auffiel. Im Schlafzimmer durchwühlte er erst ihre Kleidung und dann die Wäsche.

„Ich freue mich schon darauf, wenn du mir deine Wäsche persönlich vorführst."

Im Nachttisch fand er ein paar Postkarten und einen Brief, an Katja adressiert. Er öffnete den Umschlag und begann zu lesen:

Meine liebe Katja,

Wenn Du die Dokumente in diesem Koffer liest, wirst Du alles über mich erfahren. Du wirst über meine beruflichen Aufgaben ebenso ins Bild gesetzt wie über meine Motivation, so zu handeln. Er enthält eine umfangreiche Dokumentation über mein Leben. Schwerpunkt sind wissenschaftlich verwertbare und reproduzierbare Ergebnisse meiner Forschungsarbeiten. Ferner habe ich erläutert, warum diese Arbeiten zum Wohle der Deutschen Demokratischen Republik notwendig waren.

Liebe Katja, bitte vertraue mir und lies diese Unterlagen erst dann, wenn Du Dir sicher bist, dass Deine Wahrnehmungskraft nicht durch äußere Umstände getrübt ist...

Nachdem Karloff den Brief zu Ende gelesen hatte, konnte er nicht vermeiden, laut auszurufen: „Jetzt habe ich dich, du Miststück!" Er hielt sich selbst die Hand vor den Mund.

Weniger akribisch durchsuchte er noch den Rest der Wohnung. Nach dreieinhalb Stunden war seine Besichtigung abgeschlossen. Er hatte Recht gehabt. Er hatte immer schon Recht gehabt. Seine Nase hatte ihn beim Studium der

Granow-Akte in Moskau nicht getrogen. Es existierten diese Unterlagen und vielleicht sogar etwas von dem Serum.

Sein Problem war, dass er nicht genau wusste, wie das Serum angewandt wurde. Durch Tropfenübertragung? Ein Spray? Musste man Handschuhe tragen? Gab es einen Impfstoff? Eine Desensibilisierung? Es konnte durchaus möglich sein, dass die Granow immun war und jeden, der ihr zu nahe kam, mir nichts dir nichts töten würde.

An das Schließfach kam er nicht ohne sie heran. Und wer weiß, vielleicht gab es noch weitere Hinweise in dem Koffer, die er auch nicht ohne sie aufdecken konnte. Er war auf ihre Mitarbeit angewiesen.

Und bevor er nicht wusste, wie das Teufelszeug wirkte, konnte er sie nicht ausschalten. Gleichzeitig durfte sie nicht erfahren, was das Objekt seiner Begierde war. Eine komplizierte Aufgabe. Entweder sie musste sich in ihn verlieben oder er würde sie erpressen. Es galt, beide Wege vorzubereiten.

Er ging davon aus, dass Katja sich noch ein paar Wochen fangen musste. Mit der Situation klarkommen, dass ihr Lover nicht mehr zurückkam. Abgehauen war. Untergetaucht. Oder was auch immer.

Dann würde er als weltgewandter, sympathischer und gut aussehender Mann den Seelentröster spielen. Frauen liebten starke Männer, unter deren Schutz sie kriechen konnten. Da waren sie doch alle gleich. Dass sie sich so schnell einen anderen Studenten nehmen würde, schloss er aus. Sie brauchte jetzt einen richtigen Mann.

Eine weitere Observierung konnte er sich zunächst sparen. Er würde die Zeit nutzen, um ein paar Vorkehrungen in Moskau zu treffen.

61

Moskau, Juli 1994

Nach langer Zeit betrat Karloff wieder russischen Boden. Eingereist war er als Anatoli Fedotow. Die alte Truppe musste nicht gleich erfahren, dass er wieder hier war.

Karloff kannte die korrupte Szene genau und wusste, an wen er sich für sein Vorhaben wenden musste. Die Deutsche Mark erfreute sich in Moskau großer Beliebtheit. Für Devisen konnte man alles kaufen. Er benötigte für seinen Plan zuverlässige, gut ausgebildete Kräfte. Das hatte seinen Preis, deshalb stellte er 3000 DM in Aussicht. Für so viel Geld konnte man bereits einen Mord ordern, aber das war in diesem Falle nicht einmal notwendig. Zumindest vorläufig nicht.

Wie verabredet saßen am 5. Juli um 13 Uhr zwei Männer auf einer Bank an einer ruhigen Stelle im Gorkipark. Passanten mussten annehmen, sie würden die sommerlichen Temperaturen in ihrer Mittagspause genießen. Langsam schlenderte Karloff auf die Bank zu und setzte sich wie zufällig neben sie.

Er faltete eine Zeitung auseinander und hob sie hoch vor sein Gesicht. Dann begann er einen fünfminütigen Monolog. Einer der Männer wandte sich anschließend zu seinem „Arbeitskollegen" und redete ebenfalls einige Minuten auf ihn ein.

Karloff war zufrieden. Er hatte gefordert, dass der Mann zu wiederholen hatte, was ihre Aufgaben waren. Sie hatten verstanden.

62

Am Montag, dem 11. Juli, brachte Elena Ponomarjow ihren Sohn Alexej, der inzwischen viereinhalb Jahre alt war, wie gewohnt zu dem grauen Wohnblock, in dem die Frau wohnte, die nun schon über zwei Jahre tagsüber auf ihn Acht gab. Das würde bald vorbei sein. Ab September durfte er den Vorschulkindergarten besuchen. Alexej freute sich schon darauf, obwohl er die alte Frau vermissen würde.

Wenig später klopfte es an der Tür. Die Alte öffnete, hielt aber die Türkette geschlossen.

„FSB." Durch den Türschlitz wurde ein Ausweis hereingereicht und gleich wieder zurückgezogen.

Nicht schon wieder, dachte die Tagesmutter. Wohlwissend, dass sie sich auch dieses Mal nicht den Anweisungen widersetzen konnte. Sie entriegelte die Kette.

„Wir suchen Alexej Ponomarjow", sagte der kleinere der beiden Männer, die selbstbewusst eintraten.

„Das bin ich!", rief Alexej, der noch nicht wusste, dass Schweigen in manchen Situationen besser war.

„Mitkommen", befahl der Größere.

„Wieso soll er mitkommen?", fragte die Frau.

„Zu einer Routinebefragung, gemeinsam mit seiner Mutter", erhielt sie als Antwort.

„Er darf die Wohnung nicht ohne Einverständnis der Mutter verlassen", entgegnete die Alte mutig.

Der kleinere Mann, der eine Glatze hatte, trat an die Frau heran. So, dass die Kinder es nicht sehen konnten, schob er mit einer Hand sein Jackett beiseite und zeigte ihr seine in einem Halfter steckende Pistole.

„Alexej, du gehst jetzt besser mit. Sie bringen dich zu deiner Mutter. Du musst keine Angst haben", forderte sie ihn daraufhin auf.

„Juchhuh", freute sich Alexej, der die Gefahren der Welt noch nicht kannte und auch Fremden gegenüber stets aufgeschlossen war. Eine schlechte Eigenschaft, an der seine Mutter noch arbeiten wollte. Sie scheute sich nur davor, weil es gleichzeitig auch eine gute Eigenschaft war.

„Dann fahren wir zur Mama."

„Genau", bestätigte der Glatzkopf. „Auf geht's." Der Mann übergab der Frau einen Umschlag und flüsterte ihr zu: „Wenn dem Jungen nichts geschehen soll, übergeben Sie der Ponomarjow diesen Umschlag erst heute Abend, wenn sie den Kleinen abholen will. Haben Sie verstanden?"

Die Frau nickte stumm. Sie ahnte, dass diese Besucher nicht vom FSB waren. Die Männer verließen gemeinsam mit Alexej das Gebäude und stiegen in einen unauffälligen dunklen Wagen.

„Wohin geht es denn?", fragte der aufgeregte Alexej.

„Deine Mutter hat einen Überraschungsurlaub mit dir geplant. Wir sind Freunde deiner Mutter und sollen dich schon mal dahin bringen. Deine Mutter kommt mit einem Geschenk für dich nach", teilte ihm der glatzköpfige Mann mit.

„Oh, super! Das ist ja toll. Warum hast du keine Haare?"

Pjotr, so hieß der Angesprochene, musste sich zusammenreißen. Aber sein Auftrag lautete ausdrücklich, freundlich zu dem Jungen zu sein. Und bei 1500 DM, seinem Anteil, der ihm schon zur Hälfte ausgezahlt worden war, würde er das hinkriegen.

„Weil es im Sommer so heiß ist, rasiere ich mir immer die Haare ab", log er, selbst vor einem kleinen Jungen nicht bereit zuzugeben, dass sie ihm schlichtweg vorzeitig ausgefallen waren.

„Wo sind wir?"

„Wir sind in Moskau."

„Wo fahren wir hin?"
„Überraschung."
„Wann sind wir da?"
„Bald."

Dieser Junge schien nicht für ein paar Sekunden den Mund halten zu können. Michail, der den Wagen fuhr, hielt sich, sehr zum Ärger seines Kollegen, tunlichst heraus und grinste nur. Endlich, nach einer guten Stunde, Pjotr war vor unterdrückter Wut schon ganz rot im Gesicht, hatten sie ihr Ziel erreicht. Eine kleine Datscha, umgeben von vielen Bäumen.

„Das ist ja toll hier!", rief Alexej.

Kaum hatte Michail die Wagentür geöffnet, sprang Alexej heraus und lief zwischen den Bäumen umher.

„Jetzt bist du dran!", entfuhr es Pjotr, der dringend eine Ruhepause benötigte.

Michail, der Kinder grundsätzlich gerne leiden konnte, hatte nichts dagegen, mit dem Jungen ein wenig herumzustreunen. Alexej, der selten in ländlicher Umgebung unterwegs war, vergaß umhertollend überraschend lange, dass seine Mutter nachkommen wollte. Erst am späten Nachmittag, als es endlich etwas zu essen gab, fragte er, wo sie denn bliebe.

„Sie kommt bald, keine Sorge", beruhigte ihn Pjotr, „Michail spielt solange noch etwas mit dir."

Grinsend schaute er zu seinem Kollegen, der Alexej herbeiwinkte, um mit ihm wieder hinauszugehen. Als die Dämmerung hereinbrach, fand sich Alexej endlich nicht mehr ohne weiteres damit ab, dass seine Mutter noch nicht erschienen war.

„Wo bleibt Mama?", fing er an zu jammern.

Pjotr reichte ihm ein Glas mit Wasser.

„Ich wette mit dir, dass sie da ist, bevor du das ausgetrunken hast", spornte er ihn an.

„Wetten nicht?", sagte Alexej und trank das Wasser in einem Zug aus.

„Siehst du", sagte der Kleine, „ich habe gewonnen. Aber wo bleibt Mama?"

Alexej fielen die Augen zu und er kippte zur Seite. Pjotr hatte das Schlafmittel großzügig bemessen, damit er in der Nacht seine Ruhe hatte.

63

Wie gewohnt fuhr Elena nach der Arbeit zu dem großen Wohnblock, um ihren Sohn abzuholen. In der Wohnung der alten Frau war jedoch keine Spur von ihm zu sehen.

„Wo ist Alexej?", fragte sie beunruhigt. Die Alte sagte nichts, sondern überreichte ihr stattdessen einen Umschlag. Elena riss die Hülle auf und las:

Wenn Sie Ihren Sohn morgen wohlbehalten wiedersehen wollen, begeben Sie sich sofort nach Hause und stellen niemandem Fragen. Gehen Sie morgen früh wie gewohnt zur Arbeit. Abends können Sie Ihren Sohn bei der Frau wieder abholen. Wenn Sie diesen Anweisungen Folge leisten, wird Alexej nichts geschehen.

Elena schaute entsetzt die Alte an. „Was ist passiert?"

„Zwei Männer, sie waren bewaffnet. Sie haben ihn unter einem Vorwand abgeholt. Bringen Sie ihren Sohn bitte nicht mehr zu mir. Für solche Scherereien bin ich zu alt. Jeder muss sehen, wie er selbst zurechtkommt."

Damit drehte sie sich um und setzte sich mit dem Rücken zu Elena an ihren kleinen Tisch im Wohnzimmer. Elena verließ die Wohnung und begann fieberhaft zu überlegen, was wohl dahinterstecken könnte. Sie hatte entsetzliche Angst um ihren Sohn. Sie würde alles dafür geben, ihn unversehrt wiederzuerhalten. Hoffentlich ging es ihm gut.

Hatte es etwas mit ihrer Agentenzeit zu tun? Eine alte Rechnung, die offen geblieben war? Wollte der FSB sie unter Druck reaktivieren? Weil ein besonderer Auftrag anstand, der auf sie zugeschnitten war? Oder hatte es vielleicht etwas mit seinem Vater zu tun? Wollte dieser Granow

Ansprüche auf ihren, auf seinen Sohn erheben? Schließlich hatten sie Alexej entführt!

Wohl wissend, dass ihr eine unruhige Nacht bevorstand, machte sie sich auf den Weg nach Hause.

64

Am nächsten Morgen erklärten die Männer Alexej, dass seine Mutter doch nicht hatte kommen können, weil sie nicht von der Arbeit weggekommen sei. Er solle aber nicht traurig sein, bald würde seine Mutter gemeinsam mit ihm wiederkommen. Dann könnten sie hier einen schönen Urlaub verbringen. Sie fuhren zurück in die Stadt und hielten vor dem Gebäude, in dem die Tagesmutter wohnte. Sie brachten ihn bis vor die Tür, klopften und entfernten sich. Als die Frau die Tür öffnete, waren sie schon verschwunden.

Die Alte war erleichtert, dass Alexej wohlbehalten wieder zurück war. Heute Abend würde sie der Ponomarjow trotzdem noch einmal sagen, dass er nicht mehr wiederkommen durfte.

65

Endlich konnte Elena ihren Arbeitsplatz verlassen. Schnellen Schrittes lief sie auf die Metrostation zu.

„Gehen Sie langsam. Ich habe Ihnen etwas über Ihren Sohn zu berichten, Elena Ponomarjow." Ein Mann zog sie sanft am Arm.

„Wo ist Alexej?", herrschte sie ihn an.

„Keine Sorge, er ist wohlbehalten zurück. Aber wenn es sein muss, können wir ihn jederzeit wiederholen."

„Ich bringe Sie um! Warum tun Sie das?"

„Versuchen Sie es lieber nicht, es würde Alexej schlecht bekommen."

Wutschnaubend versuchte Elena, sich zu beherrschen.

„Wenn Sie ihm ein Haar krümmen, werde ich Sie suchen, finden und töten." Karloff hatte keine Zweifel, dass sie das ernst meinte. Schließlich war sie darin ausgebildet, Menschen zu töten. Wie er.

„Das wird nicht nötig sein", sagte er. „Allerdings, wenn ich künftig etwas verlange, werden Sie tun, was ich möchte. Sie sehen, wie einfach es ist, jemanden verschwinden zu lassen." „Das weiß ich selbst", antwortete sie. „Es wäre nicht nötig gewesen, meinen Sohn zu entführen."

„Ich wollte sicherstellen, dass Sie den Ernst der Lage erkennen."

„Das habe ich, was wollen Sie?"

„Es ist ganz einfach. Zwei Dinge werden Sie für mich tun. Erstens, Sie werden handschriftlich eine Erklärung abgeben, unter welchen Umständen es zu Alexej gekommen ist und wer der Vater ist. Und zweitens, irgendwann, vermutlich in den nächsten Monaten, werden Sie auf meine Anforderung hin gemeinsam mit Ihrem Sohn nach

Deutschland kommen. Dort werde ich Ihnen die Schwester von Alexej vorstellen."

Also doch Granow, sie hatte richtig vermutet. Aber Schwester?

„Was ist mit seinem Vater?"

„Freuen Sie sich. Der ist tot und wird Ihnen keine Schwierigkeiten mehr machen können."

„Wusste Granow von seinem Sohn?", fragte sie.

„Nein, soweit ich weiß, hatte er keine Ahnung."

„Ich wusste nicht, dass Granow eine Tochter hat. Warum sollte ich sie treffen?"

„Lassen Sie das meine Sorge sein. Sie tun einfach, was ich Ihnen auftrage."

Granow führte sie in ein Café. Dort legte er ihr einen vorgefertigten Text vor, ein leeres Blatt und einen Stift.

„Und nun schreiben Sie. Bitte deutlich", wies er sie an.

Elena las sich den Text durch.

An Frau Katja Granow

Mein Name ist Elena Ponomarjow. Ich bin die Mutter von Alexej. Er ist viereinhalb Jahre alt. Wir leben in Moskau. Alexej ist Ihr Halbbruder. Der Sohn Ihres Vaters. Im Februar 1989 habe ich Ihren Vater als Agentin des KGB unter Drogen gesetzt und willenlos gemacht. Ich hatte Sex mit ihm. In dieser Nacht hat Ihr Vater mich geschwängert. Auf Grund der Drogen hatte Ihr Vater keine Erinnerungen an den Vorfall.

Elena Ponomarjow, Moskau, im Juli 1994

„Warum soll ich das schreiben?", fragte Elena.

„Meine Geduld mit Ihnen und Ihrem Sohn hat Grenzen. Das Denken überlassen Sie bitte mir. Und ich denke gerade darüber nach, Ihrem Sohn ein wenig weh zu tun, also schreiben Sie endlich." Karloff blickte Elena mit kalten Augen an.

Wenig später nahm er ihr das Blatt aus der Hand und legte es in einen Umschlag, den er einsteckte.

„Wenn Sie eine Nachricht von Anatoli Fedotow erhalten, denken Sie daran, den Anweisungen punktgenau zu folgen. Guten Abend Elena Ponomarjow."

Endlich entlassen, stürmte Elena aus dem Café. Wenig später hielt sie ihren geliebten Alexej in den Armen. Er war unversehrt.

66

Berlin, August 1994

Seitdem Andreas spurlos verschwunden war, fühlte Katja nur noch eine große Leere in sich. Zudem waren Semesterferien und sie hing fast den ganzen Tag herum. Immer wieder sprang sie auf und lief unruhig durch die Räume ihrer Wohnung. Sie wusste auch nicht, ob sie das Studium fortsetzen würde. Wozu?

Wenn sie wenigstens Gewissheit hätte, was wirklich passiert war. Auch die Polizei hatte nicht den geringsten Hinweis gefunden. Andreas war einfach spurlos verschwunden.

Inzwischen lebte sie wieder in ihrer eigenen Wohnung. Erst vier Wochen nach seinem mysteriösen Verschwinden, als sie sich etwas Geld aus ihrer Kassette nehmen wollte, bemerkte sie, dass der stählerne Behälter leer war.

„Andreas!"

Außer ihm hatte niemand Zutritt zu der Wohnung gehabt. Wieso hatte er das getan? Er hatte das Geld gestohlen und sich auf und davon gemacht! Wütend lief sie im Zimmer auf und ab. „Du mieses Schwein!" Andreas ließ sie mit den furchtbarsten Gedanken sitzen und machte sich selbst ein schönes Leben! Aber nein, so etwas konnte er doch nicht tun!

Hatte sie das Geld vielleicht doch nicht in die Kassette gelegt? Hatte sie es verloren? Das war eigentlich nicht möglich. Sie entnahm immer nur so viel, wie sie gerade benötigte. Es gab überhaupt keinen Grund, dass sie irgendwann alles herausgenommen hatte, um dann zu vergessen, es wieder hineinzulegen.

„Ich glaube, ich werde verrückt!", schrie sie in die Wohnung.

Zwei Varianten, die unmöglich waren. Dennoch musste eine die richtige sein.

„Du warst es nicht, Andreas, oder?"

Wenn sie doch einen Weg wüsste, es herauszufinden. Mit gebrochenem Herzen schleppte sie sich durch die nächsten Wochen. Das Schlimmste war, dass sie sich nicht einmal einem konkreten Gefühl hingeben konnte. Trauer, weil er tot war, oder Hass, weil er sie bestohlen und verlassen hatte. Sie war hin- und hergerissen. Wie sollte ein Mensch so etwas ertragen können?

Weil es so nicht weitergehen konnte, entschloss sie sich zu verreisen. Vielleicht würde ein Ortswechsel helfen.

67

Europa, September 1994

Mitte September flog Katja zunächst nach Zürich, um sich mit Geld zu versorgen. Von dort nahm sie einen Flug nach Palma de Mallorca.

Die Finca, in der sie mit Andreas eine wunderbare Zeit verlebt hatte, war zwar anderweitig vermietet, sie hatte sich zuvor in einem Reisebüro erkundigt, und alleine hätte sie es dort ohnehin nicht ertragen. Aber nachzuschauen, wer sich dort herumtrieb, konnte nicht schaden. Traurig und erleichtert zugleich beobachtete sie, dass sich drei Pärchen in ihrem ehemaligen Paradies vergnügten. Andreas war nicht dabei.

Sie entschloss sich, weiterzureisen. Sie konnte es auf dieser Insel keinen Tag länger aushalten. Um endlich wieder eine Perspektive zu haben, wenn auch nur für die nahe Zukunft, entschied sie, ein paar Städte zu bereisen. Zunächst, weil geographisch naheliegend, buchte Katja eine Fähre nach Barcelona.

Schon nachdem sie sich die wunderbare Altstadt und den Hafen angesehen hatte, hielt sie es in Barcelona nicht mehr aus. Vielleicht lag die Stadt auch zu nahe an ihrem letzten gemeinsamen Urlaubsort. Jedenfalls nahm sie am folgenden Tag gleich einen Flug nach Madrid.

In der spanischen Hauptstadt quollen am Abend die Menschenmassen aus den Straßen, Gassen und Plätzen hervor. Dennoch fühlte sie sich einsamer als je zuvor.

In ihrem Hotel kaufte sie sich einen Reiseführer. Sie musste strategisch vorgehen, um nicht jeden Tag ziellos umher zu geistern. Sie kreuzte Sehenswürdigkeiten an, die sie interessieren könnten. In den nächsten Tagen besuchte Katja den Palacio Real, das Museo del Prado, das Museo Nacional Reina Sofia, eine Flamenco-Show, nahm an einer Stadtrundfahrt teil und ging auf der Calle Fuencarral, Madrids berühmter Modemeile, shoppen.

Sie merkte, dass ihr diese Ablenkung gut tat, auch wenn, oder gerade weil so ein touristisches Sightseeing-Programm anstrengend war.

Als nächste Station wählte sie Rom. Sie buchte im Fünf-Sterne-Hotel de Russie eine geräumige Suite. Hier, direkt zwischen der Spanischen Treppe und der Piazza del Popolo, im Herzen der Stadt, wollte sie es etwas geruhsamer angehen. Auch hier würde sie sich alles ansehen, was sie interessieren könnte, aber nicht in einer solch hektischen Betriebsamkeit wie in Madrid. Vielleicht eine Sehenswürdigkeit pro Tag. Zum Beispiel eine Führung durch das Kolosseum. Dann wieder ausspannen, ein Buch lesen, zur Ruhe kommen und sich im angenehmen Luxus des Hotels verwöhnen lassen. So vergingen einige Tage.

Nach und nach spürte Katja, dass ihr Lebensmut wiederkam. Nichts desto trotz verblieb eine grundlegende, tief sitzende Traurigkeit. Insgesamt verbrachte sie mehr als zwei Wochen in der heiligen Stadt. Sie beschloss, ihren nächsten Stopover in London zu verbringen.

68

Berlin, Oktober 1994

„Diese unverschämte Schnepfe!" Wütend schlug Karloff auf das Steuerrad seines Wagens.

Die Semesterferien waren beendet und sie schwänzte mir nichts dir nichts die Universität. Was fiel ihr überhaupt ein? Er würde ihr noch Zucht und Ordnung beibringen.

Natürlich hatte er damit gerechnet, dass sie nach ihrem Verlust, der sich schon bald in einen Gewinn verwandeln würde, nämlich ihn, kurz einen Urlaub gönnen würde. Das wäre in Ordnung gewesen. Aber einfach das Semesterende zu ignorieren? Die Pflichten vernachlässigen? Das ging eindeutig zu weit.

Wegen diesem Weichling Müller konnte doch niemand monatelang trauern. Wehe, wenn sie nicht bald auftauchte.

69

Berlin, November 1994

Rund zwei Monate reiste Katja von hier nach dort. Nach London waren München und Wien die nächsten Stationen. In Wien hatte sie es aber nur zwei Tage ausgehalten. Sie hatte vorerst genug vom Städtetourismus. Stattdessen flog sie kurzentschlossen für zwei Wochen nach Teneriffa. Hier buchte sie einen Windsurfing-Kurs, um sich sportlich zu betätigen. Den Rest der Zeit las sie, schwamm im Meer und ließ es sich gutgehen.

Sie hatte zwischenzeitlich entschieden, das Studium fortzuführen. Es musste irgendwie weitergehen. Eine andere Idee hatte sie nicht. Allerdings würde sie nun viel zu tun bekommen, da sie die ersten Wochen des Semesters aufzuholen hatte. Das war gar nicht so schlecht. Sie ahnte, dass sie das Alltagsleben ohne Andreas sonst nicht durchstehen würde.

Immer noch war sie hin- und hergerissen zwischen der Frage, ob ihm etwas zugestoßen war oder er abgehauen war. Mehr und mehr tendierte sie dazu, dass letzteres einfach nicht möglich war. Wer auch immer das Geld aus der Kassette genommen hatte, Andreas traute sie den Diebstahl nicht zu. Und genauso wenig, dass er sie einfach hatte sitzen lassen.

Auch wenn das Ergebnis schrecklich und traurig war, weil es hieß, dass er mit an Sicherheit grenzender Wahrscheinlichkeit tot war. Es half, sich auf eine Sache zu fokussieren und zu versuchen, den Verlust zu verarbeiten.

70

Jeden Morgen unter der Woche wartete Karloff zwei bis drei Stunden vor Katjas Haus. Er vertrieb sich die Zeit damit, sich auszumalen, wie sie dafür büßen würde. Andrej Karloff ließ man nicht wie einen Idioten warten.

Endlich, Mitte November, sah er Katja aus dem Haus kommen. Erleichterung machte sich bei ihm breit und für einen Moment vergaß er seine Wut. Seine Katja war wieder da. Bald würden sie ein Paar sein. Er würde mit ihr Sex haben. Wann er wollte und wie er wollte. Und sie würde sich danach sehnen, nach seinem Körper, nach seinen Muskeln, nach seinem Geruch. Vielleicht würde er später auch ihr ungebührliches Verhalten verzeihen. Vielleicht.

Aber nur dann, wenn sie ihm alle Geheimnisse preisgab. Wenn er zu einem der mächtigsten Männer der Welt aufgestiegen war. Ohne dass andere hiervon erfahren würden. Schade eigentlich.

Jetzt musste er nur noch die passende Gelegenheit finden, um sie „zufällig" kennenzulernen. Ab morgen würde er wieder die umfassende Observierung aufnehmen.

71

Berlin, Dezember 1994

Katja hatte eine arbeitsreiche Woche hinter sich. Sie hatte nicht damit gerechnet, wie viel Stoff nachzuholen war. Obwohl sie nur ein paar Wochen versäumt hatte.

Meist arbeitete sie bis spät abends in der Unibibliothek oder zu Hause an ihrem Schreibtisch. Zufrieden, aber auch unendlich traurig stellte sie fest, dass ihre Gedanken in dieser Woche schon seltener bei Andreas weilten. Dabei war es noch nicht einmal ein halbes Jahr her, seitdem er verschwunden war. Die schwierigste Zeit kam immer abends, wenn sie zu Bett ging.

In den ersten drei Nächten wälzte sie sich stundenlang herum, ohne Schlaf zu finden. Dann nahm sie die Hilfe von Schlaftabletten in Anspruch. Diese wirkten, aber es durfte keine Dauerlösung werden, wie sie wusste. Auch den Samstag hatte sie, nur unterbrochen von einem Einkauf der notwendigsten Dinge, zu Hause durchgearbeitet. An diesem Sonntag entschloss sie sich, ins Café Einstein Unter den Linden frühstücken zu gehen. Die Einsamkeit in der Wohnung drohte sie zu ersticken.

Das Einstein war keine Lokalität, in der sich Studenten tummelten, darauf hatte sie auch keine Lust. In dem bekannten Café-Restaurant trafen sich wochentags viele Geschäftsleute und Politiker, die in einem separaten Raum diskrete Tische für alle möglichen Geschäfte fanden. Im vorderen Teil hingegen drängten sich die Touristen, die sehen wollten, wo sich die Prominenz traf.

Sonntags verkehrten hier fast ausschließlich Touristen. Für Katja eine Garantie, dass sie niemanden treffen würde, den sie kannte. Um 9 Uhr morgens hatte man noch die freie Wahl an Sitzplätzen. Sie wählte einen kleinen Tisch in einer Ecke und ließ sich auf der gemütlich gepolsterten Eckbank nieder. Sie freute sich darauf, in den nächsten ein bis zwei Stunden in Ruhe die Sonntagszeitung lesen zu können, die in mehrfachen Ausfertigungen zur Verfügung standen. Katja wählte die Welt am Sonntag, bestellte sich einen Kaffee, dazu ein Rührei mit Kräutern und lehnte sich entspannt zurück.

„Entschuldigen Sie vielmals. Kann es zufällig sein, das Sie die Tochter von Dr. Granow sind?"

Katja blickte auf und sah vor sich einen fremden Mann stehen. Ein sportlicher Typ, der eine Jeans und ein dunkelblau kariertes Hemd, darüber einen legeren Blazer mit Fischgrätmuster trug.

„Ja, das bin ich."

„So ein Zufall", fuhr der Mann, offensichtlich erfreut, fort. „Mein Name ist Anatoli Fedotow. Ich kannte Ihren Vater sehr lange und gut. Darf ich mich kurz zu Ihnen setzen?"

Katja fühlte sich ein wenig überrumpelt, aber gut, wenn er ihren Vater gekannt hatte. Neugierig war sie schon.

„Bitte gerne, setzen Sie sich."

„Das ist nett von Ihnen. Ich möchte wirklich nicht stören."

„Nein, Sie stören nicht, ich habe gerade nichts Besonderes vor." Katja lud ihn mit einer Handbewegung ein, sich auf den freien Stuhl an ihrem Tisch zu setzen.

„Wenn Sie meinen Vater kannten, bin ich natürlich neugierig. Wo haben Sie sich kennengelernt und woher wissen Sie, dass ich seine Tochter bin?"

„Vielen Dank, dass ich mich setzen darf, ich werde Sie auch nicht lange aufhalten. Ich habe ihn in Moskau kennengelernt. Sie haben an meinem Akzent sicher schon gemerkt, dass ich ein Russe bin."

„Das stimmt, das ist nicht zu überhören."

Ein Kellner mit weißem Hemd, Weste und Fliege trat an den Tisch. Der Fremde bestellte einen Espresso und fuhr fort.

„Sehen Sie, Ihr Vater und ich kannten uns viele Jahre. Ich habe bis 1990 als Verbindungsoffizier im diplomatischen Corps gearbeitet. Meine Aufgabe war es, mich bei Messen, Symposien und sonstigen Veranstaltungen um das Wohlergehen der ausländischen Gäste zu kümmern. Schwerpunktmäßig waren es medizinische Kongresse und Anlässe, bei denen es um naturwissenschaftliche Themen ging. Warum ausgerechnet ich, der auf diesen Gebieten wenig firm ist, diese betreuen musste, ist mir bis heute ein Rätsel. Aber es hat Spaß gemacht. Ich habe viele interessante Leute kennengelernt."

„Und auch meinen Vater", warf Katja ein. Auch um zu zeigen, dass sie aufmerksam zuhörte.

„Ja, so ist es. Das erste Mal habe ich Ihren Vater, ich glaube es muss 1985 gewesen sein, bei einem Treffen von Biochemikern in St. Petersburg kennengelernt. Das Seminarthema weiß ich nicht mehr. Ich habe damals sozusagen den Reiseführer gespielt und war für das Rahmenprogramm verantwortlich. Ihr Vater war mir vom ersten Moment an sehr sympathisch. Er hat sich immer für alles interessiert. Es tut mir übrigens sehr leid, dass er unter so unglücklichen Umständen gestorben ist."

„Woher wissen Sie das?", fragte Katja erstaunt.

„Wie Sie sich vorstellen können, waren Wissenschaftskontakte damals für die unterschiedlichsten Dienste interessant, auch wenn ich die Geschichten über das Ausspionieren von Ausländern für übertrieben halte. Letztendlich handelt es sich bei allen um Behörden, die in der Regel genug damit zu tun haben, sich selbst zu verwalten. Wahrscheinlich wie überall anders auch. Jedenfalls kannte ich viele Mitarbeiter und habe so erfahren, dass Doktor Granow etwas zugestoßen war."

„Wissen Sie genau, was geschehen ist?"

Nun war Katja hellhörig geworden. Die Volkspolizei hatte ihr damals nicht gerade viel berichten können, oder wollen.

„Hat man Ihnen denn nichts erzählt? Soweit ich mich erinnere, soll ein Sprengstoffattentat verübt worden sein."

„Das weiß ich auch, aber wer es zu verantworten hat, weiß ich nicht." Katja nahm an, dass auch dieser Fedotow nichts erfahren haben konnte.

„Nein, das tut mir leid, Genaueres weiß ich auch nicht", wurde sie bestätigt. „Aber wenn Sie interessiert sind, ich habe immer noch gute Kontakte. Ich könnte mich mal umhören, ob jemand über mehr Informationen verfügt."

„Ja, nein, ich weiß es nicht. Es macht ihn ja nicht wieder lebendig."

Katja dachte, dass sie inzwischen viel lieber erfahren würde, was mit Andreas geschehen war. Andererseits war das nicht fair. Ihr Vater hätte sicher gewollt, dass sie seinem Tod auf den Grund gehen würde. Er hatte schließlich den Verdacht geäußert, dass der BND verantwortlich gewesen sei. Wenn das richtig war, musste er zur Rechenschaft gezogen werden.

„Entschuldigen Sie, ich fürchte, ich habe Sie traurig gemacht. Das war nicht meine Absicht. Ich lasse Sie lieber wieder alleine." Karloff erhob sich.

„Schon gut, bitte bleiben Sie sitzen. Es war nur…, ich meine…, ach, es tut mir leid. Ich habe gerade eine schwere Zeit hinter mir", Katja unterdrückte ihre Tränen, die wegen der Gedanken an Andreas fließen wollten. Sie rieb sich die Augen und sah Karloff an.

„Also natürlich gerne, es ist..., ja klar bin ich interessiert daran zu erfahren, was meinen Eltern wirklich zugestoßen ist." „Für Ihren lieben Vater und seine Tochter mache ich das natürlich gerne."

Karloff unterdrückte ein triumphierendes Grinsen. Er hatte es geschafft. Es würden weitere Kontakte folgen. Als sie ihn etwas länger anschaute, kam Katja der Mann mit dem Namen Fedotow irgendwie bekannt vor.

„Sind wir uns schon mal begegnet?", fragte sie ihn vorsichtig.

„Nein, ganz bestimmt nicht. Ich war viele Jahre lang nicht in Deutschland und bin erst vor kurzem eingetroffen." Karloff überlegte fieberhaft, ob Katja ihn während seiner Observierung einmal gesehen haben konnte. Aber eigentlich war er immer sehr vorsichtig gewesen.

„Nun werde ich aber häufiger in Deutschland zu tun haben. Ich habe mich beruflich verändert", fügte er hinzu.

Es entstand eine Gesprächspause.

„Also ich schaue mal, ob ich etwas erfahren kann. Ich denke, das wird auch nicht allzu lange dauern. Wie kann ich Sie erreichen?", fragte Karloff, während er sich erhob.

Katja nannte ihm ihre Telefonnummer.

„Auf Wiedersehen. Ich werde mich melden."

„Danke und auf Wiedersehen".

Karloff wandte sich Richtung Tresen und bezahlte, bevor er das Einstein verließ.

Irritiert, weil sie die Aussage „ich werde mich melden" kurz wie eine Drohung empfunden hatte, wandte Katja sich wieder der Zeitung zu. *Jetzt hat er doch nicht erzählt, woher er wusste, wer ich bin*, dachte sie. Sie würde ihn das nächste Mal noch einmal fragen.

72

Zwei Wochen später klingelte Katjas Telefon.

„Anatoli Fedotow hier, guten Tag Frau Granow."

„Guten Tag, Herr Fedotow."

„Ich hoffe, Sie erinnern sich an mich?"

„Ja natürlich, der Mann aus dem Café Einstein."

„Ich habe inzwischen ein paar Erkundigungen eingezogen. Das Ergebnis dürfte Sie interessieren."

„Tatsächlich, haben Sie etwas Neues herausgefunden?"

„Das kann man wohl sagen. Allerdings, und das ist eine alte Angewohnheit von mir, vertrauliche Dinge erzähle ich lieber nicht am Telefon. Was halten Sie davon, wenn ich Sie zum Essen einlade? Dann kann ich Ihnen alles berichten."

Katja verspürte keine große Lust, sich mit einem fremden Mann zu treffen. Aber schließlich ging es um ihren Vater.

„Also gut, ich bin einverstanden."

„Das freut mich, ginge es bei Ihnen am kommenden Freitag?"

„Nein, das tut mir leid. Ich bin ein paar Tage unterwegs. Ein Treffen ist bei mir erst wieder im neuen Jahr möglich."

„Das macht nichts", Karloff versuchte, seinen Ärger nicht durchklingen zu lassen. „Sagen Sie mir einfach, wann Sie Zeit haben."

„Würde es Ihnen am 6. Januar passen?"

„Moment, ich schaue mal nach." Karloff wartete einen Moment, bevor er antwortete, so, als müsste er in seinem Kalender blättern.

„Ja, das geht, prima. Wollen wir uns im Restaurant Borchardt in der Französischen Straße treffen? Um 20 Uhr?"

„Einverstanden, das ist sehr aufmerksam von Ihnen, dass Sie sich die Mühe gemacht haben."

„Keine Ursache. Ich habe lediglich ein paar Erkundigungen eingezogen. Das hat keine große Mühe bereitet. Also dann wünsche ich Ihnen noch frohe Weihnachten und einen guten Rutsch ins neue Jahr."

„Danke, das wünsche ich Ihnen auch".

Karloff trat vor Wut gegen einen Tisch. Hätte er doch ein paar Tage früher angerufen. Er hatte sich absichtlich lange zurückgehalten, damit augenscheinlich genug Zeit war, sich zu erkundigen, und auch um nicht zu aufdringlich zu wirken. Schließlich wollte er sie für sich gewinnen. Und jetzt das. Jetzt fuhr die dumme Göre erst einmal in den Urlaub. Und ließ ihn hier sitzen.

Vielleicht sollte er die Angelegenheit gleich auf die harte Tour angehen. Aber es blieb das Risiko, dass sie ihn einfach so töten würde, ohne dass er eine Chance gehabt hätte, es rechtzeitig zu erkennen. Inzwischen hatte er schon zu viel Zeit investiert. Also würde er sich weiter in Geduld üben müssen. Er gab der Granow Zeit bis Ostern, sich für ihn zu entscheiden. Sonst würde er eben ein Risiko eingehen müssen. Weil er die Gefahr kannte, würde er eben bei der Ausführung der gewalttätigen Variante Vorsicht walten lassen müssen.

73

Obwohl Katja über Weihnachten Skifahren gehen wollte, wäre der Termin mit Fedotow vorher noch möglich gewesen. Aus irgendeinem Grund hatte sie aber keine Lust darauf, diesen Mann zu treffen. Auch wenn er zweifelsohne gut aussah, elegant angezogen war und gute Manieren zu haben schien. Und auch einen ganz sympathischen Eindruck machte. Aufmerksam und hilfsbereit.

Aber das plötzliche Verschwinden von Andreas hatte sie noch lange nicht überwunden. Sie wollte sich jetzt möglichst unbelastet auf das Skifahren freuen. Sicher wäre Andreas mit ihr zusammen in den Wintersport gefahren. Sie stellte fest, dass sie noch nicht einmal wusste, ob er jemals Skiurlaub gemacht hatte. Vermutlich schon. Schließlich hatte sie den Tipp über das Skigebiet St. Anton von ihm erhalten. Noch bevor sie ein Paar wurden.

Ihre Zeit war so kurz gewesen. Wie so oft überkam sie das Gefühl, dass man ihr das Herz herausgerissen hatte. Dieses Gefühl kam immer wieder über sie, wie eine unheilbare Krankheit, deren Ausbrüche man nicht vorhersehen konnte. Manchmal war es der Anblick eines roten Golfs, wie er ihn fuhr, manchmal ein Thema des Geschichtsstudiums, über das sie gesprochen hatten. Manchmal schien es einfach aus dem Nichts zu kommen.

Schon jetzt verspürte Katja große Angst vor der Silvesternacht. An diesem Tag hätten sie ihr Einjähriges feiern können. Jedenfalls würde sie die Nacht sicher nicht in Berlin, sondern in den Bergen verbringen. Vermutlich mit einer doppelten Dosis Schlaftabletten.

74

1995

Berlin, Januar 1995

Die zwei Wochen in den Bergen hatten Katja gutgetan. Sie nahm nur in der ersten Woche privaten Skiunterricht, in der zweiten Woche entschied sie sich für einen Gruppenkurs. Zugegeben, das hatte ihr noch mehr Spaß gemacht. Die Kursteilnehmer steckten sie während dieser Tage mit ihrer guten Laune an. Die lustige Truppe hatte sie sogar überredet, gemeinsam mit ihr Silvester zu feiern.

Bei vielen waren in diesen Tagen enorme Mengen Alkohol geflossen und es wurde täglich nach dem Skifahren zu lauter Musik getanzt. Auch Katja hatte sich dem einen oder anderen Obstler nicht entziehen können. In dieser Woche gab es kaum Gelegenheit, an Andreas zu denken. Vielleicht war sie schon über ihn hinweg?

Nachdem sie ihr Gepäck in ihre Wohnung gebracht hatte und beim Blick aus dem Fenster durch das neblige, nasskalte Berliner Wetter alle Dinge nur verschwommen erkennen konnte, wurde sie eines Besseren belehrt. Sie musste sich nur vorstellen, wie schön es wäre, sich in diesem Augenblick gemütlich mit Andreas zusammenzukuscheln, und schon brachen wieder alle Dämme.

Zu allem Unglück hatte sie am nächsten Tag auch noch die Verabredung mit diesem Mann, der unvermittelt aufgetaucht war. Ärgerlicherweise hatte Katja sich nicht einmal seine Telefonnummer aufgeschrieben und konnte deshalb das Treffen nicht verschieben.

Sie hoffte, dass sie diesen Mann zum letzten Mal sehen würde. Sie wollte einfach nur, dass Andreas wiederkam.

Andererseits empfand sie sich auch als ungerecht. Wenn er nun mal ein guter alter Bekannter ihres Vaters war, musste er auch ein ganz netter Kerl sein. Immerhin kümmerte er sich darum, Licht ins Dunkel der Todesumstände ihrer Eltern zu bringen.

75

Das Restaurant Borchardt mit seiner über hundertjährigen Tradition war ein beliebter Treffpunkt für Prominente aus allen Bereichen der Kunst, Kultur und Politik. Man hatte derzeit fast Mühe, es zwischen den eingerüsteten Häusern am Gendarmenmarkt zu entdecken. Das Viertel um die berühmte Friedrichstraße war erster Anlaufpunkt für alle Investoren und Baulöwen. In wenigen Jahren würde es vermutlich wieder eine der ersten Adressen in der Stadt sein.

Katja hatte noch nie im Borchardt gespeist, aber wenn man in Berlin wohnte, hatte man zumindest schon davon gehört. Das Restaurant verfügte nur über einen sehr großen Gastraum im Innenbereich. Nicht nur durch die geschickt platzierte Inneneinrichtung, sondern auch bedingt durch den Lärmpegel der gesamten Gästeschar, konnte man sich von Dritten ungehört unterhalten, wenn man einen entsprechenden Tisch ergattert hatte.

Als Katja kurz nach 20 Uhr das Restaurant betrat, wurde sie schon von Fedotow erwartet.

„Schön, dass Sie gekommen sind", begrüßte er sie.

Ein Angestellter nahm ihr den Mantel ab. Fedotow führte sie zu einem Tisch am Fenster, vermutlich einem der begehrtesten Tische im Restaurant.

„Bitte setzen Sie sich", Fedotow wies ihr einen Platz mit einem guten Blick auf den ganzen Saal zu.

„Danke für die Einladung." Katja setzte sich.

Unverzüglich eilte ein Kellner herbei und erkundigte sich nach einem Aperitif.

„Wie wäre es mit einem Glas Champagner zum Einstieg?", fragte Karloff.

„Vielen Dank, nein..., aber.., ja, einverstanden." Katja fühlte sich ein wenig überrumpelt.

„Für mich ebenfalls, bitte."

„Sehr wohl." Der Ober entfernte sich wieder.

„Ich mag dieses Restaurant", begann Karloff das Gespräch. „Es hat eine lange Geschichte. Etwas mit Tradition."

„Ich bin noch nie hier gewesen", erwiderte Katja, „aber ich habe natürlich schon gehört, dass es sehr beliebt sein soll."

„Und, gefällt es Ihnen?"

„Ja, doch, es macht einen sehr guten Eindruck."

„Die Spezialität des Hauses ist das Wiener Schnitzel, ich kann es Ihnen nur empfehlen. Ich nehme es fast jedes Mal, wenn ich hier bin."

„Ach, dann waren Sie schon sehr häufig in Berlin?"

„Naja, je nachdem, was man unter häufig versteht."

Wiederum trat der Kellner an den Tisch und servierte den Champagner.

„Ich freue mich, dass Sie heute Zeit haben. Auf Ihr Wohl." Karloff prostete Katja zu.

„Sie haben am Telefon erzählt, dass Sie etwas herausgefunden haben."

Er vermittelte den Eindruck, dass er mit ihr flirten wollte, also kam sie lieber schnell auf den Punkt. Sie war noch lange nicht bereit für einen anderen, wenn sie es überhaupt jemals wäre. Karloff verbarg seine Enttäuschung, dass sie gleich „über das Geschäft" reden wollte. Sie konnte es doch erst einmal genießen, mit einem netten Mann von Welt hier zusammensitzen zu dürfen.

„Ja, das ist richtig. Ich habe tatsächlich etwas erfahren. Aber vielleicht erzählen Sie mir zunächst, was Sie wissen. Dann kann ich mit meinen Informationen ergänzen."

Katja erzählte ihm die wenigen Dinge, die ihr über die Todesumstände ihrer Eltern bekannt waren. Dass das Gebäude von außen abgedichtet wurde, dass ihre Eltern offensichtlich an Stühlen gefesselt im Gebäude festgehalten wurden. Dass nicht herausgefunden wurde, ob sie zum Zeitpunkt der Explosion noch lebten, oder schon vorher ermordet wurden. Und natürlich, dass von den Tätern keine Spur gefunden wurde.

Den Verdacht ihres Vaters, der BND sei hinter ihm her, verschwieg sie. Sie musste ihm ja nicht gleich alles unter die Nase reiben. Erst sollte er mit seinem Wissen herausrücken.

„Ich weiß, dass Ihr Vater mit Forschungen beschäftigt war. Kann es sein, dass der Mord etwas damit zu tun hatte?" Karloff beobachtete bei seiner Frage genau Katjas Reaktion. Sie konnte nicht vermeiden, bei der Erwähnung des Worts „Forschung" kaum merklich zusammenzuzucken. Karloff blieb das nicht verborgen. *Erster Treffer*, dachte er.

„Sicher hat mein Vater Forschungen betrieben, aber dass das etwas mit seinem Tod zu tun haben könnte, ist mir nicht bekannt", log sie.

„An was hat er denn geforscht? Manche Dinge sind für Dritte durchaus von Interesse."

Wie für Herrn Fedotow?, überlegte Katja.

„Ich habe nicht die geringste Ahnung. Über seine Arbeit hat er nie mit mir gesprochen."

„Aber er hat Ihnen doch sicher etwas hinterlassen?", erwiderte Karloff spontan. Zugleich ärgerte er sich über sich selbst. Derart direkte Fragen sollte er vermeiden.

„Ja, natürlich, aber nichts, was mit seiner Arbeit zu tun hatte. Wollen Sie mir jetzt bitte erzählen, was Sie wissen?"

Katja vermied es, das Wort „endlich" einzufügen. Man konnte den Eindruck gewinnen, dass er sie verhören wollte.

„Entschuldigen Sie. Sie haben Recht. Ich komme jetzt dazu. Lassen Sie uns vorher noch das Essen bestellen."

Katja wurde aus dem Mann nicht schlau. Einerseits war er nett und charmant, andererseits auch ziemlich neugierig. Nachdem der Ober die Bestellung aufgenommen hatte, nahm ihr Gegenüber das Gespräch wieder auf.

„Wissen Sie, Katja, als alter Freund Ihres Vaters darf ich Sie hoffentlich so nennen, nennen Sie mich bitte gerne

Anatoli." Ohne auf eine Antwort zu warten, fuhr er fort:

„Ich habe Folgendes in Erfahrung bringen können: Ein russischer Agent namens Puschkin hat Ihren Vater vermutlich viele Jahre überwacht. Dieser Puschkin, der – nebenbei bemerkt – heute Vizebürgermeister von St. Petersburg ist, hatte die Vermutung, dass Ihr Vater Forschungen betrieb, die auch für die UDSSR von Interesse sein könnten. Anfang 1989 war Ihr Vater zu Besuch in Moskau. Er hat dort einen alten Kollegen getroffen. Sie haben die Nacht durchgezecht, und man hat Frank unter Drogen gesetzt, um zu erfahren, an was er gearbeitet hat."

Karloff machte eine bedeutungsvolle Pause.

„Mit diesem Wissen wurde Ihr Vater dann unter Druck gesetzt, die Ergebnisse seiner Forschung zu verraten. Er hat dem KGB irgendwann auch etwas übergeben. Wie sich später herausgestellt hat, waren es aber wertlose Abhandlungen, die in der Wissenschaft ohnehin schon bekannt waren. Deshalb wollte man ihn erneut verhören, was durch das furchtbare Attentat dann nicht mehr möglich war."

Er räusperte sich und vergewisserte sich, dass seine Worte ihre Wirkung nicht verfehlten. Katja hing gebannt an seinen Lippen und schien alles um sich herum vergessen zu haben.

Er fuhr fort: „Wer den Mord in Auftrag geben hat, ist nicht belegt. Man vermutet, dass der KGB auf Anweisung von Puschkin das Labor durchsucht hat. Da Ihre Eltern unerwartet auftauchten, mussten sie notgedrungen getötet werden. Ob und was bei der Durchsuchung des Labors erbeutet wurde, hat mein Kontakt nicht erfahren können. In den Wirren des Umbruchs sind wohl einige Akten verloren gegangen. Sie werden hoffentlich verstehen, warum ich diese brisanten Informationen nicht am Telefon erläutern konnte."

Sichtlich zufrieden mit sich selbst, lehnte Karloff sich zurück.

Ihr Vater wurde unter Drogen gesetzt und ausgehorcht, konspirative Übergaben, KGB? Katja musste diese Informationen erst einmal verarbeiten. Warum hatte ihr Vater vom BND gesprochen, wenn er wusste, dass die Russen hinter ihm her waren?

Katja dankte im Stillen dafür, dass das Gespräch durch das Servieren der Gerichte unterbrochen wurde.

„Guten Appetit, Katja. Es tut mir leid, dass mein alter Freund Frank in so etwas hereingezogen wurde. Deshalb habe ich es auch für meine Pflicht gehalten, es Ihnen zu erzählen."

„Danke, Anatoli." Weil sie wirklich dankbar war, dass sie, wenn auch nicht alle, so doch einige Geheimnisse über den Tod ihres Vaters erfahren hatte, sprach auch sie ihn nun mit Vornamen an.

Karloff schien trotz der traurigen Geschichte glücklich zu sein, setzte dann aber sogleich wieder eine ernste Miene auf.

„Eines noch, Katja. Ich habe sicher nicht alles erfahren können. Was mir aber Sorgen macht, ist, dass die latente Gefahr besteht, dass irgendjemand wieder die alten Akten ausgräbt und auf den absurden Gedanken kommt, Sie könnten mehr wissen. Wenn Sie wollen, biete ich Ihnen gerne meinen Schutz an. Wie erwähnt, ich bin gut vernetzt. Aber denken Sie erst einmal über alles nach. Lassen Sie uns jetzt den Abend genießen."

Karloff hob sein Glas mit Wein, den er geordert hatte. Katja stieß mit ihm an. Weil er so offen mit ihr geredet hatte, gewann Anatoli deutlich in ihrer Gunst. Während sie das in der Tat herausragend gute Wiener Schnitzel verspeisten, wechselte Karloff das Thema.

„A propos Berlin: Vor kurzem habe ich gelesen, dass es eine Initiative zum Wiederaufbau des Berliner Schlosses gibt. Ich denke, das wäre ein deutlicher Gewinn für Berlin. Das alte Schloss gehört einfach wieder an seinen alten Platz. Da ich ein Faible für historische Gebäude habe, spiele ich mit dem Gedanken, diesen Verein zu unterstützen. Auch unter dem Gesichtspunkt der historischen Stadtentwicklung fände ich es richtig, dass das Schloss an seinem ursprünglichen Standort wieder errichtet wird. Wenn ich mir vorstelle, dass der Kreml gesprengt worden wäre, würde ich einen Wiederaufbau schließlich auch unterstützen. Ich arbeite und lebe jetzt in dieser schönen Stadt und möchte mich engagieren. Was halten Sie davon? Sie leben schließlich hier. Was machen Sie eigentlich beruflich?"

„Ich studiere Geschichte", Katja schaute Karloff überrascht an. Spontan hätte sie nicht vermutet, dass er an kulturellen Dingen Interesse interessiert war, und freute sich, dass er sich sogar mit bauhistorischen Themen beschäftigte.

„Ja, das Berliner Schloss. Wie der Zufall es will, habe ich vor einiger Zeit eine Hausarbeit geschrieben, in der es eine Rolle gespielt hat. Ich würde es auch sehr begrüßen, wenn es wieder aufgebaut würde. Auch wenn die DDR sicher den einen oder anderen Vorzug hatte, ich finde, die Sprengung der Schlossruinen war ein großer Fehler."

„Na dann haben wir ja etwas gemeinsam, auf Ihr Wohl, Katja!" „Und was machen Sie beruflich, wenn ich fragen darf?"

„Nichts Spektakuläres. Ich arbeite in einer leitenden Position in einer deutsch-russischen Handelsgesellschaft. Das ist auch der Grund, warum ich in nächster Zeit sehr häufig in Berlin sein werde."

Nachdem sie noch einen Nachtisch gegessen und einen Espresso zu sich genommen hatten, befand Katja, dass es Zeit für sie war, nach Hause zu gehen. Karloff vermied es, sie beim ersten Mal schon auf einen Drink in eine Bar einzuladen. Allerdings beharrte er darauf, sie nach Hause zu fahren, nachdem sie ihm sagte, sie sei mit einem Taxi hergekommen. Als er mit seinem Wagen vor ihrer Wohnung hielt, sprang Katja schnell heraus. Sie rief ihm noch „Eine gute Nacht, Anatoli!" zu und verschwand in der Haustür.

„Gute Nacht, Katja", antwortete Karloff in sein Fahrzeug. „Wir werden noch viele schöne gemeinsame Nächte haben. In einem Bett."

76

Zu Hause setzte sich Katja auf ihr Sofa. Ein interessanter Abend. Anatoli kam ihr anfangs ein wenig seltsam vor. Sie hatte kurz das Gefühl, als wolle er sie aushorchen. Aber dann hatte er sich doch noch als recht netter Kerl entpuppt.

Sie dachte daran, was er über ihren Vater erzählt hatte. Katja hielt es nicht für unwahrscheinlich, dass es so gewesen sein könnte. Da sie inzwischen über die Arbeit ihres Vaters Bescheid wusste, schien es mehr als folgerichtig, wenn sich verschiedene Geheimdienste dafür interessierten.

Also konnte man ihm Glauben schenken. Im Grunde musste sie Anatoli dankbar sein, dass er für sie recherchiert hatte. Konnte es wirklich sein, dass sie sich in latenter Gefahr befand, wenn noch andere das Geheimnis kannten? Mit einem mulmigen Gefühl verschloss sie vorsichtshalber ihre Wohnungstür von innen.

Aber es gab auch Ungereimtheiten bei ihrem neuen Bekannten. Wieso hatte er ihren Vater plötzlich als alten Freund, als Frank, benannt? Hatte er ihr nicht bei ihrem ersten Treffen im Café Einstein erzählt, er wäre nur ein guter Bekannter gewesen? Und warum war er so besorgt um sie? War das gespielt? Oder hatte er sich in sie verknallt?

Sie musste lächeln. Mit schlechtem Gewissen dachte sie gleich darauf an Andreas. Andererseits musste sie ihr Leben weiterleben. Es war für sich genommen nichts Schlimmes, wenn andere Männer sie attraktiv fanden. Ein wenig geschmeichelt durfte man sich durchaus fühlen. Er sah gewiss auch nicht schlecht aus. Obwohl schon ein wenig älter. Wie alt war er wohl?

Also wirklich! Sie beschimpfte sich selbst. Über einen anderen Mann nachzudenken!

„Sei nicht böse, Andreas."

Und wenn Andreas nun doch mit dem Geld durchgebrannt war? Vielleicht würde sie es nie erfahren und er amüsierte sich jetzt mit einer hübschen Frau, während sie trauerte. Katja schob die Gedanken beiseite und dachte wieder über ihren Vater nach.

Ihr Vater hatte den Russen unbewusst Informationen verraten? Was hatten sie ihm nur angetan? Auch einen Namen hatte sie erfahren: Dimitrij Puschkin. War er für den Tod ihres Vaters verantwortlich?

Katja dachte an das Serum. Es würde ihm recht geschehen, wenn ihm das, wofür er gemordet hatte, am eigenen Leib widerfahren würde. Aber an einen Bürgermeister herankommen? Ziemlich aussichtslos. Erschrocken stellte sie fest, dass sie soeben beiläufig, wieder einmal, mit dem Gedanken an einen Mord gespielt hatte.

Mord aus Rache. Allerdings ein treffliches Motiv. Fünf Ampullen standen ihr, ohne Berücksichtigung der Reserven im Brandenburger Tor, zur Verfügung. Sie würde das mit der längsten Wirkungsdauer verwenden und Puschkin mitteilen, dass er ein lebender Toter war. Das hatte er verdient.

Allerdings, möglicherweise war sie selbst in Gefahr. Vielleicht sollte sie besser das Serum, das sich mit den Dokumenten im Bankschließfach befand, bereithalten. Etwas in der Wohnung. Eine Art Notration, stets griffbereit, gar eines in ihrer Handtasche.

Was hatte Anatoli eigentlich damit gemeint, dass er ihr seinen Schutz anbieten würde. Wie sollte das denn funktionieren?

77

Am nächsten Tag fuhr Katja zur Bank und entnahm dem Schließfach fünf Ampullen mit tödlichem Inhalt. Die Dokumente verblieben im Safe. Sie würde nun Vorsorge treffen. Sie würde sich mit der Wirkung und der Handhabung vertraut machen.

In einer der Apotheke kaufte sie sich medizinische Handschuhe aus Silikon. Anschließend besuchte sie eine Parfümerie. In ihrer Wohnung stellte sie die Flaschen auf den Küchentisch. Die Ampullen hatten unterschiedliche Aufschriften: *SO, S5, S30, M30, T2.*

T2, dachte sie, das wäre das Richtige für diesen Puschkin. Zwei Tage lang in dem Wissen zu leben, dass man sterben würde. Hoppla, nur noch 47 Stunden. Ach je, wie die Zeit vergeht, nur noch acht Stunden..., und dann, wie an Silvester: 7, 6, 5,... und bye bye, Puschkin. Würg, Ächz.

Katja fasste sich an den Hals und schmiss sich auf den Boden.

„Pech gehabt, Puschkin. Ich bin Katja Granow!"

Man musste davon ausgehen, dass die Handschuhe geeignet waren, jegliche Flüssigkeiten abzuhalten. Zu dumm, wenn ihr ein Missgeschick geschehen würde: „Andreas, ich komme!" Dazu war sie noch nicht bereit. Sie wollte noch mehr erfahren. Was war passiert? Mit ihren Eltern und mit Andreas. Auch wenn es vielleicht unlösbare Rätsel blieben, sie wollte leben. Es gab immerhin Menschen, die sich um sie sorgten. Zumindest einen derzeit.

Wer weiß, vielleicht würde sie ja auch irgendwann Kinder haben. Sie würden „Mama, Mama" rufen, und schon wäre sie zur Stelle.

Aber jetzt musste sie sich erst mal um den Giftcoktail kümmern. In der Parfümerie hatte sie einen Glaszerstäuber gekauft. Vielmehr ein sündhaft teures Parfum, aber das würde sie nicht nutzen. Die Besonderheit der Flasche bestand darin, dass der Sprühkopf, wie ein Schwanenhals, seitlich vom eigentlichen Pumprohr herausragte und nicht mit dem Druckknopf verbunden war. Dieser war mittels eines kleinen Abzweiges von oben zu bedienen, ohne dass man Gefahr lief, selbst einen feuchten Finger zu riskieren. Bei der Verwendung im Freien würde man jedoch den Wind berücksichtigen müssen.

Katja drehte den Schraubverschluss ab, entleerte das Parfum und legte die Flasche in einen kleinen Topf mit Wasser. Sie kochte die Flasche fünf Minuten lang aus, um sicherzugehen, dass keine Rückstände mehr vorhanden waren. Anschließend zog sie sich die Handschuhe aus der Apotheke über. Über dem Kochtopf schüttete sie, äußerst vorsichtig, den Inhalt der Ampulle mit der Aufschrift S0 in den Flakon.

Der Kontakt mit der Flüssigkeit würde unmittelbar zum Tode führen. Ihre Antwort auf spontane Angriffe. Diese Waffe würde sie ab sofort jederzeit bei sich tragen. Auch die anderen vier Ampullen leerte sie in unterschiedliche Parfum-Flakons. Auf den Boden der Flaschen klebte sie beschriftete Zettel. Damit sie später noch identifizieren konnte, welches Serum sich in welcher Flasche befand.

Damit kein Unfall geschehen konnte, indem wer weiß was für eine Neugierige, die irgendwann zu Besuch kam und heimlich Düfte testen wollte, eine Duftprobe nahm, würde sie noch eine Kassette besorgen und das „Parfum" sorgfältig verschließen. Nun sollte mal jemand kommen und es wagen, sie anzugreifen...

78

Andrej Karloff war zufrieden mit sich selbst. Er hatte im Borchardt eine perfekte Show abgeliefert. Ach, der arme Frank! Was hatten ihm die bösen Geheimdienste nur angetan? Ein geniales Schauspiel. Die kleine Granow war wirklich ein süßes Ding. Leider lächelte sie zu wenig.

Es war nämlich ein besonders hübscher Anblick, wenn ihre Grübchen in den Wangen zum Vorschein kamen. Aber sie würde noch oft genug für ihn lächeln. Wenn sie wunderbar harten Sex mit ihm haben durfte. Sie würde noch ein unstillbares Verlangen nach ihm entwickeln.

Anfangs hatte sie sich sehr verschlossen verhalten. Das war in Ordnung. Ein gesundes Misstrauen war nicht falsch. Dann war sie im Laufe des Abends ein wenig aufgetaut. Kein Wunder, schließlich saß ihr endlich mal ein richtiger Mann gegenüber. Ein paar Mal würde er sie noch zur Auflockerung treffen, dann würde er zur Sache kommen.

Karloff würde bei ihr einziehen. Erstens war die Wohnung sehr schön, und zweitens konnte er dann in aller Ruhe nach Hinweisen forschen. Ohnehin ging er davon aus, dass sie sich ihm bald in allen Belangen öffnen würde. Schließlich würde sie schnell verstehen und es auch begrüßen, dass sie ihm gehörte. Für Geheimnisse unter Liebenden war dann kein Platz mehr.

Er lobte sich für sein Geschick, dass er eine potentielle Gefahr für Katja erwähnt hatte. Umso mehr würde sie sich bei ihm in Sicherheit wähnen. Wenn er erst einmal an den Stoff herangekommen war, durfte sie bald am eigenen Leib erfahren, wie das Serum wirkte. Mitwisser konnte er nicht brauchen. Frauen gab es ohnehin wie Sand am Meer. Mit seiner künftigen Macht, mit der er – geschickt eingesetzt –

alles erreichen würde, was immer er wollte, konnte er ohnehin jede Schönheit der Welt auswählen.

Zunächst würde Karloff Tschikaltos Position einnehmen. Erst würden dessen Vertraute unerwartet und in kurzer Zeitfolge einen natürlichen Tod erleiden. Dann würde er dem Mafioso kurzfristig als Retter der Organisation und erster Vertrauensmann zur Verfügung stehen. Sobald Karloff die Strukturen überblicken würde und die notwendigen Formalitäten zur Übernahme des Gruppenkapitals getroffen hätte, wäre dann Tschikalto selbst dran. Konkurrierende Unternehmen würden nicht lange Bestand haben. Ohne starke Führungspersönlichkeiten brach alles schnell zusammen.

Nicht schlecht, dass Katja auch noch etwas Startkapital mitbrachte. Er war gespannt darauf zu erfahren, wie viel es war. Selbst wenn das dumme Stück sich ihm unerwartet verweigern würde, hatte er noch alle Trümpfe in der Hand. Es gab ja noch einen Bruder...

Karloff hatte jetzt schon viele Monate Zeit in das Projekt investiert. Allzu lange würde er keine Geduld mehr haben. Vielleicht ein paar Wochen, dann mussten Fakten geschaffen werden.

Er kannte bereits seinen nächsten Schachzug. Er würde sich noch einmal mit ihr Treffen und ihr noch ein wenig mehr Angst machen. Und sie gefügig machen. Wie ein junges Fohlen.

79

Die Tage nach ihrem Treffen mit Anatoli wartete Katja auf seinen Anruf. Eigentlich war sie sich sicher, dass er nicht viel Zeit verstreichen lassen würde. Männer, die etwas von einem wollten, hatten in der Regel keine Geduld. Als er sich nach einer Woche immer noch nicht gemeldet hatte, ging sie davon aus, dass sie sich sei Interesse wohl nur eingebildet hatte. Einerseits war sie erleichtert. Aber andererseits auch ein wenig enttäuscht.

Als sie schon gar nicht mehr damit gerechnet hatte, rief er sie zwei Tage später doch noch an. Er sagte, er hätte noch einige Hinweise erhalten und es wäre gut, wenn sie sich noch einmal treffen könnten. Wenn sie Zeit habe, würde er am nächsten Abend kurz bei ihr vorbeikommen.

Katja sagte zu und überlegte erst nach dem Anruf, wieso er zur ihr in die Wohnung kommen wollte. Er hätte sie doch anstandshalber zu einer Besprechung an einem neutralen Ort einladen können. Wahrscheinlich wollte er ihr aber nur kurz etwas mitteilen und dann wieder gehen.

Sollte sie dennoch etwas zum Essen vorbereiten? Wenn er sich schon die Mühe machte, sich um sie zu kümmern, war es das Mindeste. Andererseits hatte sie ihn nicht darum gebeten, zu ihr zu kommen.

Ohne Berücksichtigung von Anatoli war ihr Leben in letzter Zeit überschaubar geworden. Sie hatte sich nach Andreas' Verschwinden zusammengerissen und weiter studiert. Sie wollte nach vorne schauen und weiterleben. Alles lief in geordneten Bahnen, soweit dies in ihrer Situation überhaupt möglich war.

Nun war dieser neue Mann in ihrem Leben aufgetaucht. Sie hatte das Gefühl, dass er alles verkomplizieren konnte.

Die alten Geschichten wurden ausgegraben. Mindestens einer, nämlich er, wusste oder ahnte etwas oder hielt es zumindest für möglich, dass ihr Vater nicht alles Wissen mit ins Grab genommen hatte.

Katja entschied, Pasta und Sauce aus frischen Tomaten und Gemüse vorzubereiten. So als hätte sie für sich selbst gekocht, aber es würde dann auch für zwei reichen. Sie konnte sich selbst nicht erklären, warum sie neben ein paar Flaschen Wein auch eine Flasche Champagner kaltgestellt hatte.

80

Berlin, Februar 1995

Anatoli klingelte pünktlich an ihrer Tür. Katja hatte den Tag über die Wohnung geputzt und später das Essen zubereitet. Neben der Pasta hatte sie einen Salat angerichtet und – falls es überhaupt dazu kommen würde – eine Nachspeise kaltgestellt. Sie konnte es sich selbst nicht erklären, warum sie diesen Aufwand betrieb. Nach wie vor liebte sie Andreas, zumindest wenn er wieder aus seinem Exil auftauchen würde. Außerdem wusste sie immer noch nicht, was sie von Anatoli zu halten hatte. Auf den ersten Eindruck schien er ganz nett zu sein, aber auch extrem selbstbewusst und von sich selbst überzeugt.

Aber vielleicht gab es ja noch weitere gemeinsame Interessen, wie es sich beim Thema Baugeschichte schon gezeigt hatte. Natürlich stand fest, dass sie nicht die Absicht hatte, seine möglicherweise facettenreichen Charaktereigenschaften näher kennenzulernen. Er hatte ihren Vater gekannt, ihr ein paar Informationen gegeben und das war es dann auch.

Katja öffnete die Wohnungstür. Vor ihr stand lächelnd Anatoli, mit einem riesigen Blumenstrauß aus verschiedenfarbigen Rosen.

„Kommen Sie herein", sagte Katja, vom Anblick der Blumen erfreut, aber gleichzeitig verunsichert.

„Bitte ziehen Sie keine falschen Schlüsse, wenn ich Sie damit überrasche", nahm ihr Karloff allen Wind aus den Segeln. „Es sollte nur eine kleine Aufmerksamkeit sein. Schon wieder komme ich an und muss Ihnen ein paar wichtige Dinge berichten. Aber Frank zuliebe ist es mir eine Pflicht."

„Aber das wäre wirklich nicht nötig gewesen."

Aber trotzdem nett, dachte Katja.

„Kommen Sie herein und setzen Sie sich. Ich möchte nur kurz die Blumen ins Wasser stellen. Sie sind wirklich sehr schön." Sie geleitete Karloff ins Wohnzimmer und ging mit den Rosen in die Küche.

Wow, dachte sie, *ein geschmackvoller Strauß, sicher nicht billig. Von Andreas habe ich so etwas nie bekommen. Aber Katja*, beschimpfte sie sich selbst. Sie füllte eine große Vase mit Wasser und nahm die Blumen mit ins Wohnzimmer. Dort stellte sie die Rosen auf den Tisch am Sofa.

Karloff stand am Fenster und schien die Straße zu beobachten.

„Setzen Sie sich doch, Anatoli."

Wie aus seinen Gedanken gerissen, drehte er sich um und lächelte sie an.

„Danke, gerne." Er setzte sich auf den Sessel, den Andreas, wenn er früher hier war, auch immer bevorzugt hatte.

„Möchten Sie etwas trinken?"

„Ich möchte Sie nicht aufhalten, aber wenn es keine Umstände macht, gerne. Ich wollte zwar nur kurz bleiben, aber ich bin auch nicht in Eile."

„Es macht bestimmt keine Umstände und ich habe auch nichts weiter vor heute Abend."

Wie plump von mir, dachte Katja, *er könnte ja fast meinen, dass ich es schön fände, wenn er länger bleibt.* Aufmerksam, aber unbewusst registrierte sie, dass er sich ein wenig mehr entspannte.

Was soll's. Warum nicht?, überlegte sie weiter. Sie fühlte sich kurz wie von einer zweiten Katja ferngesteuert.

„Ich habe zufällig noch eine Flasche Champagner kalt stehen", log sie. „Ehe er schlecht wird, und da ich weiß, dass Sie ihn gerne trinken, würde ich ihn sehr gerne öffnen."

Das läuft ja wie geschmiert, dachte Karloff und nahm dankend an. Er bestand darauf zu helfen und die Flasche zu öffnen. Sie prosteten sich zu und Karloff lobte ihre schöne Wohnung und die geschmackvolle Einrichtung. Katja bedankte sich und lud ihn ein, etwas mitzuessen. Sie hätte für sich gekocht, nichts Besonderes, aber hungrig wäre sie schon und es würde schon für zwei reichen. Karloff nahm die Einladung gerne an und erbot sich, für den Getränkenachschub zu sorgen. Nach dem Essen würde er ihr dann ausführlich berichten, was er erfahren hatte.

Während des Essens erzählte Karloff von dem Dorf hinter dem Ural, in dem er aufgewachsen war, und von seinen Eltern und den vielen Geschwistern. Katja konnte nicht ahnen, dass fast alles gelogen war. Sie erzählte ihm von ihrem Studium und von den Professoren, die sie unterrichteten. Die Unterhaltung war nett und angenehm. Mehr und mehr entspannte sich Katja. Es war einfach schön, nicht alleine zu Hause essen zu müssen.

Karloff sorgte dafür, dass ihr Glas stets gut gefüllt war, und achtete gleichzeitig darauf, dass er selbst nur in Maßen trank. Als sie mit der Pasta fertig waren, setzte er ein ernstes Gesicht auf.

„Katja, es macht mir wirklich große Freude, mich mit Ihnen zu unterhalten. Ihr Vater war ein lieber und guter Mann. Das ist der Grund, warum ich mich verpflichtet fühle, Ihnen jetzt zu sagen, was ich erfahren habe."

Erwartungsvoll sah sie ihn an.

„Mein Informant in Moskau, bei dem ich mich über Ihren Vater erkundigt habe, hat sich noch einmal bei mir gemeldet. Er hat mir mitgeteilt, dass seitens des KGB die Anweisung ergangen sei, Sie künftig zu beobachten.

Man ist zu der Annahme gekommen, dass Sie als Alleinerbin über wichtige Informationen aus dem Nachlass Ihres Vaters verfügen könnten. Seit einigen Wochen sollen Sie angeblich überwacht werden. Sie werden es selbst nicht bemerkt haben, aber ich habe es überprüft. Es tut mir wirklich leid, Ihnen das bestätigen zu müssen. Es stimmt leider. Das kann nur bedeuten, dass irgendjemand seit kurzer Zeit Interesse an den Unterlagen Ihres Vaters hat."

„Wie bitte? Das kann doch nicht Ihr Ernst sein!" Katja, eigentlich angenehm beschwipst, war mit einem Mal hellwach. „Es stimmt leider. Sie werden es selbst sehen können. Schalten Sie bitte alle Lampen aus und kommen Sie mit zum Fenster. Ich werde Ihnen etwas zeigen."

Katja löschte die Lichter und trat zum Fenster.

„Sehen Sie diesen weißen Passat auf der gegenüberliegenden Seite, etwa 20 Meter weiter rechts?", fragte Karloff.

„Ja, und?" Katja sah den Wagen, aber in der Dunkelheit war sonst nichts Auffälliges zu entdecken.

„Warten Sie einen Moment. Es scheint kein richtiger Profi in diesem Wagen zu sitzen. Er hält sich an keine Regeln und wird rauchen, was man eigentlich bei einem solchen Job vermeiden sollte."

Katja beobachtete weiter den Wagen. Kurze Zeit später sah sie durch die Windschutzscheibe ein Feuerzeug aufflammen und konnte beobachten, wie kurz ein Gesicht erhellt wurde. Dann sah sie im spärlichen Licht der Laternen, dass das Fenster herunter gekurbelt wurde und Rauch aus dem Wagen entwich.

Karloff freute sich, dass der von ihm engagierte Arbeitslose seine Rolle gut spielte. Er hatte den Mietwagen schon vor zwei Tagen an der vorgesehenen Stelle geparkt, so dass das Licht der Laternen nicht zu viel und nicht zu wenig preisgab. Der junge Mann hatte die Aufgabe erhalten, sich auf den Fahrersitz zu setzen und fast ununterbrochen zu rauchen. Dafür hatte er einen Fünfziger angezahlt und einen weiteren Hunderter versprochen, wenn er seine Aufgabe zufriedenstellend erledigen würde.

„Oh nein!" Erschrocken wich Katja vom Fenster zurück.

„Keine Sorge, ich bin doch bei Ihnen."

Karloff legte ihr sanft seinen Arm um die Schultern und führte sie zur Couch. Katja war in diesem Augenblick dankbar, dass Anatoli bei ihr war. Er strahlte eine gewisse Souveränität aus.

„Sie müssen sich nicht sorgen. Das ist vermutlich nur eine Routineoperation, die irgendwann wieder aufgegeben wird. Ich kenne mich ein wenig damit aus. Ich hole Ihnen noch einen kleinen Schluck zu trinken, dann bereden wir alles."

Katja ließ sich geschockt auf das Sofa fallen. Hätte sie doch alles gleich vernichtet. Und die Konten mit dem Geld aus der DDR den Behörden übergeben. Und ein normales Leben angefangen. Nun wurde sie überwacht. Wie eine Kriminelle. Wobei, gewissermaßen war sie auch eine Kriminelle. Sie verfügte über Schwarzgelder, die sicher nicht für ihren privaten Gebrauch abgezweigt worden waren. Hätte sie doch die dunkle Vergangenheit beseitigt!

Derweil ging Karloff in die Küche und öffnete eine neue Flasche Wein. Aus seiner Hosentasche holte er einen kleinen Behälter mit einer Flüssigkeit. Die Amerikaner bezeichneten den Inhalt als Knockout-, oder abgekürzt K.-o.-Tropfen. Lächerlich, was die Yankees alles für sich reklamierten. Diese chemische Substanz wurde schließlich einst von den Russen entwickelt. In diesem Falle hatten dann ausnahmsweise die Amerikaner ihre Spione an der richtigen Stelle, um sich das Mittel anzueignen.

Karloff hatte die Substanz schon mehrfach angewendet. Nicht nur bei offiziellen Aufträgen, sondern auch wenn er einfach seine Lust befriedigen wollte, ohne vorher lange flirten zu müssen. Der Vorteil war, dass die Opfer meist ihre Erinnerung verloren.

Man musste über eine gewisse Erfahrung verfügen, um diese Droge für den gewünschten Effekt einzusetzen. Zu hoch dosiert, konnte sie zu Bewusstlosigkeit mit Atemstillstand führen. Auch die Menge zuvor konsumierten Alkohols konnte die Wirkung beeinflussen und war zu beachten. In der richtigen Menge allerdings wirkte die Substanz euphorisierend und sexuell enthemmend. Katja würde leicht manipulierbar und willenlos werden. Nach einer gewissen Zeit würde sie schnell müde werden und in einen tiefen Schlaf fallen. Beim Aufwachen wäre sie extrem verkatert und würde sich ziemlich matt fühlen. Es war auch möglich, dass sie einen völligen Blackout bezüglich der letzten Nacht haben würde, sicher aber nur lückenhafte Erinnerungen.

Wie dem auch sei, er würde da sein, um sich um sie zu kümmern und sie an die Bedrohungen durch gefährliche Geheimdienste erinnern. Und an ihre Liebe zu ihm und ihr wachsendes Verlangen nach animalischem Sex.

Karloff nahm die zwei mit dem kühlen Wein gefüllte Gläser und ging zurück ins Wohnzimmer.

31

Katja erwachte erst, als es draußen schon wieder hell geworden war. Um diese Jahreszeit blieb es morgens noch lange dunkel. Es musste folglich schon spät sein. Sie lag auf dem Bauch und drehte sich zur Seite. Ein stechender Schmerz durchzuckte ihren Kopf. Sie hatte eine belegte Zunge und einen grauenhaften Geschmack im Mund.

Es musste gestern eine Menge Alkohol geflossen sein. Sie konnte sich gar nicht mehr daran erinnern, wie sie ins Bett gekommen war. Richtig. Anatoli hatte sie gestern besucht. Hatten sie zusammen so viel getrunken?

Vorsichtig legte sie sich auf den Rücken und bemerkte erst jetzt, dass sie nackt war. Sie setzte sich langsam auf. Die Innenseiten ihrer Schenkel fühlten sich irgendwie klebrig an. Sie hatte doch nicht etwa..., mit Anatoli? Nein, das konnte nicht sein. Das durfte nicht sein. Sie versuchte sich krampfhaft an den letzten Abend zu erinnern. Aber es schien sich nur ein Vakuum in ihrem Kopf zu befinden.

Katja bekam es mit der Angst zu tun. Sie wollte es nicht wahrhaben, dass sie mit ihm geschlafen hatte. Und sich dann noch nicht einmal an etwas erinnern? Das war ihr noch nie passiert.

Sie griff sich ihren Bademantel und schleppte sich zur Tür. Ihr war schlecht und sie hatte Kopfschmerzen. Sie benötigte dringend eine Tablette. Sie öffnete die Tür und trat ins Wohnzimmer.

„Guten Morgen, Liebes!"

Freudestrahlend erhob sich Anatoli aus dem Sessel. Er trug nur eine Unterhose und ein offenes Hemd, aus dem seine dichte Körperbehaarung hervorquoll.

„Was..., was machen Sie hier?" Vor Schmerz schien ihr der Kopf zu platzen.

„Aber, aber, mein Schatz. Du hast wohl gestern etwas zu viel Wein getrunken. Ich werde künftig darauf achten müssen, dass du nicht mehr so viel trinkst." Karloff trat an sie heran und gab ihr einen Kuss auf die Stirn.

„Hast du Kopfschmerzen, soll ich dir ein Schmerzmittel geben?"

„Ja.., nein.., in der Küche.., im Schrank." Katja setzte sich auf einen Stuhl und vergrub das Gesicht in den Händen. Was hatte sie nur gemacht? War sie von Sinnen? Wie konnte ihr das nur passieren? Karloff erschien mit einem Glas Wasser und zwei Tabletten in der Hand.

„Hier, nimm diese. Dann wird es dir bald besser gehen."

Er duzte sie. Er sorgte sich. Sie hatten miteinander geschlafen. Wie sollte sie aus dieser Situation wieder herauskommen?

„Ich..., ich muss mich noch einmal hinlegen, mir ist übel." Sie musste erst einmal nachdenken. Nur das Denken fiel ihr schwer an diesem Morgen.

„Mach nur, Liebes. Ich trinke derweil noch einen Kaffee."

Also hatte er auch noch vor zu bleiben. Sie hoffte, es wäre nur ein böser Traum, um bald wieder daraus zu erwachen. Sie ging zurück ins Schlafzimmer und schloss die Tür hinter sich.

Katja wusste nicht, ob es ein, zwei oder drei Stunden später war, als sich die Tür wieder öffnete. Karloff, nun fertig angezogen, trat ein und setzte sich neben sie auf das Bett.

„Wie geht es dir? Ich hoffe, wieder etwas besser. Es wäre schön, wenn du jetzt aufstehen kannst. Ich habe uns ein Frühstück vorbereitet. Frische Brötchen und Rührei."

Katja brummte etwas Unverständliches.

„Schon gut, ich habe es gerne gemacht. Auch wenn ich der Ansicht bin, dass normalerweise die Frau dafür zuständig ist. Aber heute wollen wir mal eine Ausnahme machen. Kommst du?"

Katja konnte gar nicht glauben, was sie sich da anhören musste. Frau zuständig? Ausnahme? Immerhin hatten ihre Kopfschmerzen nachgelassen. Sie wollte gerade etwas Passendes antworten, hielt sich aber dann doch zurück. Sie musste ohnehin gleich reinen Tisch machen. Deshalb zog sie es vor, zuvor keine Diskussion über die Rollenverteilung zwischen Mann und Frau vom Zaun zu brechen. Außerdem verspürte sie großen Hunger und musste erst mal wieder zu Kräften kommen.

„Ich komme gleich", erwiderte sie nur kurz.

Sie zog sich im Bad eine Jeans und ein T-Shirt an, ging durch das Wohnzimmer in die Küche und setzte sich an den gedeckten Tisch. Karloff goss ihr Kaffee ein und schob ihr etwas Rührei auf den Teller. Anschließend nahm er sich eine deutlich größere Portion.

„Lass es dir schmecken, Liebes." Karloff begann mit Genuss zu essen.

„Hör mal, Anatoli", begann Katja, während sie in ihrem Rührei herumstocherte, „wegen gestern...".

„Ach Liebes, das war einfach Spitzenklasse. Ich wusste gar nicht, dass du so ein unglaubliches Temperament hast. Was werden wir ab jetzt für einen Spaß miteinander haben."

Katja schaute ihn sprachlos und ungläubig an. Was war sie gewesen? Spitzenklasse? Temperamentvoll? Plötzlich wurde ihr speiübel und sie rannte ins Bad, um sich zu übergeben. Nach einigen Minuten kam sie mit bleichem Gesicht wieder aus dem Bad.

„Ach, meine kleine Katja. Wirklich. Ich muss besser auf dich achtgeben."

Karloff stand im Mantel an der Tür.

„Ich habe noch etwas zu erledigen und melde mich später wieder."

In der Hand hielt er einen roten Stoffbeutel, der, wie sie erkannte, aus einer ihrer Schubladen stammte. Was sich darin befand, konnte sie nicht erkennen.

„Übrigens, ich lasse dir ein Mobiltelefon da. Ich habe es dir besorgt, damit ich dich immer und überall erreichen kann. Bitte achte darauf, dass es stets geladen ist."

Er trat durch die Wohnungstür, drehte sich aber noch einmal um.

„Ach ja, und noch etwas. Deine Überwacher sind immer noch da. Draußen, der weiße Passat. Ich habe es dir ja gestern erklärt. Aber keine Sorge, sie werden nicht versuchen, hereinzukommen. Ich werde später entscheiden, wie wir mit der Situation umgehen. Bis nachher, Liebes."

Karloff trat noch einmal auf Katja zu, die ihn wie versteinert anstarrte. Erneut gab er ihr einen Kuss auf die Stirn und verließ die Wohnung. Den Wohnungsschlüssel, der von innen gesteckt hatte, schob er in seine Manteltasche. Kurz bevor er die Tür schloss, steckte er noch einmal den Kopf herein.

„Übrigens, wenn ich heute Abend wiederkomme. Es wäre schön, wenn du dich ein wenig hübsch für mich machst. Ich liebe Frauen in reizvollen Sachen."

Damit schloss er die Tür hinter sich.

32

Katja stand immer noch da, fassungslos auf die Wohnungstür blickend. Sie wusste nicht, wie ihr geschah. In ihrem Kopf drehte sich alles.

Ein dahergelaufener Typ, den sie erst ein paar Mal getroffen hatte, schien anzunehmen, dass er jetzt bei ihr wohnen würde. Dass sie in Paar waren. Dass sie seine Köchin und vermutlich auch seine Putzfrau war. Dann nahm er noch ihre Wohnungsschlüssel mit und konnte jederzeit hereinkommen. Hektisch suchte sie den Zweitschlüssel. Als sie ihn endlich gefunden hatte, verschloss sie die Tür von innen und hoffte, dass der steckende Schlüssel ein Aufschließen von außen verhinderte.

Was meinte er mit Bewachern? Hatte er Bewacher für sie abgestellt? Sie lief zum Fenster und sah vorsichtig hinaus. Etwas versetzt vor dem Haus entdeckte sie den weißen Passat. Das Fenster der Fahrerseite stand einen Schlitz offen und Rauch drang aus dem Wagen. Offensichtlich saß dort immer noch jemand.

„Ich werde überwacht." Nach dem Auftritt von Anatoli konnte sie diese Feststellung auch nicht mehr weiter schockieren.

Sie musste erst einmal alles für sich sortieren. Und abends Anatoli rausschmeißen. Katja ging in die Küche, um sich einen frischen Kaffee zu kochen. Die Küche sah chaotisch aus. Der ganze Herd war mit Fett verspritzt. Der Frühstückstisch sah ebenfalls wie ein Schlachtfeld aus. Wie automatisch begann sie Ordnung zu schaffen.

83

Karloff hatte einen arbeitsreichen Tag vor sich. Er hatte entschieden, ein Team zusammenstellen, das Katja lückenlos zu überwachen hatte. Er musste zügig ein paar Gespräche führen, um die richtigen Leute anzuheuern. Es mussten Profis sein. Profis wie er. Wichtig war, dass sie keinen Verdacht schöpfte.

Sie sollte ihn ahnungslos zu ihrem, demnächst seinen, Schatz führen. Sofern es diesen auch wirklich gab. Selbst wenn Katja die Bewacher entdecken würde. Sie würde davon ausgehen, dass es der KGB war. Schließlich hatte er es ihr erläutert. Er war halt besser als alle anderen. Immer einen Schritt voraus.

Während Katja in der letzten Nacht bewusstlos im Bett lag, hatte er erneut die Wohnung und natürlich auch ihre Handtasche durchsucht. Dabei hatte er interessante Entdeckungen gemacht. Zum einen gab es eine neue, zweite Kassette. In dieser befanden sich vier Parfumflakons. Es war ziemlich ungewöhnlich und deshalb auch unwahrscheinlich, dass Parfum, und sei es noch so teuer, weggeschlossen wurde.

Das konnte nur eines bedeuten. Das Granow-Serum. Die Flakons hatte er vorsichtshalber nicht geöffnet. Er befürchtete zu Recht, dass eine fehlerhafte Anwendung seinen eigenen Tod herbeiführen könnte. Dies musste er unter größten Vorsichtsmaßnahmen nachholen.

Außerdem hatte er einen fünften Flakon aus Katjas Handtasche entwendet. Eine ungewöhnliche Flasche mit einem Zerstäubermechanismus. Es hatte ihn stutzig gemacht, dass der Zerstäuberkopf, der auf einem zierlichen, halbrunden Rohr steckte, mit einer Plastikhaube und Klebeband versiegelt war. Eine seltsame Maßnahme für eine Parfumflasche. Also?

Ansonsten hatte er keine weiteren verdächtigen Behälter gefunden. Bei allen anderen Flakons im Bad schien der Inhalt – man konnte es im Gegensatz zu den Flaschen mit toxischem Inhalt auch von außen riechen – echtes Parfum zu sein. Die drei Flaschen, die echtes Parfum enthielten, entsorgte er auch. Nicht, weil sie vermeintlich einen gefährlichen Inhalt enthielten, sondern weil er Katja gegenüber eine einleuchtende Erklärung für den Schwund benötigte. In den nächsten Tagen würde er sich mit dem Inhalt der fünf interessanten Glasbehältnisse beschäftigen.

Am frühen Abend hatte er sein Observierungsteam beisammen. Mit Geld ließ sich alles regeln. Durch seine Jobs für Tschikalto verfügte er über ausreichende finanzielle Reserven. Da Katja über mindestens ein Schwarzgeldkonto verfügte, würde seine Liquidität ohnehin demnächst weiter anwachsen. Er war gespannt darauf zu erfahren, wie viel Geld sich in der Schweiz und möglicherweise noch anderswo befand. Eigentlich gehörte es schon ihm.

Nach der letzten Einweisung seiner Leute, insgesamt waren es sechs, die sich in Zweierschichten ablösen konnten, rief er Katja auf ihrem neuen Telefon an.

84

Katja hatte den ganzen Tag über keinen vernünftigen Gedanken fassen können. Sie fühlte sich, als hätte sie drei Nächte durchgezecht. Warum hatte sie mit ihm geschlafen? Wie war es dazu gekommen? Selbst wenn sie schon einmal zu viel getrunken hatte, einen Filmriss hatte sie noch nie gehabt. Mehr als zwei oder drei Gläser Wein konnte sie ohnehin nicht vertragen, danach wurde ihr regelmäßig schlecht.

In der Küche entdeckte sie beim Aufräumen vier leere Weinflaschen. Dass Karloff den Inhalt überwiegend in den Ausguss geleert hatte, konnte sie nicht ahnen.

Sie fühlte sich schlecht. Letztlich war es Anatoli gegenüber gemein. Ihm erst große Hoffnungen zu machen, sogar mit ihm zu schlafen, und ihm dann am nächsten Tag den Laufpass zu erteilen. Das war einfach mies. Aber es musste sein.

Am frühen Abend klingelte das Telefon. Nicht ihres, sondern das Mobilfunktelefon, das er ihr übergeben hatte. Es half ohnehin nichts, sie musste das Telefonat annehmen und sich erneut mit ihm treffen. Alleine um ihren Hausschlüssel wieder an sich nehmen zu können. Sonst würde er demnächst ein- und ausgehen, wie es ihm beliebte.

„Hallo Liebes", hörte sie Anatoli sagen, „ich hoffe, du hast dich ein wenig erholt. Was gibt es heute Abend zu essen?"

„Wie, was zu essen?" Hatte sie gestern angeboten, heute schon wieder zu kochen?

„Du sagst nichts? Es ist ok, wenn du mich überraschen willst. Ich wollte dir eben mitteilen, dass ich in einer guten Stunde wieder zu Hause bin. Ich freue mich auf dich. Bis gleich, mein Schatz." Die Verbindung wurde unterbrochen.

Katja schaute verdutzt das Telefon in ihrer Hand an. Vermutlich hatte sie gestern viel zu viel getrunken und versprochen.

Wie dem auch sei. Da musste sie jetzt durch. Sie würde einen Salat und ein Brot vorbereiten und Anatoli dann bitten, ihr Zeit zu lassen. Sie müsse über alles nachdenken. Später würde sie ihm sagen, dass es mit ihnen nicht funktionieren würde. Die letzte Nacht wäre ein Unfall gewesen. Wegen des vielen Alkohols. Er musste das verstehen.

Sie erinnerte sich, dass er sich gewünscht hatte, sie solle sich abends etwas Nettes für ihn anziehen. Das kam jedenfalls nicht in Frage.

Fast zwei Stunden später hörte sie, wie ihre Wohnungstür aufgeschlossen wurde. Der innen aufgesteckte Zweitschlüssel brachte also nichts. Wenn sie ihn jetzt wieder „Hallo Liebes" sagen hörte, würde sie ihm eine Bratpfanne über den Kopf ziehen. Sie war nicht sein „Liebes".

Stattdessen kam er direkt auf sie zu, gab ihr einen Kuss auf den Mund und sagte: „Was habe ich für einen Hunger. Was hast du vorbereitet?"

Sie unterdrückte ihren Ärger über seine Anspruchshaltung und ging wortlos in die Küche.

„Du bist aber wortkarg heute, mein Schatz. Gestern hast du mir die verrücktesten Dinge im Bett ins Ohr geflüstert."

Katja wusste nicht, ob sie vor Wut oder Scham rot wurde. Sie hatte keine Erinnerung, ob und was sie gesagt hatte.

Karloff fuhr mit seinem Monolog fort, während er sich, sichtlich erwartungsfroh, an den Tisch setzte: „Ich habe gesehen, dass jetzt ein anderer Wagen vor der Tür steht. Ein dunkler Ford. Zwei Leute sitzen darin. Offensichtlich hat das Überwachungsteam gewechselt."

Die Überwachung. Er hatte das heute schon einmal erwähnt. Mit all den anderen Problemen im Kopf hatte sie gar nicht mehr daran gedacht.

„Wer überwacht mich und woher weißt du davon?"

„Du kannst dich nicht daran erinnern, was ich dir gestern erklärt habe? Das kann doch nicht wahr sein, wie verheerend Alkohol bei dir wirkt." Bei dieser Feststellung schüttelte Karloff seinen Kopf. „Ab sofort gestehe ich dir höchstens nur noch ein Glas zu."

Empört setzte Katja zur Erwiderung an.

„Nein, sag jetzt bitte nichts. Ich werde dir noch einmal alles erklären. Und dann hörst du auf mich. Zu deiner eigenen Sicherheit."

Karloff tischte Katja erneut in großer Ausführlichkeit die Geschichte mit den KGB-Agenten auf.

„Aber, meine Liebe", schloss er, „du musst dir keine Sorgen machen. Ich habe einen Plan, wie wir dies alles beenden können und wie du dein Leben wieder sorglos bestreiten kannst. Dazu später mehr, jetzt habe ich erst einmal Hunger."

Ihr Vater war unter Drogen ausgehorcht worden? Vielleicht wusste jemand von den Forschungen? Die Tragweite dieser Information musste Katja erst einmal verarbeiten. Für ihr eigentliches Vorhaben, Anatoli aus dem Haus zu werfen, fehlte ihr momentan die Kraft. Es fiel ihr schwer, einen klaren Gedanken zu fassen.

Einerseits konnte sie kein Leben unter Bewachung russischer Agenten führen. Früher oder später würde man sicher ihre Wohnung durchsuchen und das Serum finden. Außerdem würden sie erfahren, dass sie über geheime Konten verfügen konnte. Wenn sie es nicht ohnehin schon davon wussten. So gesehen brauchte sie seine Hilfe.

Nur sollte sie ihm aus Eigennutz, aus Angst Liebe vorspielen? An und für sich war es ja reizend, wie besorgt er um sie war und wie er sich um sie kümmern wollte. Und es war auch nicht zu bestreiten, dass er etwas Anziehendes an sich hatte. Andererseits zeigte er ziemliche Macho-Allüren, was Katja nicht sehr prickelnd fand.

Aber blieb ihr eine Wahl? Anatoli zu verprellen und dann hilflos alleine dazustehen war jedenfalls in dieser Situation auch nicht gut. Ach Andreas!

Sie befand sich in einer völlig undurchsichtigen Situation. Sie entschied, noch zu warten. Sie konnte sich jeden Tag trennen. Sie musste erst einmal klarer sehen. Bis dahin würde sie halt Übelkeit und Kopfschmerz vortäuschen, wenn er intim werden wollte.

85

Berlin, März 1995

Karloff ließ sich am nächsten Morgen ein Frühstück servieren und verabschiedete sich dann für den Rest des Tages. Mit einem Kuss auf die Stirn. Das schien sie immer leicht aufzuregen. Wie süß!

Er hatte ihr noch klargemacht, wie wichtig es war, den Anschein eines normalen Lebens zu führen, und sie zur Universität geschickt. Er war entzückt darüber, dass das Mädchen völlig durch den Wind war. Kein Wunder nach den K.-o.-Tropfen. Und dann noch die ganzen Ereignisse um ihren Vater. Wenn man illegale Konten und Mordwerkzeuge besaß, durfte man sich eben nicht wundern.

Am gestrigen Abend wollte Katja ihm ihre vorehelichen Pflichten verweigern. Natürlich hatte er das nicht zugelassen. Irgendwann hatte sie dann wohl eingesehen, dass es besser war, sich dem Unausweichlichen mit Vergnügen zu ergeben. Er konnte ja auch nichts dafür, dass er so unwiderstehlich war.

Die nächsten Tage würden spannend werden. Er plante ein paar Tests mit dem Serum. Zum Üben würde er Meerschweinchen besorgen. Das bedeutete wenig Aufwand. Anschließend würde er den Ernstfall proben.

Er mietete sich eine Garage und kaufte zehn Meerschweinchen. Da er wusste, dass er jeglichen Hautkontakt zu vermeiden hatte, besorgte er sich in einem Fachhandel durchsichtige OP-Handschuhe. In einem Geschäft für Industriebedarf kaufte er sich zudem einen Overall aus Plastik. Diesen würde er vorsichtshalber überziehen, wenn er den Sprühflakon ausprobierte. Er wollte, ohne sich selbst zu gefährden, ein Gefühl dafür entwickeln, wie stark der Strahl des Sprühnebels war.

Die Tests mit den Meerschweinchen liefen vielversprechend. Nur eine kurze Befeuchtung der Nasenspitze reichte und die Tiere verstarben. Die Zeitdauer des Todeseintritts war, je nach Kennzeichung, unterschiedlich. Da die Zeitdauer der Wirksamkeit bei so kleinen Tieren nicht eins zu eins auf das Körpervolumen eines erwachsenen Menschen übertragbar sein konnte, nahm er an, dass die Beschriftungen auf den Flakons für die Anwendung bei Menschen maßgeblich waren.

Es war nicht schwer zu erraten, was beispielsweise M30 zu bedeuten hatte. Er würde an Probanden überprüfen müssen, ob seine Vermutungen richtig waren. Im Flakon mit dem Sprühaufsatz befand sich wohl die am schnellsten wirkende Flüssigkeit. Die hiermit besprühten kleinen Schweinchen fielen sofort tot um. Auch bei einem Menschen könnte dies deshalb binnen Sekunden wirken. Der nächste Tag würde finale Aufklärung bringen.

Nachdem Karloff die Gewissheit hatte, dass das Serum hielt, was es versprach, entschied er sich, Katja noch am Abend über den schmerzlichen Verlust ihrer tödlichen Waffe zu informieren. Natürlich ohne tatsächlich zuzugeben, dass er wusste, welche gefährliche Flüssigkeit er entsorgt hatte.

Anschließend würde er sie wieder mit langem und intensivem Körperkontakt verwöhnen. Dies sollte als Wiedergutmachung mehr als genug sein.

86

Katja hatte für sie ein Essen zubereitet. Einerseits empfand sie Widerwillen, weil es seiner Anspruchshaltung entsprach, andererseits gab es ihr auch ein Gefühl von Normalität und Geborgenheit, wenn sie nicht alleine den Abend verbringen musste. Abends erschien ihr „neuer Partner" in ihrer „gemeinsamen Wohnung".

Nach dem Essen teilte Karloff ihr die Tatsache mit, dass sie ab sofort völlig schutzlos war.

„Katja, wie du im Laufe der Zeit merken wirst, bin ich ein sehr sensibler Mann. Deshalb muss ich dir mitteilen, dass ich den Geruch der meisten gängigen Parfums nicht ertragen kann. Dass mir übel wird, wenn wir uns lieben, möchtest du hoffentlich nicht. Aus diesem Grund habe ich gestern, als du schon geschlafen hast, alle Parfumflaschen in der Wohnung gesammelt und heute entsorgt. Sei aber bitte nicht traurig. Wir werden bestimmt demnächst eins finden, das ich vertragen kann und auch du magst."

Wie so häufig in letzter Zeit fuhr Katja ein Schreck in alle Glieder. Nun hatte sie ihren letzten Schutz verloren. Sie wurde aschfahl im Gesicht. Karloff beobachtete dies mit stillem Vergnügen. Aber anerkennend musste er feststellen, dass sie sich dennoch im Griff hatte und sich keine Blöße gab. *Dummes Stück*, dachte er, *es wäre so viel einfacher, wenn du mir gleich alle deine Geheimnisse verraten würdest. Dann hättest du alles hinter dir.*

Sein Problem war, dass er nicht genau wusste, ob es wirklich nur die fünf Flaschen waren oder ob sie noch über eine weitere stille Reserve verfügte. In diesem Fall konnte sie ihm immer noch gefährlich werden. Außerdem musste er unbedingt an die Formel kommen, wenn es entsprechende Dokumente überhaupt gab. Aber er war ziemlich sicher, dass es diese gab. Schließlich gab es auch das Serum.

So galt es, nach wie vor ein Liebespaar zu spielen. Vorsicht war besser als Nachsicht. In Vorfreude auf den am kommenden Tag geplanten spannenden Erprobungsversuch an einem Menschen produzierte Karloffs Körper schon jetzt Adrenalin im Übermaß. Er teilte er Katja mit, dass sie nun zu Bett gehen würden. Er musste sich noch ein wenig austoben. Fast wie eine Marionette, ohne jeglichen Widerspruch, folgte sie ihm. Braves Mädchen.

Doch Karloff fand nach dem, zumindest für ihn, befriedigenden Akt wenig Schlaf. Er dachte in der Nacht daran, über welche Macht er nun verfügte, und konnte es gar nicht abwarten, wie sich das Mittel im richtigen Leben bewähren würde.

Welche Person sollte er für seinen Erstversuch auswählen? Er entschloss sich für das Zufallsprinzip. Wie beim Lotto. Oder besser noch, wie ein Blitz im Gewitter. So gesehen hatten die meisten statistisch gesehen gute Chancen, nicht ausgewählt zu werden. Eine wirklich faire Vorgehensweise.

Auch Katja fand wenig Schlaf. Hatte Anatoli wirklich eine Aversion gegen Parfums oder wusste er mehr, als er zugab? Wenn dann konnte er sie von nun an jederzeit töten, ohne dass sie es in diesem Moment bemerken oder abwenden könnte. Sie befand sich in einer vertrackten Situation. Liebte er sie wirklich, oder war alles nur Heuchelei? Manchmal schien er wahnsinnig fürsorglich zu sein und nur helfen zu wollen. Andererseits forderte er bedingungslos die Befriedigung seiner Bedürfnisse. Essen, Sex, die Frau hatte hübsch zu sein und zu gehorchen. Waren die meisten Männer so? In islamischen Ehegemeinschaften mochte so etwas normal sein. Die Frau war des Mannes Untertan, ohne Rechte. Aber in Deutschland?

Jedenfalls war sie ihm jetzt völlig ausgeliefert. Eine Trennung wäre zu riskant. Möglicherweise lebensgefährlich. Es war schlichtweg nicht auszuschließen, dass Anatoli sich das

Serum angeeignet und nicht entsorgt hatte. Sie musste dringend, von ihrem Bewacher unbemerkt, an die restlichen Bestände des Serums herankommen, die ihr Vater versteckt hatte. Sie benötigte einen Schutz für alle Fälle. Vielleicht musste sie ihn sogar töten.

Innerlich schrie sie auf. Einen Menschen töten? Auf Grund eines Verdachtes? War sie verrückt geworden? Außerdem mochte sie ihn doch. Zumindest ein wenig. Wo war nur Andreas?

87

Heute war der große Tag. Heute wurde sein großes Schicksal entschieden. Würde das Mittel halten, was es versprach? Karloff ließ sich von Katja ein herzhaftes Frühstück zubereiten.

Sie hatte nicht gemuckt, nachdem er ihr das Serum entwendet hatte. Hatte sie die Geschichte in ihrer Naivität geglaubt oder hegte sie einen Verdacht? Wie dem auch sei. Definitiv wissen konnte sie es nicht. Wie er Katja einschätzte, würde sie eher zu Gunsten des Angeklagten entscheiden. Außerdem hatte sie keine Möglichkeit mehr, ihn auszuschalten. Körperlich war er ihr überlegen. Seine Ausbildung ließ es nicht zu, dass sie ihn mit irgendetwas überraschen konnte. Sie hatte eben schlechte Karten. Dennoch war immer noch Vorsicht angesagt. Er war schließlich ein Profi.

Also galt es, weiterhin Geduld zu üben und das Theater bis zum Exitus durchzuspielen. Aber von nun an in schnellerem Tempo. In der schlaflosen Nacht hatte er einen wunderbaren Einfall gehabt. Seine erste Testperson würde eine junge, verliebte Frau sein. Er wollte erleben, wie ihr Freund hilflos danebenstand und zusehen musste, wie sie in den Himmel kam. Oder eben in die Hölle. Vielleicht würde sie dort Andreas Müller treffen. Dann könnte sie mit ihm etwas anfangen...

Als er sich nach dem Frühstück mit einem innigen Zungenkuss von Katja verabschiedet hatte, fuhr er zum Pergamonmuseum. Die ideale Wahl für einen historischen Moment. Eine Tragödie vor den Augen der Götter des Olymps, denen der monumentale Altar, der in der Haupthalle des Museums mit originalen Raubkunst-Fundstücken wieder errichtet wurde, gewidmet war. Vermutlich wurden auf diesem in vergangenen Zeiten schon viele Opfer dargebracht. Auf eines mehr oder weniger kam es dann auch nicht an.

Sicher würden sich in diesem Museum, das zu den weltweit meistbesuchten zählte, auch jede Menge frisch Verliebte zu finden sein. Karloff kaufte sich ein Ticket und betrat das Museum.

Zunächst suchte er die Waschräume auf und streifte sich eine doppelte Lage Handschuhe über. Er hatte die Flüssigkeit mit der Aufschrift S30 gewählt. Nach seiner Interpretation musste die Auserwählte nach etwa 30 Sekunden Vergiftungserscheinungen verspüren.

Karloff schlenderte durch die Halle, die Hände in den Taschen, scheinbar interessiert an der historischen Dimension des überwältigenden Monuments. Seine größere Aufmerksamkeit galt jedoch den Besuchern. Er beobachtete Einzelpersonen, Pärchen und Gruppen. Er hörte Gesprächsfetzen in unterschiedlichen Sprachen, sah in größtenteils beeindruckte, teilweise auch museumsmüde Gesichter. Vereinzelt unterhielten sich die Anwesenden über belanglose Dinge, die nichts mit ihrem Besuch in diesem Haus zu tun hatten.

Obwohl er sich vorgenommen hatte, sorgfältig und in Ruhe eine Auswahl zu treffen, wurde er schnell ungeduldig. Schließlich stand ein Ereignis von geschichtlicher Dimension bevor. Wie sollte er da ruhig bleiben?

Endlich erblickte er ein Pärchen, das seinen Vorstellungen entsprach. Ein recht gut aussehender Typ mit langen, zu einem Zopf gebundenen Haaren und ein rassiges junges Ding, das einen kurzen Rock und dunkle Nylons trug. Beide schlenderten Hand in Hand durch die Halle und schienen sich mehr für einander als für die dargebotenen Attraktionen zu interessieren. Der Kerl fuhr andauernd mit der Hand über ihren wohlgeformten Hintern, welchen sie immer wieder neckisch wegschob, um ihm gleich darauf etwas ins Ohr zu flüstern.

Das war sie, die Auserwählte. Vermutlich keine Jungfrau mehr, aber jung und schön genug, um den Göttern als Opfer zu dienen.

Das Pärchen stand auf den Stufen des Altars. Karloff schlenderte von hinten in ihre Nähe und täuschte vor, über eine Stufe zu stolpern. Hierbei kippte er seine Hand und stützte sie auf die Hand der jungen Touristin.

„Excuse me very much", sagte er und schaute dem Mädchen in die Augen.

„Nessun problema!", antwortete die Schönheit und umschlang ihren Freund noch einmal fester. Gleichzeitig wandten sich die beiden von ihm ab.

Also gut, dachte Karloff, *dann werde ich gleich ein italienisches Drama erleben...* Karloff zählte die Sekunden. Er entfernte sich und ging langsam in Richtung Ausgang. Dabei achtete er darauf, sie nicht aus den Augen zu verlieren.

Das italienische Liebespaar, er hatte sie Romeo und Julia getauft, setzte sich auf eine Stufe der Treppenanlage des Pergamonaltars. Karloff beobachtete, wie Julia ihren Kopf auf Romeos Schulter legte.

Etwa 25 Sekunden waren bereits vergangen. Der lüsterne Romeo schaute in die Runde und legte seine Hand auf Julias Bein, ziemlich nahe am Schritt. 30 Sekunden. Das sinnliche Lächeln auf den Lippen seiner Geliebten erstarb. Julia riss die Augen auf und schien etwas rufen zu wollen. Karloff sah, wie ihr Körper erbebte und sie vornüberfiel, die Stufen hinunter. Dort blieb sie regungslos liegen.

Schnell scharten sich Besucher um sie. Der bezopfte Romeo war sofort hinterhergesprungen und hielt seine Ex-Geliebte Julia in den Armen. Das Drama vor den steinernen Augen der Götter hatte einen tödlichen Ausgang genommen.

88

Am Nachmittag erhielt Katja einen Anruf von Anatoli. Sie möchte bitte ein Festessen vorbereiten. Es gäbe etwas zu feiern. Was würde sie heute wieder für Überraschungen erleben müssen?

Als er am Abend in die Wohnung spazierte, als würde sie ihm gehören, hielt er eine Flasche Champagner in der Hand. „Zur Feier des Tages darfst du heute auch ein Glas trinken", begrüßte er sie, „aber nur eins, wir wissen ja, was sonst passiert."

„Was ist geschehen?"

Der skeptische Unterton in ihrer Stimme entging Karloff nicht.

„Freu dich, mein Liebes. Mach nicht so ein Gesicht. Ich habe dir auch etwas mitgebracht. Aber jetzt wollen wir erst einmal essen. Was gibt es denn Schönes heute?"

Katja hatte ein Filetsteak zubereitet und sah zu, wie er es gierig verschlang. Bei den Mengen, die er in sich hineinschaufelte, wunderte sie sich, dass er so schlank blieb.

Während des Essens fragte er Katja, wie es mit dem Studium voranging. Aufmerksam speicherte er den Namen ihres Lieblingsdozenten, Professor Hörbinger. Nachdem sie abgeräumt hatte, öffnete Karloff den Champagner und forderte sie auf, mit ihm anzustoßen.

„Ich habe heute einen Job begonnen, der mein Leben verändern wird. Die Aussichten sind fantastisch. Das muss gefeiert werden."

Katja wunderte sich nicht schlecht, dass er nur von seinem Leben sprach, nahm es aber einfach hin. Sie würde wahrscheinlich nie aus ihm schlau werden.

„Was ist das denn für ein Job?", fragte sie.

„Ein Job, der mir eine unglaubliche Machtfülle und Reichtum bringen wird. Freu dich einfach für mich und überlass mir die Details."

„Ich würde es aber gerne wissen. Ich bin neugierig."

„Ja, Liebes, Neugier ist das Vorrecht der Frauen. Ob sie aber befriedigt wird, liegt in der Entscheidung des Mannes. Ich habe entschieden, dich damit nicht zu belasten. Und nun schau mal, was ich dir mitgebracht habe."

Karloff legte ein Päckchen auf den Tisch.

„Nun öffne es schon, ich kann es gar nicht erwarten!"

Katja fügte sich und zerriss das Papier. Zum Vorschein kamen Dessous, bestehend aus Strapsen, durchsichtigem Höschen und BH, alles in rot. Am liebsten hätte sie es sofort in den Müll geworfen.

„Zieh es bitte an, Liebste, ich möchte den erotischen Anblick genießen."

Karloff lehnte sich in Erwartung einer neckischen Vorführung zurück. Gleichzeitig freute er sich auf darauf, am nächsten Tag eine kurze Bekanntschaft mit Katjas Lieblingsprofessor zu machen.

89

Am nächsten Morgen wartete Karloff, bis Katja das Haus verlassen hatte. Er suchte die Telefonnummer der Universität heraus und rief im Sekretariat an.

„Guten Tag", meldete er sich, „dürfte ich bitte Professor Michael Hörbinger sprechen?"

„Sie meinen sicher Professor Paul Hörbinger", sagte die Frau am anderen Ende der Leitung, „einen Professor Michael Hörbinger gibt es hier nicht."

Karloff legte auf. Er nahm sich das Telefonbuch und suchte die Adresse von Professor Paul Hörbinger heraus.

„Nun habe ich auch dich gefunden, mein kleiner Klugscheißer", sagte Karloff lächelnd. „Herr Lieblingsdozent erhält die Ehre, Versuchsperson für den Test T2 zu sein."

Wenn seine arme Katja von seinem Tod erfuhr, würde sie sicher traurig sein. Ein Grund mehr, sich darüber zu freuen, dass sie einen starken Mann an der Seite hatte, der sie trösten konnte.

Es war nicht weiter schwer, den Professor vor seinem Haus abzufangen und „rein zufällig" zu berühren.

Zwei Tage später erfuhr er von Katja, dass Professor Paul Hörbinger direkt vor der Universität zusammengebrochen sei, gerade als er sich auf den Weg nach Hause machen wollte. Die Ursache sei vermutlich ein Herzinfarkt gewesen, jedenfalls ein unerwarteter körperlicher Zusammenbruch.

Während Katja ihm dies erzählte, konnte sie ihre Tränen nicht zurückhalten. Beschützend legte Karloff seinen Arm um sie. Arme Katja, es gab scheinbar nicht mehr viele Menschen in ihrem Leben, die ihr etwas bedeuteten. Glücklicherweise gab es ja ihn.

90

Berlin, Mai 1995

Wieder waren einige Wochen ins Land gegangen. Andrej Karloff war nun ein mächtiger Mann. Allerdings würde das Gift nicht ewig halten. Vielleicht würde sich mit der Zeit auch die Wirksamkeit verflüchtigen?

Er konnte Katja schlecht geradeheraus fragen. Dann würde sie sein Spiel durchschauen und möglicherweise vorauseilende Notwehr üben, indem sie ihn selbst vergiftete. Auch die permanente Überwachung seiner kleinen Freundin hatte bisher keine neuen Erkenntnisse ergeben.

Wie er wusste – er hatte ihr mehrfach eingeschärft, dass sie keine Geheimnisse voreinander haben durften –, verfügte sie über ein sattes Guthaben bei der Berliner Sparkasse. Deshalb bestand auch keine Notwendigkeit, in die Schweiz zu fahren. Aber dass es dieses Schweizer Konto überhaupt gab, hatte sie ihm bis heute respektlos verschwiegen.

Karloff hatte auch nicht den geringsten Hinweis entdecken können, dass sie über irgendwelche Dokumente verfügte. Ein Verhör unter Folter könnte weiterhelfen. Aber dann würde Katja ihm vielleicht wertloses Material unterjubeln. Von Formeln chemischer und biologischer Stoffe verstand er nichts. Er müsste dann einen Dritten zu Rate ziehen. Das würde dauern. Er müsste sie lange wegsperren. Und dann erneut quälen. Alles sehr schwierig umzusetzen. Besser, sie würde freiwillig mit allem herausrücken.

Und er wusste auch wie. Für eine Weile durfte er sein wahres Gesicht noch nicht zeigen. Noch sollte sie davon ausgehen, dass er ihr sie liebender Samariter war. Karloff sandte ein Schreiben nach Moskau. Die Adressatin hieß Elena Ponomarjow.

Meine liebe Freundin Elena,

nun ist es soweit. Endlich können wir einen gemeinsamen Urlaub miteinander verbringen. Natürlich gemeinsam mit Deinem Sohn. Bitte richte Dich darauf ein, Dir die ersten beiden Juliwochen freizunehmen. Weitere Informationen lasse ich Dir bald zukommen.

Dein Anatoli

Er würde die Ponomarjow rechtzeitig darüber unterrichten, wohin es ging und wie sie ihren Sohn vorzubereiten hatte. Er durfte seine Schwester kennenlernen.

Abends erzählte er Katja von seinen Reiseplänen: „Ich habe eine tolle Überraschung für dich: Wir werden zusammen in den Urlaub fahren. Anfang Juli. Ich habe ein kleines Häuschen auf Sardinien gemietet. In einer einsamen. Bucht. Wir werden herrliche Tage verbringen."

Katja war noch nie auf Sardinien. Tatsächlich freute sie sich auch darauf, mal wieder aus der Stadt zu kommen. Vielleicht würde ein gemeinsame Zeit zu zweit helfen, ihn besser zu verstehen.

„Das freut mich wirklich, Anatoli." Sie ging zu ihm und gab ihm einen Kuss.

„Ach ja, da ist noch etwas. Wir werden dort einen Überraschungsbesuch begrüßen. Glaube mir, du wirst dich darüber sehr freuen."

„Wer besucht uns?"

„Es ist jemand, der dich noch glücklicher machen wird."

Andreas, dachte sie spontan. Aber das war unmöglich. Also, wer war es? Sie kannte niemanden, den sie schon lange nicht gesehen hatte und der ihr – außer Andreas – fehlte.

„Bitte, Anatoli, sag's mir doch. Wie soll ich mich auf etwas freuen, wenn ich nicht weiß, auf was?"

„Geduld, meine Liebe. Glaube mir einfach. Diese Bekanntschaft wird dein Leben bereichern."

Auch wenn es kein langes Leben mehr sein wird, dachte er. Katja erkannte, dass sie nichts aus Anatoli herausbekommen würde. Also musste sie sich die nächsten Wochen den Kopf zerbrechen.

91

La Maddalena, Juli 1995

Anfang Juli landeten Karloff und Katja auf dem Flughafen Olbia, Sardinien. Es war schon Abend. Wie erwartet wurden sie von sommerlich warmen Temperaturen empfangen. Es mussten immer noch an die 30 Grad sein. Katja liebte die Hitze. Sie freute sich auf das Meer. Fast so sehr, wie sie sich immer auf die Berge freute.

Anatoli hatte ihr erst auf dem Flug erzählt, wo genau auf Sardinien ihr Ziel lag. Sie würden ihren Urlaub auf einer kleinen Insel im Norden Sardiniens verbringen, La Maddalena.

Am Flughafen erwartete sie ein gemietetes Cabrio. Katja genoss auf der Fahrt den Wind, der ihre Haare wie ein warmer Föhn durchpustete. Nach etwa einer Stunde erreichten sie einen Ort namens Palau, in dem sich ein Fährhafen befand.

Katja war erstaunt, dass dort mehrere riesige Fähren lagen. Dann muss die Insel ziemlich groß sein, dachte sie. Auf der Fähre erklärte ihr Anatoli hingegen, dass es sich um eine kleine Insel handelte. Viele Tagestouristen setzten mit dem Auto über, um den Tag an einem der vielen wunderschönen Strände zu verbringen und abends in einem der zahlreichen Restaurants in der einzigen Stadt, die wie die Insel selbst La Maddalena hieß, zu speisen. Sie selbst würden abseits der Stadt in einer abgelegenen Bucht wohnen und nur zum Essen in den Ort fahren.

Am späten Abend legte die Fähre im Hafen der Insel an. Es herrschte Hochbetrieb. Katja sah Restaurants, Geschäfte, Eisdielen und zahlreiche Touristen, die in die kleinen Gassen strömten.

Sie fuhren an einem alten Hafen vorbei, in dem Fischerboote, Segelboote und, weiter außen, teils große Motorjachten mit mehreren Stockwerken lagen. Hinter dem Hafen führte die Straße noch einige Kilometer am Wasser entlang, bevor der Blick auf das Meer nach einer scharfen Kurve durch felsige Hügel verdeckt wurde. Kurz darauf bog Anatoli auf einen holprigen Feldweg ab, der steil einen Hang hinauf führte. Nach ungefähr 200 Metern kamen sie zu einem verschlossenen Tor. Anatoli gab einen Zahlencode in ein kleines Kästchen ein, worauf sich das Tor automatisch öffnete. Nun führte der Weg steil hinunter, begrenzt von blühenden Rhododendronbüschen.

Auf Grund der Dunkelheit konnte man nicht viel erkennen. Nach wenigen Minuten sah sie einige Lichter, die offenbar eine Umzäunung eines Grundstücks markierten. Anatoli stoppte vor dem Grundstück. Sie stiegen aus und Katja sah das vom Halbmond beschienene Meer direkt vor sich und hörte das sanfte Rauschen der Wellen.

„Der Schlüssel steckt und das Haus ist offen, hat man mir gesagt."

Anatoli öffnete eine hölzerne Tür in der Steinumrandung des Grundstücks. Katja folgte ihm. Nachdem er alle Lichter eingeschaltet hatte, entdeckte sie eine kleine Villa, die sehr stilvoll eingerichtet war und über mehrere Schlafzimmer verfügte.

Neben einer überdachten Terrasse befand sich ein großer Pool auf dem Grundstück, der teilweise aus naturbelassenem felsigen Boden bestand. Es war ein traumhaftes Anwesen. Sie war gespannt darauf, wie die Umgebung tagsüber aussehen würde.

Anatoli bestand darauf, dass sie in dieser milden Nacht noch in den Pool springen sollten, natürlich nackt, es würde ja niemand sehen. Katja war einer Abkühlung nicht abgeneigt und wusste ohnehin, dass er Einwände nicht gelten ließe. Es würde mal wieder auf Sex hinauslaufen. Bis heute hatte sie jeden Tag etwas Angst davor. Er ging immer sehr grob mit ihr um. Seine Befriedigung stand stets im Vordergrund.

Katja wusste immer noch nicht, wie sie in eine solche Situation geraten konnte. Aber nun war es eben so. Sie musste sich damit abfinden und das Beste daraus machen. Zumindest solange, bis sie einen Ausweg fand.

Sie zog sich aus und sprang in das Becken, das, durch Unterwasserstrahler wunderbar illuminiert, dazu einlud. Vom Wasser wurde sie angenehm überrascht. Es war ein Meerwasserpool. Umso besser. Salzwasser war gut für die Haut.

Anatoli stieg auf einen Felsstein, der in etwa zwei Meter Höhe schräg ins Wasser ragte. Mit einem eleganten Kopfsprung sprang er ins Wasser und tauchte unter Katja hinweg. Sie musste zugeben, dass es ihr schlechter gehen könnte.

Am nächsten Morgen, Anatoli schlief noch, ging sie hinaus, um sich die Umgebung anzuschauen. Es war faszinierend. Das Haus lag inmitten einer riesigen Bucht, die offensichtlich vor vielen Jahren als Steinbruch gedient hatte. Keine zehn Meter vom Haus entfernt befand sich ein altes Hafenbecken, in dem sich jedoch keine Boote befanden. Direkt daneben rostete auf uralten Schienen ein alter kleiner Hafenkran vor sich hin. Auf der anderen Seite der Bucht sah sie fast geometrisch abgesprengte glatte Felsen. Überall lagen große, eckige Granitblöcke herum, die sie an Hinkelsteine erinnerten. Katja gefiel diese Umgebung. Karg und einsam, aber dennoch mit angenehmen Luxus verbunden.

Sie ging zurück ins Haus und kochte einen Kaffee. Wie sie hörte, war Anatoli inzwischen auch wach und stand unter der Dusche.

Wenig später hörte sie das Geräusch eines Motorbootes. Das tiefe Brummen ließ auf ein hochmotorisiertes Exemplar schließen. Fast gleichzeitig kam ein Wagen herangefahren und hupte. Anatoli ging hinaus und Katja folgte ihm. Ein Motorboot war in den Hafen eingelaufen. Der Mann, der das Boot gefahren hatte, übergab Anatoli die

Schlüssel und stieg in das gleichzeitig aufgetauchte wartende Fahrzeug.

„So, jetzt fahren wir frühstücken." Anatoli zeigte stolz auf das Boot.

Katja stieg von der Hafenmauer auf den kleinen Anlegesteg und von dort auf das Boot. Anatoli rügte sie, weil sie nicht vorher ihre Schuhe ausgezogen hatte, was auf einem Sportboot seemännische Pflicht wäre. Er löste das Seil von dem eisernen Ring an der Mauer und fuhr hinaus auf das Meer. Katja, die auf einer bequemen, gepolsterten Bank saß, lehnte sich zurück und genoss die milde Seeluft.

Schon zehn Minuten später erreichten sie den alten Hafen von La Maddalena. Anatoli manövrierte ihr Boot neben ein Fischerboot und befestigte es am Kai. Mit einem schicken Boot zum Frühstück fahren, das würde sie gerne immer machen.

Nach dem wunderbaren Frühstück auf der Piazza im Zentrum des Ortes stiegen sie wieder in das Boot und fuhren zurück in ihre Bucht.

Anatoli teilte ihr mit, dass er nun ihren Überraschungsbesuch vom Flughafen abholen würde. Vermutlich würde er am frühen Nachmittag zurück sein. Katja hatte immer noch nicht die leiseste Ahnung, wer das sein könnte. Eigentlich hatte sie auch keine Lust, den Urlaub mit Fremden zu verbringen. An diesem Ort konnte man in Ruhe ausspannen. Nachdem Anatoli weggefahren war, nahm sie sich ein Buch und legte sich an den Pool. Zumindest jetzt hatte sie mal ein paar Stunden für sich alleine.

Nach einigen geruhsamen Stunden, in denen sie sich immer wieder im Salzwasser des Schwimmbades abgekühlt hatte, kündigte lautes Hupen Anatolis Rückkehr an. Katja ging auf die Terrasse neben dem Eingang und hörte, dass Anatoli Russisch sprach. Da sie während ihrer Schulzeit in der DDR russisch gelernt hatte, konnte sie verstehen, dass er zu ihrem Besuch sagte, sie hätten das Ziel erreicht.

Das Tor des Grundstücks öffnete sich und Anatoli trat herein, gefolgt von einer Frau und einem Kind. Katja wunderte sich sehr. Hatte er etwa seine Exfrau und seinen Sohn hierher gebracht? Die Frau sah sehr attraktiv aus. Sie schien um die 40 Jahre alt zu sein. Das Kind hatte große dunkle Augen und hielt die Hand seiner Mutter.

„Darf ich vorstellen, Katja, das ist Elena Ponomarjow", Anatoli wies auf die fremde Frau. „Und das ist Alexej Ponomarjow, dein Bruder."

Katja traute ihren Ohren nicht.

„Und das ist Katja, meine zukünftige Frau", stellte er sie den Ankömmlingen vor.

Wieder verstand es Anatoli, sie doppelt und dreifach zu überraschen. Hatte er gerade nebenbei erwähnt, dass sie heiraten würden?

Die Frau trat an Katja heran und reichte ihr die Hand. „Es freut mich, Sie kennenzulernen. Ich habe bis vor kurzem nicht gewusst, dass Frank Granow eine Tochter hatte. Alexej, sag deiner Schwester guten Tag."

Der Junge zeigte keine Spur von Schüchternheit und schien sich wirklich zu freuen, sie zu treffen.

„Hallo Katja, ich bin Alexej. Ich freue mich sehr, dass wir zusammen Urlaub machen können."

„Es ist, es ist so ... überraschend für mich."

Katja setzt sich auf einen Stuhl und begann zu weinen.

„Es tut mir leid. Ich kann nichts dafür."

Alexej kam zu ihr und legte seine kleine Hand auf ihr Bein. „Du musst nicht weinen", sagte er, „ich bin doch jetzt bei dir."

Katja begann nur noch heftiger zu schluchzen. Es schüttelte sie richtig durch.

„Es hört ja gleich auf..., es ist..., ich bin so überrascht..., ich wusste nicht..., ich freue mich nur so."

Langsam fasste sie sich wieder. Sie schaute dem Kleinen ins Gesicht, der sie freudestrahlend anblickte.

Karloff befand, dass man sich nun ausreichend begrüßt hatte.

„So, nachdem wir die Begrüßung erledigt haben, solltet ihr eure Sachen aufs Zimmer bringen. Anschließend werden wir noch einen kleinen Ausflug mit dem Boot machen, und danach Essen gehen."

Kurze Zeit später saßen sie zu viert im Boot und Karloff steuerte auf eine gegenüberliegende Insel zu. Während der Fahrt konnte es Katja nicht lassen, andauernd den Jungen anzustarren. Sie hatte einen Bruder. Im Moment war es ihr egal, warum und wieso, aber er saß leibhaftig vor ihr. Sie hätte ihn am liebsten die ganze Zeit fest in die Arme genommen.

Etwa 30 Minuten später stoppten sie in einer kleinen Bucht mit einem Sandstrand. Anatoli warf den Anker über Bord und schaltete den Motor aus.

„Jetzt können wir schwimmen gehen", verkündete er.

Das Wasser war türkisblau, wie man es eigentlich nur in der Südsee erwartet hätte. Jedes Detail am Grund war gut zu erkennen. Eine Menge bunter Fische umkreiste das Boot. Nicht umsonst hatte man das Areal zum Wasserschutzgebiet erkoren. Noch ehe die Erwachsenen sich versahen, sprang Alexej kopfüber ins Wasser.

„Vorsicht!", schrie Katja und wollte sich hinterherstürzen. Elena hielt sie lächelnd am Arm zurück und sagte: „Keine Sorge, er ist eine Wasserratte. Schwimmen ist seine Leidenschaft."

„Oh, danke, ich wusste nicht...".

„Kein Problem, kommen Sie, lassen Sie uns auch ins Wasser springen."

Offensichtlich war sie ganz nett, dachte Katja erleichtert. Es wäre ja auch schrecklich, wenn ihr Bruder eine furchtbare Zicke als Mutter hätte. Eines musste sie Anatoli lassen. Diese Überraschung war ihm gelungen. Sie freute sich auf die nächsten zwei Wochen. Vielleicht könnte man sogar noch länger bleiben?

Bevor sie ins Wasser sprang, gab sie ihm einen Kuss. „Danke Anatoli."

Karloff war nun auch bester Laune. Sein kleines Manöver war hervorragend gelungen. Entspannt sprang er hinterher.

In den nächsten Tagen konnten Katja und Alexej nicht genug voneinander bekommen. Sie planschten zusammen im Pool, sprangen von der Hafenmauer ins kristallklare Wasser, spielten Karten oder fuhren mit dem Boot in den Ort, um Eis zu essen.

Auch mit Elena hatte Katja sich angefreundet. Elena hatte ihr offen erzählt, was in jener Nacht vorgefallen war. Und dass sie sich eigentlich bei ihr entschuldigen müsse, was sie ihrem Vater angetan hatte. Allerdings wolle sie sich doch nicht bei ihr entschuldigen, weil schließlich Alexej dabei herausgekommen war. Beide schauten sich sekundenlang an, und fingen dann an zu lachen. Es wurde ein richtiger Lachkrampf, der gar nicht mehr enden wollte. Alexej schaute die beiden nur staunend an und schüttelte den Kopf. Dann ließ aber auch er sich anstecken und fiel mit ein.

Karloff beobachtete die Szene und lächelte auch, aber aus anderem Grund.

92

Zürich, Juli 1995

Die beiden Urlaubswochen vergingen wie im Flug. Am Tag der Abreise war die Stimmung gedämpft. Alexej klammerte sich den ganzen Tag an Katja. Immer wieder sagte er, dass sie sich bald wiedersehen müssten. Katja versprach, ihn sehr bald zu besuchen und dann auch länger zu bleiben. Sie würde Anatoli schon überreden können.

Auf dem Flughafen in Olbia trennten sich endgültig ihre Wege. Elena und Alexej stiegen in eine Maschine nach Frankfurt. Dort mussten sie umsteigen und weiter nach Moskau fliegen. Anatoli informierte Katja erst am Check-in-Schalter, dass sie nicht zurück nach Berlin, sondern via München nach Zürich fliegen würden. Er müsste dort etwas Geschäftliches regeln.

Ein wenig mulmig wurde Katja schon. Wusste er irgendetwas von ihrem Schweizer Konto? Aber dann hätte er sie doch sicher gefragt.

Am späten Abend landeten sie in Zürich. Sie stiegen im Hotel Baur au Lac, einem traditionsreichen Luxushotel direkt am Züricher See, ab. Nach einem Abendessen gingen sie auf ihre Suite. Anatoli bestellte eine Flasche Champagner.

Katja ging davon aus, dass sie auf den schönen Urlaub anstoßen würden. Wie gerne wäre sie sofort wieder umgekehrt. Mit Alexej und Elena. Der Zimmerservice öffnete die Flasche und verließ das Zimmer. Anatoli reichte Katja ein Glas und ergriff das zweite.

„Meine liebe Katja, lass uns auf unser neues Leben anstoßen."

„Was meinst du damit, Anatoli?", fragte Katja.

„In unserem neuen Leben werden wir keine Geheimnisse mehr voreinander haben, keine."

Katja schwieg.

„Willst du mir nicht etwas sagen, Liebes?"

„Was soll ich dir denn sagen?"

„Beginnen wir mit deinem Konto bei Lienhardt & Partner. Nun?"

Woher auch immer, er wusste es. Hatte er vielleicht irgendwelche Unterlagen in ihrer Wohnung entdeckt? Aber sie bewahrte doch keine Belege auf.

„Das ist meine Sache", sagte sie stur.

„Meine Liebe, wir sind ein Paar. Ein Liebespaar. Wir werden demnächst heiraten, wobei ich nebenbei schon jetzt darauf hinweisen muss, dass wir keine Kinder haben werden. Das ist natürlich schade für dich. Aber zurück zu unserem Thema. Du berichtest mir jetzt all deine Geheimnisse."

„Auch wenn wir ein Paar sind, bin ich eine eigene Persönlichkeit mit Rechten. Und ich darf entscheiden, wann ich dir etwas sage. Und heiraten werden wir auch nicht." Sie hatte genug von dieser unverschämten Bevormundung.

„Du verkennst die Realität, meine Liebe. Ich fürchte, ich habe mich nicht präzise genug ausgedrückt. Wir sind im Grunde kein Paar, sondern du bist mein Eigentum, über das ich verfügen kann, wie mir beliebt. Rechte hast du keine."

„Sag mal, spinnst du? Jetzt ist aber Schluss! Das war's mit uns! Was hast du für absurde Vorstellungen?" Katja sprang wutentbrannt auf.

„Setzen!", befahl Karloff. „Ich werde dir etwas zeigen, das deine Meinung ändern wird."

Karloff zog ein Foto aus seiner Jackentasche und streckte es ihr entgegen. Auf dem Foto sah sie Alexej, noch etwas kleiner als heute, auf Anatolis Arm. Mit einer Hand, die eine Pistole nachahmte, zeigte er auf die Schläfe ihres Bruders. Der Kleine schien verängstigt und weinte.

„Du Schwein!" Entsetzt warf sie das Foto in seine Richtung. „Was soll das?"

Karloff blieb unbeeindruckt und erklärte ihr die Fakten: „Ich habe es satt, ich habe lange genug Theater gespielt. Ab sofort wird ohne Widerrede gemacht, was ich sage. Hast du das verstanden? Ansonsten wird deinem Bruder Gewalt angetan. Habe ich mich klar genug ausgedrückt?"

„Du mieses Stück Scheiße!" Katja sprang erneut auf, stürzte sich auf Karloff und versuchte, auf ihn einzuschlagen. Karloff ergriff ihre Arme und drückte sie zur Seite. Dann versetzte er ihr mit der flachen Hand einen harten Schlag ins Gesicht, von dem sie rücklings auf den Boden geschleudert wurde.

„Hör mir zu, kleine Schlampe. Das hast du zum letzten Mal getan. Wenn ich mich nicht in regelmäßigen Abständen bei einer bestimmten Telefonnummer in Moskau melde, wird ein Automatismus in Gang gesetzt. Elena und Alexej werden dann unter fürchterlichen Schmerzen umgebracht. Das ist zu meiner eigenen Sicherheit, falls du noch etwas von dem Serum hast."

Er wusste nicht nur von dem Konto, sondern auch von dem Serum. Er hatte sie monatelang vorgeführt.

„Morgen früh wirst du mir Vollmacht über dein Konto erteilen, dann werden wir in Berlin in dein Schließfach schauen. Und jetzt, jetzt werden wir ausgiebig Sex miteinander haben. Mit Sexsklavinnen kennst du dich doch aus, oder erinnerst du dich nicht mehr an deine so traurige Geschichte von der weißen Frau vom Berliner Schloss? Ich habe sie gelesen. Aber wenn du daran denken solltest, mich wie den armen Frans heimlich zu vergiften, überleg dir, was dann mit deinem Bruder geschieht. Und jetzt mach, dass du ins Schlafzimmer kommst!"

Katja fühlte sich wie in einem Alptraum. Das konnte nicht wahr sein. Nachdem Anatoli noch einmal drohend die Hand gehoben hatte, fügte sie sich ins Unvermeidliche und ging mit dem Gefühl, innerlich gebrochen zu sein, ins Schlafzimmer. Gestern weilte sie noch im Paradies, heute war sie in der Hölle gelandet.

Karloff kam schnell nach und riss ihr die Sachen vom Körper. Er drang brutal und ohne Rücksichtnahme ihn sie ein. Regungslos ließ sie es über sich ergehen. Anschließend flüsterte er in ihr Ohr: „Übrigens, was ich dir immer schon sagen wollte: Dein geliebter Andreas schlummert schon auf dem Meeresgrund und dient als Fischfutter. Ach ja, und noch etwas: Professor Hörbinger hat den Serum-Test mit Bravour bestanden. Er war ein williges Versuchsobjekt."

Karloff stand lachend auf und ging ins Wohnzimmer, wo er sich noch ein Glas Champagner eingoss.

„Auf unser neues Leben!", hörte sie ihn rufen.

Das war zu viel für einen Menschen. Sie konnte nicht einmal mehr weinen. Zitternd schlang sie die Arme um ihre angezogenen Beine und hoffte, endlich aus diesem Alptraum zu erwachen. Am liebsten würde sie sich sofort aus dem Fenster stürzen. Aber das ging nicht. Es gab ja ihren kleinen Bruder. Sie musste ihn beschützen. Koste es, was es wolle. Lautlos schluchzte sie in ihr Kissen.

93

Nach einer schlaflosen Nacht für Katja bestellte Karloff ein Frühstück aufs Zimmer.

„Was für ein herrlicher Tag. Aufstehen, frühstücken und ab in die Bank", rief Karloff bester Laune.

Mit zitternden Beinen kam Katja ins Wohnzimmer.

„Nun iss schon, meine Liebe."

Katja nahm sich ein Stück Brot, bekam aber nur ein paar Bissen herunter.

„Dann eben nicht", meinte Karloff, „ich habe jedenfalls einen Riesenhunger."

Wenig später saßen sie im Taxi auf dem Weg zur Privatbank Lienhardt & Partner. Karloff hatte Katja instruiert, ihm eine Generalvollmacht für das Konto zu erteilen, wie es unter Liebespaaren nun einmal üblich sei. Er ließ sich 100.000 DM auszahlen, die Katja in ihrer Handtasche deponieren musste.

Anschließend wies er Katja an, sich in der Empfangshalle hinzusetzen und zu warten. Er habe noch etwas zu besprechen. Karloff setzte sich vor den Schreibtisch eines Bankangestellten und redete mit diesem. Der Banker zog einige Formulare aus der Schublade und legte sie ihm vor.

Ich muss verschwinden, dachte Katja. *Sobald er auch noch an die Forschungsdokumente gekommen ist, wird er mich töten.* Ab und an blickte Karloff über seine Schulter und vergewisserte sich, dass Katja noch an ihrem Platz saß. Die Tür zum Ausgang lag nur wenige Meter entfernt. Gerade als er mit einem Formular beschäftigt war, stand sie auf, ging ruhig zur Tür und verließ die Bank. Angstschweiß stand ihr im Gesicht. Kaum draußen, begann sie zu rennen, so schnell sie konnte. Sie lief in die nächste Querstraße und bog bei nächster Gelegenheit wieder ab. Sie war schon völlig außer Atem, als sie weiter vorne einen Taxistand sah.

Im Laufen schaute Katja nach hinten. Anatoli! Keine 100 Meter hinter ihr. Sie versuchte noch schneller zu laufen. Jetzt waren es nur wenige Meter bis zu einem Wagen. Sie blickte sich noch einmal um. Er hatte schon fast aufgeholt. Endlich hatte sie ein Taxi erreicht und stürzte sich in den Wagen. Der Taxifahrer las eine Zeitung und drehte sich wie in Zeitlupe zu ihr um.

„Fahren Sie! Um Himmels willen, fahren Sie los! Ich werde verfolgt!"

Der Fahrer sah Karloff heranstürmen und begriff endlich, dass Eile geboten war. Er ließ den Wagen an und fuhr in dem Augenblick los, als Karloff die Türklinke zu fassen bekam.

Karloff schaffte es noch, die Tür zu öffnen, musste aber wieder loslassen, als der Mercedes mit quietschenden Reifen losfuhr. Katja blickte sich um und sah, wie Anatoli wutschnaubend hinter dem Wagen herblickte. Dann drehte er sich um und sprang in den nächsten Wagen am Taxistand. Katjas Fahrer bog um eine Ecke.

„Ich werde verfolgt, bitte bringen Sie mich in Sicherheit!", rief sie ihrem Chauffeur zu.

„Keine Sorge, Fräulein", antwortete er trocken und bog unvermittelt scharf nach rechts in eine Hofeinfahrt ein.

„Jetzt sitzen wir in der Falle!", schrie Katja in Panik.

„Nur die Ruhe bewahren."

Zu ihrer Erleichterung sah Katja, dass der Hof auf der anderen Seite des Straßenblocks eine zweite Ausfahrt hatte. Der Mann am Steuer war die Ruhe selbst. Kurz bevor er aus der zweiten Hofzufahrt um die Ecke bog, konnte Katja sehen, dass das zweite Taxi gerade in die Einfahrt hinter ihnen einbog.

„Das ist aber ein stürmischer Liebhaber, den Sie da haben. Soll ich die Polizei rufen?"

„Nein, bitte nicht. Es ist nur, es ist ein Familienstreit."

„Wie Sie wollen. Dann werde ich jetzt ein Signal an meinen Kollegen geben, dass er uns verlieren soll. Wo wollen Sie denn hin?"

„Ich weiß nicht ..., bitte fahren Sie mich zum Flughafen." „Wie Sie wünschen."

Er drückte auf einen Schalter neben seinem Lenkrad und sprach etwas in einer Sprache, die Katja nicht verstehen konnte. Erklärend fügte er hinzu: „Wir kommen beide aus dem gleichen Dorf. Zum Glück versteht kaum jemand unseren rätoromanischen Dialekt, das ist manchmal ganz praktisch."

„Ich danke Ihnen. Ich werde Ihnen das nie vergessen."

„Es ist mir stets ein Vergnügen, einer hübschen Frau zu Diensten zu sein."

Katja entdeckte im Moment kein weiteres Taxi hinter ihnen. Als sie sich dem Flughafen näherten, tauchten jedoch wieder mehr Taxen vor und hinter ihnen auf. Katja geriet in Panik.

„Bitte wenden Sie", wies sie den Fahrer an.

„Wohin soll es den jetzt gehen?"

„Wo liegt denn die nächstgrößere Stadt?"

„Ich könnte Sie nach Winterthur fahren. Das ist gar nicht so weit."

„Ja bitte, machen Sie das."

Katja ließ sich am Bahnhof von Winterthur absetzen. Von einer Anzeigetafel des Tourismusvereins suchte sie ein Hotel mit freien Zimmern in der Nähe des Bahnhofs. Sie entschied sich für das Hotel Krone, das nur wenige Gehminuten entfernt in der Fußgängerzone lag. Sie musste unbedingt überlegen, wie es weiter gehen sollte.

94

Karloff war außer sich. Sie waren doch an dem Wagen dran gewesen. Unmittelbar nach einer unverständlichen Durchsage über den Taxifunk schien sein Fahrer langsamer zu werden. Als er ihn beschimpfte, hielt dieser Idiot einfach an und forderte ihn auf, aus seinem Wagen auszusteigen. Was glaubte der Kerl eigentlich, wen er da vor sich hatte?

Allerdings wollte er nicht riskieren, größere Aufmerksamkeit auf sich zu ziehen. Der Fahrer war zudem gleich ausgestiegen und um sie herum waren viele Passanten. Karloff stoppte das nächste Taxi und ließ sich Richtung Flughafen fahren. Wenn er Glück hatte, war Katja so dumm zu versuchen, die Stadt mit dem Flugzeug zu verlassen.

Obwohl er sich auf seinen Zorn konzentrieren wollte, musste er immer wieder lächeln. Er war ein gemachter Mann. Über 30 Millionen Deutsche Mark schwer. Er hatte kurzerhand ein eigenes Konto eröffnet und Katjas Geld transferiert. Jetzt musste er sich schnell darum kümmern, dass er das Geld in kleineren Tranchen weiter verschob, bis es nicht mehr zurückzuverfolgen war.

Außerdem musste er noch ein paar Detektive engagieren. Karloff verfügte nun über ausreichende Mittel, um Katja aufzuspüren. Sie würde ihm nicht entkommen. Sie hatte noch etwas, das ihm gehörte. Schließlich war auch sie selbst sein Eigentum. Wieder kochte seine Wut hoch. Er hätte besser aufpassen müssen. Ein zweites Mal würde sie ihn jedenfalls nicht reinlegen.

Außerdem würde er den Bruder an sich bringen und es sie wissen lassen. Am Flughafen tätigte er ein Telefonat nach Moskau. Eine Schande, dass ein schwerreicher Mann so viel arbeiten musste... Auf der Schnellstraße zur Autobahn kam ihnen ein Taxi entgegen. Für einen Moment dachte er, Katja darin erkannt zu haben. Aber das konnte nicht sein. Entweder sie war dummerweise zum Flughafen gefahren, wo er sie finden würde, oder sie war schon längst woanders.

95

Auf dem Weg zum Hotel kaufte sich Katja ein Brötchen. Sie musste bei Kräften bleiben. Ihre Gedanken waren bei Alexej. Ihm durfte nichts passieren. Am liebsten wäre sie sofort nach Moskau geflogen. Aber das war zu riskant. Vielleicht rechnete Anatoli damit. Und es würde auch zu lange dauern. Sie musste sofort handeln.

Sie checkte ins Hotel ein und ging auf ihr Zimmer. Natürlich hatte sie mit Elena Telefonnummern ausgetauscht, aber vermutlich würde sie sie jetzt noch nicht erreichen. Elena musste tagsüber arbeiten. Gab es einen Zeitunterschied zu Moskau? Egal, sie würde es alle paar Minuten versuchen. Bis Elena ans Telefon ging. Hoffentlich nicht zu spät.

Am späten Nachmittag endlich nahm Elena den Hörer ab. Katja versuchte, sich auf die nötigsten Informationen zu beschränken. Elena verstand sofort den Ernst der Situation. Schließlich hatte Anatoli ihren Sohn schon früher bedroht.

96

Moskau, Juli 1995

Da sie in ihrer Agentenzeit gelernt hatte, auch in kritischen Situationen einen kühlen Kopf zu bewahren, traf Elena schnelle Entscheidungen. Sie gab Katja die Telefonnummer eines befreundeten Ehepaares, Pawel und Ilinka Gobulew. Dort würde sie mit Alexej einen ersten Unterschlupf suchen. Alles Weitere würden sie am nächsten Tag besprechen. Anschließend schrieb sie einen Brief mit Erläuterungen und Instruktionen für ihre Freunde, zu denen sie Alexej bringen wollte. Es waren Instruktionen für den Fall, dass sie nicht rechtzeitig nachkommen konnte. Den Brief legte sie in Alexejs Rucksack, zusammen mit ein paar Spielsachen.

Sie brachte ihren Sohn zu einer Familie im Nachbarwohnblock, mit deren Sohn Alexej oft zusammen spielte. Dort sollte er bleiben, bis Pawel Gobulew ihn abholen würde. Es würde nicht lange dauern. Sie drückte Alexej, bis er fast keine Luft mehr bekam, und flüsterte ihm ins Ohr, dass sie bald nachkäme.

Zurück in ihrer Wohnung rief Elena die Gobulews an. Sie bat Pawel, Alexej abzuholen und zu sich zu nehmen, und versprach, am nächsten Tag alles zu erklären. Bis dahin musste sie noch ein paar Dinge erledigen, bevor sie sich mit Alexej unsichtbar machen würde.

Am späten Abend traf sich Elena mit dem Einarmigen. Den Kriegsinvaliden, der im Afghanistankrieg durch eine Mine einen Arm verloren hatte, kannte sie aus ihrer aktiven Zeit beim KGB. Immer wenn es darum ging, Papiere für einen geheimen Auftrag zu fertigen, war der heute noch für den FSB tätige Soldat die erste Anlaufadresse. Obwohl einarmig, war die Qualität seiner Fälschungen legendär. Beide hatten sich kennen und schätzen gelernt und ab und an auch außerhalb der Dienstzeit getroffen.

Elena hatte Fotos von sich und Alexej mitgebracht. Der Invalide bot ihr an, es sich auf ihrem Sofa bequem zu machen. Er würde einige Stunden benötigen. Um 4 Uhr morgens war sein Werk vollbracht. Wieder mal ein Meisterwerk, dachte er. Elena war auf dem Sofa eingeschlafen. Er entschloss sich, sie noch ein wenig schlafen zu lassen. Um diese Zeit würde sie ohnehin nichts erledigen können.

Gegen 6 Uhr schreckte Elena aus dem Schlaf. Die fertigen Papiere, Pässe und Visa für eine Einreise nach Deutschland lagen auf dem Tisch. Von dem Soldaten keine Spur. Vermutlich hatte er sich in sein Schlafzimmer zurückgezogen. Elena ließ das wenige Bargeld, das sie dabei hatte, auf dem Tisch liegen und schrieb eine Notiz, dass sie den Rest später vorbei bringen würde.

Nun musste sie noch die notwendigsten Sachen aus der Wohnung holen, anschließend zur Bank gehen und ihr Erspartes abheben. Dann noch die Restzahlung für die Pässe abliefern. Dann endlich konnte sie mit Alexej untertauchen, gemeinsam mit Katja.

97

Gegen 7 Uhr morgens stand Elena vor ihrer Wohnungstür. Sie steckte den Schlüssel ins Schloss und öffnete vorsichtig die Tür. Vielleicht hätte sie sich besser noch eine Waffe besorgen sollen.

Mit Schwung stieß sie die Tür auf und wich gleichzeitig zurück an die Wand des Hausflures, aufs Äußerte konzentriert, in Erwartung eines möglichen Angriffs. So verharrte sie mehrere Sekunden.

Mit einem schnellen Antritt spurtete sie an der offenen Tür vorbei, während sie einen raschen Blick in die Wohnung warf. Durch den Wohnungsflur bis in das Wohnzimmer herein war nichts zu sehen. Sie ging, immer noch in Erwartung eines ungebetenen Gastes, vorsichtig in die Wohnung. Erst nachdem sie überall nachgeschaut hatte, entspannte sie sich und schloss die Wohnungstür. Sie griff sich zwei Koffer und verstaute möglichst schnell Kleidung und Dinge, die sie für unentbehrlich hielt. Keine 15 Minuten später war sie fertig und öffnete die Tür zum Hausflur.

Vor ihr stand ein kleiner glatzköpfiger Mann. Er zielte mit einer Pistole direkt auf ihr Gesicht. Elena erkannte, dass es sich um eine Makarow handelte. Gewiss keine Spielzeugpistole. Hinter der Glatze stand ein größerer Mann, ebenfalls mit einer Pistole bewaffnet. Der Kleine bedeutete ihr, zurück in die Wohnung zu gehen.

„Wo ist Ihr Sohn?", fragte er.

„Er ist nicht hier. Er ist bei seinen Großeltern. In der Ukraine. Urlaub machen."

„So, so, also Urlaub während der Schulzeit, interessant. Michail, findest du das nicht auch?"

„Ich glaube, sie will uns einen Bären aufbinden, Pjotr. Vielleicht sollten wir ihr klarmachen, dass wir es ernst meinen."

Auch das hatte Elena gelernt. Gegner, die sich beim Namen nannten, und sei es nur ein Vorname, hatten keine Angst, später identifiziert zu werden. Zumal, wenn sie ihre Gesichter offen zeigten. Das konnte nur bedeuten, dass der Überfall mit ihrem Tod enden sollte.

Die Männer drängten sie weiter in die Wohnung hinein. Elena drehte sich um und ging auf ihren Schreibtisch zu.

„Also gut", sagte sie, „ich werde euch sagen, wo er ist. Aber vorher muss ich euch etwas zeigen."

Sie war nun an der Schreibtischkante angekommen. Da die Ablage von ihrem Körper verdeckt wurde, konnten die beiden nicht sehen, was dort lag.

„Hier...", Katja schnellte herum stieß in einer flüssigen Bewegung dem Kleineren einen langen Brieföffner bis zum Heft in den Hals. Er ließ die Pistole fallen und griff sich an den Hals, aus dem das Blut in pulsierenden Fontänen spritzte.

Gleichzeitig schubste Elena den zusammenbrechenden Mann mit aller Kraft auf den dahinter stehenden Michail. Dieser stürzte über einen Stuhl, brachte es aber noch fertig, im Fallen einen Schuss abzugeben.

Elena spürte einen Schlag in der Schulter. Sie warf sich hin und griff nach der Pistole des Kleinen. Michails Sturz verlief unkontrolliert, ihm ging wertvolle Zeit verloren. Während er sich aufrappelte, traf ihn ein tödlicher Schuss in die Brust. Einige Sekunden lang kämpfte Pjotr noch, um mit seinen Händen das heraussprudelnde Blut zurückzuhalten. Dann erschlaffte auch sein Körper.

Anatoli hat schnell gehandelt, dachte Elena. Höchste Zeit, Alexej und sich in Sicherheit zu bringen. Erst jetzt setzte der Schmerz in der Schulter ein und sie bemerkte, dass sie stark blutete.

98

Am nächsten Nachmittag rief Katja Elenas Freunde an. Sie erfuhr, dass Elena und Alexej auf dem Weg nach Leipzig waren. Auf La Maddalena hatte Elena Katja erzählt, dass dies die einzige Stadt in Deutschland sei, die sie kannte, weil sie dort einmal einen mehrwöchigen Einsatz hatte. Elenas Planung sah vor, dass sie mit dem Zug nach Deutschland reisen und – unter Berücksichtigung von Umsteigeaufenthalten – in zwei oder drei Tagen eintreffen würden. Katja sollte jeden Tag um 10 und um 17 Uhr zum Völkerschlachtdenkmal kommen.

99

Leipzig, Juli 1995

Bereits den dritten Tag in Folge saß Katja auf einer Bank vor dem 91 Meter hohen Monumentalbau im Südosten Leipzigs. Sie erinnerte sich, dass während ihres Studiums ein Professor über das Monument doziert hatte. Um sich abzulenken, rief sie in ihrem Kopf die Informationen auf.

Das Bauwerk wurde 1913 eingeweiht, in Erinnerung an die Völkerschlacht bei Leipzig, die 100 Jahre zuvor vor den Toren der Stadt tobte. Die Schlacht führte im Rahmen der Befreiungskriege zu einer Niederlage Napoleons gegen die Truppen Österreichs, Preußens, Russlands und Schwedens. Bis zum Ersten Weltkrieg galt sie als die größte der Geschichte. Auch Alexej, Elena und sie befanden sich in einer Schlacht. Gegen einen unberechenbaren Gegner.

Auf dem Gelände tummelten sich viele hundert Touristen. Katja beobachtete aufmerksam die Menschen um sich herum. Als Treffpunkt hatten sie die Seite gewählt, an der die Figur des Erzengels Michael verewigt war.

Endlich sah sie Alexej und Elena kommen. Sehr langsam. Elena schien sich auf ihren Bruder zu stützen. Katja berannte ihnen entgegen, nahm Alexej auf den Arm und bedeckte ihn mit Küssen. Sie war glücklich, ihn zu sehen. Als sie sich Elena zuwandte, sah sie, dass ihr Gesicht bleich und schweißnass war.

„Was ist passiert?"

„Es ist nichts, nichts Schlimmes", antwortete Elena, die sich offensichtlich kaum auf den Beinen halten konnte.

„Mama geht es schlecht", sagte Alexej. „Kannst du sie gesund machen?"

„Wir müssen sofort in ein Krankenhaus!", rief Katja.

„Nein, es ist nichts, ich muss mich nur ausruhen. Wo kann ich mich hinlegen?"

„Ich habe in einem kleinen Hotel Zimmer gebucht. Wir fahren sofort dorthin."

Katja saß an Elenas Bett. Sie hatte Alexej in das andere Zimmer geschickt und gesagt, dass seine Mutter jetzt Ruhe benötigen würde. Sie versprach ihm, dass es seiner Mutter bald besser gehen würde. Später würden sie etwas zusammen spielen.

„Jetzt sag mir, was ist geschehen?"

Elena berichtete von den Ereignissen in Moskau. Sie hatte sich soweit mit Antibiotika behelfen müssen. Sicher war, dass die Kugel herausgeholt werden musste. Der Bereich um den Einschuss war bereits vereitert.

„Wir haben keine Wahl. Ich muss dich ins Krankenhaus bringen. Wir müssen später überlegen, wie wir das erklären."

Katja ließ keinen Widerspruch zu.

„Also gut, Katja, wir machen es so: Buch ein Zimmer in einem anderen Hotel unter meinem neuen Namen. Dort versteckt ihr euch, bis ich verarztet bin. Ich lasse mich in das städtische Krankenhaus fahren. Besorg bitte einen Mietwagen und hole mich morgen Nachmittag im Krankenhaus ab. Bis dahin werde ich versorgt sein, und bevor man mich befragen kann, verschwinde ich wieder."

100

2000

Porto Cervo, Juli 2000

Andrej Karloff alias Anatoli Fedotow saß in seiner Villa, die in den Hang über dem mondänen Luxusferienort auf Nordsardinien gebaut war. Von hier aus hatte man einen fantastischen Blick über große Teile der Bucht an der berühmten Costa Smeralda. Einst hatte Aga Khan diesen Ort auf dem Reißbrett entwerfen lassen. Hier tummelten sich die Schwerreichen und Privilegierten dieser Welt.

Karloffs Vermögen betrug inzwischen rund 80 Millionen Euro. Und es wuchs, dank seiner geschickten Geschäftspolitik, täglich an. Allerdings immer noch nicht in dem Maße, wie er es sich wünschte. Eine Luxusyacht nach seinen Vorstellungen würde derzeit fast sein gesamtes Vermögen fressen, vom Unterhalt ganz abgesehen. Aber er hatte ein anderes Problem, ein gewaltiges. Sein Vorrat an Serum war fast aufgebraucht. Dieses benötigte er dringend, um seine bisher erfolgreiche Geschäftsexpansion weiter zu forcieren und seinen Reichtum zu mehren.

Nachdem er damals über ein Startkapital von 30 Millionen DM verfügen konnte, hatte er überlegt, dass es auf lange Sicht sicherer wäre, in legale Unternehmen zu investieren. Seine ursprüngliche Absicht, Tschikaltos mafiöse Geschäfte zu übernehmen, wäre hingegen dauerhaft mit Risiken verbunden.

Karloff hatte eine neue, geniale Geschäftsidee entwickelt. Er gründete unter dem Namen AF-Risk-Capital ein Unternehmen und suchte sich junge Firmen, insbesondere aus dem IT-Bereich, die eine erfolgversprechende Innovation auf den Markt bringen wollten und Kapital benötigten. Karloff versprach diesen Unternehmen den Einsatz von Risikokapital zu vergleichsweise niedrigen Zinsen. Als einzige Bedingung forderte er den Abschluss von Lebensversicherungen der Geschäftsführer zu seinen Gunsten. In Höhe von mindestens dem Dreifachen seines finanziellen Einsatzes und für die Laufzeit seines Engagements. Die Versicherungen mussten auszahlen, wenn der Versicherte eines natürlichen Todes starb oder auf Grund einer Krankheit oder eines Unfalls arbeitsunfähig wurde.

Sein Argument für diese Art Absicherung lautete: Wenn die Gründer und Wissensträger einen frühzeitigen Tod oder Arbeitsunfähigkeit erlitten, wäre nicht nur sein eingesetztes Kapital verloren, sondern auch der erwartete Gewinn. Darüber hinaus verzichtete er auf zusätzliche Sicherheiten. Stattdessen betonte er, wie sehr er von ihren Produkten und der Geschäftsidee überzeugt war. Karloff bestimmte das jeweilige Versicherungsunternehmen. Es war wichtig, dass es immer unterschiedliche waren. Eine Häufung von Vorfällen bei einer Versicherung hätte Misstrauen hervorrufen können.

Kredite in Millionenhöhe zu erhalten, ohne Sicherheiten stellen zu müssen, bedeutete einen Traum für junge Unternehmer. Es war nicht schwer, geeignete Opfer zu finden.

Alle Geschäftsführer, Gesellschafter oder Unternehmensleiter, die bei Karloff Kapital gegen eine Lebensversicherung eintauschten, erlitten einen frühzeitigen Tod. Nicht sofort, aber spätestens nach ein oder zwei Jahren. Manche verstarben beim Joggen, manche im Straßenverkehr, andere einfach am Schreibtisch oder zu Hause vor dem Fernseher. Die Versicherungen zahlten in der Regel klaglos. Bei keinem der Betroffenen gab es den geringsten Hinweis auf eine Fremdeinwirkung.

Und nun fehlte ihm Karloff Basis seines Geschäftes. Er war zu verschwenderisch mit dem Serum umgegangen.

Kleinere Mengen pro Einsatz wären vermutlich auch ausreichend gewesen. Dieses Miststück von Katja.

Anfangs hatte Karloff noch Detektive engagiert, um sie zu finden. Später, als sein Geschäft florierte, war er die Erfolglosigkeit seiner Beauftragten leid. Er hatte zu viel zu tun, um sich weiter mit der Suche belasten zu können.

Nun blieb ihm nichts anderes übrig, als die Fahndung wieder aufzunehmen. Er benötigte dringend Nachschub. Er würde eine beispielhafte Suche starten, eine, wie sie die Welt noch nie gesehen hatte. Vermutlich würde Katjas Aufmerksamkeit im Laufe der Zeit nachgelassen haben. Niemand konnte 24 Stunden am Tag hochkonzentriert seine Umgebung beobachten. Die Zeit war reif.

Katja, jetzt hole ich dich zurück. Er lehnte sich zurück und winkte eine der hübschen und leicht bekleideten Frauen heran, um sich massieren zu lassen. Sein Personal in der Villa bestand ausschließlich aus weiblichen Mitarbeitern. Diese wussten, dass sie alle seine Wünsche zu erfüllen hatten, ausnahmslos.

101

Berlin, August 2000

Karloff speiste mit Tschikalto im Restaurant Tony Roma's am Marlene-Dietrich-Platz. Erst vor zwei Jahren war der Potsdamer Platz von Bundespräsident Roman Herzog eröffnet worden. Im Zentrum des Areals befand sich der Marlene-Dietrich-Platz, ein weiterer Anziehungspunkt Berlins für Besucher aus aller Welt.

Tschikalto war inzwischen die unumstrittene Nummer eins in der Berliner Unterwelt und verfügte über enorme Ressourcen. Für das Treffen hatte er das Restaurant gewählt, weil es vis-à-vis der Berliner Spielbank lag. Dort wollte er sich anschließend noch etwas amüsieren. Den Chef eines seiner Subunternehmen, den neunfingrigen Serben, hatte er wissen lassen, dass dieser seinen Tagesanteil heute dort zu übergeben hatte. Vor einigen Jahren wurde er in der Szene noch als der große Serbe bezeichnet. Bis er sich mit Tschikaltos Clan angelegt hatte, was unter anderem den Verlust eines seiner Finger zur Folge hatte.

In den letzten Jahren florierte das Geschäft der Tschikalto-Gruppa, das seit kurzem auch Waffenhandel beinhaltete. Vorwiegend vermittelte der Mafioso ausgemustertes oder abgezweigtes Material aus alten sowjetischen Waffenbeständen. Unterschiedliche Gruppen in Ländern wie Afghanistan, Somalia, dem Jemen und arabischen Nationen gehörten zu seinen Abnehmern. Mit diesen Geschäften erzielte Tschikalto gute Margen.

Karloff benötigte einen Mann mit ausreichenden Ressourcen und guten Beziehungen. Für eine Suche in Deutschland und Russland. In einem dieser Länder galt es, eine erste

Spur zu finden. Möglicherweise, sogar eher wahrscheinlich, würde diese dann ins weitere Ausland führen.

Bandenchef Tschikalto nahm zunächst an, dass Karloff pleite war und deswegen – auf der Suche nach lukrativen Jobs – um das Treffen gebeten hatte. Umso überraschter war er, als Karloff ihm die durchaus nennenswerte Summe von einer Million Euro anbot. Als gestaffeltes Erfolgshonorar. Die Hälfte auszahlbar, wenn er für ihn den Aufenthaltsort einer Katja Granow, mit oder ohne eine Elena Ponomarjow, herausfinden würde. Die andere Hälfte, wenn er bestimmte Dokumente, die in ihrem Besitz waren, übernommen hatte.

Nach Klärung der Hintergründe akzeptierte Tschikalto das Angebot. Er hatte schon einen ersten Ansatz im Kopf. Er ging davon aus, dass sich eine ehemalige Agentin des KGB alter Kontakte für eine Flucht bedienen würde. Diese musste er ausfindig machen und anzapfen. Mit Sicherheit hatte sie sich neue Papiere machen lassen. Neuer Name, neues Leben. Er war zuversichtlich, dass er über seine besonderen Kontakte zum FSB eine Spur finden würde. Der Rest wäre ein Kinderspiel. Leicht verdientes Geld.

102

Berlin, Moskau, August 2000

Nachdem Igor Pawlek einen Anruf von Tschikalto erhalten hatte, nahm er sich die Akte von Elena Ponomarjow vor. Seine gehobene Stellung im FSB erlaubte ihm ungehinderten Zugriff auf alle Personalakten, auch die der ausgeschiedenen Mitarbeiter. Für ihn war es zudem leicht herauszufinden, welche internen Mitarbeiter und externen Zuarbeiter zur damaligen Zeit mit Passfälschungen beschäftigt waren.

Nur eine Woche später erhielt der begnadete Fälscher, den man nur „den Einarmigen" nannte, Besuch in seiner kleinen Datscha am Rande von Moskau. Er war der Dritte, der in den Genuss einer intensiven Befragung kam. Pawlek ließ bei den Befragten keinen Zweifel aufkommen, dass sie mit sehr unangenehmen Folgen zu rechnen hatten, wenn sie ihm nicht die Wahrheit sagten. Die beiden Ersten erwiesen sich dennoch als nutzlos.

Der Einarmige war zwar inzwischen über 70 Jahre alt, hing aber, wie die meisten älteren Menschen, immer noch sehr am Leben. Igor Pawlek hatte ihn auf einem Stuhl festgebunden. Anschließend musste der Alte beobachten, wie der Eindringling seine Datscha durchsuchte. Er nahm an, dass der Mann nach Wertsachen suchte. Außer ein wenig Bargeld war allerdings nicht viel zu holen.

Erst als der Eindringling aus einer Werkzeugkiste einen Hammer und Nägel herausnahm, wurde ihm bewusst, dass seine Annahme falsch war. Pawlek schob den Gefesselten an einen Holztisch. Er griff sich seinen einzigen Arm und nagelte diesen durch seinen Jackenärmel an die Tischplatte.

Einen besonders langen Nagel platzierte er mitten auf seinem Unterarm und erhob den Hammer zum Schlag.

Ohne eine weitere, ausgesprochene Drohung stellte er die erste Frage: „Auf welchen Namen hast du den Pass von Elena Ponomarjow gefälscht?"

Ohne eine Sekunde zu zögern, beantwortete der Einarmige alle Fragen wahrheitsgemäß. Seine Hoffnung, dass er damit sein Leben retten konnte, erfüllte sich allerdings nicht.

103

Tschikalto war zufrieden. Nur vier Wochen nach Auftragsannahme hatte er die erste Rate verdient. Nachdem er die neuen Identitäten der Gesuchten kannte, dauerte es nicht lange, bis er auch ihren Aufenthaltsort herausgefunden hatte. Glücklicherweise lag er in Deutschland. Ansonsten wäre die Fahndung deutlich aufwendiger geworden. Diese Trottel!

Nun galt es, sich den Rest zu holen. Allerdings überlegte er seit seinem Treffen mit Karloff, ob nicht noch viel mehr zu holen war. Wenn dieser bereit war, alleine für bestimmte Dokumente 500.000 Euro zu zahlen, musste der Marktwert um ein Vielfaches höher sein. Tschikalto hatte ihn nicht gefragt, welche Geheimnisse sie bargen. Das hätte Karloff misstrauisch gemacht. Aber das war auch nicht nötig. Er würde sie sich ohnehin vor der Auslieferung selbst anschauen.

Zunächst würde er Karloff noch vertrösten. Er sollte noch nicht wissen, dass er die Identitäten und den Aufenthaltsort der Gesuchten bereits kannte. Er befahl die Observierung der Zielpersonen. Man sollte nichts überstürzen.

Tschikalto würde herausfinden, welches Geheimnis dahinter steckte. Inzwischen hatte er erfahren, dass Katja Granows Vater ein hochangesehener Wissenschaftler in der DDR gewesen war. Ein Biochemiker. Er hatte zwar nicht die geringste Ahnung von diesem Fachgebiet, aber vielleicht stand es im Zusammenhang mit den begehrten Dokumenten.

Besser war es, Tschikalto würde – zumindest vorübergehend – diese Dokumente an sich bringen. Dann konnte er noch einmal mit Karloff verhandeln, falls sich neue Optionen ergeben würden.

104

Tschikalto ließ sich täglich Bericht über Karloffs Zielobjekte erstatten. Er erfuhr, dass Katja Granow, Elena Ponomarjow und ihr Sohn Alexej ein ganz normales Leben zu führen schienen. Es gab nichts Ungewöhnliches zu entdecken.

Er überlegte, ob er Karloff doch informieren sollte. Nur er wusste Bescheid, was diese Leute mit den Dokumenten verband. Vielleicht waren sie nur unwissentlich im Besitz einer Information, die zum Ziel führte. Dann würde auch eine gewaltsame Befragung keine Erkenntnisse bringen.

Andererseits, nur wenn er selbst die Initiative behielt, konnte Tschikalto sicher sein, dass Karloff nicht zuerst in den Besitz der Papiere kam und dann möglicherweise verschwand. Tschikalto hatte noch keine Entscheidung getroffen, als er erfuhr, dass Elena und Katja mit ihrem Wagen Richtung Osten unterwegs waren. Er befahl, dass man ihn zeitnah über jeden Schritt der beiden informierte.

105

Neuss, Oktober 2000

Alexander war inzwischen elf Jahre alt. Er konnte sich kaum noch daran erinnern, dass er früher Alexej gerufen wurde. Er hörte auf den Namen Alexander, Alexander Markow. Seit mehr als fünf Jahren lebte er mit seiner Mutter und seiner Schwester in der niederrheinischen Stadt Neuss. Es gefiel ihm gut hier. Er besuchte das angesehene Quirinus-Gymnasium. Alexander war beliebt bei seinen Mitschülern und hatte viele Freunde.

Seine Mutter trug einen Pass mit dem Namen Sonja Markow. Katja Granow hatte sich für den Namen Simone Feller entschieden. Auf dieser Basis starteten die Drei in ein neues Leben. Lange hatten sie überlegt, ob es aus Sicherheitsgründen besser war, einen Neuanfang, beispielsweise in Südamerika, zu versuchen. Aber insbesondere um Alexej eine gute Zukunft zu bieten, hatten sie sich letztlich entschieden, in Deutschland zu bleiben. Natürlich schien die Gefahr, von Anatoli entdeckt zu werden, hier größer zu sein. Allerdings hätte er bei fast 80 Millionen Einwohnern schon viel Glück haben müssen, sie zu finden.

Sie hatten sich für Neuss entschieden, eine relativ unbekannte Stadt zwischen vielen Großstädten wie Köln und Düsseldorf. Touristen und Durchreisenden begegnete man selten. Seit Katja sich mit Elena und Alexej in Leipzig getroffen hatte, blieben sie unzertrennlich. Ohne es klar auszusprechen, hielten sie es für besser, wenn vier Augen auf Alexej achtgaben.

Sie bewohnten ein Einfamilienhaus in einer guten Wohngegend, dem Stadionviertel, und fühlten sich von Jahr zu Jahr sicherer. Dennoch, ein normales Leben konnten sie bis heute nicht führen. Nicht solange Anatoli noch lebte.

Sie vermieden allzu enge Freundschaften und keine von beiden hatte bisher Interesse an einer festen Partnerschaft gezeigt. Katja war sich ohnehin nicht sicher, ob sie sich jemals wieder auf einen Mann einlassen konnte.

Elena litt nach wie vor immer wieder unter Schmerzen in der Schulter. Das verfrühte Verlassen der Leipziger Klinik war der Genesung sicherlich nicht zuträglich gewesen. Hinzu kam, dass sie unter einer schwankenden Depression litt. Es war schwer genug, diese einigermaßen vor Alexej zu verbergen, und sie war dankbar für die wundervolle Unterstützung durch seine Schwester.

An einem windigen und regnerischen Herbsttag Ende Oktober saßen alle drei zusammen am Frühstückstisch. Alexej freute sich auf den heutigen Schultag. Fast ausschließlich seine Lieblingsfächer: Sport, Latein und Mathematik. Bei dieser Aussicht spielte das Wetter keine Rolle.

Katja las die Neuss-Grevenbroicher Zeitung. Es hatte sich eingebürgert, dass sie morgens die Nachrichten durchblätterte und Artikel, die interessant waren, allen vorlas. Plötzlich wich Katja das Blut aus dem Gesicht: „Das Brandenburger Tor wird saniert."

Auch Elena fuhr ein Schreck in die Glieder. Katja hatte ihr vom Versteck des Serums erzählt. Auch dass die Dokumente noch in der Berliner Sparkasse lagerten, wusste Elena. Anatoli war vermutlich heute noch im Besitz der Schlüssel für das Schließfach. Katja hatte sie damals in ihrer Wohnung zurücklassen müssen. Weil nicht zu erkennen war, von welcher Bank die Schlüssel stammten, und er keine Vollmacht besaß, konnte er damit alleine jedoch nichts anfangen.

Nun aber bestand große Gefahr, dass das Serum von Dritten entdeckt wurde. Und im schlimmsten Fall gleich Unschuldige tötete, die den Inhalt der Flaschen arglos und ohne ausreichende Sicherheitsmaßnahmen prüften.

„Ich muss dringend nach Berlin", sagte Katja.

„Und ich komme mit und werde dir helfen", Elena drückte Katjas Hand.

Katja war erleichtert. Hilfe war ihr in jedem Fall willkommen. Schon am nächsten Morgen fuhren sie mit dem Auto los. Sie hatten noch nicht darüber beraten, was sie mit dem Serum anfangen sollten, falls sie es bergen konnten. Jedenfalls könnten sie es nicht mit einem Zug oder einem Flugzeug transportieren.

Alexander brachten sie bei der Familie eines Schulkameraden unter. Den Eltern hatte Elena erzählt, dass sie einen Trauerfall in der Familie habe und über Nacht fortbleiben müsse.

106

Berlin, Oktober 2000

Die Entfernung von Neuss nach Berlin betrug etwa 600 Kilometer. Lang genug, um zu überlegen, wie sie die Behälter aus dem Tor herausschaffen sollten. Sie hatten gelesen, dass das Tor mit Arbeitsgerüsten eingehaust worden war. Also würden sie versuchen, nachts über die Gerüste einzudringen. Zunächst mussten sie beobachten, ob es Wachen gab, und eine geeignete Stelle finden, von der man relativ unbeobachtet auf das Gerüst steigen konnte. Viel mehr vorausplanen konnten sie nicht. Erst vor Ort würden sie über ihr Vorgehen entscheiden müssen.

Noch schwieriger war die Frage, was sie mit dem Serum machen sollten. Sie waren sich einig, dass eine Entsorgung das Beste wäre. Aber wie? Einfach irgendwo abstellen ging nicht. Es wäre eine zu große Gefahr für unwissende Dritte. Wenn, dann musste man Flasche für Flasche unter größten Vorsichtsmaßnahmen entleeren und ausspülen. Das musste gut vorbereitet werden. Deshalb vertagten sie diese Aufgabe auf einen späteren Zeitpunkt.

Wenn sie schon einmal in Berlin waren, wollten sie die Gelegenheit nutzen, um auch das Schließfach zu räumen und die Dokumente über den Herstellungsprozess des Serums zu vernichten. Zu diesem Zweck hatte Katja ihren alten Pass mit ihrem echten Namen mitgenommen. Sie musste sich von der Bank einen Zweitschlüssel aushändigen lassen.

Kurz nach Mittag trafen sie in Berlin ein. Sie fuhren über den großen Kreisverkehr um die Siegessäule herum und erblickten, als in die Straße des 17. Juni einfuhren, das Brandenburger Tor. Erst auf den zweiten Blick erkannten sie, dass es nicht um das Denkmal selbst, sondern lediglich um eine Abbildung des berühmten Tores auf einer bedruckten Plane handelte. Hinter den markanten tragenden Säulen konnte man – ebenfalls aufgedruckt – Gebäude des Moskauer Kremls erkennen. Die Attika des Monuments zierte ein Werbe-Schriftzug.

Etwa 500 Meter vor dem Tor fanden Katja und Elena einen Parkplatz. Sie beschlossen, erst einen kurzen gemeinsamen Rundgang zu machen und sich im Anschluss ausreichend Zeit zu nehmen, um die Sicherheitsmaßnahmen auszukundschaften. Und nach möglichen Zugängen zu der Baustelle zu suchen.

Das Tor und die beiden Torhäuschen an der Ostseite waren rundum eingerüstet und mit bedruckten Bauplanen verkleidet. Die Fahrzeuge eines Gerüstbauunternehmens ließen darauf schließen, dass die Gerüste noch nicht komplett fertig aufgestellt waren. Somit war offensichtlich noch nicht mit den Sanierungsarbeiten begonnen worden. Ein gutes Zeichen. Vermutlich war dann noch nichts entdeckt worden. Zwischen den Gerüsten und dem Mauerwerk verblieb an allen Seiten eine kleine Öffnung von etwa 30 Zentimetern. Diese musste genügen, um sich später hindurch zu schieben.

Die Bewachung der Baustelle oblag lediglich einer Person, die abwechselnd auf der einen und anderen Seite patrouillierte. Zwischendurch verschwand der Wachmann wieder minutenlang in einem der Torhäuschen. Zwei der fünf möglichen Durchfahrten unter dem Tor dienten als Passage für Busse. Auf Grund der Ausladung der Gerüste waren die Durchfahrten eng. Die großen doppelstöckigen Busse konnten nur langsam und vorsichtig passieren. Wie immer an dieser Stelle war insbesondere der östlich gelegene Pariser Platz dicht von Touristen bevölkert.

Am Nachmittag setzten sich Katja und Elena in ein Restaurant direkt neben dem Tor und entwarfen ihren Schlachtplan. Dann machten sie sich auf den Weg, um die notwendigen Utensilien für die Umsetzung zu besorgen. In einem Kindergeschäft erstanden sie einen geräumigen Zwillingskinderwagen. Außerdem kauften sie in einem Baumarkt eine starke Taschenlampe, ein Tapeziermesser und ein Brecheisen. Zum Abschluss erhielt Katja noch ein paar Turnschuhe.

Ihre reichlich verbleibende Zeit nutzten sie, um etwas zu essen. Anschließend fuhren sie zurück zum bekanntesten Wahrzeichen Deutschlands. Wieder parkten sie auf der Straße des 17. Juni, diesmal etwas näher am Tor. Nun hieß es warten. Es war noch viel zu früh. Sie versuchten abwechselnd, etwas im Wagen zu schlafen.

Erst gegen 4 Uhr morgens schritten sie zur Tat. Nur noch selten kam ein Fahrzeug vorbei. Während hier tagsüber abertausende Menschen flanierten, war um diese Zeit niemand mehr zu sehen.

Katja postierte sich auf der gegenüberliegenden Seite im Schutz eines Baumes. Unter ihrem weiten Mantel versteckt verbarg sie das Brecheisen. Elena ging geradewegs auf das Tor zu. Sie begegnete dem Wachmann und redete intensiv auf ihn ein. Nach kurzer Zeit führte sie ihn vom Tor weg zu ihrem Wagen und öffnete die Motorhaube. Für seine Hilfe steckte sie ihm vorauseilend 20 Euro zu.

Katja schlich zu den Gerüsten und schlängelte sich durch einen Spalt ins Innere der Einhausung. Nun war sie durch die Plane vor Blicken geschützt. Sie stieg die Gerüste hoch und ging den Rest des ihr bekannten Weges über das Dach zur Tür der Soldatenkammer hinauf. Dort setzte sie das Brecheisen an und wartete. Endlich, nach einigen Minuten, hörte sie, dass sich ein Nachtbus näherte. In dem Moment, als er unter ihr durch die Säulen fuhr, setzte sie das Eisen an und brach die Tür zur geheimen Soldatenkammer im Brandenburger Tor auf.

Inzwischen musste der Wachmann wieder seine Runden drehen. Erst innerhalb des Gebäudes schaltete sie ihre Taschenlampe an. Auf den ersten Blick deutete nichts darauf hin, dass an dieser Stelle schon Handwerker tätig geworden waren. Eine große Erleichterung.

Sie erinnerte sich an die Feier mit Honecker, zu der sie ihr Vater mitgenommen hatte. Der große Parteivorsitzende Erich, betrunken und mit obszönen Gesten ausfallend tanzend. Wenn das an die Öffentlichkeit gekommen wäre...

Katja konzentrierte sich wieder auf ihre Aufgabe. In der hinteren Ecke lagen lose, wild übereinanderliegende Steine. Hier musste das Versteck liegen. Mit Hilfe des Brecheisens begann sie die Steine beiseite zu räumen. Um Lärm sorgte sie sich hinter diesen meterdicken Mauern nicht. Nach circa zehn Minuten schweißtreibender Arbeit entdeckte sie die silbrig glänzende Ecke einer Kiste. Erleichtert schuftete sie weiter. Endlich war sie sicher, den ganzen Stapel umgeschichtet zu haben.

Vor ihr standen vier Kisten aus Aluminium, die trotz des Leichtmetalls ein deutlich spürbares Gewicht hatten. Der schwierigste Teil bestand darin, die Kisten lautlos über die Etagen des Gerüstes bis zum Boden zu bringen. Ihre Tritte wurden gut durch die Gummisohlen der Turnschuhe gedämpft. Sie konnte jedoch nicht vermeiden, dass uneben verhakte Stahlböden des Gerüstes sich unangenehm laut bewegten. Jedes Mal hielt sie inne und erwartete schon den Ruf des Wachmanns. Nach einer gefühlten Ewigkeit hatte sie es geschafft. Alle Kisten standen unten. Inzwischen war es 5:30 Uhr.

Vorsichtig lugte Katja aus der Nische im Gerüst. Etwa 30 Meter entfernt sah sie den Wachschutz auf sich zukommen. Hoffentlich hat er mich nicht gesehen! Sie hörte Schritte, die näherkamen. Ihr Herz drohte auszusetzen. Plötzlich hielten die Schritte inne. Der Wachmann konnte maximal ein oder zwei Meter von ihr entfernt sein. Und nur durch eine Plane getrennt.

Gerade wollte sie Elena um Hilfe rufen, als sie wahrnahm, dass er sich wieder entfernte. Einige Sekunden später schaute sie um die Ecke und sah den Wachmann durch das Tor auf die andere Seite gehen. Erleichtert seufzte sie auf und glitt durch den engen Spalt zwischen Gerüst und Mauerwerk auf den Gehweg. Wie besprochen hatte Elena ihr Fahrzeug auf der anderen Straßenseite abgestellt. Der Wachmann hatte ohne Mühe erkannt, dass eine Zündkerze locker war, und diese wieder festgedreht. Daraufhin war Elena eine Runde gefahren und hatte den Wagen auf der gegenüberliegenden Straßenseite abgestellt.

Die Kisten mussten noch geborgen werden. Sie holten den Kinderwagen aus dem Kofferraum. Elena platzierte sich erneut so, dass sie die Durchgänge des Tores im Auge hatte. Als der Wächter zur gegenüberliegenden Seite wechselte, schob Katja den Kinderwagen an die Stelle, an der hinter der Plane die Kisten lagerten. Immer wieder warf sie einen Blick zu Elena. Sie würde rechtzeitig ein Zeichen geben, wenn der Mann zurückkehrte. Mit dem Teppichmesser durchschnitt Katja im unteren Bereich die Plane und hob die gefährlichen Behälter in den Kinderwagen. Das dauerte glücklicherweise nur ein paar Sekunden. Erleichtert schob sie das Gefährt zu ihrem Wagen. Elena kam hinzu und gemeinsam verstauten sie die unheimliche Fracht im Kofferraum. Sie hatten es geschafft.

Völlig erschöpft, weil sie fast die ganze Nacht nicht geschlafen hatten, fuhren sie zum Alexanderplatz, zu der Filiale der Berliner Sparkasse, in der die Dokumente lagen.

Da sie sich nicht trauten, das Fahrzeug mit dem tödlichen Inhalt alleine stehen zu lassen, besorgte Katja bei einem Bäcker belegte Schrippen und Kaffee. Elena wartete im Wagen. Um sie herum war die Großstadt bereits erwacht. Nach ihrer Stärkung mussten sie noch fast drei Stunden im Fahrzeug ausharren, bis die Bank öffnete.

Um 8:30 Uhr betrat Katja den Eingang der Bankfiliale. Sie legte ihren alten, echten Ausweis vor und bat um einen neuen Schlüssel zum Schließfach. Zu ihrer Enttäuschung erfuhr sie, dass bei der Bank kein Zweitschlüssel hinterlegt war. Jedem Kunden wurden zwei Schlüssel ausgehändigt. Mehr gab es nicht. So wurde sichergestellt, dass kein Mitarbeiter der Bank alleine ein Schließfach öffnen konnte. Katja blieb nichts übrig, als einen Antrag auf eine gewaltsame Öffnung durch einen Schlüsseldienst zu stellen.

Um die erforderlichen Formalitäten zu erledigen und den Termin zu koordinieren, musste sie mit drei bis vier Arbeitstagen rechnen. Heute war Mittwoch, also ein Termin Anfang der nächsten Woche. Katja stellte den Antrag und verließ frustriert das Gebäude.

Elena und Katja überlegten, wie sie weiter vorgehen sollten. Da beide zusammen wegen Alexej nicht solange in Berlin bleiben konnten, entschieden sie, dass Elena alleine nach Hause fuhr. Katja würde sich ein Hotel suchen und dann in der nächsten Woche nachkommen.

107

Mitten in der Nacht, um 4 Uhr morgens, wurde Tschikalto durch einen Anruf geweckt. Stocksauer und ziemlich benebelt, weil er sich bis vor einer Stunde noch mit einer Prostituierten vergnügt hatte, hörte er sich den Bericht an. Er wurde hellwach, als er erfuhr, dass die Granow sich illegal Zugang zur Baustelle am Brandenburger Tor verschafft hatte. Tschikalto wies mit Nachdruck an, unmittelbar über jede neue Entwicklung informiert zu werden, obwohl sein Kopf schmerzhaft brummte.

Knapp zwei Stunden später spülte er sich das vierte Glas Wasser, in dem er eine Aspirin-Tablette aufgelöst hatte, herunter. Zeitgleich erhielt er die Meldung, dass vier Kisten in das Auto der verdächtigen Personen verladen wurden. In diesen Behältern mussten sich die wertvollen Dokumente befinden! Unglaublich, dass sie im Brandenburger Tor versteckt gewesen waren.

Tschikalto wollte kein Risiko eingehen und überstürzt einen öffentlichen Überfall inszenieren. Er verdoppelte sicherheitshalber das Überwachungsteam. Falls sie die Papiere mit nach Hause nehmen sollten, würde er dort einen Einbruch arrangieren. Er selbst würde dann in der Nähe sein. Notfalls musste man die Bewohner eben ausschalten. Die folgende brandaktuelle Meldung informierte ihn über die Tatsache, dass die Zielpersonen am Alexanderplatz geparkt hatten.

Aus Sorge, dass sie die Dokumente einem Dritten übergeben wollten, entsendete er ein großes Einsatzteam. Jegliche Übergabe sollte notfalls auch gewaltsam verhindert und die Papiere gesichert werden.

Nachdem die Granow eine Bank besucht hatte, trennten sich die beiden Frauen. Elena Ponomarjow verließ die Stadt über den Autobahnring, mit den Kisten im Kofferraum. Katja Granow wurde beobachtet, als sie sich von einem Taxi am Hilton Hotel am Gendarmenmarkt absetzen ließ.

Tschikalto analysierte die neue Situation mit dem Ergebnis, dass die Granow nun nicht mehr interessant für ihn war. Viel wichtiger war, dass sie die Dokumente im Auge behielten. Also mussten sie der Ponomarjow folgen.

108

Neuss, Oktober 2000

Elena legte mehrere Pausen auf der langen Rückfahrt ein. Immer wenn ihr die Augen zuzufallen drohten, fuhr sie an eine Raststätte und trank einen starken Kaffee. Die Fahrt zog sich in die Länge und sie erreichte Neuss erst am frühen Abend. Zu Hause lud sie die Kisten aus und verstaute sie im Keller in einer Abstellkammer, wo sich im Laufe der Jahre schon die unterschiedlichsten Dinge angesammelt hatten.

Erst dann holte sie ihren Sohn ab. Alexej freute sich, dass seine Mutter wieder da war. Schade nur, dass seine Schwester noch in Berlin bleiben musste. Sie aßen gemeinsam zu Abend. Alexej überredete seine Mutter noch zu einem Spiel, weil sie so lange fort war. Normalerweise genoss Elena solche Augenblicke, im Moment sehnte sie sich aber nur noch nach ihrem Bett. Mit unterdrücktem Gähnen folgte sie dem Wunsch ihres Sohnes.

Nachdem Alexej endlich in seinem Bett in der ersten Etage lag, legte auch sie sich in ihrem benachbarten Schlafzimmer hin und schlief fast gleichzeitig ein.

109

Tschikalto nahm den Abendflug von Berlin-Tegel nach Düsseldorf. Dort ließ er sich von seinen Leuten am Flughafen abholen. Keine 30 Minuten später parkten sie in der ruhigen Anliegerstraße in Neuss. Das freistehende Haus, in dem sich die Ponomarjow und ihr Sohn befanden, lag gut 50 Meter vor ihnen. Die Dokumente waren zum Greifen nah.

Tschikalto hatte sich entschlossen, vier seiner besten Leute eindringen zu lassen. Wenn sie die vier Kisten herausbrachten, ohne dass jemand etwas bemerkte, war alles gut. Falls sie auf Widerstand stoßen würden, sollten seine Männer die Lage sichern und sich neue Anweisungen von ihm holen.

Das Grundstück war von allen Seiten durch eine etwa zwei Meter hohe Mauer umzäunt, in der sich zur Straße hin ein eisernes Gittertor befand. Hinter der Mauer standen rundherum Bäume, um neugierige Einblicke fernzuhalten. In Zweierteams überwanden die Männer die Mauer an unterschiedlichen Seiten. Plötzlich wurde das Grundstück taghell erleuchtet.

Bewegungsmelder, dachte Tschikalto. Hoffentlich würde das Licht niemanden wecken. Tschikalto blieb im Wagen sitzen, das Fenster an seiner Seite war geöffnet. Er hörte einen dumpfen Schlag. Seine Leute mussten sich Zutritt ins Innere verschafft haben. Hoffentlich ertönte nun keine Alarmanlage. Für diese Eventualität war allerdings auch ein Fachmann unter seinen Leuten. Einige Minuten lang hörte er kein weiteres Geräusch. Nervös rutschte er auf seinem Sitz hin und her.

110

Für Spezialisten war es kein Problem, in ein Haus einzudringen. Als die Fluter den Garten in helles Licht tauchten, verharrten die Männer einen Augenblick. Etwa 30 Sekunden später wurde es wieder dunkel. Im Haus hatte sich nichts Erkennbares geregt. Sie schlichen mit langsamen Bewegungen an das Gebäude heran, um zu vermeiden, dass das Licht erneut durch den Bewegungsmelder eingeschaltet wurde. Der Alarmanlagen-Spezialist entdeckte keine Anzeichen eines Meldeystems an den Flügeln der Terrassentüren. Mit einer geübten Bewegung hebelten sie einen Flügel der Türanlage auf, was ein kurzes dumpfes Geräusch verursachte. Wieder hielten sie inne.

Immer noch hörten oder sahen sie keine Bewegung. Ein geschulter Blick suchte die Decke des Wohnzimmers ab. Bewegungsmelder, die einen Alarm auslösen würden, erkannte er nicht. Leise nahmen sie sich das Erdgeschoss vor. Es konnte nicht viele große Stauräume geben, in denen vier größere Behälter Platz hatten. Im Erdgeschoss waren sie jedenfalls nicht.

Es verblieben der Keller und das Obergeschoss. Mit einem Zeichen trennten sie sich. Zwei nahmen die Treppe nach oben. Zwei öffneten die Kellertür und stiegen hinab.

111

Als das Licht im Garten anging, wälzte sich Elena, nur unterbewusst im Schlaf gestört, träge auf die andere Seite. Der dumpfe Laut im Erdgeschoss ließ sie aber hellwach auffahren. Einbrecher! Oder noch schlimmer: Anatoli!

Sie griff sich das lange Stilett aus dem Nachttisch und stand auf. Diese Stichwaffe war in ihrer aktiven Laufbahn zu ihrer Lieblingswaffe geworden. Bei sachgemäßer Verwendung leise und tödlich. Das hatten nicht nur Anatolis Schergen in Moskau erleben müssen. Obwohl sie damals nur einen Brieföffner zur Verfügung hatte.

Sie horchte an der Schlafzimmertür und hörte kaum wahrnehmbare Geräusche im Erdgeschoß. Langsam und vorsichtig öffnete sie die Tür. Elena wähnte sich im Vorteil, weil sie jeden Zentimeter im Haus kannte. Die Treppe ins Obergeschoss endete auf einem kleinen Podest. Von diesem führte eine Stufe tiefer ein Gang in beide Richtungen zu den Schlafzimmern. In der düsteren Diele war dieser Absatz kaum zu erkennen. Entweder der unerwünschte Besucher musste seine Aufmerksamkeit in der Dunkelheit auf seine Schritte konzentrieren und nach unten sehen, um darauf zu achten, wo er hintrat. In diesem Falle würde er eine Gefahr in Augenhöhe zu spät erkennen. Oder er musste seinen Blick nach vorne richten. Dann würde er über den Absatz stolpern. Wie auch immer, diesen Augenblick musste sie nutzen. Sie presste sich in der Hocke an die Wand, die am Ende der Treppe, neben dem Absatz des Podestes, lag.

Ein Kopf schob sich um die Ecke und schaute über sie hinweg. Der Mann drehte seinen Kopf in die andere Richtung und ging gleichzeitig mit vorgehaltener Pistole einen

Schritt weiter, da er niemanden gesehen hatte. Wie erhofft übersah er die Schwelle und musste sich mit einem Ausfallschritt abfangen. In diesem Moment sprang Elena auf und rammte ihm das Stilett bis zum Heft in den Hals.

Überrascht sah sie einen zweiten Mann nachkommen. Dieser war gleichermaßen überrascht, als er seinen Kumpel ohne einen Laut stürzen sah. Bevor er die Situation richtig einordnen konnte, hatte Elena ihre Waffe schon tief in seiner linken Brust versenkt. Mit einem markerschütternden Schrei stürzte der zweite Einbrecher rücklings die Treppe hinunter. Durch den Schrei schreckte Alexej aus dem Schlaf und die Männer im Keller wurden alarmiert.

Elena war schon von einem zweiten Mann überrascht worden, da sie damit gerechnet hatte, nur Anatoli vorzufinden. Dass gleich vier Männer ins Haus eingedrungen waren, konnte sie nun wirklich nicht annehmen. Sie entspannte sich ein wenig und hörte, dass Alexej seine Tür öffnete und zu ihr lief.

Mit möglichst leisen Schritten schlichen die verbliebenen Männer die Kellertreppe hoch. Am Fuße der Treppe, die nach oben führte, lag ein Körper. Vorsichtig traten sie heran und schauten mit vorgehaltenen Waffen nach oben. Am Ende der Treppe sahen sie zwei Schatten. Einen größeren und einen kleineren.

Ohne zu zögern eröffneten sie das Feuer. Ihre schallgedämpften Waffen verursachten nur ein leises Ploppen. Beide Personen wurden getroffen und sackten zusammen. Einer der Mörder blieb stehen und sicherte den Treppenabgang. Der andere lief in den Keller und barg die Kisten, die sie in einer Abstellkammer entdeckt hatten. Als alle vier Behälter oben waren, griff sich jeder zwei davon. Ohne weiter auf ihre toten Kameraden zu achten, rannten sie so schnell sie konnten zum wartenden Wagen.

Tschikalto hatte den Schrei nicht gehört und war überrascht, dass seine Leute überstürzt aus dem Haus flohen.

Da er nichts gehört hatte, bestand seiner Ansicht nach auch kein Grund zu befürchten, dass die Polizei schnell eintreffen würde. Mit langsamer und ordnungsgemäßer Fahrt verließen sie das Wohnviertel und die Stadt.

Tschikalto machte sich keine Sorgen, dass zwei seiner Männer tot aufgefunden würden. Die beiden waren illegal in Deutschland und niemand konnte sie mit ihm in irgendeinen Zusammenhang bringen. Gleich an der ersten Autobahnraststätte ließ Tschikalto anhalten. Er wollte den Inhalt der Koffer prüfen und erfahren, hinter welchem Schatz Karloff her war.

Zu seiner Überraschung enthielten die Kisten jedoch keine Dokumente. In jeder Kiste lagerten lediglich – allerdings sorgfältig abgepolstert – zahlreiche kleine Fläschchen. Sollte diese unbekannte Flüssigkeit Millionen wert sein?

112

Berlin, Oktober 2000

Tschikalto saß hinter seinem Schreibtisch in seiner vornehmen Villa in Berlin-Grunewald. Die Füße hatte er auf den Tisch gelegt. Neben ihm standen die vier Aluminiumkisten. Er nahm eine der Ampullen in der Hand und drehte sie hin und her.

M30. Mehr an Beschriftung war nicht vorhanden. Er konnte sich keinen Reim darauf machen, was das bedeuten sollte. Die Flaschen waren unterschiedlich gekennzeichnet. Immer ein Buchstabe, *S*, *M* oder *T* und eine Zahl. Wie sollte man das übersetzen? Noch hatte er sich nicht getraut, eine Ampulle zu öffnen. Was war, wenn es sich zum Beispiel um eine Säure handelte? Er hatte mit Papieren gerechnet. Und nun das. Nikolai Tschikalto rief einen seiner Männer herein.

„Tomas, was ist hier drin?" Er streckte ihm die Flasche mit der Aufschrift M30 entgegen.

„Woher soll ich das wissen, Chef?"

„Dann mach gefälligst auf und sieh nach!"

„Und wenn das gefährlich ist?"

„Was soll denn daran gefährlich sein? Sieht das etwa gefährlich aus?"

„Nein, aber..."

„Ich dulde kein Aber", wies Tschikalto ihn zurecht, „und jetzt mach, was ich dir gesagt hab'."

Mit zittrigen Händen öffnete Tomas die Ampulle.

„Riechen!", befahl ihm Tschikalto.

Tomas führte die Öffnung zur Nase.

„Es riecht nach nichts."

„Dann lass jetzt einen Tropfen auf die Hand fallen. Kann ja nichts passieren, wenn es geruchlos ist."

Die Konsistenz war wässrig. Kein Geruch, dann würde es auch nichts Schlimmes sein, hoffte Tomas. Schon mutiger ließ er einen Tropfen auf seine Handfläche fallen. Nichts geschah.

„Ablecken!"

Thomas tauchte seine Zunge in den Tropfen. Er schmeckte nichts.

„Wasser. Es ist nur Wasser", sagte Tomas erleichtert.

„Ja, sieht so aus. Und dafür haben wir jetzt zwei Leute verloren. Stell die Flasche zurück. Du kannst jetzt gehen." Tschikalto lehnte sich zurück und grübelte. Kurz darauf rief er Tomas wieder herein.

„Tomas, fahr zum Hilton und prüf, ob die Granow noch da wohnt."

Tschikalto erinnerte sich daran, dass die Granow in eine Bank gegangen war. Je mehr er darüber nachdachte: Es war doch seltsam, dass sie Kisten mit Wasser von der Baustelle am Brandenburger Tor stahlen und dann stundenlang vor einer Bank warteten, um Geld abzuholen. Zumal es doch Geldautomaten gab. Also vielleicht ein Schließfach? Ein Schließfach mit Dokumenten? Vielleicht hatte der Schlüssel zum Schließfach in einer der Kisten gelegen? Man musste sich noch einmal intensiv mit der Granow befassen. Und Karloff würde er weiter hinhalten.

Vielleicht sollte er noch eine andere Flasche testen lassen. Es konnte doch nicht sein, dass Leitungswasser, sorgfältig verpackt, versteckt worden war. Er wählte eine mit der Aufschrift T2.

„Nikolai!"

Nikolai durchlief dieselbe Prozedur wie Tomas. Mit ähnlichem Ergebnis. Plötzlich kam Tschikalto ein furchtbarer Gedanke. *Biologischer Kampfstoff. Zum Beispiel ein Pockenvirus.* Er begann zu schwitzen. Inkubationszeit? Egal, Tomas und Nikolai mussten ihm erst einmal fernbleiben.

„Nikolai!"

Nikolai erhielt den Auftrag, nach Moskau zu fahren. Mit dem Wagen. Abreise sofort. Wenn er angekommen war, sollte er auf Anweisungen warten. Auch Tomas würde ihm vorerst nicht mehr ins Haus kommen. Wenn er sich zurückmeldete, würde er einen „Außeneinsatz" erhalten, ebenfalls weit entfernt. Außerdem musste Tschikalto sich das gefährliche Zeug zunächst vom Hals schaffen. Am besten weit weg.

„Viktor!" Augenblicke später stand Viktor vor ihm.

„Sorg dafür, dass Nikolai die Kisten mit nach Moskau nimmt. Er soll auf dem Gelände unseres Waffenlagers 'ne Grube ausheben, die Kisten reinlegen und alles ordentlich wieder zuschütten. Das Zeug ist wertvoll! Und, Viktor, fass Nikolai nicht an, ist das klar?"

Viktor war nicht klar, warum er Nikolai nicht anfassen sollte. Er war doch nicht schwul!

Tschikaltos Gedanken wandten sich wieder Katja Granow zu. Wenn es sich um einen biologischen Kampfstoff handelte, boten die Papiere vermutlich die Erklärung dazu. Offensichtlich hatte Karloff nicht gewusst, dass es schon Vorräte gab. Sonst hätte er ihm den Auftrag erteilt, auch danach zu suchen. Er hoffte, dass es unter den Ampullen auch ein Gegenmittel gab.

Wenn der Stoff gut war, würde er ein Vermögen damit verdienen. Schneller und einfacher, als mühsam Kalaschnikows und panzerbrechenden Granaten zu verscherbeln. Er kannte auch schon einen passenden Abnehmer...

Nachdem sich Tomas zwei Stunden später immer noch nicht zurückgemeldet hatte, versuchte Tschikalto ihn auf seinem Mobilfunktelefon zu erreichen. Es konnte doch nicht so schwer sein zu erfahren, ob die Granow noch im Hilton wohnte. Bei Tomas' Handy ging jedoch nur die Mailbox ran.

Tschikalto verstand keinen Spaß, wenn seine Leute nicht Tag und Nacht erreichbar waren. Das würde ein Nachspiel haben. Tschikalto wusste nicht, dass Tomas zwischenzeitlich ein Verkehrschaos angerichtet hatte. Er würde erst am nächsten Tag erfahren, was geschehen war.

Als Tomas auch am späten Abend immer noch nicht erreichbar war und sich auch nicht gemeldet hatte, schickte Tschikalto ihm Viktor hinterher.

113

Während Elena am Vortag alleine nach Neuss aufgebrochen war, hatte sich Katja ein Zimmer im Hotel genommen. Abends sprachen sie noch kurz miteinander am Telefon. Katja war erleichtert, dass Elena sicher in Neuss angekommen war. Heute versuchte sie bisher vergeblich, Elena zu erreichen. Sie würde es halt später noch einmal versuchen.

Ein Anruf bei der Bank hatte ergeben, dass sie Glück hatte und schon am nächsten Tag Zugang zum Schließfach erhalten konnte. Sie war lange nicht mehr in Berlin gewesen und beschloss, ein wenig herumzulaufen, um zu sehen, was sich getan hatte. Vielleicht würde sie auch ein Museum besuchen. Sie staunte nicht schlecht, in welche Großbaustelle sich die Stadt verwandelt hatte. Überall standen noch mehr Gerüste als bei ihrem letzten Aufenthalt, viele Straßen waren auf Grund von Baumaßnahmen gesperrt und überall herrschte hektische Betriebsamkeit. Während sie die Straße Unter den Linden herunter schlenderte, dachte sie an ihre damalige Exkursion mit Professor Hörbinger und ihren Kommilitonen. Wäre doch noch alles so wie damals. Dieses verfluchte Serum.

Sie wandte sich in Richtung Museumsinsel. Dort befand sich ihr Lieblingsmuseum, das Pergamonmuseum. Ohne Eile ließ sie sich durch die Räume treiben und setzte sich nach einer Weile auf die Stufen des Altars. Nichts wünschte sie sich sehnlicher, als jetzt Andreas an ihrer Seite zu spüren und zu hören, wie er ihr seine Liebe ins Ohr flüsterte. Ein trauriger Schauer durchlief ihren Körper.

Erleichtert stellte sie fest, dass es schon später Nachmittag geworden war. Sie fühlte sich alleine und nicht wohl in dieser Stadt. Sie sehnte sich danach, schnell wieder nach Neuss heimzukehren, wo Elena und Alexej auf sie warteten.

Zurück am Gendarmenmarkt, kehrte Katja in ein Restaurant ein und ging anschließend zurück ins Hotel. Sie beabsichtigte, früh schlafen zu gehen. Der Termin bei der Bank war auf 10 Uhr am nächsten Morgen angesetzt. Danach würde sie sich umgehend in den Zug setzen und nach Hause fahren. In der riesigen Empfangshalle des Hilton bemerkte sie nicht, dass ihr Erscheinen aufmerksam registriert wurde.

Bevor sie zu Bett ging, versuchte sie erneut, Elena zu erreichen, leider wieder vergeblich. Vielleicht war Elena mit Alexej ausgegangen? Vielleicht ins Kino? Morgen würden ihr die beiden schon alles erzählen...

114

Unmittelbar nachdem Viktor Katja ins Hotel Hilton kommen sah, rief er seinen Boss an. Tschikalto überlegte, wie er weiter vorgehen wollte. Er entschied, dass er Katja Granow, solange sie noch in der Stadt bliebe, nur beobachten lassen würde. Sobald sie die Stadt verlassen wollte, sollte man sie ergreifen. Dann würde er ein paar Worte mit ihr wechseln müssen. Er musste an die Dokumente kommen. Wenn Karloff bereit war, eine halbe Million zu zahlen, waren sie mindestens das Zehnfache wert. Oder noch mehr. Tschikalto machte Viktor klar, dass er unverzüglich über jede Bewegung der Granow informiert werden wollte.

115

Das Frühstücksbuffet in ihrem Hotel war vielfältig und umfangreich. Dennoch verspürte Katja keinen großen Appetit. Auch an diesem Morgen hatte sie Elena nicht erreicht. Sie begann sich Sorgen zu machen. Sie hatte schon um 7:30 Uhr angerufen. Normalerweise war das die Zeit ihres gemeinsamen Frühstücks. Alexej fuhr in der Regel um 7:45 Uhr mit dem Fahrrad zur Schule. Es wurde Zeit, dass Katja nach Hause kam.

Um 9:30 Uhr fuhr sie mit einem Taxi zum Alexanderplatz, der nicht weit entfernt lag. Obwohl man für die Strecke normalerweise nur zehn Minuten benötigte, erreichte sie die Bank wegen zahlreicher Umleitungen und dem herrschenden Verkehrschaos gerade noch rechtzeitig um kurz vor 10 Uhr. Nach Unterzeichnung der notwendigen Formulare wurde das Schließfach im Beisein eines Bankangestellten und eines Notars von einem Mitarbeiter eines Schlüsseldienstes gewaltsam geöffnet. Nach rund zehn Jahren wurde das eiserne Fach erstmalig wieder geöffnet und Katja entnahm die Tasche mit den unheilvollen Dokumenten.

Sie verließ die Bank und ging auf den Taxistand zu, der direkt neben dem S-Bahnhof Alexanderplatz lag. Plötzlich wurde sie heftig von hinten angerempelt. Sie verlor das Gleichgewicht und stürzte. Reflexartig konnte sie gerade noch schützend einen Arm vor den Kopf heben, bevor sie auf das Pflaster schlug. Der Rempler verschwand schnell in einem der Bahnhofszugänge. Sofort beugte sich ein anderer Mann über sie und fragte, ob sie sich verletzt habe.

Sie bemerkte nicht, dass gleichzeitig ein Dritter ihre Tasche aufhob und sich seelenruhig entfernte. Katja richtete sich langsam auf und prüfte, ob alles mit ihr in Ordnung war. Scheinbar hatte sie sich nur ein paar Schrammen eingefangen. Damm erst schaute sie nach ihrem Aktenkoffer.

„Meine Tasche! Jemand hat meine Tasche gestohlen!"

Die umherstehenden und vorbeigehenden Menschen schien dies nicht sonderlich zu interessieren. Auch der Mann, der sich als erster Helfer über sie gebeugt hatte, war wieder verschwunden.

116

Berlin, November 2000

Karloff war der Meinung, dass Tschikalto nun ausreichend Zeit gehabt hatte. Schließlich hatte er ihm genug Geld geboten, um alle Hebel in Bewegung zu setzen. Er hatte mit Tschikalto ein Treffen vereinbart, um sich über den Stand der Dinge informieren zu lassen. Wenn der Trottel nicht fähig war, voranzukommen, würde er eben jemand anderen beauftragen.

Das Treffen sollte heute in Tschikaltos Villa stattfinden. Karloff hätte sich lieber an einem neutralen Ort getroffen, aber eigentlich hatte er nichts zu befürchten. Schließlich war der russische Mafioso auf sein Geld scharf. Er parkte seinen Wagen zwei Querstraßen entfernt, um ein Auge auf die Umgebung und eventuell verdächtige Personen zu werfen. Letztendlich war nicht auszuschließen, dass der Mafioso bereits von der Polizei observiert wurde.

Nachdem er nichts entdecken konnte, klingelte er an dem großen Anwesen. Sofort schlugen die Hunde an. Tschikalto hatte umfangreiche Sicherungsmaßnahmen getroffen. Die Mauer, die das Gelände umgab, war mit Stacheldraht gekrönt. Außerdem waren mehrere Überwachungskameras montiert worden.

Man öffnete Karloff und führte ihn über einen vom restlichen Grundstück mit Zäunen gesicherten Weg zum Haus. Neben dem Zaun liefen knurrend zwei mächtige Rottweiler mit. Im Eingangsraum wurde er abgetastet und musste seine Glock abgeben. Diese Waffe hatte er bewusst eingesteckt. Sie würde von seinem Stilett ablenken, das kaum erkennbar in seine Schuhsohle eingearbeitet war.

Schließlich wurde er in einen großen Wohnraum geführt, wo Tschikalto ihn erwartete. Die Tür wurde geschlossen und er bemerkte, dass sich zwei Männer an der Tür postierten.

„Mein lieber Andrej, schön dich zu sehen", begrüßte ihn der Mafiaboss.

„Ich will keinen Smalltalk machen, sondern Ergebnisse hören", erwiderte Karloff.

„Aber, aber, wo bleiben denn die Manieren", mahnte Tschikalto. „Wenn du die Zeit mitgebracht hast, mit mir einen Drink zu nehmen, kann ich dir einen erfreulichen Zwischenstand mitteilen. Ich habe einen wunderbaren Champagner, der nur für meine liebsten Gäste reserviert ist. Und glaub mir, du wirst glücklich darüber sein, was ich herausgefunden hab'. Nimm Platz, ich schenk' uns ein."

Begierig darauf zu erfahren, ob er seinem Ziel nahe war, lenkte Karloff ein.

„Also schön, ich hoffe, es lohnt sich."

Während Tschikalto zu seiner Wohnzimmerbar ging, ließ sich Karloff in einem der bequemen Sessel nieder. Als er zusah, wie Tschikalto eine Flasche aus einem silbernen Kübel nahm, durchfuhr ihn ein heftiger Schmerz, der seinen ganzen Körper erfasste. Sekundenlang bewegungsunfähig registrierte er, dass man ihn fesselte.

„Elektroschocker sind eine feine Erfindung", wandte sich Tschikalto an Karloff, nachdem er genüsslich einen Schluck getrunken hatte. „Diese Ware ist sehr beliebt bei meinen Kunden, vor allem bei den Arabern. Eine Behandlung soll echt schmerzhaft sein, hab' ich gehört. Aber das kannst du ja jetzt selbst beurteilen. Beim ersten Mal soll der Schmerz aber sehr schnell vergehen. Das ändert sich bei öfteren Anwendungen."

Langsam erholte sich Karloff. Lediglich ein Bereich am Hals, an dem ihn der Schlag unvermittelt getroffen hatte, brannte noch.

„Du Schwein, was soll das?", fauchte er Tschikalto an.

„Wag es nicht, so mit mir zu reden! Wenn ich wegen dir schlechte Laune bekomme, werde ich dich mit deinem Pockenserum verseuchen und dich in einem Kerker verrecken lassen!"

„Was für ein Pockenserum?", entfuhr es Karloff.

„Stell dich nicht so dumm. Du weißt genau, was in den Dokumenten steht!"

Dieser Trottel hatte keine Ahnung. Vielleicht konnte er das zu seinem Vorteil ausnutzen?

„Das kannst du ruhig machen. Ich bin schon geimpft. Wenn du wissen willst, wie du dich auch schützen kannst, solltest du mich laufen lassen. Ein Pockentod ist qualvoll und langwierig." Karloff witterte eine Chance.

„Stopft ihm einen Knebel in den Mund", wies Karloff seine Leute an. „Ich muss mir diesen Schwachsinn nicht anhören. Er hat schon zugegeben, dass es Pocken sind. Mein Näschen hat mal wieder richtig gelegen."

Unsanft wurde Karloff geknebelt.

„So, mein Lieber. Du kannst dich entspannen. In deiner restlichen Lebenszeit, die leider nicht mehr sehr lange sein wird, bleibt dir eine Langzeitbehandlung mit dem Schocker erspart. Das ist mein Geschenk an dich, nachdem ich habe, was ich wollte. Dass du geimpft bist, sagt mir, dass sich bei dem Stoff auch das Gegenmittel befindet."

Mehr als ein Grunzen hinter seinem Knebel brachte Karloff nicht hervor.

„Ich brauch' keine weitere Aufklärung von dir. Ich hab nämlich nicht nur das Mittel gefunden, sondern auch die Unterlagen."

Tschikalto nippte genüsslich an seinem Glas.

„Es war 'ne Schweinerei, dass du mich linken wolltest. Du willst mich für ein paar lausige Euro die Drecksarbeit machen lassen und dann alleine absahnen? Dann hättest du dir einen Dümmeren suchen müssen."

Er setzte sich auf einen Sessel gegenüber von Karloff. Nachdem er wieder einen Schluck genommen und seine Wächter aus dem Raum geschickt hatte, fuhr er mit seinem Monolog fort.

„Bevor du uns verlässt, bin ich so nett, dir mitzuteilen, dass ich selbstverständlich die Aufgabe komplett gelöst habe. Deine kleine Bande wohnt, entschuldige, wohnte in Neuss. Leider ist nämlich nur noch eine übrig geblieben. Und zwar die Granow. Heißt übrigens jetzt Simone Feller. Hübscher Name, nicht?

Vor ein paar Tagen haben wir von ihr die Dokumente gekriegt. Leider haben wir sie danach aus den Augen verloren. Aber wir werden sie schnell wiederfinden, keine Sorge. Der einzige, der sonst noch von dem Serum weiß, bist du. Du verstehst sicher, dass ich keine Mitwisser brauchen kann. Würdest du auch nicht anders machen. So läuft nun mal das Geschäft.

So 'ne gefährliche Waffe muss sehr diskret behandelt werden. Bestimmt gibt's viele, die versuchen, sowas herzustellen. Eine hübsche Massenvernichtungswaffe. Und wer geimpft ist, muss keine Angst haben. Ich glaub', das Zeug ist mindestens zehn Millionen wert."

Verzweifelt gegen seine Fesseln ankämpfend, musste Karloff sich diese Rede anhören. Als er hörte, wie felsenfest Tschikalto von einem Pockenserum überzeugt war, hätte er fast lachen können. Wenn seine Situation nicht so verzweifelt gewesen wäre und ihn der Knebel nicht ohnehin hinderte. Dieser Irre! Er hatte keine Ahnung, was er wirklich besaß.

„Zum Glück kenne ich Abnehmer, mit denen ich schon lange vertrauensvoll zusammenarbeite. Mein lieber Andrej, es war mir ein Vergnügen, mit dir zusammenzuarbeiten. Leb wohl."

Tschikalto stand auf und verließ den Raum. Stattdessen betraten seine Wachen das Zimmer. Mit Entsetzen musste Karloff sehen, dass der Typ mit dem Elektroschocker in der Hand auf ihn zukam. Mit einem Lächeln im Gesicht drückte er den Stab erneut an seinen Hals. Karloff zuckte heftig und seine Augen quollen fast aus den Augen, bevor es dunkel um ihn wurde.

117

London, Dezember 2000

Obwohl erst 28 Jahre alt, galt Saleh Fayyad als eine der vermögendsten und einflussreichsten Persönlichkeiten im arabischen Raum. Fayyad stammte aus einer erzkonservativen Familie und wuchs streng nach den Regeln des Wahhabismus auf.

Als Jugendlicher fuhr er einige Male mit seiner Familie auf Klettertouren in die Türkei. Dort hatte er auch Osama bin Laden kennengelernt, der ebenfalls ein begeisterter Wanderer war. Osamas Vater, Muhammad bin Laden, war mit Salehs Vater schon lange freundschaftlich verbunden. So ergab es sich, dass Osama den Familienclan der Fayyads hin und wieder auf diesen Touren begleitete.

Saleh Fayyad erlag schnell der charismatischen Ausstrahlung Osamas und lauschte gespannt jedem seiner Worte. In diesen Tagen wurde die Grundlage für eine langfristige Freundschaft und Kooperation gelegt. Niemand außer den beiden selbst sollte je davon erfahren.

Da er es selbst finanzierte, wusste Fayyad, dass derzeit eine ganze Reihe von Dschihad-Piloten für große Passagiermaschinen im Auftrag Osamas ausgebildet wurden. Ziel der Ausbildung war, zivile Flugzeuge unter Einsatz der Selbstmordattentäter in Waffen umzufunktionieren. Sein Freund hatte ihn – zu seiner eigenen Sicherheit, wie er betonte – allerdings nicht über die konkrete Einsatzplanung informiert. Das war auch nicht notwendig. Beide verband das eine gemeinsame Ziel. Die Dãr al Harb, die Gebiete der Ungläubigen, mussten ausgemerzt werden.

Den Dschihad zu führen, der von den Ungläubigen als Krieg bezeichnet wurde, obwohl er doch eine Öffnung war, eine Wandlung der Dãr al Harb in Dãr al Islam, war für beide eine heilige Pflicht. Jeder musste zur Erreichung dieses Ziels seinen Teil der Aufgaben erledigen.

Saleh Fayyad wartete im Davies Penthouse des Claridge Hotels in London auf seinen Besuch. Wie immer trug er einen maßgeschneiderten Anzug. Jeden Tag einen neuen. Er konnte es nicht ertragen, wenn ein Anzug Falten hatte oder wenn der feine Stoff nach einer Reinigung auch nur einen Hauch von Reinigungsmitteln oder Chemikalien verströmte. Auch seine Hemden und Unterwäsche mussten nach einmaligem Tragen entsorgt werden. Die kleine, aber feine Schneiderei in der Bond Street, bei der er den größten Teil seiner Kleidung in Auftrag gab, beschäftigte alleine drei Mitarbeiter in Vollzeit für ihren größten Einzelkunden.

Für einen Araber hatte er mit 1,81 Metern eine stattliche Größe. Sein perfekt gestutzter Schnauzbart und seine makellosen, gebräunten Gesichtszüge rundeten sein einnehmendes Äußeres ab.

Er schaute auf seine Armbanduhr aus der Manufaktur von Glashütte. Unpünktlichkeit konnte er nicht leiden. Gerade noch rechtzeitig vor der vereinbarten Zeit wurde ihm das Eintreffen seines Gesprächspartners gemeldet.

Er hatte zwar mit Tschikalto schon einige Geschäfte getätigt, aber natürlich nur über Mittelsmänner. Dadurch hatten zahlreiche Waffen ihren Weg nach Pakistan und Afghanistan gefunden. Natürlich durfte dieser ungläubige Wurm niemals seine wahre Identität erfahren. Allerdings hatte dieser darauf bestanden, den „großen Chef" zu sprechen. Das Angebot, das er unterbreiten wolle, wäre einzigartig und könne das Weltgeschehen beeinflussen, so behauptete er. Weil es deshalb zu unsicher sei, Mittelsmänner einzuschalten, käme nur ein bilaterales Gespräch auf Entscheiderbasis in Betracht.

Fayyad ging davon aus, dass dem kleinen Waffenhändler bewusst war, dass er sein Leben riskierte, wenn er ihm nicht wirklich etwas ganz Besonderes anbieten würde. Also hatte er dem Treffen zugestimmt.

Nachdem der Mafioso eingetroffen war und gefilzt wurde, begleiteten ihn zwei von Fayyads Männern in den Wohnraum. Fayyad bot Tschikalto einen Platz an und schickte einen der beiden Männer wieder heraus. Nur Abu Bakr al-Baghadi, sein engster Vertrauter, durfte bleiben. Al-Baghadi war ein ehrgeiziger und intelligenter junger Mann. Fayyad traute ihm noch eine große Karriere zu.

„Nun, meine Zeit ist kostbar. Was haben Sie zu bieten?", eröffnete er das Gespräch.

„Der Deal ist einfach: Ich biete Ihnen ein Pockenserum und Sie bezahlen, was ich dafür verlange. Sie können davon auszugehen, dass der Pockenstamm in der Form behandelt wurde, dass das Serum lange haltbar und schnell übertragbar ist."

„Es ist davon auszugehen? Aber Sie wissen es nicht? Wollen Sie ernsthaft meine Zeit verschwenden?"

„Ich bin kein Wissenschaftler, deshalb musste ich Annahmen treffen. Allerdings stammt die Ware aus einer zuverlässigen Quelle. Sie besteht sowohl aus einem fertig hergestellten Vorrat als auch aus Dokumenten über den Herstellungsprozess. Ich habe keinen Zugang zu einem vertrauenswürdigen Labor. Deshalb kann ich es nicht selbst überprüfen."

Fayyad schwieg eine Zeitlang. Falls der Mann tatsächlich ein solches Produkt liefern konnte, wären die Folgen phänomenal. Seines Wissens gab es nur zwei strengstens bewachte Labore auf der ganzen Welt, in denen das Po-Eickenvirus, für den Fall der Fälle, konserviert lagerte. Eines in den USA und eines in Russland, irgendwo in der Nähe von Nowosibirsk, erinnerte er sich dunkel.

„Also gut, nehmen wir an, Sie haben Recht. Wir überprüfen die Ware und stellen fest, dass Ihre Behauptungen zutreffen. Wie hoch ist Ihre Forderung?"

Tschikalto atmete durch. Der Araber hatte angebissen. In den letzten Tagen hatte er hin und her überlegt, welche Größenordnung er nennen sollte, falls es zu diesem Punkt kam. Seine Überlegungen endeten immer wieder bei der Erkenntnis, dass der Wert immens sein musste. Eigentlich jenseits seiner Vorstellungskraft. Länder wie Nordkorea würden doch glatt eine Milliarde auf den Tisch legen, wenn sie denn so viel Cash hätten. Alleine das Erpressungspotential dürfte für solche Regime um ein Vielfaches höher liegen.

Er selbst hatte vergeblich versucht, einen Hinweis auf Pocken aus den Unterlagen zu entnehmen. Leider bestand der größte Teil aus Fachchinesisch. Es war für einen Laien wie ihn schlicht unmöglich zu erkennen, von was dort gesprochen wurde. Immerhin hatte er den Unterlagen entnehmen können, dass umfangreiche Versuche in einem Urwaldgebiet in Vietnam vorgenommen wurden. Vermutlich hatte man den Ort gewählt, um eine unkontrollierte Ausbreitung zu vermeiden. Dass es sich definitiv um ein Pockenserum handelte, hatte ihm der – zwischenzeitlich verstorbene – Karloff bestätigt.

„50 Millionen US-Dollar, in Gold."

„Sind Sie wahnsinnig?"

„Die Ware ist eigentlich noch viel mehr wert, das wissen Sie auch."

„Sie können mir vermutlich nicht einmal sagen, welche Sterblichkeitsrate der in dem Serum verwendete Pockenstamm hat. Wie wollen Sie beurteilen, was es wert ist?"

„Es ist schon zu einigen Todesfällen bei der Beschaffung gekommen. Das reicht als Beweis", konterte Tschikalto.

„Das besagt gar nichts. Je nach Land kann man heute einen Mord für ein paar Dollar bestellen."

Fayyad ließ ihn ein wenig schmoren. Als Verhandlungsprofi verbarg er seine ganze Aufregung. Falls das Zeug echt war, musste er es haben. Unvorstellbar!

„Also gut", Tschikalto kannte seine Schwachstelle. Er wusste nicht, woher das Zeug kam, wie es zusammengesetzt war und auch nicht, wie es großflächig einzusetzen war. Andererseits vermutete er, dass Fayyad scharf auf seine Ware war, weil er ihn bis jetzt noch nicht herausgeschmissen hatte. Gut gepokert!

„45 Millionen", aber das ist mein letztes Wort.

Nun war Fayyad in seinem Element. Niemand konnte ihm vormachen, wie man handelte. Als Araber war es quasi eine heilige Pflicht, ein guter Händler zu sein. Aber er verstand dieses Handwerk nicht nur gut, sondern ausgezeichnet.

Eine halbe Stunde später hatten sie sich auf zwölf Millionen US-Dollar in Devisen geeinigt. Den Umtausch in Gold sollte Tschikalto handhaben, wie er wollte. Ein von Fayyad beauftragter Experte würde zunächst die Dokumente sichten. Bei Tschikalto und unter dessen Kontrolle. Wenn sich der Wert der Unterlagen bestätigen würde, sollte Tschikalto eine erste Rate in Höhe von drei Millionen im Austausch gegen die Unterlagen ausgehändigt werden. Der Rest würde bei Übergabe der vorhandenen Bestände übergeben, die in Russland lagerten. Ohne die Behälter mit dem Pockenstamm waren die Dokumente wertlos, weil man eben an den Stammerreger nicht herankommen konnte.

Mit einem Handschlag verabschiedeten sie den Deal und Tschikalto wurde entlassen. Fayyad beauftragte umgehend eine lückenlose Überwachung seines Besuchers.

118

Berlin, Dezember 2000

Tschikalto saß an seinem Schreibtisch und stützte seinen Kopf in die Hände. Er hatte ein Problem. Ein riesiges. In London hatte er sein ungutes Gefühl noch verdrängen können. Seit seiner Abfahrt nach Moskau hatte sich Nikolai nicht mehr gemeldet. Spätestens nach drei bis vier Tagen hätte er Vollzug melden müssen: „Kisten erfolgreich in Moskau gelagert." Aber auch nach einer Woche war er dort nicht angekommen. Erst heute hatte Tschikalto erfahren, was mit ihm geschehen war. Es war eine Katastrophe. Nikolai war tot.

Was schlimmer war, die Behälter waren weg, spurlos verschwunden. Offensichtlich hatte Nikolai auf seiner Fahrt nach Moskau eine Pause in der polnischen Stadt Bialystok, nahe der russischen Grenze, eingelegt. Dort war er in einem Restaurant tot zusammengebrochen. Natürlich war er mit seinem richtigen Pass unterwegs gewesen. Er musste immerhin ein paar Grenzen passieren.

Die Polizei informierte seine Familie. Im Krankenhaus hatte man keine Anzeichen einer Fremdeinwirkung erkannt, deshalb nahm die Polizei keine weiteren Ermittlungen auf.

Wie konnte das passieren? Konnte man so schnell an Pocken sterben? Pocken hätte man doch spätestens im Krankenhaus erkennen müssen. Tschikalto konnte sich keinen Reim darauf machen. Er hatte umgehend Viktor dorthin beordert, um den Wagen zu sichern. Aber von dem Fahrzeug gab es keine Spur. Wie in Luft aufgelöst. Da es ein Auto deutscher Herstellung war, wurde es mit Sicherheit gestohlen. Vielleicht hatten ein paar Gauner gesehen, wie Nikolai aus dem Wagen ausstieg und in das Restaurant ging. Und tot wieder herausgebracht wurde. Der Wagen war somit eine leichte Beute für allerlei Gesindel.

Was sollte Tschikalto nun seinem Abnehmer sagen? Was würde aus seinen versprochenen Millionen werden? Ohne Ware kein Geld. Er musste nachverhandeln und den Preis für die Papiere hochtreiben. Wer sagte denn, dass die Dokumente nicht alleine schon so viel Wert waren?

Für den nächsten Tag war ihm irgendein Arzt oder Wissenschaftler angekündigt worden, der die Unterlagen prüfen sollte. Tschikalto wies ihm einen Arbeitsraum in seiner Villa zu. Zwei seiner eigenen Leute setzte er dazu. Schließlich musste vermieden werden, dass die Dokumente abfotografiert oder wichtige Teile abgeschrieben wurden. Es galt fortan die oberste Priorität zu erfahren, welche Sprengkraft wirklich in den Papieren steckte. Das würde seine Verhandlungsposition bestimmen.

Die Stunden zogen sich dahin. Tschikalto wartete ungeduldig. Das konnte doch nicht so lange dauern! Erst am späten Abend bat der Araber um ein Gespräch. Zu seiner großen Enttäuschung erfuhr er, dass es noch Tage dauern könnte, bis er fertig war. Tschikalto blieb nichts anderes übrig, als dies mürrisch zur Kenntnis zu nehmen. Seine Leute berichteten, dass der Doktor zwischendurch mehrere Telefonate auf Arabisch geführt hatte. Natürlich hatten sie kein Wort verstanden.

119

Dschidda, Dezember 2000

Immer wieder freute sich Saleh Fayyad über den Ausblick aus dem 42. und obersten Stockwerk seines Wolkenkratzers auf die vor 2500 Jahren gegründete Hauptstadt Saudi-Arabiens. Mittlerweile war Dschidda – mit stark steigender Tendenz – auf über 2,5 Millionen Einwohner angewachsen. Nicht wenige davon lebten in einem Wohnblock, dessen Eigentümer er war.

An diesem Abend war seine Stimmung besonders gut. Das war einer großen Überraschung geschuldet. In der letzten Stunde hatte er über die Informationen nachgedacht, die aus Berlin kamen. Der erste Anruf hatte eine Recherche über einen gewissen Dr. Frank Granow ausgelöst. Ihm wurde berichtet, dass er ein hoch angesehener Wissenschaftler im engsten Umkreis des Staatsoberhauptes der ehemaligen DDR gewesen war. Das alleine war schon ein wichtiges Indiz für eine Werthaltigkeit der Unterlagen. Dass die DDR alle möglichen Forschungen betrieb, an die die heutigen, rechtsstaatlichen Gebilde des Westens – vielleicht mit Ausnahme der USA – keinen Gedanken verschwenden würden, gab Anlass zur Hoffnung.

Die Information aus dem zweiten Telefonat war unglaublich. Wie konnte ein einzelner Mensch nur so wenig Verstand haben? Tschikalto war von völlig falschen und abstrusen Vorstellungen ausgegangen. Die Unterlagen hatten nicht das Geringste mit Pocken zu tun. Allerdings wurde etwas beschrieben, das durchaus noch interessanter schien.

Aber erst jetzt, nachdem die Informationen sich gesetzt hatten, nachdem er verschiedene Szenarien durchgegangen war, wurde Saleh Fayyad die ganze Tragweite bewusst. Das, was in diesen Unterlagen beschrieben wurde, war besser und wertvoller als jedes Pockenvirus. Ein Wundermittel, mit dem man den Feind in seinen innersten Strukturen zerstören konnte, ohne dass er es bemerken würde. Ein weiterer großer Vorzug war, dass man es zielgerichtet einsetzen konnte. Seuchen konnten sich unkontrolliert ausbreiten und nur schwer eingegrenzt werden. Aber auch nur dann, wenn ein geeigneter Impfstoff in kurzer Zeit in einer ausreichenden Masse hergestellt werden konnte. Aber wie sollte man ein Mittel, das biologisch nicht nachzuweisen war, bekämpfen?

Langsam wuchs in ihm die Erkenntnis, dass er der Herrscher über die furchterregendste Waffe in der Geschichte der Menschheit werden könnte. Gelobt sei Allah. Fayyad wies al-Baghadi an, alles zu unternehmen, um an diesen Kampfstoff zu kommen. Geld spiele keine Rolle. Außerdem sei dafür zu sorgen, dass es keine Mitwisser gäbe.

Bald würde er in der Lage sein, einen Jihad zu führen, wie ihn die Welt noch nicht erlebt hatte. Die Tage für die Öffnung der Dãr al Harb war gezählt. Bald würde man sich, egal in welchen Winkel der Welt man reisen würde, immer im Dãr al Islam befinden. Unter seiner Herrschaft.

120

Berlin, Dezember 2000

Einen Tag später saß der orientalische Wissenschaftler erneut im Arbeitszimmer der großen Villa. Tschikalto wartete in seinem Arbeitszimmer und lief ungeduldig hin und her. Wann würde der Mann endlich fertig werden? Warum dauerte das so lange?

Andererseits war es zumindest ein gutes Zeichen, dass er heute erneut erschienen war. Offensichtlich waren die Unterlagen substanzhaltig. In der Nacht war ihm schlagartig bewusst geworden, dass er die Dokumente noch gar nicht kopiert hatte. Das würde er am Abend nachholen. Je nachdem, wie es lief, gab es gewiss noch dritte Abnehmer. Möglicherweise ließ sich ein zweites oder drittes Mal ein Geschäft mit dem Material machen...

Gegen Mittag wurde er ins Arbeitszimmer gerufen. Der Doktor winkte ihn zu sich und übergab ihm wortlos sein Telefon.

„Guten Tag Herr Tschikalto", hörte er die bekannte Stimme von seinem Londoner Treffen, „Sie haben Glück. Wir sind mit der Qualität der Papiere zufrieden. Innerhalb der nächsten Stunde wird ein Bote kommen und Ihnen die Anzahlung in Höhe von drei Millionen Dollar gegen Aushändigung der Unterlagen überreichen. Ich glaube, ich muss Ihnen nicht erklären, was es für Sie bedeuten würde, wenn Sie versuchen sollten, uns zu betrügen."

Dass es nun plötzlich so schnell gehen sollte, gefiel Tschikalto gar nicht. Erstens hatte er die Akten noch nicht kopiert, und zweitens musste er noch eine höhere

Anzahlung herausholen, weil er über den zweiten Teil der Vereinbarung, die Ware, nicht mehr verfügte.

„Das kommt mir heute ungelegen" erwiderte er, „ich muss gerade zu Terminen aufbrechen und eine solche Übergabe kann nur in meinem Beisein erfolgen. Im Übrigen, da Sie nun den Wert der Unterlagen kennen, bestehe ich auf einer Anzahlung von neun Millionen Euro. Die Restzahlung verringert sich selbstverständlich entsprechend."

„Lieber Herr Tschikalto. Wir haben eine Vereinbarung, die wie besprochen umgesetzt werden wird. Wir halten unser Wort und Sie Ihres. Sagen Sie Ihre Termine ab. Nehmen Sie meine Empfehlung bitte sehr ernst."

Der freundliche, aber zugleich kühle und bestimmte Ton des Anrufers erzielte seine Wirkung bei Tschikalto. Es wäre ihm lieber gewesen, er wäre angeschrien und beschimpft worden. Das kannte er. Damit konnte er umgehen. Unbeherrschtes Verhalten in Verhandlungen ließ einen Spielraum, weil es Schwäche signalisierte. Dieser Fall war anders gelagert. Letztendlich wusste er auch nicht, wer an der Spitze der Organisation saß, mit der er den Deal abgeschlossen hatte. Ihn beschlich die Ahnung, dass diese eine Nummer zu groß für ihn sein könnte.

„Also gut", lenkte er deshalb ein. „Aber wie soll ich so schnell prüfen, dass das Geld sauber und echt ist?"

„Herr Tschikalto, es ist nicht das erste Mal, dass Sie für uns arbeiten. Sie wissen, dass wir stets unsere Abmachungen einhalten. Es freut mich, dass Sie zur Vernunft gekommen sind."

Bevor Tschikalto noch Gelegenheit erhielt, etwas zu antworten, wurde die Verbindung unterbrochen. Der Wissenschaftler nahm ihm sein Telefon aus der Hand und begann, die Unterlagen sorgfältig zusammenzulegen. Anschließend packte er diese in einen Aktenkoffer, den er mitgebracht hatte. Er verschloss ihn mit den integrierten Zahlenschlössern und stellte ihn neben seinen Stuhl.

Ok, dachte Tschikalto, *das wird wohl ein einmaliges Geschäft bleiben. Aber glaubt mir, ich werde euch noch die restlichen neun Millionen abnehmen.*

Schnell hatte er seine Enttäuschung über den misslungenen Versuch zur Erhöhung der Anzahlung verwunden. Gute Geschäftsleute hatten immer einen Ersatzplan. Die restliche Ware würde er ihnen auch noch übergeben. Er konnte doch nichts dafür, dass er diese nicht hatte testen können. Schließlich verfügte er über kein Labor. So konnten sie es ihm auch nicht vorwerfen, wenn Sie später feststellen würden, dass sie nur Wasser gekauft hatten.

Kaum eine halbe Stunde später erschien der Bote. Er brachte zwei Rollkoffer mit und stellte sie in der Eingangshalle ab. Ohne sich vorzustellen, teilte der Bote Tschikalto mit, dass er drei Tage später um die gleiche Zeit wiederkäme, um die Restware auszutauschen. Er solle diese bitte bereithalten. Tschikalto möchte dafür Sorge tragen, die Ware rechtzeitig aus Russland herbeizuschaffen.

Der Bote verließ gemeinsam mit dem Wissenschaftler und seinem Koffer das Haus, ohne darauf zu warten, dass Tschikalto den Inhalt der Trolleys prüfte. Tschikalto versuchte sie auch gar nicht daran zu hindern, ihres Weges zu ziehen. Er war sicher, dass er nicht enttäuscht wurde. Kaum dass die beiden verschwunden waren, gab Tschikalto die Anweisung, 92 Glasampullen mit einem Fassungsvermögen von je 200 cl zu besorgen. Darüber hinaus vier geeignete und ausgeschäumte Koffer.

Drei Tage später erschien der Bote pünktlich. Diesmal hatte er einen weiteren Helfer dabei. Gemeinsam stellten sie vier große Rollkoffer in der Villa ab und verließen sie mit vier kleineren. Keine der Parteien prüfte die jeweiligen Inhalte.

Tschikalto ließ sich die Koffer in sein Wohnzimmer bringen und wies an, dass man ihn alleine ließ. Er schenkte sich ein Glas seines teuersten Cognacs ein und zündete sich eine Zigarre an. Zwölf Millionen Dollar in wenigen Monaten, nicht schlecht.

Als er den Verschluss des ersten Koffers öffnete, erhielt der Zünder den entscheidenden Kontakt. Die Explosion war so gewaltig, dass von der riesigen Villa nur noch ein fünf Meter tiefer Krater übrig blieb. Noch im Umkreis von 400 Metern zerbarsten alle Fensterscheiben. Später vermutete die Polizei einen Racheakt aus dem Milieu des organisierten Verbrechens.

121

2004

New York, 5. Juli 2004

Heute wurde der Grundstein für den 541 Meter hohen Freedom Tower von Daniel Liebeskind gelegt. Der größte Einzelaktionär des weltweit wertvollsten IT-Konzerns war der Einladung der Konzernführung gefolgt und saß auf der Ehrentribüne am Ground Zero. Einladungen zu Veranstaltungen, die täglich dutzendfach bei ihm eingingen, nahm er selten an. Dieses Ereignis hatte jedoch einen besonderen Stellenwert für ihn. Immerhin hatte er einen wichtigen Beitrag dazu geleistet, dass eine neue Bebauung des Areals überhaupt erforderlich geworden war. Die Finanzierung der Ausbildung für die Piloten, die den Anschlag am 11. September 2001 erfolgreich ausführten, hatte sich ausgezahlt. Er hatte es sich nicht nehmen lassen, seinem alten Freund Osama persönlich zu gratulieren.

Danach hatten sie ihre Kontakte aus Sicherheitsgründen auf ein Botensystem reduzieren müssen. Saleh Fayyad konnte nicht verhehlen, dass er die persönlichen Gespräche vermisste.

Ja, der Anschlag war ein großer Erfolg gewesen. Kurzzeitig schien die Welt stillzustehen. Aber mittel- und langfristig hatte sich nichts geändert. Die Amerikaner und ihre Verbündeten führten ihre globale Repressionspolitik ungehindert fort. Seine kurze Hoffnung, durch die vor vier Jahren in Berlin erbeuteten Unterlagen für den Herstellungsprozess des Granow-Serums dem Kampf eine entscheidende Wende zu geben, hatte sich zerschlagen. Er hatte sich eingestehen müssen, dass es ziemlich aussichtslos war, den fehlenden Grundstoff noch zu finden. Das angeblich bereits fertiggestellte Serum hatte sich als schlichtes Leitungswasser erwiesen.

Andererseits hatte Granow die Zusammensetzung und das Produktionsverfahren akribisch beschrieben und erfolgreich getestet. Nur die wichtigste aller Angaben fehlte: Wo genau war dieser spezielle Baum, aus dem der Basisstoff extrahiert wurde, zu finden? Der DDR-Wissenschaftler hatte den Nationalpark Phong Nha-Ke Bàn in Vietnam als Standort verzeichnet und auch, dass sich das Dschungellabor in einem etwa 1,8 Quadratkilometer großen Tal befand, in dem diese besondere Unterart der Brechnuss zu finden war. Möglicherweise durch ein besonderes Mikroklima entstanden. Nur die Koordinaten fehlten.

Insgesamt umfasste das Schutzgebiet an der Grenze zu Laos aber 857 Quadratkilometer. Erschwerend kam hinzu, dass sich bizarre Kalkformationen und Urwald abwechselten. Ein Fortkommen war sehr mühselig, eine strukturierte Suche logistisch nicht umzusetzen. Hier einen Baum zu finden, der sich äußerlich in nichts von Millionen anderen unterschied, war schier unmöglich.

Der Brechnussbaum, auch Krähenaugenbaum genannt, hatte Früchte aus grünen bis orangeroten, tischtennisballgroßen Beeren, die mit einer ledrigen Schale umgeben waren. Diese hatten weißes, bitter schmeckendes Fruchtfleisch und zwei bis vier runde, flache Samen, die mit feinen, seidigen Haaren bedeckt waren. Der einzige Unterschied, den Granow beschrieben hatte, bestand darin, dass die Früchte seines Baums statt gelblichem eher weißes Fruchtfleisch hatten.

Saleh Fayyad hatte schon alles in seiner Macht stehende in die Wege geleitet, um diese eine wichtige Information zu erhalten. Wo befand sich vor mehr als 15 Jahren dieses Dschungellabor?

Granow hatte beschrieben, dass ihm Wachpersonal aus der vietnamesischen Armee für seine Versuchsreihen zur

Verfügung standen. Mit Geld und Versprechungen hatte Fayyad die gesamte mittlere und obere Hierarchie der vietnamesischen Volksarmee befragen lassen. Irgendjemand musste doch die Soldaten abgestellt haben und den Standort kennen. Vergeblich.

Fayyad hatte Emissäre in die Bergregionen Vietnams entsandt. Aus den Aufzeichnungen ging hervor, dass Angehörige der Bergvölker zu Versuchszwecken missbraucht wurden. Aber auch der Besuch hunderter winziger Siedlungen der Montagnards brachte keinen Durchbruch.

Bei dem Gedanken, dass er sich am liebsten selbst auf die Suche begeben würde, musste Saleh Fayyad unvermittelt den Kopf schütteln. Nicht weil dies ein dummer Gedanke war, sondern weil er zeitgleich beobachtete, dass nach zahlreichen Ansprachen von Politikern nun der Grundstein für den Freedom Tower gesegnet wurde. Gemeinsam von einem christlichen und einem muslimischen Geistlichen.

Er stellte sich vor, was geschehen wäre, wenn Prinz al-Walid ibn Talal Al Saud einem christlichen Priester erlaubt hätte, sein vor kurzem fertiggestelltes Kingdom Center in Riad zu segnen. Wahrscheinlich hätte man ihn gesteinigt. Warum war dieses verweichlichte und dumme Volk nur so ein schwieriger Gegner?

122

2006

Medina, 2006

Das angenehme an der heißen Millionenstadt in der Wüste beruhte auf der Tatsache, dass sie neben Mekka die weltweit einzige Großstadt war, in der Nichtmuslimen der Zutritt verboten war. Ein Grund, warum sich Saleh Fayyad hier immer wohlfühlte.

Die heutige Zusammenkunft war ein Krisengespräch. Deshalb hatte er entschieden, persönlich dazuzustoßen, um den Verantwortlichen die Leviten zu lesen. Das aktuelle Projekt, das den Bau von 17.000 dringend benötigten Wohnungen umfasste, war schon ein halbes Jahr im Verzug. Die Baulogistik funktionierte. Es mangelte nicht an Nachschub von Baumaterial oder Transportkapazitäten. Der Planungsstand war auf aktuellem Niveau. Die Architekten und Ingenieure erledigten ihre Aufgaben zufriedenstellend.

Fayyad erfuhr, dass der Mangel an Bauarbeitern das eigentliche Problem darstellte. Sowohl bei den Fachkräften als auch bei den Hilfsarbeitern. In der Regel wurden solche Arbeiten in seinem Land von Gastarbeitern ausgeführt. Den größten Anteil stellten Kräfte aus Indien, Pakistan und Afghanistan, gefolgt von Ägyptern und Arbeitern aus afrikanischen Staaten.

Mit den Leistungen der Inder und Pakistanis war man noch einigermaßen zufrieden, der Rest war mehr Ballast denn Hilfe. Fayyad mutmaßte, dass diese Begründung vorgeschoben war. Er sah das eigentliche Problem im Management. Das Unternehmen, das die Arbeiter stellte, gehörte zu seinem Firmenkonsortium.

Er beschloss, eine neue Führung einzusetzen. Diese sollte gleichzeitig die Personalrekrutierung auf den asiatischen und indonesischen Raum ausweiten. Die Asiaten galten gemeinhin als zuverlässig, fleißig und anspruchslos.

123

2007

Chau-Doc, 2007

Der drahtige 39-jährige Mann las die Stellenanzeigen der Saigon Times. Die Zeitung hatte er sich nach seinem Besuch der wunderschönen Chau-Giang-Moschee gekauft, die er regelmäßig aufsuchte, um Allah zu preisen. Die hiesige nordvietnamesische Region an der Grenze zu Kambodscha war eine Hochburg des sunnitisch-muslimisch geprägten Cham-Volkes, das vorwiegend aus Reisbauern bestand.

Er war zwar nicht arbeitslos, aber die Entlohnung reichte kaum, um seine Familie zu ernähren. Gut bezahlte Arbeit war Mangelware in diesen Zeiten. Jeden Morgen fuhr er mit dem Boot aus den Cham-Villages, in denen auch die Hütte seiner Familie lag, über den Fluss Hau Giang auf die gegenüberliegende Seite der kleinen Stadt. Dort befand sich das Unternehmen, bei dem er beschäftigt war. Es gab mal mehr und mal weniger zu tun, wovon auch die Höhe seiner Lohn-Auszahlungen abhing. Von Beruf war er Polier.

Seit die kommunistische Einheitspartei eine vorsichtige Öffnung Richtung Marktwirtschaft versuchte, ging es zwar aufwärts. Es wurde mehr, höher und moderner gebaut. Aber zu einer besseren Vergütung der arbeitenden Bevölkerung hatte das noch nicht geführt. Während er auf Baustellen schuftete, musste seine Frau helfen, die riesigen Reisfelder in der Umgebung zu bewirtschaften. Dafür erhielt sie aber nicht einmal einen Bruchteil des Geldes, das er verdiente.

Vielleicht würde er in ein paar Monaten noch dankbar auf seine fünfjährige Armeelaufbahn zurückblicken können.

Immerhin hatte er dort die internationale Soldatensprache Englisch zumindest rudimentär lesen und sprechen gelernt.

Er hatte gehört, dass es sich lohnen würde, in der englischsprachigen Ausgabe der Zeitung nach Stelleninseraten zu suchen, da es hier bessere Angebote gäbe. Vermutlich nahm man an, dass diejenigen, die sie lesen konnten, auch gebildeter waren.

Die Stellenanzeige eines ausländischen Personalmanagement-Unternehmens hatte er mit einem Stift umrandet. Die versprochene Entlohnung war mehr als doppelt so hoch wie sein derzeitiger Durchschnittslohn. Allerdings wurde dieses Gehalt für Gastarbeit in einem arabischen Land gezahlt.

In Huynh Bian keimte Hoffnung auf. Konnte dies ein Weg sein, seine aussichtslose Situation zu verbessern? Er besprach sich mit seiner Frau und beschloss, sich zu bewerben. Auch wenn er dann lange Zeit fort wäre, seiner Familie würde es zumindest besser gehen. Vielleicht konnte er auch etwas für eine bessere Ausbildung seiner Kinder zurücklegen.

Die Araber waren reich und er ging davon aus, dass seine muslimischen Brüder gutherzige Menschen waren. Ohne das großzügig gespendete Geld aus einer saudi-arabischen Stiftung hätte die Moschee in ihrer Siedlung nie erbaut werden können. Es war an der Zeit, sich mit einer guten Arbeitsleistung zu revanchieren.

124

2011

Dammam, 2011

Der heiße Gestank im Schlafcontainer würde ihn noch einmal umbringen. Die zwei geöffneten Fenster und die offenstehende Tür brachten bei der herrschenden Windstille keine wirkliche Besserung. So war in den kurzen Nächten, die sich sechs Mal in der Woche mit langen, arbeitsreichen Tagen abwechselten, keine Erholung zu finden.

Die trockene Gluthitze in dieser Region von über 40 Grad konnte Huynh Bian eigentlich recht gut vertragen. In seiner Heimat lagen die Temperaturen zwar durchschnittlich um rund 10 Grad niedriger, aber durch die extrem hohe Luftfeuchtigkeit wurde dort jede Bewegung zu einer Qual.

Neben den Ausdünstungen seiner Mitbewohner störte ihn eher noch das Zischen und Brummen der komplizierten technischen Anlagen des Werkes, in dem ihre temporäre Containerlandschaft errichtet wurde. Und das ohrenbetäubende Donnern der Motoren von Flugzeugen aus dem wenige Kilometer entfernten King Fahd Airport.

Wie auf den anderen Baustellen zuvor wurden die Schlafplätze nicht nach Nationalitäten getrennt. Ohnehin waren Arbeiter aus südostasiatischen Ländern in der Minderzahl. Huynh Bians zwölf Mitbewohner in dem 30 Quadratmeter großen Verschlag stammten überwiegend aus Indien und Pakistan, plus zwei Ägyptern und einem Afghanen. Mit dem Sudanesen und ihm war schließlich die Maximalkapazität erreicht.

Ihr Tageswerk verrichteten sie auf einer großen Baustelle für ein Verwaltungsgebäude in einem petrochemischen Werk am Rande der Stadt. Oft wünschte er sich, wenigstens einmal den nahe gelegenen Halbmond-Strand am Ufer des Persischen Golfes besuchen zu dürfen, von dessen Schönheit man erzählte. Die Gastarbeiter hielt man jedoch streng kaserniert und unter Bewachung. Fast wie Kriminelle.

Vermutlich versuchten die Behörden zu vermeiden, dass noch mehr Anschläge durch die Al-Qaida verübt wurden. Vor einigen Jahren wurden in Dammam bei einer Geiselnahme 22 Ausländer getötet. Über diesen Vorfall hatte die Weltpresse ausführlich berichtet. Gerüchteweise kam es hingegen jedoch fast täglich zu Auseinandersetzungen zwischen der Polizei und Anhängern des islamistischen Netzwerkes. Teilweise auch mit Toten und Verletzten. Diese Ereignisse fanden nicht den Weg in die internationalen Medien.

Immerhin hatte Huynh Bian mit seiner Arbeit in diesem Land erreicht, dass es seiner Familie zu Hause gut ging. Auch wenn er sie jetzt seit fast drei Jahren nicht gesehen hatte. Die Saudis zahlten das versprochene Geld. Da er hier zum Leben fast nichts benötigte, überwies er den größten Teil davon in seine Heimat Vietnam.

Neben den Gesprächen mit seinen Leidensgenossen, die meist in gebrochenem Englisch geführt wurden, boten die fünf Gebetspausen am Tag einen Quell der Kraft und Frische für seinen Geist und Körper. Zu Hause hatte Huynh Bian nur einmal wöchentlich die Moschee besucht. Die meisten seiner Arbeitskollegen waren jedoch strenggläubige Muslime und das Gebetsritual ohnehin eine landesweite Pflicht. Irgendwann hatte er sich dem mythischen Rhythmus der Lobpreisung Allahs nicht mehr entziehen können. Inzwischen war er dafür dankbar. Es führte zwar nicht dazu, dass sein Glauben stärker wurde, aber er nutzte diese Zeit zur inneren Einkehr. In seinen Gedanken war Huynh Bian in diesen Minuten oft weit weg, in seiner kleinen Hütte bei seiner Familie.

Der Aufenthalt in dem Werk dauerte nun schon fünf Monate. Er schätzte, dass bis zur Fertigstellung des Gebäudes noch ein Dreivierteljahr ins Land gehen würde. Danach wollte er in die Heimat fahren, sich erholen und überlegen, ob er sich ein oder zwei weitere Jahre als Gastarbeiter verdingen würde.

In den letzten Monaten führte er lebhafte Gespräche mit Faiz Akbar. Der dunkelhäutige Afghane war erst 31 Jahre alt und ihre Kojen lagen gleich nebeneinander. Wenn Faiz von seinen zahlreichen Heldentaten im Krieg gegen die Amerikaner berichtete, konnte man den Eindruck gewinnen, dass für die Vollbringung nicht einmal zwei Leben ausgereicht hätten. Außerdem erzählte er so lustig, als ginge es nicht um eine blutige und grausame Wahrheit, sondern um einen Bollywood-Film.

Dass das eine Art Galgenhumor sein musste, konnte man ahnen, wenn ihm hin und wieder Tränen wegen des Verlustes von Familienmitgliedern und Freunden bei Kämpfen und rücksichtslosen Drohnenangriffen durch das mit Furchen durchzogene Gesicht liefen. Sekunden später lachte er wieder über das ganze Gesicht und gab eine neue Geschichte zum Besten.

Huyan konnte mit der Erzählkunst seines neuen Freundes nicht mithalten. Bis auf das eine schreckliche Erlebnis als 19-Jähriger war sein Leben eher eintönig gewesen. Die grauenhaften Sekunden im Angesicht der giftigen Krait und der Alternative, von den Mördern, die das Dschungellabor überfallen hatten, erschossen zu werden, holten ihn aber noch heute, 23 Jahre später, immer wieder ein. Dann schreckte Huynh Bian aus seinen Träumen hoch, in Schweiß gebadet. Vielleicht war es die Strafe dafür, dass er sein damaliges Versprechen gebrochen hatte, eine Koranschule zu besuchen, wenn er lebend davonkäme.

Zumindest gab er seinerseits diese Geschichte dem Afghanen zum Besten und malte sie, so gut er konnte, aus. Zu seinem Ärger ließ es sich Faiz fortan nicht nehmen, ihn nur noch „die Natter" zu nennen.

Im Laufe der kommenden Monate versuchte Faiz Akbar, Huynh mit Intensität und Ausdauer vom Jiahd zu überzeugen, von einer gemeinsamen Zukunft als Gotteskrieger im Namen Allahs. Huynh wies solch ein Ansinnen entschieden zurück. Da Faiz ihn meist Minuten später schon wieder frech angrinste, nahm Huynh an, dass dieser seine kriegerischen Ambitionen so ernst nicht meinen konnte.

Die harte Arbeit, verbunden mit ihrer kargen Unterkunft, dem eintönigem Essen und dem Verbot, sich außerhalb der Umzäunung des Containerkomplexes zu bewegen, erinnerte ein wenig an Sklavenhaltung. So war es nicht verwunderlich, wenn einige dem Reiz islamistischer Ansprachen erlagen. Huyan indessen vertrat allen gegenüber die Meinung, dass es weit klüger sei, sich zu beschimpfen als zu bekriegen. Für ihn standen einzig und allein die Heimkehr zu seiner Frau und seinen Kindern, der lieblichen Landschaft und den Reisfeldern Nordvietnams im Fokus des Interesses. Sollte sich die Welt doch bekriegen, wie sie wollte.

125

2014

Berlin, Juli 2014

Der dunkle Mercedes mit getönten Scheiben hielt in der Seitenstraße neben dem Berliner Dom. Dann stieg der Fahrer aus und öffnete die hintere Tür. Eine elegante Frau im schicken dunklen Kostüm kletterte aus dem Wagen, nickte ihrem Chauffeur kurz zu und ging den kurzen Weg zur Humboldt Box.

Die 44-jährige Dr. Ellen Gery entnahm ihrer Handtasche eine Chipkarte und hielt sie vor den Zugangsscanner. Als das grüne Licht in der Anzeige erschien, ging sie durch das Drehkreuz ins Gebäude. Seit über einem Jahr war die attraktive dunkelhaarige Frau die Hausherrin der Humboldt Box, die 2010 als Informationscenter für das Berliner Schloss errichtet wurde. Das moderne Gebäude mit seiner außergewöhnlichen Architektur hatte Freunde und Kritiker. In der Presse wurde es vielfach als UFO bezeichnet, das in der historischen Mitte Berlins, umgeben von denkmalgeschützten Prachtbauten, wie ein Fremdkörper wirke. Genau das war aber auch die Idee, die hinter der Architektur stand. Von Beginn an war klar, dass es nur für eine temporäre Nutzung errichtet würde. Es hatte die Aufgabe, Diskussionen zu entfachen und Neugierde auf das alte, neue Berliner Schloss zu lenken.

Neben einer Reihe von Ausstellungsetagen der staatlichen Museen gab es auch eine Etage für Tagungen, Sitzungen, Bankette und Partys. Wirtschaftsunternehmen, Ministerien, Parteien und Verbände nutzten diesen Raum für ihre exklusiven Veranstaltungen. Vorstände multinationaler Unternehmen, Präsidenten, Regierungschefs, Minister, VIPs aus Sport, Film und Kultur reichten sich an diesem Ort die Hände.

Abgerundet wurde das Angebot durch zwei Terrassen, von denen aus man einen phantastischen Rundumblick auf die historische Mitte Berlins und die Baustelle des Berliner Schlosses genoss.

Die Box wurde von einem privaten Investor errichtet, den Ellen Gery in der italienischen Botschaft im Rahmen einer Veranstaltung kennengelernt hatte, bei der Bilder privater Spender zu Gunsten des Berliner Schlosses versteigert wurden. Als man sich ein zweites Mal zum Essen traf, erfuhr sie, dass der Investor hochverzinste Darlehen für den Bau der Humboldt Box hatte aufnehmen müssen. Dr. Gery, die über die Geschichte des Berliner Schlosses promoviert hatte, zögerte nicht lange. Sie war vermögend und stellte kurzerhand eine Ablösung der Kredite zu einem eher symbolischen Zinssatz in Aussicht. Die Bedingung war, dass man ihr die Leitung des Hauses überließ – eine Aufgabe, die sie als spannende Herausforderung sah.

Zuvor hatte Ellen Gery die Humboldt Box ohnehin schon etliche Male besucht. Schließlich war das Berliner Schloss, nicht erst seit ihrer Doktorarbeit, ihr Steckenpferd. Schon in ihrem ersten Studiensemester hatte sie eine Geschichte über das Gespenst des Schlosses, die weiße Frau, geschrieben. Unterzeichnet hatte sie die Arbeit damals mit „Katja Granow".

Das war, bevor Anatoli Fedotow in ihrem Leben erschien und Tod und Verderben brachte. Zehn Jahre waren seither vergangen. Der erneuten Aufnahme des Geschichtsstudiums in Deutschland, unter einem neuen Namen, ging ein jahrelanges Versteckspiel in unterschiedlichen Ländern voraus. Erst als sie sich viele Jahre später mit dem dritten Pass die maltesische Staatsbürgerschaft erkauft hatte, fühlte Katja Granow sich sicher genug, um heimzukehren.

Obwohl sie nicht wusste, ob Anatoli heute noch seine gemeingefährlichen Machenschaften trieb. Sie hoffte zumindest, dass er ausreichend andere Beschäftigungen gefunden und kein Interesse mehr an ihr hatte. Schließlich war genug Zeit vergangen. Ein persönliches Interesse an ihrer Person hatte es bei ihm ohnehin nie gegeben. Sein alleiniges Ziel damals war, sich das Serum anzueignen, und das war ihm schließlich gelungen.

Da Katja somit keinen Nutzen mehr für Anatoli darstellte, war es mehr als wahrscheinlich, dass sie keine Angst mehr vor ihm haben musste. Ihr graute davor, jemals zu erfahren, welches Unheil er mit diesem furchtbaren Arsenal bereits angerichtet hatte.

Es war ein Geschenk des Himmels, dass sie nunmehr ihrer jetzigen Beschäftigung nachgehen konnte. Für Katja, alias Frau Dr. Gery, bedeutete dies Entspannung pur, auch wenn jeden Tag vielfältige Aufgaben zu erledigen waren. Insbesondere die Vorbereitung des Besuches und die Betreuung hochrangiger Gäste erforderten die Beachtung jedes Details. In der kurzen Zeit ihrer Tätigkeit hatte sie schon unzählige Prominente begrüßen dürfen: zwei Bundespräsidenten, die Kanzlerin Angela Merkel, dutzende Minister und Abgeordnete, ausländische Staatsgäste, darunter Könige, Wirtschaftsbosse und internationale Größen aus Kunst und Kultur.

126

Berlin, August 2014

Der Mann mit dem Stock schlug wütend und schimpfend nach einem Passanten.

„Können Sie nicht aufpassen, wo Sie herumstehen? Soll ich etwa um Sie herumgehen, oder was denken Sie sich?"

Der Angesprochene konnte nicht fassen, was gerade auf ihn einstürmte. Er war mitten auf dem Gendarmenmarkt stehengeblieben, um nachzuschauen, wer ihn gerade auf seinem Mobiltelefon anrief. Ein riesiger Platz, der an diesem frühen Vormittag nur spärlich bevölkert war. Praktisch unmöglich, jemandem den Weg zu blockieren. Er wollte gerade zu einer Erwiderung ansetzen, als er in das Gesicht des Aggressors blickte.

Eine große Narbe begann unter dem linken Auge und reichte bis unter das halb verschrumpelte Ohr. Aber das war es nicht. Es war dieser kalte Blick, es waren diese stechenden und dennoch irgendwie toten Augen, die ihn davon abhielten, sich zu beschweren. Vielleicht war es besser, mit dieser seltsamen Erscheinung keinen Streit vom Zaun zu brechen. Er trat einige Schritte beiseite.

„Warum nicht gleich so?", rief ihm der Mann hinterher. „Glauben Sie, ich bin hergekommen, um Slalom zu laufen?"

Andrej Karloff ging humpelnd und auf seinen Stock gestützt weiter. Eigentlich hatte er Zeit und kein besonderes Ziel. Aber Leute zu erschrecken machte ihm einfach Spaß. Er konnte sich nicht daran erinnern, ob das in seinem früheren Leben auch schon so gewesen war. Von der Minute an, in der er sein Bewusstsein wieder erlangt hatte, fühlte er einen mörderischen Hass in sich brodeln. Alleine das Ziel fehlte. Er wusste nicht, warum und auf wen er so wütend war.

Vor vielen Jahren hatte er einen Unfall gehabt. Er war vor ein Fahrzeug der Berliner Stadtreinigung gestoßen und überrollt worden. Wie durch ein Wunder hatte er überlebt. Allerdings hatte man ihn, der auf Grund seiner Ausweisdokumente als Patient Anatoli Fedotow geführt wurde, wochenlang in einem künstlichen Koma gehalten.

Seitdem er wieder wach war, litt Karloff unter einer posttraumatischen Hirnleistungsschwäche. Die Folgen äußerten sich in einer allgemeinen Verlangsamung, leichter Ermüdung, Konzentrationsschwäche, depressiven Verstimmungen und einer Gedächtnisstörung. Da bei ihm die linke Gehirnhälfte betroffen war, hatte er eine schwere retrograde Amnesie erlitten. Die Erinnerungen an die Zeit vor seinem Unfall waren verschwunden.

Ab und zu glaubte er Bilder von vergangenen Zeiten zu sehen, zum Beispiel von einer Motoryacht, aber dann hatten sie sich schon wieder in Luft aufgelöst. Ein Gedanke, der besonders häufig an die Oberfläche gespült wurde, war das Bild einer Frau. Allerdings sah sie nicht immer gleich aus. Mal blond, mal dunkel, mal groß, mal klein.

Fest stand, sie war das Böse. Sie war schuld an seinem Unfall. Er nannte sie die weiße Frau. Auch für diesen Namen kannte er keine Begründung. Es war eben so. Wenn er auch vieles vergaß, sein Hass auf die weiße Frau blieb.

Karloff hasste sie mit jeder Faser seines Körpers. Er empfand ein unbändiges Verlangen, diesen Geist aus der Vergangenheit zu töten. Nicht nur umzubringen, sondern in Stücke zu zerreißen, zu zerhacken, in Brei zu verwandeln.

Er wechselte die Richtung und hinkte mühsam auf eine Gruppe von Touristen zu, die ihm nun im Weg standen. *Na wartet!*

Auf Empfehlung seiner Ärzte und Betreuer verbrachte er seine Tage damit, in Berlin herumzulaufen. Und viele Orte zu besuchen. Behörden, Banken, Einkaufscenter, Cafés und Restaurants, Museen, Kirchen und sogar Friedhöfe. Da sein letzter Wohnsitz Berlin war, würde er sich vielleicht irgendwann an etwas erinnern. Wenn er etwas sah, was in seinem früheren Leben eine wichtige Rolle gespielt hatte. Da keine Verwandten oder Freunde aktenkundig waren, blieb dies seine einzige Hoffnung. Seit fast vier Jahren eine vergebliche.

Heute wollte er diese Humboldt Box besuchen. So ein verrückter Neubau am Schlossplatz. Dahinter sollte irgendein Schloss gebaut werden. Warum auch immer. Zu seinem Leidwesen waren die Touristen, auf die er zielgerichtet zugesteuert war, schon bevor er in ihre Nähe kam weit zur Seite gerückt. Er hatte beobachtet, wie einer aus der Gruppe die anderen auf ihn aufmerksam machte. Dann hatten sie ihm Platz gemacht. *Feiglinge!*

Obwohl die Entfernung vom Gendarmenmarkt zur Humboldt Box nicht einmal 1000 Meter betrug, benötigte Karloff eine gute halbe Stunde, bis er an das Kassenhäuschen kam. Bevor er an den Schalter trat, blickte er in Richtung Lustgarten, der sich auf der gegenüberliegenden Seite vor dem Alten Museum erstreckte. Ihm war, als wäre er vor seinem Unfall schon häufiger, in wichtiger Mission, an dieser Stelle gewesen. Aber warum nur?

Dass ihm dieser Gedanke in den letzten Jahren schon häufig kam, wenn er in dieser Gegend herumlief, hatte er vergessen. Letztlich war es ein Segen für ihn, dass er seine Gedächtnisschwäche nicht wirklich bewusst registrierte. Wenn es ihm selbst hin und wieder auffiel, war der Gedanke kurze Zeit später wieder verflogen.

„Ein Ticket", sagte er zu der Kassenkraft.

„Ja gerne, das macht drei Euro", erwiderte die Dame.

„Ich möchte eine Führung", forderte Karloff.

„Tut mir leid, Führungen gibt es nur nach Anmeldung, aber im ersten Obergeschoß erhalten Sie jederzeit ausführliche Informationen von den Mitarbeitern des Fördervereins. Die weiteren Museumsetagen können Sie sich selbst erschließen. Aber es gibt eine umfangreiche Beschriftung und viele multimediale Angebote."

Karloff hieb kräftig mehrmals mit seinem Stock auf den Aluminiumtresen.

„Eine Führung! Jetzt. Sehen Sie denn nicht, dass ich behindert bin?"

Die Angestellte fuhr erschreckt zurück. Glücklicherweise saß sie in einem verschlossenen Häuschen. Das sollte lieber mal die Gery übernehmen...

„Einen Moment bitte, es ist gleich jemand da", versuchte sie ihn zu beruhigen.

„Na also, geht doch", triumphierte Karloff. Um seinen Anspruch zu untermauern, klopfte er – allerdings weniger vehement – weiter im Takt auf den Tresen.

Die Mitarbeiterin rief über eine interne Leitung ihre Chefin an. Frau Dr. Gery versprach, schnellstmöglich selbst nach dem ungehobelten Gast zu schauen. Wenige Minuten später, Karloff drohte vor Ungeduld langsam der Kragen zu platzen, kam Katja auf die Kasse zu.

„Kann ich Ihnen helfen?", wandte sie sich an den Mann mit dem Krückstock.

Karloff drehte sein Gesicht zu der Stimme hinter ihm.

„Ich will eine Führung. Und zwar jetzt", herrschte er die Herankommende an.

Katja merkte, wie ihr das Blut in den Adern gefror. Ihr Gesicht verlor jede Farbe und sie konnte sich nur noch mit Mühe auf den Beinen halten. Anatoli!

„Haben Sie die Sprache verloren? Kann es jetzt endlich losgehen?", raunzte er sie an.

War er es doch nicht? Das Gesicht sah alt aus und war vernarbt. Sie musste sich geirrt haben. Auch wenn sie in solchen Fällen die Besucher freundlich, aber bestimmt auf die Regeln des Hauses verwies, in diesem Augenblick fühlte sie sich nicht in der Lage, eine Diskussion zu führen und ihn zurückzuweisen.

„Ja, natürlich”, hörte sie sich selbst sagen, „kommen Sie bitte mit”.

„Na endlich, dann machen Sie mal. Wie heißen Sie?”

Er war es doch nicht. Gott sei Dank!

„Mein Name ist Ellen Gery. Folgen Sie mir bitte zum Aufzug. Wir beginnen in der ersten Etage.”

Führungen durch das Gebäude begannen in der Regel an einem fast 30 Quadratmeter großen Modell der Berliner Mitte um das Jahr 1900. Dieses Meisterwerk der Modellbaukunst war in jahrelanger Handarbeit entstanden. Kaum ein Besucher konnte sich der Faszination des Ausstellungsstückes entziehen.

Auch dem unbeherrschten, seltsamen Besucher schien es zu gefallen. Es sah jedenfalls so aus, als würde sich ein Mundwinkel etwas nach oben ziehen. Während Katja die historischen städtebaulichen Aspekte erläuterte, suchte sie immer wieder seinen Blick. Als stünde der Besucher ständig unter Strom, flatterte sein Blick jedoch unstet hin und her.

„Gut. Weiter.”

Einen Moment lang trafen sich ihre Blicke. Katja erstarrte erneut. Er war es. Eindeutig. Diese widerlichen Augen gehörten Anatoli. Da war kein Zweifel möglich. Aber anscheinend hatte er sie nicht erkannt. Für einen kurzen Moment blieb sein Blick an ihren Augen haften.

Es war seinerseits nicht der kleinste Hinweis zu entdecken, dass sie beide eine fürchterliche Vergangenheit teilten. Seine Narbe deutete auf einen schweren Unfall hin. Hatte er sein Gedächtnis verloren? Auch sein auffälliges Verhalten war ungewöhnlich. Anatoli hatte seine grausamen Machenschaften und Befehle stets subtil vorbereitet und unter Ausschluss der Öffentlichkeit in die Tat umgesetzt. Nur ein einziges Mal, damals, als sie ihm in der Schweiz entwischt war, hatte sie ihn wutschnaubend hinter ihrem Taxi herlaufen sehen. Ansonsten hatte er in der Öffentlichkeit stets unauffällig agiert.

„Das reicht jetzt, ich möchte etwas trinken."

Sie hatten gerade mal 15 Minuten einer normal etwa einstündigen Führung hinter sich gebracht. Katja war erleichtert, schneller als erwartet dieser unerträglichen Situation zu entkommen. Dieses Ungeheuer hatte viele Menschen ermordet, die sie liebte! Konnte sie ihn oben über das Geländer der Aussichtsterrasse schubsen?

„Ich bringe Sie noch nach oben. Dort haben Sie einen wunderbaren Rundblick auf die historische Mitte Berlins."

Die Terrassen des Cafés waren gut besucht. Kein ideales Umfeld für einen Mord. So sehr sie sich seinen Tod auch wünschte. Jemanden von einer Terrasse zu schubsen, konnte sie sich nicht vorstellen. So etwas musste besser vorbereitet werden.

Sie war im Vorteil. Sie kannte ihn. Er kannte sie nicht. 1:0 für Katja. In den letzten Jahren hatte sie sich immer ausgemalt, wie sie dieses Monster umbringen würde, wenn sie die Gelegenheit dazu erhielte. Den Mörder ihrer einzigen großen Liebe, Andreas. Die Bestie, die den brutalen Überfall in Neuss auf dem Gewissen hatte. Den Wahnsinnigen, der ihren geschätzten Professor vergiftet hatte. Mit Sicherheit pflasterten noch andere Leichen seinen Weg. Wie viele Menschen hatte er wohl auf dem Gewissen?

Katja platzierte Karloff an einen sonnigen Tisch mit Blick auf die Schlossbaustelle. Sie würde ihn umbringen. Sie musste ihn umbringen. Was, wenn er sein Gedächtnis zurückerlangte? Sie würde in ständiger Todesangst leben. Bis er es geschafft hätte.

„Wenn Sie möchten, kann ich Sie auch einmal durch die Schlossbaustelle führen. Haben Sie Lust?"

„Jaja, na gut", antwortete der Mann ohne große Begeisterung.

„Es gibt nur wenige, die schon vor der Eröffnung einen Blick hinein werfen können", fügte Sie hinzu, „Sie werden überrascht sein, welche Dimensionen das Schloss hat. Haben Sie eine Visitenkarte oder darf ich mir Ihre Daten notieren?"

„Hier."

Karloff legte ihr, ohne weiter auf sie einzugehen, eine Karte mit Namen und Anschrift auf den Tisch: „Fedotow, Anatoli, Kantstr. 19, Berlin".

Seine medizinischen Betreuer sorgten dafür, dass er immer seine Adresse bei sich trug. Man konnte bei seinen Verletzungen nie sicher sein, ob sich plötzliche, sprunghafte Verbesserungen in der Gehirntätigkeit einstellten, oder umgekehrt dramatische Verschlechterungen auftraten.

„Ich melde mich bei Ihnen, sobald ich einen Termin arrangieren konnte. Auf Wiedersehen, Herr Fedotow."

Karloff nickte nur und beobachtete die Baustelle, auf der reger Betrieb herrschte. Katja eilte in ihr Büro. Sie rief den liebsten und wertvollsten Menschen an, den sie kannte, und bat ihn, abends alleine zu ihr zu kommen. Sie hätte etwas Wichtiges mit ihm zu besprechen.

127

Andrej Karloff saß noch eine ganze Weile auf der sonnigen Terrasse und schaute zu, wie die Kräne lange Stahlelemente und sonstiges Material auf den Baukörper hievten, der bereits bis zum dritten Obergeschoss gewachsen war. Irgendwie schien es ihm, als würde er diese Frau kennen. *Eine nette Frau.*

War sie ihm schon einmal in der Zeit vor seinem Unfall begegnet? Aber offensichtlich kannte sie ihn nicht. Sonst hätte sie ihn doch darauf angesprochen. Wie so oft versuchte er vergeblich, seine Erinnerung an frühere Zeiten hervor zu holen. Doch es fiel ihm so schwer, sich zu konzentrieren.

Wie konnte jemand nur Spaß daran zu haben, einen Rohbau zu besichtigen? So etwas Verrücktes. Nun denn, ihr zuliebe würde er mitmachen. *Eine nette Frau.*

Auf seinem Weg nach Hause verspürte gar keine Lust, jemanden anzupöbeln. Seltsam. *Eine nette Frau.*

128

Berlin, September 2014

Eine Eskorte von sieben Motorrädern stoppte vor der Humboldt Box. Nacheinander hielten zwölf Limousinen mit verdunkelten Scheiben und entließen ihre Gäste vor dem Eingang. Katja wartete dort mit einigen Ministern aus der Bundesregierung, um jeden Besucher persönlich zu begrüßen.

Anlass war der hochrangige Besuch aus Saudi-Arabien. Mehrere Mitglieder der Königsfamilie und wichtige Wirtschaftsvertreter waren der Empfehlung des Protokolls gefolgt, als Rahmenprogramm ihres Staatsbesuches dem Informationszentrum einen Besuch abzustatten. Immerhin würden die staatlichen Museen demnächst im Berliner Schloss ihre außereuropäischen Sammlungen präsentieren, darunter auch viele Schätze aus dem arabischen Raum. Die Museen beider Länder standen im regen Austausch. Finanziert durch einen saudischen Kunstmäzen, sollten die Sammlungen weiter aufgestockt werden, um den mittleren Osten angemessen und ansprechend in einer der meistbesuchten Städte der Welt würdig zu repräsentieren.

Der wichtigste und mächtigste Unternehmer in der hochrangigen Delegation hieß Saleh Fayyad. Laut dem Forbes Magazine war er inzwischen der zweitreichste Mann der Welt. Die Besuchergruppe wurde mit Unterstützung von Dolmetschern durch die Ausstellungen geführt.

Für Katja war diese Gruppe keine Besonderheit. Je kürzer die Zeit bis zum Abbau der Humboldt Box und der Eröffnung des Humboldtforums wurde, desto häufiger empfing sie prominente Gruppen und Einzelgäste. Inzwischen kannte sie gefühlt schon alle Mitarbeiter des BKA, die vor diesen Besuchen jeweils das Gebäude durchleuchteten. Häufig genug positionierten sich auf den Dächern der Nachbargebäude, wie der Hauptstadtrepräsentanz von Bertelsmann oder dem Zeughaus, Scharfschützen, für alle Fälle.

Wie gewohnt beobachtete Katja den Rundgang der illustren Gäste, wobei sie sich aber immer bemühte, im Hintergrund zu bleiben.

„Es ist sehr interessant hier, Frau Dr. Gery."

Ohne dass sie es bemerkt hatte, war der Wirtschaftsmagnat Fayyad seitlich an sie herangetreten.

„Oh, vielen Dank, das freut mich sehr", erwiderte Katja, zunächst erstaunt darüber, dass sich dieser reiche Exot ihren Namen gemerkt hatte. Allerdings war ihr schon häufig aufgefallen, dass dies eine banale Kunst von wichtigen Leuten war. Ihrer Meinung nach ließen sie sich die Namen kurz vorher von ihren Sekretären zuflüstern. Das war das ganze Geheimnis.

„Wissen Sie", fuhr Fayyad fort, „meiner Ansicht nach sind organisierte Führungen eine reine Zeitverschwendung. Wenn man wirklich etwas über Geschichten und Hintergründe erfahren möchte, die nicht in offiziellen Verlautbarungen stehen, sollte man sich an Personen wenden, die nicht in Lohn und Brot für die jeweilige Sache stehen."

Katja konnte sich ein breites Lächeln nicht verkneifen.

„Mir bleibt nichts anderes übrig, als Ihnen zu gestehen, dass Sie Recht haben. Aber das darf ich natürlich nicht zu laut sagen, sonst bekomme ich wieder Ärger mit den staatlichen Museen."

„Das ist interessant. Sie vertreten häufig unterschiedliche Meinungen?"

„Das kommt zwar vor, ist aber nicht die Regel. Viel schwieriger ist es, von diesen überhaupt eine Meinung, oder eine Antwort auf eine simple Frage, zu erhalten. Museen sind eben keine Wirtschaftsbetriebe. Dort herrschen eigene Gesetze. Wenn eine Aussage nicht von allen beteiligten Kuratoren, den zuständigen Direktoren, der Verwaltung und nicht selten auch noch vom Präsidenten freigegeben wurde, gibt es eben keine Stellungnahme. Das kann sich in Einzelfällen über viele Monate hinziehen."

Fayyad musste herzhaft lachen. Er scherte sich auch nicht darum, dass sich alle Blicke auf ihn richteten. Hatte er keine Angst oder keinen Respekt vor den Prinzen aus der Königsfamilie? Ihr war es jedenfalls höchst unangenehm und sie errötete, was nun wirklich nicht häufig vorkam.

„Ich bestehe darauf, dass Sie mich durch das Gebäude führen, Frau Doktor. Entschuldigen Sie, das sollte natürlich eine herzliche Bitte sein."

Natürlich konnte Katja nicht nein sagen, auch wenn die höchst akademischen Museumsmitarbeiter ihr giftige Blicke zuwarfen. Am Ende der Führung standen sie auf der Südterrasse der Humboldt Box, nur wenige Meter vom mächtigen Gebäudekomplex des Berliner Schlosses entfernt. Nicht ganz ohne Stolz, obwohl sie selbst nichts dazu beigetragen hatte, berichtete Katja von der illustren Gästeschar, die zur Einweihung erwartet wurde.

Fayyad war ein aufmerksamer Zuhörer und erkundigte sich ausführlich nach dem Eröffnungsspektakel. So ein großes Interesse und seine vielen Nachfragen während des Rundgangs waren beileibe nicht selbstverständlich bei ihren sonstigen Führungen. Katja musste zugeben, dass ihr diese Führung sehr viel Spaß gemacht hatte.

„Was haben Sie eigentlich gelernt? Ich habe selten so gute und geistreiche Erläuterungen erleben dürfen." Fayyad schaute Katja in die Augen.

„Wirklich nichts Besonderes", antwortete sie. „Ich habe Geschichtswissenschaft studiert."

„Wollen Sie nicht einmal in einem anderen Land arbeiten? In einem faszinierenden Land? Wir planen den Bau eines universellen Museums. Es wird flächenmäßig alle Dimensionen sprengen und ein architektonisches Highlight werden. Und die Stelle eines Direktors muss schließlich auch irgendwann besetzt werden."

„Das hört sich wirklich interessant an. Ich bin ganz überwältigt. Aber, soweit ich weiß, dürfen in Ihrem Land die Frauen nur verschleiert in der Öffentlichkeit auftreten. Das wäre nichts für mich. Aber trotzdem vielen Dank. Ihr Angebot ehrt mich sehr."

„Keine Ursache, vielleicht ändern Sie Ihre Meinung später noch einmal. Dann lassen Sie es mich wissen. Auf Wiedersehen."

Fayyad gab seinen Begleitern das Zeichen zum Aufbruch. Er war sicher, dass sich Frau Dr. Ellen Gery in naher Zukunft wohl oder übel an eine Burka würde gewöhnen müssen.

129

In seinem letzten Semester als Student der Medizin war der junge Mann vor einigen Monaten einer Einladung zu einem Vortrag der Deutschen Gesellschaft für Ästhetische Botulinumtoxin-Therapie e.V. gefolgt. Er hatte gelernt, dass das Botulinum die Kontraktion der mimischen Muskulatur durch die Blockade des benötigten Botenstoffes verminderte. Die hieraus folgende Entspannung dieser Muskeln führte zu einer Glättung der Falten.

Durch buntbebilderte Livestyle-Magazine, in denen Prominente diese Prozedur unter der Abkürzung „Botox-Behandlung" zur Schau stellten, wurde die Anwendung in den letzten Jahren zu einem Massenphänomen. Aber auch wichtigere Behandlungsmöglichkeiten des Bakteriums wie Schielen oder neurologische Bewegungsstörungen, deren Ursachen im Gehirn lagen, führten dazu, dass das sogenannte BTX in zahlreichen Laboren für weitergehende Forschungen verwendet wurde. Es war zwar nicht leicht, aber dem 25-jährigen Studenten gelang es, eine ausreichende Menge zu entwenden.

Im Gegensatz zu den meisten Laien wusste er, dass das Bakterium erstmalig im Zusammenhang mit der Ursachenforschung für Lebensmittelvergiftungen entdeckt wurde. Schon die Aufnahme einer winzigen Menge konnte zu einem qualvollen Tod führen. In der Schachtel vor ihm befanden sich sechs Pralinen. Mit einer Spritze füllte er die zehnfache Menge einer tödlichen Dosis in jede einzelne. Sicher war sicher. Der Empfänger der Schachtel hatte eigentlich hundert qualvolle Tode verdient.

Er hatte seine Mutter getötet. Und die große Liebe seiner Schwester. Leider hatte er ihn nie kennenlernen dürfen.

Seine Mutter war von Schüssen getötet worden, als er sich als Elfjähriger an sie klammerte. Mindestens vier Männer waren an diesem Überfall beteiligt. Da sich Anatoli Fedotow nicht unter den zwei toten Angreifern befand, die seine Mutter zuvor noch niederstrecken konnte, musste er zu den anderen beiden gehören, die die Schüsse abgegeben hatten. Es gab nicht den geringsten Zweifel, dass er der Mörder war. Schließlich hatten es die Einbrecher alleine auf das Serum abgesehen.

Auch er selbst war von Schüssen getroffen worden. Insgesamt wurden ihm drei Kugeln aus dem Körper geholt. Eine Kugel war nur Millimeter neben seinem Herzen eingeschlagen. Er hatte monatelang im Krankenhaus und in Rehabilitationszentren verbracht. Immerhin hatte es dazu geführt, dass sein Interesse an der Medizin geweckt wurde. Deshalb hatte er später dieses Studium gewählt.

Alexander Gery verschloss die Pralinenschachtel mit dem vorgesehenen Deckel. Auf diesem waren die Humboldt Box und der Schriftzug „Danke für Ihren Besuch" abgebildet. Heute Abend würde er die Schachtel seiner Schwester geben. Seiner Freundin Christina würde er nichts erzählen. Es war zwar schade, vor einem geliebten Menschen Geheimnisse haben zu müssen, und es verblieb ein schlechtes Gefühl. Andererseits wäre es noch furchtbarer, sie mit einem solchen Wissen zu belasten.

130

Als Chefin der Humboldt Box hatte Katja jederzeit die Möglichkeit, Besucher auf die Baustelle zu führen. Es gab viele solcher Anfragen. Natürlich wurden diese Besuche, um den Baubetrieb nicht zu stören, auf ein Minimum begrenzt oder, was natürlich nur in den hellen Sommermonaten möglich war, auf die Abendstunden gelegt, wenn der Baubetrieb geendet hatte.

Heute Abend war sie soweit. Vor 15 Jahren hatte Anatoli Katjas Leben zerstört. Endlich würde er dafür büßen. Sie war vorbereitet. Heute Abend würde sie Anna Sydow sein. Die weiße Frau war wieder da. Zumindest für eine Nacht.

Katja hatte Karloff erst vor zwei Stunden angerufen. Da er bei seinem Besuch in der Humboldt Box einen ziemlich zerstreuten Eindruck gemacht hatte, wollte sie einigermaßen sichergehen, dass er auch erschien.

Als sie pünktlich um 20 Uhr an der Einlasskontrolle zur Baustelle eintraf, sah sie ihn dort schon warten. Sie betraten das abgesperrte Baugelände. Katja hatte nicht vor, eine lange Unterhaltung zu beginnen.

„Lassen Sie uns oben beginnen. Dort erhalten wir einen Überblick über den Gebäudekomplex. Dann sind meine Erläuterungen besser verständlich, wenn wir anschließend durch die einzelnen Etagen gehen."

Sie wartete nicht auf eine Antwort und schritt schnell voraus, immer wieder einen Blick zurückwerfend. Natürlich traute sie Anatoli zu, dass er nur Theater spielte, um sie gleich von hinten anzugreifen. Aber dann hätte er schon wirklich großes Theater spielen müssen und so eine perfekte Täuschung traute sie ihm eigentlich nicht zu. Aber bei ihm konnte man sich nie sicher sein.

Momentan schien er offensichtlich Schwierigkeiten zu haben, mit ihrem Tempo mitzuhalten. Fedotow wusste gar nicht, wie ihm geschah. Seine „nette Frau" legte ein Tempo vor, als würden sie ein Rennen bestreiten. Er war schon außer Atem, als sie endlich den Fuß eines Treppenaufgangs erreichten. Nun musste er auch noch dort hoch gehen. Nett hin, nett her, was zu viel war, war zu viel. Bald würde er ein ernstes Wörtchen mit ihr reden müssen.

Dabei hatte er ihr sogar etwas mitgebracht. Soweit er zurückdenken konnte, hatte er noch nie jemandem ein Geschenk gemacht. Wenn sie nur wüsste, welche Ehre er ihr erwies. Aber jetzt musste er zunächst einmal dranbleiben. Zwei Treppen waren schon geschafft, aber sie lief noch höher.

Sein Geschenk war etwas ganz Besonderes. Er hatte es immer wie einen Talisman behandelt, ein Relikt aus seiner Zeit vor dem Unfall. Es mussten glückliche Zeiten gewesen sein. Vielleicht hatte er auch mal eine Freundin? Eine Familie jedenfalls nicht. Das hätte man ja anhand seiner Ausweispapiere schnell herausgefunden. Aber eine Freundin?

Vielleicht war diese Flasche von seiner Liebsten gewesen. Deshalb hatte er sie möglicherweise nie entsorgt. Sie hatte gar einen Ehrenplatz in einer Vitrine gehalten. Er hatte die Flasche aufgedreht und daran gerochen. Dachte, es sei ein Parfum. Aber er konnte nichts riechen.

Dann fiel es ihm wieder ein. Bei seinem damaligen Unfall hatte er seinen Geruchssinn verloren. Aber es roch bestimmt gut. Die Flasche war doch so schön. Jetzt steckte sie in seiner Hosentasche. Ein schönes Geschenk.

131

Katja öffnete ihre Handtasche und tastete nach der kleinen Schachtel, auf deren Deckel die Humboldt Box abgebildet war. Sie hatte die Pralinenschachteln anfertigen lassen, um eine kleine Aufmerksamkeit für besondere Gäste parat zu haben. Heute beinhaltete die Schachtel Pralinen einer besonderen Sorte. Eine Idee und Kreation ihres Bruders. Sozusagen Elena-und-Andreas-Gedächtnispralinen.

Alexej, sie rief ihn immer noch bei seinem alten Namen, hatte ihr die Wirkung erläutert. Nach oraler Aufnahme würde es anfangs zu einer Lähmung der Augenmuskulatur kommen. Anatoli würde nur noch verschwommen sehen können und lichtempfindlich sein. Dann würde er Schwierigkeiten haben, seine Augen überhaupt noch geöffnet zu halten. Anschließend käme es zu einer Lähmung des Mundes, die Sprachstörungen hervorrief. Es würde die Gefahr bestehen, dass er sich verschluckte oder an seinem Speichel erstickte. Schließlich würde die Lähmung auf die Atmungsmuskulatur übergreifen, was zum Erstickungstod führen konnte.

Sollte er dies noch überleben, ginge es mit einer Lähmung der inneren Organe weiter, die zu Übelkeit, Erbrechen, Durchfall, später Verstopfung und krampfartigen Bauchschmerzen führen würde. Erfreulicherweise würde Anatoli den gesamten Verlauf bei vollem Bewusstsein erleben. Da die Beschwerden frühestens nach zwei Stunden einsetzen würden, musste sie sich das Elend glücklicherweise nicht mit anschauen müssen. Das Wissen, was mit ihm geschehen würde, war völlig ausreichend. Vielleicht würde er gerade vor dem Fernseher sitzen?

„Halt!"

Katja schreckte aus ihren Gedanken hoch.

„Ich kann nicht so schnell. Warten Sie bitte."

Hatte er bitte gesagt? So kannte sie ihn ja gar nicht. Der Unfall, wie auch immer es zu diesem gekommen war, hatte ihm offensichtlich gutgetan.

„Nur noch eine halbe Treppe, dann sind wir oben und Sie können sich ausruhen. Runter ist es dann einfacher."

Katja ging einfach weiter. Von der Decke des dritten Obergeschosses, soweit war der Rohbau in Teilen schon gediehen, hatte man einen berauschenden Ausblick. Das Abendlicht dieses sonnigen Tages trug seinen Teil dazu bei. Die alten Gemäuer des Berliner Domes auf der gegenüberliegenden Straßenseite vor Augen, setzte sich Katja auf einen Stapel von Holzbrettern.

„Setzten Sie sich neben mich. Dann können Sie etwas verschnaufen."

Karloff atmete schwer und ließ sich mit einem Seufzer neben Katja nieder. Jetzt war ein guter Zeitpunkt gekommen, ihm eine Stärkung anzubieten. Sie öffnete ihre Handtasche, um die Pralinen herauszuholen, als Anatoli gleichzeitig in seine Jackentasche griff. Er streckte ihr einen Flakon mit einem Schwanenhals entgegen.

„Hier, für Sie", sagte er.

Katja starrte das Fläschchen einen Moment lang an, bis sie begriff. Es war ihr Flakon. Es gab keinen Zweifel. Sie hatte damals sehr lange nach einer geeigneten Flasche gesucht. Sie schrie auf und stürzte davon.

Karloff verstand die Welt nicht mehr. Verdutzt schaute er auf das Fläschchen. Was war denn so Entsetzliches daran? Es war doch nur Parfum. Und es roch doch bestimmt auch gut. Seltsam.

Er hielt den Sprühkopf auf seine Hand gerichtet und drückte ihn herunter, um sich zu vergewissern, dass der Mechanismus noch funktionierte. Ein feiner Sprühnebel bedeckte seinen Unterarm und Handrücken. Kopfschüttelnd erhob er sich, um der netten Frau nachzugehen. Um sie zu fragen, was denn passiert sei. Am Rande der Behelfsabsperrung, die den Arbeitern als Absturzsicherung diente, blieb er stehen. Irgendetwas stimmte nicht mit ihm.

Katja spurtete die Treppen hinunter und stürmte aus dem künftigen Portal IV, das sich an der Nordfassade befand. Fast wäre sie in zwei Männer vom Wachschutz hineingelaufen, die kurz davor standen. Einer zeigte mit dem Arm nach oben, in die Richtung, wo Katja kurz zuvor noch mit Anatoli gesessen hatte. Katja schaute auch in diese Richtung und sah, wie sich ein Mann, der einen Stock in die Höhe hielt, gefährlich über die Behelfsbrüstung beugte.

Andrej Karloff wollte sich gerade in Richtung des Treppenhauses aufmachen, als er unvermutet anfing, stark zu zittern. Bevor das Serum Sekunden später seine Körperfunktionen vollständig zum Erliegen brachte, fiel ihm ein Name ein, den er jedoch nicht zuordnen konnte: Katja. Wütend über sich selbst erhob er seinen Stock, um auf die hölzerne Absturzsicherung einzuschlagen. Als seine Körperfunktionen den Dienst versagten, fiel er vornüber gegen das Geländer aus Brettern. Einen Moment lang schienen ihm die Beine einzuknicken. Da der noch aufgerichtete Oberkörper schon vorher den Gesetzen der Schwerkraft erlag, stürzte er vornüber in die Tiefe. Er landete auf dem breiten Betonfundament, auf welchem später die rund 80 Zentimeter breite Backsteinfassade nach historischem Vorbild vor dem Betonrohbau errichtet werden würde. Der Flakon, den er noch in der Hand gehalten hatte, landete auf einem Hügel aus Sand, der aus dem Aushub für die Kanalisation stammte, und versank in dem locker aufgeschütteten Berg.

132

Ein Blick auf den zerschmetterten Körper Anatolis ließ keinen Zweifel daran, dass dieses Monster endlich tot war. Während sich einer der Wachleute über den Körper beugte, rief der andere über sein Mobiltelefon die Polizei. Katja hatte sehr wohl beobachtet, dass Anatoli während seines Sturzes der Flakon aus der Hand fiel und dieser einige Meter weiter aufschlug. Sie wandte ihren Blick in die Richtung und sah gerade noch eine feine Bewegung im Sand. Der Wachschutz bemerkte in seinen hektischen Aktivitäten nicht, dass Katja sich zu der Stelle bewegte, wo die Flasche liegen musste.

Sie setzte sich mit dem Rücken zu den Wachleuten, als ob sie sich ausruhen müsste. Schnell zog sie sich einen Schuh aus und schob vorsichtig den Sand hin und her. Der Flakon war unversehrt! Doch bevor sie ihren Fund sichern konnte, lief ein Wachmann eifrig auf sie zu und rief sie an. Während sie sich zu ihm umwandte, drückte sie im Aufstehen hinter ihrem Rücken den Flakon tief in den Sandhaufen zurück.

Während Katja die Fragen des Wachmanns beantwortete, vergewisserte sie sich mit einem Blick, dass nichts zu sehen war. Sie nahm sich vor, am nächsten Tag zurückzukehren und die Flasche zu sichern.

133

2015

Darna, November 2015

Die Organisation Shura der Islamischen Jugend hatte im April 2014 die Hafenstadt im Nordosten als erste Libysche Stadt zum Bestandteil des Islamischen Staates erklärt. Am kommenden Tag würden gezielt gestreute Meldungen im Internet über seinen Besuch berichten. Der Kalif des IS verfolgte mit seiner kurzen Visite in Darna drei Ziele: Erstens sollte die Welt erfahren, dass er nach wie vor reisen konnte, wann und wohin er wollte. Zweitens war es ihm wichtig, in den neuen Provinzen seines Reiches Präsenz zu zeigen. Und schließlich würde er mit dem neu eingesetzten Emir die künftige militärische Strategie in der Region besprechen.

Kalif Abu Bakr al-Baghadi und der Emir von Darna, Mohammed Abdullah alias Abu al-Baraa al-Asd, saßen umgeben von Wächtern in der Mitte des Raumes auf einem Teppich. Seine Mitarbeiter hatten vor Al-Baghadi ein Mikrofon platziert. zehn Minuten lang referierte er über den siegreichen Feldzug des Islam und das kommende Großkalifat, das schon bald den größten Teil des arabischen Raumes umspannen würde.

Nachdem er geendet hatte, befahl er mit einer Handbewegung die Entfernung des Mikrofons. Die Aufzeichnung einer weiteren Audiobotschaft an die Welt war beendet.

„Bevor wir weitermachen, wollen wir gemeinsam eine Tasse Tee genießen, Emir", wandte sich al-Baghadi an seinen Gastgeber.

Al-Baraa al-Asd ergriff die vorbereitete Kanne und füllte Tee in zwei Tassen, von denen er eine dem Kalifen reichte.

„Trink du zuerst, mein Freund", forderte ihn der Chef des IS auf.

„Gerne, mein Kalif. Aber als Gastgeber wäre das unhöflich."

„Trink", wurde er erneut aufgefordert.

Der Emir nahm einen großen Schluck Tee und setzte die Tasse wieder ab. Erst nachdem ihn sein Besucher eine Zeitlang wortlos beobachtet hatte, ergriff auch dieser den Tee und erfrischte sich.

„Weißt du, mein Freund, in meiner Position muss ich vorsichtig sein. Zu viele Menschen trachten mir nach dem Leben. Es könnte leicht ein Gift untergemischt werden."

„Du hast Recht, weiser Kalif, aber wie sollte ich unbemerkt vor deinen Augen Gift in den Tee schütten?"

„Es gibt viele Möglichkeiten und letztlich ist es der Wille Allahs, wenn es denn geschehen soll. Dennoch darf ich nicht leichtsinnig sein. Der Tee könnte auch für uns beide zu einem schnell wirkenden Giftgemisch verrührt worden sein. Oder es wäre ein Gift, das man zunächst nicht bemerkt und das seine Wirkung erst viel später entfaltet."

„Ein Gift, das zeitverzögert wirkt? Davon habe ich noch nie gehört."

„Natürlich gibt es so etwas", korrigierte ihn al-Baghadi. „Darüber hinaus ist sogar einmal eine Tinktur entwickelt worden, die alleine durch Hautkontakt übertragen werden konnte und selbst dann noch über eine einstellbare Wirkungsverzögerung verfügte. Die Formel existiert. Leider fehlt ein bestimmter Rohstoff. Stell dir nur vor, was wir mit diesem Serum hätten erreichen können."

Der Emir schaute ungläubig.

„Ich habe noch nie von einer solchen Möglichkeit erfahren. Was fehlt denn für ein Rohstoff? Wenn ich kann, werde ich ihn dir besorgen."

„Das wirst du nicht können, schon weil wir es selbst nicht geschafft haben. Das Serum wurde vor vielen Jahren einmal von Deutschen in einem Urwaldlabor in Vietnam entwickelt. Nur dort war der pflanzliche Rohstoff verfügbar."

„War verfügbar? Pflanzen wachsen doch nach?"

„Ja, das ist richtig", murmelte al-Baghadi. „Wenn man nur wüsste, wo."

Nachdem er eine Weile sinnierend vor sich hin geschaut hatte, kam er zur Sache.

„Nun berichte mir, Mohammed Abdullah: Wo stehen wir heute in Libyen?"

Zwei Stunden später verließ der Kalif mit seinen sechs Leibwächtern das Gebäude. Einer davon, Hadi al-Madhi, der diese ehrenvolle Aufgabe acht Monate zuvor übernommen hatte, blieb plötzlich stehen. Endlich war es ihm eingefallen. Die Natter.

Er dachte zurück an den Afghanen, den er zwei Jahre zuvor in einem Ausbildungslager im pakistanisch-afghanischen Grenzgebiet kennengelernt hatte. Dieser war ihm aufgefallen, weil sich abends immer viele um ihn scharten, um seinen lustigen und zugleich blutrünstigen Geschichten zu lauschen, die er vermutlich überwiegend erfunden hatte. Einmal hatte er von einem kleinen Vietnamesen erzählt, den er „die Natter" nannte. Als er aufgefordert wurde zu erläutern, woher dieser Spitzname kam, hatte er in blumigen Tönen die dramatische Geschichte eines Soldaten erzählt, der ein Dschungellabor bewachen sollte und einen stundenlangen Kampf mit einer tödlichen Giftschlange ausgefochten hatte. Konnte es vielleicht sein, dass dieses Labor...?

134

**Dschidda,
Dezember 2015**

Die versiegelte Nachricht al-Baghadis war bereits durch viele Botenhände gegangen, bevor sie ihn vor einigen Stunden erreicht hatte. Saleh Fayyad lief aufgeregt in seinem Büro hin und her. Er blieb stehen und blickte aus dem Fenster Richtung Osten. Dorthin, wo irgendwo Vietnam liegen musste. Sollte er doch noch den Durchbruch erzielen?

Die Suche nach Faiz Akbar lief bereits auf Hochtouren. Hoffentlich fand man ihn lebend.

135

2016

Afghanisch-pakistanisches Grenzgebiet, Januar 2016

Faiz Akbar fror. Eigentlich hatte er seine Erfüllung gefunden. Er war zum Chefdolmetscher dieses entlegenen Camps ernannt geworden, in das in regelmäßigem Wechsel junge Männer aus aller Welt strömten.

Er lernte gerne neue Menschen kennen und erzählte auch denen, die es nicht interessierte, dass er einer der Menschen mit dem größten Freundeskreis der Welt sei. Schade nur, dass viele von ihnen zwischenzeitlich, meist noch sehr jung, gestorben waren oder bald sterben würden. Der Jihad forderte viele Opfer.

Aber im Gegensatz zu ihm durften sie schon jetzt die Freuden des Paradieses genießen. Auch er freute sich auf das Paradies, aber er wollte sich noch etwas Zeit damit lassen. Vorfreude war doch die schönste Freude.

Im Anschluss an seinen Job als Gastarbeiter in Saudi-Arabien war Faiz nach Afghanistan zurückgekehrt und hatte sich dem Kampf gegen die Aggressoren angeschlossen, die seine Heimat immer noch nicht verlassen hatten. Er hatte nie vorgehabt, an vorderster Front zu kämpfen. Das schien ihm zu gefährlich. Durch eine glückliche Fügung war er schließlich zu seinem Job als Übersetzer für ausländische Kämpfer gekommen.

Natürlich konnte auch hier jederzeit eine von einer Drohne abgeworfene Bombe einschlagen oder ein Spezialkommando der Briten oder Amerikaner auftauchen. Aber immerhin war es sicherer, als ein Frontkämpfer zu werden, und für einen Selbstmordattentäter hielt er sich offiziell für zu alt, und insgeheim für zu jung.

Mangels militärischer Fähigkeiten bestand seine Aufgabe in der sprachlichen Verständigung unter den international rekrutierten Kämpfern. Er beherrschte verschiedene afghanische Dialekte und durch seine Aufenthalte im Ausland auch passabel Arabisch und Englisch.

An Tagen wie heute, an denen die frostigen Temperaturen wohl nicht über -10 Grad steigen würden, dachte er gerne an die Hitze Saudi-Arabiens zurück. Spätestens wenn es hell wurde, musste er jedoch aus seinem Schlafsack kriechen. Glücklicherweise war es noch stockdunkel und er schob sich noch einmal tiefer in die wohlige Wärme seiner Felle. Gerade als er wieder wegschlummern wollte, unterbrachen lautstarke Stimmen seine Ruhe.

Männer mit Pferden waren ins Lager gekommen. Kampfgeräusche wie Schüsse oder Schreie gab es nicht. Es mussten Freunde oder Verbündete sein. Faiz zog sich schnell seine Sachen über und verließ das Zelt. Ehe er sich versah, hatte er seinen Job verloren. Die unbekannten Männer mit den Pferden befahlen ihm, sie zu begleiten. Wohin die Reise ging, wusste er nicht.

Mehrere Tage ritten sie, eine andere Möglichkeit der Fortbewegung gab es in diesem unwirtlichen Gebiet nicht, über kleine Pfade durch die bitterkalte Winterlandschaft. An steileren Passagen stiegen sie ab und führten die Pferde hinter sich her. Seine Nachfragen, wohin es denn ginge, wurden ignoriert.

Faiz realisierte, dass ihre Route nach Südost, in Richtung der pakistanischen Grenze führte. Nach und nach wurde das Gelände flacher und sie erreichten schließlich einen breiten Schotterweg. Dort wartete ein Wagen auf sie. Acht Stunden später bog der Wagen von der Hauptstraße ab und hielt eine weitere halbe Stunde später an einem kleinen Flugplatz mit einer sandigen Piste.

Seine Mitreisenden trugen ihre Waffen deutlich sichtbar. Aus diesem Grund unternahm Faiz keinen Versuch, sich zu weigern, als sie ihn aufforderten, in das kleine einmotorige Flugzeug zu steigen. Die Maschine verfügte über fünf Sitze. Zwei in der ersten Reihe, für die Piloten, zwei in der zweiten Reihe und einer im sich verengenden Raum des Rumpfes dahinter. Einer seiner Begleiter setzte sich auf den Einzelsitz hinten. Faiz nahm mit einem zweiten in der Mitte Platz und ein weiterer setzte sich neben den Piloten, der die Maschine startete.

Noch bevor die Räder der Maschine vom Boden abhoben, drückte der hinter ihm sitzende Mann Faiz mit großer Kraft ein Tuch vor Mund und Nase.

136

Riad, Januar 2016

Ein Tropfen kitzelte ihn an der Nase. Die erste Empfindung, die Faiz Akbar spürte, als er wach wurde, war das Verlangen zu niesen. Es war heiß und er schwitzte am ganzen Körper. Er saß, fest fixiert, auf einem im Boden verankerten, eisernen Stuhl. Der Raum, in dem er sich befand, war weiß gekachelt und hatte ein Abflussgitter im Boden.

An der linken Wand erblickte er ein vergittertes Fenster ohne Glas. Die Hitze musste von draußen kommen. Faiz blinzelte in das grelle Licht der Fensteröffnung. Der Lichtimpuls bewirkte, dass sich sein Niesreiz exponentiell verstärkte und zu einer entsprechenden Reaktion führte.

„Gesundheit!" Ein kleiner, untersetzter Mann in einem weißen Leinenanzug kam zur Tür herein. „Ihre Gesundheit liegt mir wirklich am Herzen", fuhr der Mann fort, „obwohl, Sie werden es an der exquisiten Inneneinrichtung erkannt haben: Dies ist ein Raum für Misshandlungen, ein Raum der Qualen, ein Raum zum Erleben grenzenlosen Schmerzes. Ich hoffe, dass Ihnen das erspart bleibt. Es liegt ganz bei Ihnen."

„Wer sind Sie? Was wollen Sie? Ich sage Ihnen alles!"

Faiz Akbar dachte an all die Geschichten, die er erfunden hatte. Von Mord, Totschlag und grausamer Folter. Er war nicht dafür gemacht, selbst in eine solche Situation zu geraten.

„Das ist schon mal ein guter Anfang", lobte ihn der kleine Mann, der einen dichten grauen Schnurrbart trug.

„Ich bin Ihr Doktor. Als Arzt habe ich darauf zu achten, dass meine Patienten überleben. Auch dann, wenn sie durch Elektroschocks innerlich und äußerlich zu verbrennen drohen oder ihnen bei lebendigem Leib die Haut vom Körper abgezogen wird. Sie können mir also vertrauen."

Die entsetzliche Angst, die bei Faiz aufkam, ließ ihn an den strammen Fesseln ziehen, mit denen er an den Stuhl gebunden war.

„Machen Sie sich keine Mühe", sagte der Doktor, durchaus amüsiert von den hilflosen Versuchen.

„Selbst wenn Sie aus diesem Raum fliehen könnten. In diesem Gebäude befinden sich dutzende Bewaffnete, die nur eine einzige Aufgabe haben. Nämlich Sie zu bewachen."

Faiz konnte sich beim besten Willen nicht vorstellen, was von ihm erwartet wurde und warum ausgerechnet er so wichtig sein sollte.

„Herr Doktor, bitte, ich habe bereits angeboten, alles zu sagen, was ich weiß. Bitte, worum geht es hier?"

„Also gut, beginnen wir. Sie haben vorerst Glück. Wir werden Ihre Aussagen zunächst überprüfen. Sollten sie sich als richtig herausstellen, bleiben Ihnen weiterführende Behandlungen erspart. Wenn nicht, haben Sie Pech, und Sie können sich in Ihren schlimmsten Träumen nicht vorstellen, was Sie erleiden werden. Obwohl ich gehört habe, dass Sie ein Mann mit großer Phantasie sind."

Der unheimliche Doktor machte eine kleine Pause, um seine Worte wirken zu lassen.

„Und jetzt erzählen Sie mir bitte von ‚der Natter'."

Es dauerte lange, bis Faiz Akbar all seine Informationen preisgegeben hatte. Nicht weil er sich verweigert hätte. Er dachte keine Sekunde lang daran, nicht alles auszuplaudern, was auch immer der sadistische Arzt wissen wollte. Auch nicht, weil es besonders umfangreiche Informationen waren, sondern weil er seine Erzählungen, wie gewohnt, mit allerlei gefährlichen Anekdoten ausschmückte, deren Held er war. Fast hätte man glauben können, er selbst hätte einen stundenlangen Kampf Auge in Auge mit einer giftigen Natter ausgefochten.

Der falsche Arzt war dankbar, dass er nicht mitschreiben musste. Natürlich wurde die Befragung aufgezeichnet. Der Raum wurde mit modernster Technik video- und audioüberwacht.

137

Dschidda, Februar 2016

Auch wenn das Leben der Gastarbeiter in Saudi-Arabien hart und entbehrungsreich war, sie wurden, zumindest in der Regel, für ihre Arbeit bezahlt. Nicht mit Schwarzgeld, sondern offiziell und legal. Wenn von einem Unternehmen Geld überwiesen wurde, sollte jeder Auszahlung ein Beleg gegenüberstehen, auf dem der Empfänger des Geldes notiert war.

Auf Grund von Faiz Akbars Aussagen wurde schnell geklärt, dass die Baustelle im petrochemischen Werk nahe Dammam im Jahre 2011 von einem eigenen Personalmanagement-Unternehmen Fayyads bestückt wurde. Im Archiv fand man heraus, dass Huynh Bian damals der einzige Vietnamese war, der dieser Baustelle zugeteilt worden war.

Jetzt galt es herauszufinden, ob seine Geschichte auf wahren Tatsachen beruhte. Und ob es sich auch um das gesuchte Dschungellabor handelte. Und schließlich, ob dieser Huynh überhaupt noch lebte und sie dorthin führen konnte.

138

Chau-Doc, Februar 2016

Nach einem dreimonatigen Heimaturlaub 2012 hatte sich Huynh Bian für weitere zwei Jahre als Gastarbeiter verpflichtet. Mit dem angesparten Geld als Startkapital gründete er ein kleines Unternehmen für An- und Umbauten. Festangestellte Mitarbeiter konnte er sich nicht leisten. Die meisten Arbeiten führte er selbst aus. Wenn es einmal zu viel oder zu spezifisch wurde, besorgte er sich zeitweise Hilfskräfte.

Auch heute saß er wieder frühmorgens in seinem kleinen Büro. Er überlegte, welches Material er noch besorgen musste. Das Hotel Victoria, das größte Hotel vor Ort, hatte ihn beauftragt, einen hölzernen Schuppen für die hoteleigenen Shuttleboote zu errichten. Da alle Zimmer des Hotels einen Blick auf den Fluss und die schwimmenden Märkte boten, war es sehr beliebt und gut ausgelastet. Huynh musste sich bei diesem Kunden wenigstens keine Gedanken um seine Bezahlung machen.

Gerade als er aufbrechen wollte, um seinen kleinen Lastkahn zu beladen, betraten drei Männer das Büro. Huynh, der lange genug in Saudi-Arabien gelebt hatte, ordnete sie gleich als Araber ein. Alle drei trugen Flanellhosen, Hemden mit offenem Kragen und Blazer. Sie sahen einerseits gepflegt aus, hatten aber auch etwas Militärisches an sich. Vermutlich lag das an ihren kurz geschorenen Haaren und dem muskulösem Körperbau.

„Sind Sie Huynh Bian?", fragte ihn einer der drei.

„Ja, mein Herr, womit kann ich Ihnen dienen?", antwortete er.

„Waren Sie im Jahr 2011 als Gastarbeiter in Dammam tätig und haben dort einen Faiz Akbar kennengelernt?"

Huynh erinnerte sich natürlich sofort an den Mann, dessen Geschichten er jeden Abend anhören durfte. Hoffentlich hatte Faiz nichts ausgefressen.

„Ja, natürlich. Aber…"

Man unterbrach ihn.

„Wurden Sie vor 28 Jahren als Bewacher eines Labors im Dschungel abgestellt?"

„Ja, aber…" Wieder ließ man ihn nicht ausreden.

„Dann ist heute Ihr Glückstag. Wenn Sie uns den Weg dorthin zeigen, erhalten Sie 50.000 US-Dollar, umgerechnet rund eine Milliarde vietnamesische Dong."

Huynh blieb der Mund offen stehen. Mit diesem Geld hätte der ehemalige vietnamesische Soldat ausgesorgt. Huynh berichtete den Männern wahrheitsgemäß, dass sie damals mit Hubschraubern in dem unzugänglichen Gebiet an der Grenze zu Laos abgesetzt wurden. Aber die genauen geographischen Koordinaten kannte er nicht.

Allerdings umgaben das Tal, in dem das Labor errichtet wurde, markante Felsformationen aus Kalkstein. Er war sich sicher, es an Hand dieser Felsen wiedererkennen zu können.

Allerdings gab er zu bedenken, dass eine Suche in dem riesigen Gebiet, das in Frage kam, Monate dauern konnte. Seine drei Besucher schien das nicht zu beeindrucken.

Sie bestanden darauf, die Suche sofort zu beginnen, und gestatteten ihm lediglich, sich noch kurz von seiner Frau zu verabschieden. Da diese nicht erfahren durfte, welche Aufgabe er zu erledigen hatte, wurde er von einem der Männer begleitet. Huynh musste ihr erzählen, dass er für zwei bis drei Wochen für ein dringendes Bauprojekt in Ho-Chi-Minh-Stadt gebucht worden sei.

Die Araber geleiteten ihn anschließend auf ein Boot und fuhren flussabwärts. Auf weitere Fragen reagierten seine neuen Auftraggeber nicht. Huynh begann sich nun doch

Sorgen zu machen. War er zu schnell von dem vielen Geld geblendet worden? Natürlich hatte er damals mitbekommen, dass in dem Labor Menschenversuche unternommen wurden. Es wurden jedoch nur Montagnards inhaftiert und die Mission wurde von der regulären Armee begleitet. Also hatte er sich keine großen Gedanken gemacht. Fragen waren in damaligen Tagen auch verpönt und sehr gefährlich. Nicht einmal unter den Kameraden hatte man über den Zweck der Einrichtung gesprochen. Wer wusste schon, ob der eigene Waffenbruder etwas melden würde? Er selbst hatte seinen Frieden mit sich gemacht, indem er davon ausging, dass die Tests an verurteilten Verbrechern und Mördern durchgeführt wurden, die nichts Besseres verdient hatten.

Keine halbe Stunde später steuerte das Boot auf einen kleinen Anleger zu. Einige Meter vom Ufer entfernt stand ein kleiner Privathubschrauber. Außer einer Nummer erkannte er als einzige Kennzeichnung eine aufgemalte Taube. Sie stiegen in das kleine Fluggerät, das sich schnell mit Kurs nach Osten vom Landeplatz entfernte. Eine knappe Stunde später hatten sie die Küste des südchinesischen Meeres erreicht und nahmen Kurs auf das offene Wasser des Golfes von Tonkin.

Das Ufer lag schon weit hinter ihnen, als Huynh eine große Yacht in den leichten Wellen dümpeln sah. Etwas näher gekommen, konnte er den Namen auf dem Bug des Schiffes lesen: „dove of peace". Die vierstöckige, etwa 100 Meter lange Luxusyacht verfügte mittschiffs über einen Landeplatz, auf dem der Hubschrauber aufsetzte. Huynh wurde durch mehrere Gänge geführt, bis sie einen großen Salon erreichten.

Dort wurde ihm ein Platz zugewiesen und man ließ ihn alleine. Er nutzte die Gelegenheit, um sich den unfassbaren Luxus anzuschauen, der hier in jeder Ecke zutage trat.

„Die Natter. Herzlich willkommen." Unbemerkt hatte ein Mann durch eine Tür schräg hinter ihm den Raum betreten.

Huynh durchlief ein Frösteln, als ihm bei Benennung seines alten Spitznamens das Bild der widerlichen Schlange vor Augen erschien. Aus diesem Grund hatte er Faiz auch immer -allerdings vergeblich – gebeten, ihn bei seinem richtigen Namen zu nennen.

„Woher kennen Sie meinen entsetzlichen Spitznamen?", fragte er den großen Mann, der einen feinen Maßanzug trug.

„Das tut nichts zur Sache, mein Freund."

Auch dieser Mann schien Araber zu sein, und zwar ein ungewöhnlich gut aussehender, der alleine durch seine Präsenz den ganzen Raum füllte.

„Ich habe Ihnen 50.000 Dollar geboten, damit Sie für mich ein bestimmtes Tal lokalisieren. Sie haben das Angebot angenommen. Vorher möchte ich Sie jedoch bitten, mir in allen Details und ausführlich zu berichten, was damals in diesem Dschungellabor geschehen ist. Ich darf Sie beruhigen, wir hegen keine bösen Absichten.

Mir ist bekannt, dass damals ein biologischer Kampfstoff entwickelt werden sollte. Es hat sich aber glücklicherweise später herausgestellt, dass er nutzlos ist, weil sich die Wirksamkeit des Mittels innerhalb weniger Minuten verflüchtigt. Und hierfür bin ich Allah dankbar.

Vor einigen Monaten ist grenzüberschreitend in vielen Ländern Arabiens eine Kamelseuche ausgebrochen. Durch einen Zufall hat man entdeckt, dass der Grundstoff des Mittels, das hier gewonnen wurde, Heilung bringen kann. Wenn Sie wissen, wie wertvoll Kamele sind, können Sie sich vorstellen, wie wichtig es ist, diesen Stoff zu finden."

Huynh entspannte sich. Die Suche hatte einen triftigen, nachvollziehbaren Grund. Es wurden keine kriegerischen oder verbrecherischen Absichten verfolgt. Er hatte schon überlegt, ob er sich Gedanken um sein Leben machen müsste, falls er an die falschen Leute geraten wäre.

„Natürlich helfe ich gerne."

„Ich gehe davon aus, dass eine luftunterstützte Suche wesentlich effizienter und schneller ist. Wir brauchen das Mittel dringend. Bis die Vorbereitungen abgeschlossen sind, bleiben Sie bitte noch einige Tage als mein Gast hier auf dem Schiff. Allerdings werde ich Sie jetzt verlassen müssen, da ich andere Aufgaben zu erledigen habe. Ich wünsche Ihnen viel Glück."

Sein Gastgeber reichte ihm die Hand und verließ den Salon. Wenig später hörte Huynh, wie der Hubschrauber erhob.

139

2018

Bird Island, 2018

Die private Trauminsel im Indischen Ozean war ungewohnt bevölkert. Im großen Konferenzraum der Villa saßen 18 Männer um einen ovalen Tisch. Um sich auf das Wesentliche konzentrieren zu können, war die große Panoramascheibe, von der man einen Blick über den schier endlosen Ozean haben konnte, auf matt, und somit undurchsichtig, geschaltet worden.

Alle Augen waren auf eine große Leinwand gerichtet, auf welcher der Grundriss eines Gebäudes von riesigen Ausmaßen abgebildet war. Die Anwesenden, bis auf zwei Männer alle ranghohe Militärs, waren sich einig, dass die Übernahme des Königspalastes in Riad schnell und effizient über die Bühne gehen musste. Alles andere wäre dann ein Selbstläufer.

Saleh Fayyad erläuterte, dass es nur diese eine Chance geben würde: Am 18. Mai 2019 kamen alle Mitglieder des Königshauses des wahabitischen Monarchen in den Palast. Für die traditionelle alljährliche Zusammenkunft akzeptierte der Herrscher keine Ausnahme. An diesem Tag wurde über alle wichtigen Themen gesprochen. Da die rund 40 Prinzen fast alle Regierungspositionen innehatten oder aber führende Positionen in den staatlichen und meist sehr finanzkräftigen Unternehmen des Landes ausfüllten, war ihre Anwesenheit unverzichtbar. Das Treffen bot eine einzigartige Gelegenheit, den Clan des Königs auf einen Streich zu eliminieren.

Erst vor zwei Jahren hatte Fayyad dieses kleine, nur rund ein Quadratmeter große Stück Paradies erstanden. Es lag keine fünf Flugstunden von Dschidda entfernt. Eine Zeit, die in einem luxuriös ausgestatteten privaten Großraumflugzeug schnell vorüberging. Vom Flughafen in Mahé, der Hauptinsel der Seychellen, war es dann mit einem Hubschrauber oder Wasserflugzeug nur noch ein Katzensprung.

Fayyad wusste, dass die Straßen und Gebäude in der Heimat fast flächendeckend über Kameras verfügten und moderne Abhörgeräte kaum zu erkennen waren. Hier auf seiner Insel mussten sie hingegen keine Überwachung befürchten.

Die Verschwörer hatten sich zwei Tage lang Zeit genommen, um die letzten Feinabstimmungen des bereits vorliegenden Planes zu einem Militärputsch in Saudi-Arabien vorzunehmen. Fayyad war Kopf und Finanzier des Planes. Den Hauptanreiz für seine Mitstreiter bildete das Versprechen, anschließend märchenhaft reich zu werden. Alternativ würden sie alles verlieren, einschließlich des eigenen Lebens.

Alleine drei Jahre hatte Fayyad investiert, um die geeigneten Personen auszuwählen. Sie mussten Schlüsselpositionen in der Armee oder persönlichen Leibgarde der Mitglieder des Königshauses innehaben. Eine koordinierte Operation dieser Personen, die zunächst nichts voneinander wussten, sollte später zum Erfolgsgaranten werden.

Jeden Einzelnen dieser Männer hatte Fayyad in der Hand, eine zusätzliche Absicherung zur ausgesetzten Belohnung. Jeder hatte Dreck am Stecken. Seien es Korruption, Gewaltverbrechen oder abartige Sexpraktiken. Schon damit dies nicht ans Licht der Öffentlichkeit kam, fraßen sie Fayyad aus der Hand.

Bevor er die Sitzung beendete, legte Fayyad den Anwesenden Schriftstücke vor. In diesen sollten je zwei Unterzeichner einen dritten des Hochverrats bezichtigen, als weitere Rückversicherung für Fayyad. Einzig der Vizekommandeur der Luftwaffe, ein Drei-Sterne-General, legte Protest ein.

Er ahnte nicht, dass Fayyad geradezu darauf gehofft hatte, dass sich an dieser Stelle jemand beschwerte. Er ließ den General von seinen Wächtern herausführen und wandte sich an die Runde.

„Meine Herren, unabdingbar für unseren Erfolg ist, dass es nicht den geringsten Zweifel daran gibt, dass jeder das tut, was besprochen wurde. Um unser Gemeinschaftsgefühl weiter zu stärken, bitte ich sie deshalb um Ihre Aufmerksamkeit für eine kleine Demonstration. Ich bin sicher, dass Sie mir anschließend dankbar sind und wissen werden, dass Sie sich auf jeden hier im Raum hundertprozentig verlassen können. Das wird im Umkehrschluss dazu führen, dass unsere wichtige Mission erfolgreich wird. Bitte schauen Sie aus dem Fenster."

Fayyad betätigte einen Schalter an der Wand. Binnen einer Sekunde war das Glas wieder durchsichtig. Als gestandene Männer bemühten sich alle, sich keine Blöße zu geben und zu erschrecken. Gleich vor dem Fenster hatte man den abtrünnigen General vornübergebeugt auf einen Holzblock gelegt und fixiert. Ein Mann mit einer schwarzen Henkersmaske hob eine schwere Axt und ließ sie niedersausen. Das Blut aus dem abgetrennten Rumpf spritzte gegen die Panoramascheibe, während der Kopf des Militärs über das abschüssige Gelände in Richtung Ozean rollte.

Nachdem Fayyad seine Getreuen entlassen hatte, ließ er sich mit Dakhil Kambarzahi verbinden. In dem Telefonat wurde ihm bestätigt, dass die letzten Tests in einigen Monaten abgeschlossen sein würden. Lange genug hatte er sich in Geduld üben müssen und viele Millionen investiert. Soweit er sich erinnern konnte, war es der einzige grobe Fehler, der ihm je unterlaufen war: Er hätte den Berliner Mafioso, Tschikalto, nicht so schnell töten lassen sollen. Aber wie hatte er ahnen können, dass dieser es wagen würde, ihn, Saleh Fayyad, zu betrügen?

Er musste doch gewusst haben, dass es herauskam und tödliche Folgen haben würde. Er konnte doch nicht so naiv gewesen sein zu glauben, dass er damit durchkam, Fayyad statt des Serums Wasser unterzuschieben. Aber vermutlich hatte der offensichtlich minderbemittelte Mann noch nicht einmal gewusst, dass er Wasser weitergab. Er wurde wahrscheinlich selbst betrogen.

Alles war perfekt gelaufen und dann kam die große Enttäuschung. Aber es brachte nichts, den Fehlern der Vergangenheit nachzuhängen. Allah hatte ihm schließlich doch noch den rechten Weg gewiesen.

140

2019

Nationalpark Phong Nha-Ke Bàn, März 2019

Professor Dakhil Kambarzahi umarmte den erst 17-jährigen schlanken und dunkelhaarigen Mann. Memnun hatte die letzten drei Jahre in einer Koranschule in ar-Raqqa verbracht, seiner Heimatstadt. Schon seit Mitte 2013 war ar-Raqqa, Hauptstadt der gleichnamigen irakischen Provinz, geographischer Bestandteil des Islamischen Staates. Erst in der letzten Woche hatte man Memnun mit 16 weiteren Glaubensbrüdern in dieses abgeschottete Dschungeltal verfrachtet. Er war der letzte Überlebende dieser Gruppe.

Memnun war lange auf diesen Tag vorbereitet worden. Natürlich freute er sich darauf, bald als Märtyrer des Jihad ins Paradies einkehren zu dürfen, aber jetzt, so kurz bevor, schlotterten ihm vor Angst die Knie. Professor Kambarzahi hatte ihm versichert, dass er nichts spüren würde. Hunderte Freiwillige vor ihm seien in den letzten zwei Jahren, mit einem Lächeln im Gesicht, ins Paradies eingekehrt. Voller Stolz könne er dort schon bald seine Mitstreiter treffen.

Der Professor träufelte sich einen Tropfen Flüssigkeit auf den Finger seiner Hand, die in einem Plastikhandschuh steckte. Memnuns letzte verbleibende Stunde würden sie gemeinsam im Gebet verbringen und Allah preisen.

Nach exakt 60 Minuten durchlief Memnuns Körper ein Zittern. Sein letzter Gedanke war, dass der Professor ihn belogen hatte. Er spürte den Todeskampf seines Körpers sehr wohl und bei vollem Bewusstsein. Allerdings nur wenige Sekunden lang.

Die Eltern von Professor Dakhil Kambarzahi, wohlhabende Kaufleute, waren schon 1965 in die USA ausgewandert, als er gerade drei Jahre alt war. Kambarzahi hatte an der University of California, Berkeley, einer der Eliteuniversitäten des Landes, Biologie studiert. Anschließend hatte er fünf Jahre lang als Forscher bei der BioMedUS Corp., Florida, gearbeitet, ehe er eine Professur an seiner alten Universität übernahm.

Im Jahre 2003 lernte er Abu Yahya al-Baghdadi kennen, der unbestätigten Meldungen zufolge später als Kalif des Islamischen Staates einem Attentat zum Opfer fallen sollte. Schon viele Jahre zuvor hatte Kambarzahi sich einer radikalen Salafistengruppe angeschlossen. 2016 wurde ihm die Ehre zuteil, in einer für die Zukunft wichtigen Mission seine Professur zu beenden und nach Vietnam zu reisen. Er hatte freudig seine Bereitschaft erklärt. Kalif al-Baghadi erstattete ihm persönlich Bericht über das Granow-Serum und bereitete ihn auf seine Aufgabe vor.

Ein unbekannter Geldgeber des Kalifats hatte ein neues, gut ausgestattetes Forschungsteam unter seiner Leitung nach Vietnam entsandt. Ziel war die Lokalisierung der Pflanze und die Herstellung des Granow-Serums. Alleine die Suche nach der Unterart der gewöhnlichen Brechnuss hatte viele Monate in Anspruch genommen. Der gesuchte besondere Brechnussbaum, auch Krähenaugenbaum genannt, wuchs nur vereinzelt unter Tausenden anderen seiner Art. Äußerlich waren die Bäume nicht voneinander zu unterscheiden. Abertausende Beeren hatten sie zerschnitten, auf der Suche nach dem gelben Fruchtfleisch, bis sie fündig geworden waren.

Danach war erst die richtige Arbeit losgegangen. Nach Vorgaben der Granow-Akte wurde geerntet, zerstäubt, verflüssigt, vermischt, wurden Zusätze hinzugefügt und schließlich getestet. Wieder und wieder. Heute nun war Memnem die Ehre erwiesen worden, als letzter Märtyrer im Versuchsstadium Allah zu huldigen und die Versuchsreihe abzuschließen. Das Produkt war fehlerfrei und einsatzbereit.

Bald würde Kambarzahi vor seinen Auftraggeber treten und den erfolgreichen Abschluss der Arbeiten verkünden können. Allah sei Dank.

141

Rub al-Chali-Wüste, April 2019

Der Hubschrauber landete im größten der drei Wabar-Krater, die durch Meteoriteneinschläge entstanden waren. Die Rub al-Chali, die in weiten Teilen unerforschte und größte Sandwüste der Welt, war eines der unzugänglichsten Gebiete der Erde. Selbst die Beduinen mieden diese Wüste und betrieben nur an den Rändern ihre Weidewirtschaft mit Kamelen. Die Temperaturen der unwirtlichen Gegend in Saudi-Arabien schwankten von 0 bis 60 Grad an einem einzigen Tag.

Am Rande des Kraters hatte man ein großes Zelt errichtet, umgeben von vier kleineren. Unter dem Schatten eines Vordaches saß ein Mann. Er trug den traditionellen Dischdascha, ein weites, knöchellanges Gewand aus feiner weißer Baumwolle. Sein Kopf wurde von einem rot-weiß karierten Guthra umhüllt und neben seinem Schemel lag ein Übermantel, der mit goldenen Stickereien verziert war.

Saleh Fayyad beobachtete, wie der Bote der frohen Kunde aus dem Fluggerät stieg. Trotz der Hitze durchlief ihn ein freudiger Schauer. Er dankte Allah, dass noch keine Gefahr bestand, dass sein Land angegriffen wurde. Noch konnte er sich frei bewegen. Aber das würde sich bald ändern. Allerdings bezweifelte er, dass man ihn jemals persönlich angreifen würde. Seine Feinde würden wissen, dass sie damit die Büchse der Pandora öffneten.

Die letzten Jahre waren gut verlaufen. Der Islamische Staat hatte sich dauerhaft Gebiete Syriens und den Irak einverleibt. Die Koalition der Westmächte war heillos zerstritten, an eine gemeinsame Strategie dachte niemand mehr.

Nach wie vor war die Weltgemeinschaft außerdem – dank Putin – mit dem Expansionsdrang der Russen beschäftigt.

Durch das Forcieren der Rohstoffgewinnung mittels des umstrittenen Fracking-Verfahrens war die wirtschaftliche und somit auch militärisch-politische Bedeutung des Nahen und Mittleren Ostens in den Hintergrund getreten. Der Markt wurde mit Öl und Gas überschwemmt. Das jahrzehntelange Interesse der globalen Mächte an dieser Region war deutlich geschwunden.

Ein Engagement unter Einsatz des Lebens eigener Landsleute war dem Wahlvolk der Amerikaner und Europäer nicht mehr zu vermitteln. Auch die schwere Weltwirtschaftskrise spielte in die Hände des Kalifats, dessen Oberhaupt er bald werden würde. Wie der erste Kalif, sein treuer Weggefährte Abu Yahya al-Baghdadi, der einem Drohnenangriff zum Opfer gefallen war, hingen auch seine Nachfolger von seinen Gnaden ab. Bald würde er selbst den Thron besteigen.

Sein Meisterstück hatte er mit der Koordinierung des Militärputsches in seiner Heimat Saudi-Arabien abgeliefert. Niemand hatte es kommen sehen: Binnen drei Tagen war die verdorbene Königssippe tot oder vertrieben. Die Generäle warteten nun auf seinen Befehl, die Militärherrschaft zu beenden und ihn öffentlich als Kalifen anzuerkennen.

Sein Kalifat würde dann schon große Teile des Mittleren Ostens umfassen. Mit seiner neuen Waffe würde auch der Iran bald fallen. Glücklicherweise hatten die Israelis mit Duldung der Amerikaner im letzten Jahr ein großes Feuerwerk in Persien veranstaltet. Alles, was irgendwie nach einer Atomanlage aussah, wurde dem Erdboden gleichgemacht.

Den Schiiten hätte er als einzigen zugetraut, die drohende Vorherrschaft des ehrwürdigen Kalifats mit einer atomaren Waffe anzugreifen, auch wenn sie selbst dabei draufgegangen wären. Die Israelis hingegen würde auch ein Großkalifat nicht sonderlich stören. Sie würden auf langjährige Auseinandersetzungen unter den Arabern spekulieren. Bis sie bemerken würden, dass es zu spät war. Ein heimlicher Angriff auf die militärische und politische Elite der Zionisten stand dennoch auf seiner obersten Prioritätenliste.

Das Fluggerät hatte sich schon wieder entfernt und die göttliche Ruhe der Wüste war zurückgekehrt, als sein Gast sein Zelt erreichte.

„As-salāmu alaikum", begrüßte ihn Fayyad.

„Wa-alaikum us-sal?", erwiderte sein Gast.

Der Professor nahm auf dem Schemel gegenüber Platz. Fayyad reichte ihm einen Tee und schenkte sich selbst auch ein. Schweigend tranken sie und genossen die lautlose Spiritualität der Wüste. Nachdem beide ihre Becher abgestellt hatten, forderte Fayyad sein Gegenüber mit einem Kopfnicken auf, ihm Bericht zu erstatten.

„Herr", begann er, „wie darf ich Sie anreden?"

„Vor dir sitzt der künftige Kalif des globalen Großkalifats des Islamischen Staates."

Der amerikanische Pakistani stand auf und verbeugte sich.

„Wenn die Informationen stimmen, die dir vorausgeeilt sind, wirst du einen Ratssitz erhalten. Deine Zuständigkeit wird die wichtigste in unserem Staat sein und sich einzig und alleine auf die Verfügbarkeit, Verteilung und Anwendung des Granow-Serums beschränken. Aber nun berichte."

„Ich danke Ihnen für die Ehre, Kalif. Ich möchte Sie nicht mit Einzelheiten der gut zweijährigen Herstellungs- und Erprobungsphase langweilen. Sie werden ohnehin die regelmäßigen Berichte erhalten haben."

„Du hast Recht, Dakhil. Fahr fort."

„Das Resultat ist so, wie es in den Aufzeichnungen beschrieben wurde. Das sogenannte Granow-Serum ist eine Sensation. Nicht nur ist der Wirkungseintritt auf die Minute genau definierbar, sondern die Substanz ist bei einer Obduktion absolut nicht nachzuweisen. Wir haben Dutzende Tote in zwei verschiedenen hochmodernen Pathologiezentren obduzieren lassen. Wie ein biologischer Abbau der Substanz so schnell vonstattengehen kann, ist und bleibt ein Rätsel der Natur.

Das fertige Serum wird durch einfachen Hautkontakt übertragen. Das heißt, Selbstmordattentäter, die eine Flüssigkeit mit einem etwas längeren Wirkungseintritt verwenden, sind künftig nicht mehr zu identifizieren. Sie benötigen eben keine Schutzmaßnahmen wie Handschuhe. So wäre es ein Leichtes, beispielsweise die Passagiere eines Flugzeuges ohne großes Aufsehen zu eliminieren, wenn man will sogar noch vor Antritt des Fluges. Sollten die Piloten aus ihrer verschlossenen Kabine kommen, um nachzuschauen, was los ist, würden auch sie sterben. Ansonsten würde eben ein Flugzeug voller Leichen landen.

Mehrfach angewendet, würde dies zwangsweise zur Einstellung der zivilen Luftfahrt führen. Das Risiko zu fliegen, wäre einfach zu groß geworden. Das gleiche gilt für Züge, Busse, U-Bahnen, Passagierschiffe, Massenveranstaltungen wie Fußballspiele oder Konzerte. Ebenso für Tagungen oder Messen.

Der gezielte Einsatz von ein paar Hundert Jihadisten würde binnen kürzester Zeit die Welt in ein Chaos führen. Die Ungläubigen, die auf Massentransportmittel angewiesen sind, könnten ihre Arbeitsstätten nicht mehr sicher erreichen. Der internationale Handel würde zusammenbrechen. Es würde eine Spirale in Gang gesetzt, die zu Energiemangel und später zu Lebensmittel- und Wassermangel führen würde.

Aufstände wären die Folge. Plünderungen und Bandentum würden sich ausbreiten. Die Apokalypse hätte begonnen. Einzig und alleine im Kalifat würde Recht und Ordnung herrschen. Die Massen würden unseren Schutz suchen. Regierungen würden stürzen. Die Menschen würden den Anschluss an den wahren Glauben suchen."

„Das ist es, was ich hören wollte, Allah sei Dank."

Fayyad blickte kurz in den Himmel.

„Und wie viel von dem Serum ist verfügbar? Über Mangel an Gläubigen, die sofort für Allah in den Tod gehen würden, müssen wir uns zum Glück keine Gedanken zu machen."

„Mehr als wir benötigen. Bisher wurden rund 120 Liter Serum in unterschiedlichen Dosierungen gefertigt. Wir haben genügend Rohstoff des Baumextraktes einfrieren lassen, um weitere 14.000 Liter herzustellen.

Umgerechnet bedeutet dies eine Kapazität von rund 12.000 Einsätzen. Bei der Verarbeitung weiterer 14.000 Liter könnten weitere 1,4 Millionen Ungläubige ohne großen logistischen Aufwand eliminiert werden. Natürlich ist es zudem möglich, quasi unbegrenzt Nachschub zu organisieren, da uns, Allah sei Dank, der Ernteplatz bekannt ist."

Fayyad sprang auf. Er wirkte so erregt, als wäre er im Drogenrausch.

„Ich möchte jetzt einen Einsatz mit eigenen Augen erleben. Hast du die Proben mitgebracht, wie dir aufgetragen wurde?"

„Selbstverständlich."

„Yusuff", rief Fayyad, „schaff die ungläubige Frau herbei."

Kurz darauf erschienen zwei Männer. Sie schleiften eine junge blonde Frau, deren Hände und Füße gefesselt waren, durch den Sand und warfen sie Fayyad vor den Schemel.

„Willst du vor deinem Tod konvertieren und den wahren Glauben annehmen?", fragte er sie.

Der französischen Reporterin Francoise Chambris rannen die Tränen über das Gesicht. Wie oft hatte sie sich in den drei Monaten ihrer Gefangenschaft selbst verflucht, so einen irrsinnigen Job übernommen zu haben? Natürlich war sie freiwillig in das Kriegsgebiet gereist. Sie dachte, die Gefahr wäre überschaubar. Ein solcher Einsatz hätte ihrer Karriere einen Riesenschub gegeben. Ihre armen Eltern.

Als sie den Blick des Arabers sah, ahnte sie, dass sie kurz vor dem Ende stand. Dieser Mann hatte etwas Animalisches an sich. Sein Gesicht schien vom Wahn verzerrt und die Augen waren weit aufgerissen. Aus zwei Gründen konnte sie nicht antworten. Erstens verstand sie kein Arabisch. Und zweitens hatte sie einen Knebel im Mund.

„Sie weigert sich", stellte der Professor lapidar fest. „Welche Dosierung soll ich wählen? Ich habe drei unterschiedliche Proben mitgebracht. Wirkdauer sofort, fünf Minuten oder eine Stunde."

„Da ich es kaum glauben kann, dass die Wirkung zeitlich wirklich so exakt eintritt. Nimm das Serum, das nach 60 Minuten wirkt."

Kambarzahi öffnete den kleinen Koffer, den er mitgebracht hatte. Er entnahm ihm eine kleine Ampulle und ein paar durchsichtige Plastikhandschuhe. Francoise Chambris beobachtete aus den Augenwinkeln, wie der kleine Mann neben dem Verrückten die Flasche öffnete und seinen Zeigefinger auf den offenen Verschluss legte.

Gefesselt, wie sie war, hatte sie keine Chance sich wegzudrehen, als er mit diesem Finger kurz auf ihre Hand tippte. In panischer Angst versuchte sie festzustellen, ob sie irgendeine Veränderung an oder in ihrem Körper spürte. War es eine Chemikalie, die zu Verätzungen führte? War es irgendein Virus?

Verzweifelt schrie sie in ihren Knebel. Nachdem er auf seine Uhr geschaut hatte, legte der Biologe seine Probe wieder in den Koffer. Sie rückten ihre Schemel in eine Position, in denen sie die arme Kreatur bequem beobachten konnten. Fayyad ließ Tee nachschenken. Schweigend schauten beide hin und wieder auf ihre Uhren. Nach einigen Minuten, in denen sich die Französin sinnlos hin und her gewälzt hatte, schien auch sie sich in ihr Schicksal zu fügen.

Noch hoffte sie auf ein Wunder. Vielleicht kam doch noch rechtzeitig ein französisches Spezialkommando, um sie zu befreien? Dann würde man sie in ein Krankenhaus bringen und heilen. Oder die Amerikaner? Die Briten? Warum saßen diese Ungeheuer da und beobachteten sie? Vielleicht war es nur eine ganz perfide Art der Folter?

Gleich würde man eine Kamera aus einem anderen Zelt holen, um sie zu einer blödsinnigen Aussage zu zwingen? Sie würde dann Lösegeld für sich verlangen müssen? Unendlich langsam schlich die Zeit dahin. Die Männer rührten sich nicht.

Gerade als sie irrtümlich glaubte, ein Motorengeräusch zu hören, Kampfhubschrauber, die zu ihrer Rettung kamen, schien eine eiskalte Klaue nach ihr zu greifen. Kurz nachdem in ihrem Kopf die Botschaft ihrer Nervenzellen ankam, dass ihr Körper seine Funktionen aufgab, starb Francoise Chambris.

„Das ist unglaublich", sagte Fayyad, nachdem er auf seine Uhr geschaut hatte, „eine solche Präzision!"

Er stand auf und umarmte den Professor.

„Allahu Akbar."

142

New York, Juni 2019

„Allah sei mit Ihnen. Darf ich Ihnen die Hand reichen?"

Der freundliche junge Mann streckte dem ständigen Vertreter Tunesiens in der UN die Hand entgegen. Der Diplomat hatte gerade im Schutze seiner zwei Leibwächter das Gebäude der 432 Park Avenue verlassen, das sich seit seiner Fertigstellung im Jahr 2016 mit dem Titel „Höchstes Wohngebäude der Welt" schmücken durfte. Hier hatte die demokratische Regierung Tunesiens ein Dienstapartment erstanden, das jeweils dem höchsten Repräsentanten des Landes bei der UN zur Verfügung gestellt wurde.

Der erfahrene Politiker galt als engagierter Verfechter der Demokratie und war maßgeblich an der neuen Verfassung des nordafrikanischen Staates, die am 27. Januar 2014 in Kraft trat, beteiligt.

„Und Allah sei mit Ihnen", antwortete er und reichte dem sympathischen Mann unter den wachsamen Augen seiner Wächter die Hand.

Der tunesische Repräsentant stieg in seine Limousine, die ihn zum Sekretariatsgebäude der UN fahren würde. Durch die gepanzerten Scheiben der Karosse konnte er nicht die Worte vernehmen, die ihm der unerwartete Verehrer hinterherrief: „Lang lebe die Provinz Tunesien des allumfassenden Kalifats!"

Auch ahnte er nicht, dass er zwei Tage später als einer der ersten dem unheimlichsten Anschlag der Geschichte mit einem Gift zum Opfer fallen würde, das bereits wie eine Zeitbombe in seinem Körper auf den Zeitpunkt seiner Entfaltung wartete. Sein Tod war durch diesen Handschlag besiegelt worden.

143

Djerba, Juni 2019

Seit vielen Jahren lebten die Bewohner der größten Insel Nordafrikas überwiegend vom Tourismus. Heute drängte sich eine Vielzahl der zahlungskräftigen Gäste der bekanntesten Urlaubsregion Tunesiens auf dem Djerba Zarsis International Airport vor den Ticketschaltern. Spätestens seit am Vortag die Al-Ghriba-Synagoge auf Befehl der neuen Machthaber gesprengt wurde, versuchten Hunderte Besucher aus Westeuropa, die Mehrzahl aus Deutschland, Großbritannien und Frankreich, auf dem schnellsten Weg aus dem Land heraus zu kommen, koste es, was es wolle.

Die über tausend Jahre alte Synagoge war schon im April 2002 Ziel einer Attacke gewesen. Damals hatte ein Selbstmordattentäter einen mit 5000 Litern Flüssiggas beladenen LKW in das Gebäude gesteuert. Bei der gewaltigen Explosion wurden 21 Personen getötet, darunter alleine 14 Touristen aus Deutschland. Die Führung der neuen Provinz Tunesien hielt die endgültige Zerstörung des heidnischen Baus für ein gutes Signal an alle inneren und äußeren Gegner.

In der ganzen Welt wurde über die unglaublichen Vorgänge in Tunesien gerätselt. Es hatte keinen Putsch gegeben, doch binnen weniger Tage waren auf mysteriöse Weise fast alle Abgeordneten der großen Parteien, zahlreiche hochrangige Verwaltungsmanager und bekannte Militärführer, die sich klar für die Demokratie bekannt hatten, ums Leben gekommen. Die Männer waren bei den unterschiedlichsten Betätigungen wie aus heiterem Himmel gestorben. Eigentlich widersprach es jeder Vorstellungskraft, dass binnen kürzester Zeit durch einen Zufall so viele Menschen ausgewählter Zielgruppen einen natürlichen Tod erleiden konnten. Doch bei jedem einzelnen Todesfall konnte eine Fremdeinwirkung zweifelsfrei ausgeschlossen werden.

Die unerklärliche Tatsache, dass die meisten Mitglieder der islamischen Partei Ennahda verschont geblieben waren, deuteten die verbliebenen Führer der Ennahda als den Willen Allahs. Sie nutzten die Gunst der Stunde, um die Botschaft ihres Gottes zu verkünden: Es sei der Wille Allahs, die verwestlichen Strukturen des Systems zu eliminieren und zum reinen Glauben zurückzukehren. Sie erklärten Tunesien kurzerhand zur neuen Provinz des Kalifats des Islamischen Staates.

Schon 2011 hatte der Generalsekretär der Ennahda, Hamadi Jebali, auf einer gemeinsamen Parteiversammlung mit der radikalislamistischen Hamas in Sousse diesen Zusammenschluss in weiser Voraussicht als göttlichen Moment in einem neuen Staat bezeichnet, der hoffentlich zu einem sechsten Kalifat führen würde und mit dem Willen Gottes die Befreiung Jerusalems bringen würde.

Die verängstigten Touristen am Flughafen, die sich verzweifelt um einen Platz in einem Flugzeug bemühten, wussten nicht, dass Kalif Saleh Fayyad, auf dessen Planungen die Geschehnisse beruhten, schon im Vorhinein die künftige Führungsspitze der neuen „Provinz Tunesien" des Kalifats aus den Reihen der Ennahda bestimmt hatte.

Die Weltgemeinschaft stand den Geschehnissen hilflos gegenüber. Es gab keine Gewaltausbrüche, es war kein Blut geflossen, keine Hilferufe erschallten aus der alten, legitimen Regierung – schon deshalb, weil die entscheidenden Repräsentanten verstorben waren –, es gab auch keine Anzeichen von Widerstand aus der Bevölkerung. Diese war verängstigt und erschüttert. Man ging derzeit nur noch aus dem Haus, um das Lebensnotwendige zu besorgen. Auch diejenigen, deren Glaube nicht tief verwurzelt war, sprachen von einem göttlichen Zeichen, vom Willen Allahs. Anders waren die Vorgänge nicht zu erklären. In der UN debattierte man unter Abwesenheit des höchsten tunesischen Repräsentanten, der vor einem Restaurant plötzlich tot zusammengebrochen war, über eine seltsame tunesische Seuche und bat, Mitgliedern der WHO Zutritt zum Land zu gestatten.

144

Berlin, August 2019

Die letzten Jahre waren die glücklichsten ihres Lebens gewesen. Im Nachhinein entpuppte es sich als Segen, dass Anatoli versucht hatte, sie umzubringen und dabei selbst zu Tode gekommen war. Nur deshalb war sie nicht selbst zur Mörderin geworden.

In den Überlieferungen der weißen Frau war auch nie von Mord die Rede gewesen. Nur in Katjas eigener Geschichte, die sie als Hausarbeit für den seligen Professor Hörbinger erdacht hatte, war die arme Anna Sydow zur Mörderin geworden. Legenden aus unterschiedlichen Zeitepochen zufolge war sie eher als Erscheinung aufgetreten, die dem Tod von Fürsten und Königen vorherging.

Wie zum Beispiel beim Tod der Könige von Preußen Friedrich I. und Friedrich Wilhelm I.. Bevor Napoleon I. am 14. Mai 1812 auf seinem Feldzug nach Russland in Bayreuth abstieg, hatte er von Aschaffenburg einen Kurier vorausgeschickt. Seine Instruktion lautete: Der Kaiser wolle keinesfalls jene Gemächer bewohnen, in denen nachts die weiße Frau zu erscheinen pflegte. Napoleons Furcht vor dem Hohenzollerngespenst stammte aus alten Überlieferungen. Auch wollte man im Jahre 1840, als König Friedrich Wilhelm III. im Sterben lag, wieder die weiße Frau im Schloss gesehen haben.

Alle diese Daten kannte Katja auswendig. Nun konnte sie sich freuen, dass sie in gewisser Weise die wahre Tradition der weißen Frau fortgeführt hatte. Auch sie war Anatoli kurz vor seinem Tod erschienen, ohne selbst zur Mörderin zu werden.

Vor zwei Jahren hatten sie und ihr Bruder Alexej eine Doppelhochzeit gefeiert. Alexej hatte nach dem Abschluss seines Studiums seine langjährige Freundin Christina geheiratet.

Katja ihrerseits hatte sich gar nicht mehr vorstellen können, sich noch einmal zu verlieben. Dann aber hatte sie Stefano kennengelernt, einen sympathischen Schweizer aus dem Tessin. Er stammte aus einem alten Adelsgeschlecht und arbeitete als Architekt. Der Architekt des Neubaus vom Berliner Schloss, Franco Stella, hatte sie einander vorgestellt. Katja hatte sich sofort Hals über Kopf in Stefano verliebt.

Ihre Tätigkeit für die Humboldt Box würde bald enden. Pünktlich zur Eröffnung des Humboldtforums sollte auch der Platz, auf dem die Box stand, ordentlich hergerichtet sein. Deshalb waren die Abrissarbeiten für das temporäre Gebäude schon in vollem Gange.

Die Eröffnung war für den Herbst vorgesehen. Schon jetzt stand fest, dass es ein gesellschaftliches Ereignis ohnegleichen werden würde. Zur Einweihung des derzeit größten europäischen Kulturbauvorhabens hatte die Bundesregierung Staats- und Regierungschefs aus aller Herren Länder eingeladen. Auf besonderen Wunsch des Hauses Hohenzollern würde es auch ein Zusammentreffen des europäischen Hochadels werden.

Danach würde sich Katja erst einmal ausgiebig im Tessin erholen, wo ihr Mann ein großes Haus mit Blick auf den Luganer See bewohnte.

145

Der sympathische Verantwortliche für die Öffentlichkeitsarbeit des Humboldtforums, Reinhard Woltram, stand in einem der künftigen Veranstaltungssäle des Berliner Schlosses. Katja und er hatten sich gemeinsam die Fortschritte bei der Einrichtung und der Beseitigung restlicher Baumängel im Schloss angeschaut.

Zuvor hatten ihr im Rahmen eines kleinen Sektempfangs der Vorstandsvorsitzende der Stiftung Berliner Schloss – Humboldtforum, der Chef des Fördervereins für das Berliner Schloss und der Präsident der Stiftung Preußischer Kulturbesitz ihren Dank für ihren Einsatz in der Humboldt Box ausgesprochen. Katja war vor Verlegenheit ganz rot geworden.

Das Gebäude war eine Sensation. Nicht in ihren kühnsten Träumen hätte sich Katja vorstellen können, welche alte, neue Pracht in Berlin entstehen würde. Schon jetzt sprengten die Voranmeldungen von Besuchern aus aller Welt die Vorstellungskraft der Verantwortlichen. Insbesondere im berühmten Schlüterhof, der rund um die Uhr für die Öffentlichkeit zugänglich sein würde, spürte man den Hauch der Geschichte.

Gerade bestaunten sie eine riesige Leinwand, die von der Decke heruntergelassen werden konnte, so dass sich der Veranstaltungsraum binnen kürzester Zeit in einen gigantischen Kinosaal mit 1500 Plätzen umbauen ließ. In HD-Qualität erleuchtete das Fernsehbild und kurz darauf erwachte auch die Akustikanlage. In diesem Moment klingelte Woltrams Telefon und er unterbrach die Vorführung.

Der PR-Mann entschuldigte er sich bei Katja. Er musste kurz ins zweite Obergeschoss und würde bald wieder zurück sein. Sie möchte kurz warten und die Technik genießen.

Katja ließ sich in der Mitte des Saales auf einem der bequemen Sessel nieder. Der Kochkurs, der gerade im Fernsehen ausgestrahlt wurde, versprach ein köstliches Gericht aus dem Orient. Aber auch nach zehn Minuten war der gestresste Woltram noch nicht zurück.

Als zur vollen Stunde eine Nachrichtensendung begann, beschloss Katja aufzubrechen. Es sah so aus, als würde der Kommunikationsmanager doch noch länger wegbleiben. Die Topmeldung der Sendung ließ sie jedoch in ihrer Bewegung erstarren. Alleine in einem riesigen Saal, schien um sie herum die Welt zu versinken:

„Guten Tag meine Damen und Herren. Der ‚Islamische Staat' droht in einer recht blumigen Rede mit einem verheerenden Anschlag während der Eröffnungsfeier des Berliner Schlosses, die in wenigen Wochen geplant ist. Die konkrete Benennung von Zeitpunkt und Ziel ist ein bisher einmaliges Ereignis.

Das Video, das dem Fernsehsender Al-Jazeera zugespielt wurde, bewerten Experten als authentisch. Der bekannte saudiarabische Geschäftsmann Saleh Fayyad bezeichnet sich in den Aufnahmen als künftiger Kalif der Welt und richtet eine Ansprache an die Nationen. Er behauptet, dass er von Allah auserwählt sei und fortan Herr über Leben und Tod jedes Einzelnen wäre.

Das geplante Exempel zur Eröffnung des Berliner Schlosses sei notwendig, um der Weltgemeinschaft die Augen zu öffnen. Es sei der Wille Allahs, die Menschheit zu einer Nation zusammenzuführen, auf dass sie eine Religion – nämlich den Islam – ausübe. Es folgen verschiedene Beleidigungen gegen die sogenannten ‚Ungläubigen'.

Nach dem Anschlag, so kündigt er an, würde er den einzelnen Nationen Fristen setzen, um die Scharia zur Staatsreligion zu deklarieren und ihn, Kalif Fayyad, als Oberhaupt eines weltumspannenden Kalifats anzuerkennen.

Der schwerreiche Unternehmer Saleh Fayyad wurde bisher nie mit islamistischen Kreisen in Zusammenhang gebracht. Kenner der Szene vermuten, dass er unter Druck gesetzt wurde. Allerdings ist zeitgleich mit dem Auftauchen dieses Videos eine Pressemitteilung des saudiarabischen Militärrats herausgekommen, der vor kurzem durch einen Putsch an die Macht gekommen ist. In dieser wird die Übergabe der Regierungsverantwortung an den neuen Kalifen des Islamischen Staates, Saleh Fayyad, bekanntgegeben.

Unter Bezugnahme auf die jüngsten Vorkommnisse in Tunesien schliesst Fayyad mit einer wirren Drohung an alle Ungläubigen:

‚Sie haben ein Herz, mit dem Sie nicht verstehen, Augen, mit denen Sie nicht sehen, und Ohren, mit denen Sie nicht hören. Sie sind stumpfsinnig wie Vieh. Sie werden unverzüglich eines natürlichen Todes sterben, wenn ich es im Namen Allahs anordne.'

Die Bundesregierung erklärte in einer ersten Stellungnahme, sie sehe keine Veranlassung, diese wirre Botschaft ernstzunehmen und die Terror-Warnstufe heraufzusetzen.

Nun zu den weiteren Meldungen:..."

Minutenlang blieb Katja regungslos sitzen. Saleh Fayyad, dieser charmante und nette Geschäftsmann, war zu einem blutrünstigen Monster mutiert? Und könnte jeden Beliebigen jederzeit einen vorzeitigen Tod erleiden lassen?

Sie hatte es schon geahnt, aber nicht wahrhaben wollen. Seit den mysteriösen Vorfällen in Tunesien vor einigen Wochen überlegte sie, ob diese etwas mit ihrem Serum zu tun haben konnten. Allerdings hatte sie diese Überlegungen immer wieder verworfen, gehofft, sie würde sich irren.

Anatoli war tot. Und mit ihm das Wissen um das Serum. Sein Diebstahl der Unterlagen lag fast 20 Jahre zurück. Wieso sollten jetzt plötzlich radikale Islamisten über die Waffe verfügen können? Dieses verfluchte Serum!

Anatoli musste die Dokumente verkauft haben. Oder hatte er sie in seiner geistigen Verwirrung jahrzehntelang irgendwo herumliegen lassen, und sie waren erst vor kurzer Zeit wieder aufgetaucht?

Warum hatte sie nicht alles gleich nach dem Tod ihres Vaters vernichtet? Jetzt trug sie die Schuld am Tod unzähliger Menschen! Dieses Teufelszeug! Katja vergrub ihr Gesicht in den Händen. Sie war nicht die weiße Frau vom Schloss. Sie war ein schwarzer Engel des Todes. Das hatte ihr Vater sicher nicht gewollt – zwar stand der sogenannte Kapitalismus vor seiner Vernichtung, doch mitnichten zur Wiedererrichtung eines sozialistischen Staats: Nein, auch den sozialistischen Bruderländern würde es an den Kragen gehen.

Es dauerte eine knappe halbe Stunde, bis sie sich wieder einigermaßen beruhigt hatte und zum Telefon griff.

146

Berlin, August 2019

Der erste Name, der ihr einfiel, war Peter Carlson. Den Polizisten kannte Katja von vielen Veranstaltungen. Sie hatte mit ihm schon vor Jahren die Absprache getroffen, ihn immer, wenn es Veranstaltungen mit Prominenz in der Humboldt Box gab, vorab zu informieren. Carlson hatte sich damals bei ihr beklagt, dass seine Dienststelle immer die letzte war, die etwas erfuhr, wenn auf Grund irgendwelcher „Promis" verstärkte Polizeipräsenz angefordert wurde.

Mehrmals versuchte sie ihn über die Dienststelle zu erreichen, aber die Leitungen waren ständig besetzt. Mehr Glück hatte sie über seine Mobilfunknummer: „Hallo Frau Dr. Gery", er hatte ihren Namen schon länger gespeichert. „Nur weil Sie es sind, habe ich den Anruf entgegengenommen. Sie ahnen nicht, was hier seit einer halben Stunde los ist. Haben Sie schon die Nachrichten gehört?"

„Deshalb rufe ich Sie an, Herr Carlson", antwortete Katja.

„Ich habe..."

Carlson unterbrach sie: „Tut mir leid, ich habe jetzt keine Zeit. Nur weil irgendein Irrer mal wieder einen Anschlag androht, meint jeder Depp, wir seien die Auskunft, und fragt, ob er es diesmal ernstnehmen müsste, oder behauptet, einen Verdächtigen zu kennen."

„Es ist aber wichtig! Ich muss Ihnen etwas mitteilen!" Katjas Stimme überschlug sich fast.

„Tut mir leid, ich melde mich, sobald ich kann, versprochen", sagte Carlson nur und legte auf.

Er hörte sich mächtig genervt an. So unwirsch war er

noch nie mit ihr umgesprungen. Die Zeit lief ihr davon, sie konnte sich jetzt nicht mit Carlsons Gemütszustand beschäftigen. Die Polizei war ohnehin nicht der richtige Ansprechpartner, überlegte sie.

Sie musste jemanden im Innenministerium dazu bewegen, ihr zuzuhören. Wen könnte sie fragen? Vielleicht den Nauck, der könnte helfen! Stephan Nauck war Abteilungsleiter im Verteidigungsministerium. Eine seiner Zuständigkeiten war die Organisation von Besuchen hochrangiger ausländischer Militärs oder Politiker aus den entsprechenden Ministerien der NATO-Mitgliedsländer.

Wann immer das Rahmenprogramm es aus zeitlichen Gründen zuließ, plante er für die Delegationen einen Besuch in der Humboldt Box ein. Als verantwortlicher Ansprechpartner dieser Besuchergruppen war er immer dabei. So hatte man sich über die Jahre kennen und schätzen gelernt. Katja ahnte schon seit längerem, dass er inzwischen mehr als ein rein berufliches Interesse für sie hegte. In letzter Zeit war es für sie immer mehr zu einem Drahtseilakt geworden, ihn freundschaftlich auf Abstand zu halten. Ihre Geschichte war allerdings so abstrus, dass sie jemanden benötigte, der ihr auch lange genug zuhörte.

Wie immer freute sich Stephan Nauck über einen Anruf von Katja. Allerdings würgte auch er sie relativ schnell ab. Zuvor lud er sie noch zu einem Abendessen in ein italienisches Restaurant ein. Katja seufzte. Ihr würde wohl nichts anderes übrigbleiben, als sich heute Abend mit dem Mann zu treffen. Sie blickte nervös auf die Uhr.

Als sie sich am Abend in dem beliebten Restaurant am Ku'damm einfand, wartete Nauck schon am Tisch, der in einem abgetrennten Separee lag und romantisch mit Kerzen beleuchtet war. Erwartungsvoll sah er ihr entgegen, um dann aufzustehen und ihr umständlich den Stuhl zurechtzurücken. Anscheinend hatte er Katjas Anruf falsch verstanden, gab ihr aber keine Gelegenheit, das Missverständnis aufzuklären, und versuchte sie mit amüsanten Anekdoten aus seinem Leben zu beeindrucken, die er ihr angeregt ins Ohr säuselte.

Während sie seinen Redeschwall über sich ergehen ließ, klammerte sie sich an ihrer Handtasche fest und wartete auf den richtigen Moment, ihn endlich zu unterbrechen. Wenigstens ein Dokument war Katja geblieben, mit dem sie den Wahrheitsgehalt ihrer Geschichte untermauern könnte. Der Brief ihres Vaters. Das Serum und die Dokumente zur Herstellung hatte sich Anatoli angeeignet, und beides war anscheinend in die Hände des IS gelangt. Aber den letzten Brief ihres Vaters hatte sie auf jeder Flucht bei sich getragen. In weiser Voraussicht?

Und schließlich gab es noch das Serum, das irgendwo im Fundament des Schlosses lagerte. Nach Anatolis Tod war sie damals am nächsten Tag zur Baustelle zurückgekehrt. Mit Schrecken hatte sie feststellen müssen, dass der Sandhügel, in den sie den Flakon geschoben hatte, verschwunden war. Aufgeregt war sie zum Polier geeilt und hatte vorgegeben, dass sie an dieser Stelle am Vortag möglicherweise ihre Brieftasche verloren hätte.

Der Polier hatte ihr erklärt, dass der Sand zum Verfüllen eines Kellerteils, in dem sich historische Überreste des mittelalterlichen Schlosses befanden, genutzt worden war. Nachdem das Land Berlin überraschend erklärt hatte, als weitere Nutzungsform für das neue Berliner Schloss eine ständige Ausstellung über Berlin zu schaffen, wurden zusätzliche Flächen benötigt. Zum Entsetzen der Historiker hatte man beschlossen, auf das geplante „historische Fenster" zu verzichten. An Hand der alten Gebäudereste sollte der Öffentlichkeit ursprünglich die lange Geschichte des Berliner Schlosses vermittelt werden. Stattdessen wurde nun dieses Areal zubetoniert, um Platz für die Verwaltungsbüros der Ausstellung zu schaffen.

Als Katja im entsprechenden Gebäudeteil eintraf, konnte sie nur noch hilflos dabei zusehen, wie aus dem Rohr einer Betonpumpe der flüssige Beton strömte, um die geschichtsträchtigen Ruinen für immer zu versiegeln – zusammen mit dem Giftflakon.

Damals war sie, nach dem ersten Schrecken, dankbar dafür gewesen. Das Monster, das ihr Vater in den Stasi-Laboren geschaffen hatte, war auf diese Weise endgültig erledigt worden. Sie hatte also quasi daran mitgewirkt, das Fundament für eine sichere Zukunft zu errichten. Katja legte die Stirn in Falten. Würde es möglich sein, das Serum zu bergen, um damit den Angreifern etwas entgegenzusetzen? Wäre es gar möglich, ein Gegenmittel herzustellen, wenn man die Zusammensetzung der Inhaltsstoffe kannte?

147

Vierundzwanzig Stunden später saß Katja in einem abhörsicheren Konferenzraum in der Zentrale des BND in der Chausseestraße. Der Staatssekretär des Innenministers, bei dem niemand je zuvor eine Gefühlsregung hatte entdecken können, erhob sich während der Erläuterungen von Dr. Ellen Gery mit bleichem Gesicht von seinem Stuhl und lehnte seine Stirn an die Wand des holzvertäfelten Raumes.

Nach den ersten zehn Minuten ihres Vortrages hatte er sie unterbrochen und einem Mitarbeiter etwas zugeraunt. Nur fünf Minuten später erwachte ein großer Bildschirm an der Stirnseite des Zimmers und es erschien das Bild des Innenministers, der Dr. Gery begrüßte und aufforderte, ihren Bericht von vorne zu beginnen:

„Mein Name ist Katja Granow, Tochter von Dr. Frank Granow, ehemaliger Leiter eines geheimen Forschungslabors im Auftrag des Ministeriums für Staatssicherheit..."

Königswinter, www.pro-talk-verlag.de

Layout/Satz, Umschlaggestaltung
colibris / Juliane Scherz, Dresden, www.co-libris.de

Coverbilder
© babelsberger – Fotolia.com (60763344)
© Hermsdorf – iStockphoto.com (54580560)
© cmfotoworks – iStockphoto.com (24043762)

ISBN 978-3-939990-16-1